Tod in Westminster

John Mackenzies fünfter Fall

Emma Goodwyn

Im Gegensatz zu den Schauplätzen
sind alle Personen und Ereignisse der Handlung rein fiktiv,
mögliche Ähnlichkeiten zu echten Personen und Geschehnissen
keinesfalls beabsichtigt.

Mehr von Emma Goodwyn:

Tod im Tower
Tod im Kilt
Tod im Museum
Tod im Schatten der Tower Bridge

Besuchen Sie die Autorin unter
www.emma-goodwyn.com!

c/o Papyrus Autoren-Club
R.O.M. Logicware GmbH
Pettenkoferstr. 16-18
10247 Berlin
Kontakt: emma@emma-goodwyn.com

Veröffentlichungsdatum: 29. Juni 2015

(V2)

Prolog

Westminster Palace, im Sommer des Jahres 1239: Ein Knabe wird geboren, der den Lauf nicht nur der englischen Geschichte maßgeblich beeinflussen wird.

Sein Vater: König Henry III Plantagenet, ein großer Verehrer von Edward dem Bekenner, dem für seine Mildtätigkeit und Frömmigkeit berühmten und nach seinem Tod heiliggesprochenen König. Ihm zu Ehren lässt Henry Westminster Abbey im gotischen Stil neu erbauen und gibt einen prächtigen neuen Schrein in Auftrag, in den die Gebeine des Heiligen umgebettet werden sollen.

Und er benennt seinen Erstgeborenen nach ihm.

Der Sprössling, ausgestattet mit ungestümer Energie und brillanten Geistesgaben, wächst zu einem vielversprechenden jungen Mann heran, der sich mit seiner stattlichen Körpergröße von mehr als sechs Fuß bald den Beinamen „Edward Langbein" verdient. Als er mit fünfunddreißig Jahren zum König gekrönt wird, eilt ihm ein Ruf als furchtloser Krieger und geschickter Heeresführer voraus, den er sich bei den Kreuzzügen im Heiligen Land erworben hat.

Er schafft, was seinem Vater nicht gelungen ist: Den englischen Adel hinter sich zu vereinen und dem Land damit Stabilität zu geben. Gleichzeitig räumt er dem Parlament vorher nicht dagewesene Rechte ein. Er reformiert erfolgreich das Rechtswesen und die Verwaltung und baut die Armee zu einer schlagkräftigen Truppe auf. Als seine Frau Eleanor nach sechsunddreißig Jahren Ehe stirbt, wird das ganze Volk Zeuge, wie sehr der König um die geliebte Gefährtin trauert. An jedem der zwölf Orte, wo die Prozession mit ihrem Sarg zwischen Lincoln und ihrer letzten Ruhestätte in Westminster Abbey Halt macht, lässt er ein Kreuz zum Gedenken an Eleanor errichten, eines davon im Dörfchen Charing unweit von Whitehall – unwissend, dass Charing Cross sich im Lauf der Jahrhunderte zum Mittelpunkt der Metropole London entwickeln würde.

Jedoch trägt der König auch ein anderes Gesicht: rachsüchtig, grausam, erbarmungslos. Die gesamte jüdische Bevölkerung wird auf seinen Befehl hin exekutiert oder vertrieben. Mit dem konfiszierten Vermögen finanziert Edward seine Kriegszüge auf der britischen Insel.

Als er es geschafft hat, Wales nach blutigen Kämpfen der englischen Krone einzuverleiben, richtet er sein Augenmerk auf Schottland.

Nachdem er König John Balliol gefangen, gedemütigt und ins Exil gezwungen hat, sieht er sich bereits als Sieger. Doch er hat den Freiheitsdrang des Volkes aus dem Norden unterschätzt. Immer wieder kommt es zu Aufständen gegen das englische Joch, die von Edwards Truppen aufs Blutigste niedergeschlagen werden. *Die Leichen fallen wie Herbstlaub*, schreibt ein Chronist, der Zeuge wird, wie die Grenzstadt Berwick-on-Tweed förmlich ausradiert wird.

Als Edward den charismatischen Anführer der Schotten, William Wallace, in die Finger bekommt, ist dessen Schicksal besiegelt. Nach einer grausamen Tortur wird er getötet, sein Kopf auf einem Spieß an der London Bridge zur Schau gestellt. Doch schon erhebt sich der nächste Rebell: Robert the Bruce.

Trotz seines hohen Alters macht Edward sich auf, seine Mannen nach Norden in die Schlacht gegen die Aufständischen zu führen. Auf dem Weg dorthin stirbt er achtundsechzigjährig.

Sein Verlangen, Schottland endgültig unterworfen zu sehen, reicht über den Tod hinaus: Noch zu Lebzeiten hat Edward verfügt, seine königlichen Gebeine mögen bei zukünftigen Feldzügen stets mitgeführt und erst dann zur Ruhe gebettet werden, wenn die Schotten endgültig besiegt seien. Doch dieser Wunsch sollte ihm nicht erfüllt werden. Nach seinem Tod wird der König in einem schlichten Steinsarkophag – für ein aufwändigeres Grabmal ist kein Geld mehr da – in Westminster Abbey beigesetzt.

Dass gut siebenhundert Jahre später just an diesem Ort ein weiterer aufrührerischer Highlander den Tod findet, hätte Edward I, dem „Hammer der Schotten", sicher grimmiges Vergnügen bereitet.

Kapitel 1

„Hör dir das an, John.“ Renie schlug ein sichtbar abgegriffenes Taschenbuch auf, ‚Wie ich Livingstone fand‘ von Henry Morton Stanley.

„Am 16. Oktober im Jahr unseres Herrn 1869 befand ich mich in Madrid, frisch vom Blutbad von Valencia. Um zehn Uhr vormittags übergab Jacopo mir ein Telegramm. Darin stand, ‚Kommen Sie nach Paris, dringliche Angelegenheit.‘ Das Telegramm kam von Mr. James Gordon Bennett jun., dem jungen Verleger des New York Herald. Dann ein bisschen blablabla und hier wird’s interessant.

Mr. Bennett fragte mich, ‚Wo, denken Sie, ist Livingstone?‘

‚Das weiß ich wirklich nicht, Sir.‘

‚Denken Sie, er ist am Leben?‘

‚Das könnte sein, es könnte auch nicht sein‘, antwortete ich.

‚Nun, ich denke, dass er lebt und dass er gefunden werden kann – und ich werde Sie ausschicken, ihn zu finden.‘“

Mit leuchtenden Augen ließ Renie das Buch sinken und sah ihren Onkel an.

„*Das* wäre mein Traum. Was für eine Aufgabe! Allein in ein kaum erforschtes Gebiet zu ziehen und einem seit Jahren verschollenen Missionar nachzuspüren – das waren noch echte Abenteuer.“

„Naja, allein dürfte Stanley in Afrika wohl kaum gewesen sein. Wahrscheinlich hatte er eine Heerschar einheimischer Helfer. Und ein romantisches Abenteuer war die Expedition inmitten von Raubtieren, feindseligen Stämmen und allen möglichen tropischen Krankheiten sicher auch nicht“, erwiderte John trocken.

Seine Nichte ignorierte ihn. „Und tatsächlich hat Stanley ihn im November 1871 am Tanganjika-See gefunden, ist das nicht der Hammer?“

„Mit den legendären Begrüßungsworten, ‚*Dr. Livingstone, nehme ich an*‘, ich weiß. Stanley ist also zwei Jahre lang kreuz und quer durch Afrika gereist, bis er Livingstone entdeckt hat?“

„Nein, die eigentliche Expedition dauerte nur gut ein halbes Jahr. Morton schreibt hier in seinem Buch, dass sein Verleger ihn zuerst noch zur Einweihung des Suez-Kanals schickte, danach sollte er Ägypten durchqueren und einen Reiseführer für amerikanische Touristen schreiben. Anschließend sollte er von Ausgrabungen in

Jerusalem berichten und von irgendwelchen politischen Auseinandersetzungen in Konstantinopel, bevor er weiter auf die Krim reiste…"

Während Renie munter weiterschwatzte, kippte John einen Berg kleingeschnittener Apfelstücke von seinem Schneidbrett in eine Schale und griff nach einem weiteren Apfel. Seine Nichte war an diesem verregneten Septembernachmittag in den Tower gekommen, um John über die Schulter zu sehen, wie er ihr Lieblingsgericht Apple Crumble zubereitete.

„Der schmeckt nirgends so gut wie bei dir. Ich möchte endlich mal hinter dein Geheimnis kommen", hatte sie erklärt und extra einen Block mitgebracht, um jeden Schritt minutiös zu notieren. Bisher hatte sie jedoch kein Wort aufgeschrieben. Sie war viel zu sehr gefangen in ihren neuesten Karriereplänen.

„Jetzt weiß ich endlich, was ich will", hatte sie vor einiger Zeit bei einem Familienabendessen, zu dem auch John eingeladen war, verkündet. Woraufhin ihr Vater Alan amüsiert eine Augenbraue hob, während ihre Mutter, Johns Schwester Maggie, sich fast an einem Blumenkohlröschen verschluckt hätte.

„Was ist es diesmal, Liebes?", fragte sie ihre Tochter in einem bemüht neutralen Ton, nachdem sie wieder Luft bekam. Dann zählte sie an den Fingern auf, „Was hatten wir schon alles? Anthropologie, zwei Semester – abgebrochen. Dann Bandmanagerin der, wie hießen sie doch noch? Rude Pipers? Imbecile Pipers? Ear-Piercing Pipers? – "

„Atomic Pipers", grollte Renie.

„Ach ja, wie konnte ich das nur vergessen", fuhr Maggie süffisant fort. „Diese großartige Band mit ihrem charismatischen Drummer Andy, diesem Ausbund an rustikalem Charme, der uns wochenlang den Kühlschrank leergefuttert hat, wenn er nicht gerade damit beschäftigt war, Tiraden gegen uns alte Spießer loszulassen."

Renies jüngste Schwester Bella kicherte los. Renie dagegen fand die spitzen Bemerkungen ihrer Mutter sichtlich wenig erheiternd. Ihre Miene verfinsterte sich zunehmend, als Maggie weitersprach.

„Lass mich überlegen, was kam dann? Ah, genau, dann hast du dir eine Auszeit genommen, um dich zu orientieren – "

„Damals habe ich schon angefangen, im Naturhistorischen Museum zu arbeiten und außerdem habe ich dort ganz nebenbei geholfen, einen Mord aufzuklären!", begehrte Renie auf.

„Einspruch stattgegeben“, gestand Maggie ihr, ganz die Staatsanwältin, zu. „Dann hattest du eine Phase, wo dein größter Traum war, die Bühne zu erobern. Monatelang hast du uns mit Shakespeare bombardiert, bis wir alle eine Überdosis davon hatten.“ Sie griff nach einer Pampelmuse, die in einer Obstschale auf dem Tisch lag, stierte sie an und deklamierte pathetisch, „Sein oder Nichtsein, das ist hier die Frage.“

Renie lachte auf. „Mum, es ist gut, dass sich deine Auftritte auf den Gerichtssaal beschränken. Du gibst einen grauenhaften Hamlet ab. Selbst die Pampelmuse in der Rolle als Yoricks Schädel ist glaubwürdiger.“

„Das mit der Schauspielerei war cool, fand ich“, meldete sich der fünfzehnjährige Tommy zu Wort. „Wieso wolltest du das eigentlich plötzlich nicht mehr? Es lief doch super, du warst kurz vor der Aufnahmeprüfung an der Uni, hattest schon alle möglichen Connections aufgebaut – “

Renie funkelte ihren Bruder an. „Ja, klar, Connections, die du zu gern als Türöffner in die Medienwelt nutzen wolltest. Na, immerhin hab ich ein Praktikum bei *Star Radio One* für dich klargemacht. Also lass mich zufrieden, Kleiner.“

Sie sah sich in der Runde um und fuhr dann ungewohnt nachdenklich fort.

„Ihr müsst verstehen, für mich war diese Welt auf Dauer einfach nichts. Da geht es immer irgendwie mehr um Schein als ums Sein. Es … hat in meinen Augen keine wirkliche Bedeutung, ich weiß nicht, wie ich es ausdrücken soll. Nach einer Weile habe ich gemerkt, dass ich die Leidenschaft, die man für diesen Beruf, für das Spielen braucht, nicht in mir habe. Ich … möchte irgendetwas Substanzielleres, … Nachhaltigeres schaffen, als Leute nur für einen Abend mit einer tollen Vorstellung von ihrem Alltag abzulenken…“

Während sie weitersprach, bemerkte John, dass Maggies sarkastisches Lächeln schwand und ihre Gesichtszüge weich wurden.

„Trotzdem“, schloss Renie. „Es war keine vertane Zeit auf der Schauspielschule. Ich habe da unheimlich viel Spannendes gelernt, ich konnte mich ausprobieren und dazu habe ich noch einige interessante und nette Leute kennengelernt – und ein paar Freaks – “

Sie sah zu ihrem Onkel hinüber, der zustimmend nickte. Da Renie ihn als eine Art Coach und Mentaltrainer für die Schauspielschüler in ihrem Kurs engagiert hatte, hatte er ebenfalls einen Einblick in die Welt des Theaters erhalten.

Rückblickend mochte er jene, wenn auch anstrengenden und dramatischen Wochen nicht missen. Die Arbeit mit den jungen Leuten hatte ihm klargemacht, dass ihm seine frühere Tätigkeit als Psychologe doch ein wenig fehlte. Gut zwanzig Jahre lang hatte er Truppenangehörige der Britischen Armee bei Auslandseinsätzen betreut, bevor er sich entschieden hatte, einen klaren Schnitt zu machen. Er mochte seinen neuen Beruf als Mitglied der Königlichen Wachtruppe der Yeoman Warders, gemeinhin Beefeater genannt, sehr, und auch das Leben direkt in den Mauern des Tower of London gefiel ihm. Das Tüpfelchen auf dem i war es gewesen, als er zum Assistenten des Ravenmasters ernannt worden war und nun einen großen Teil seiner Zeit der Pflege der neun Raben des Towers widmen konnte. Die Tiere, besonders das Nesthäkchen der Gruppe, Gworran, waren ihm sehr ans Herz gewachsen. Dennoch … Im Nachhinein war er Renie geradezu dankbar, dass sie ihn dazu gebracht hatte, seine alten Kenntnisse wieder auszugraben. Als sein Einsatz an der Schauspielschule zu Ende gewesen war, hatte er sich auf die Suche nach einer Stelle gemacht, wo er ehrenamtlich mitarbeiten konnte. Vor kurzem war er fündig geworden: Ein Nachbarschaftszentrum in Shoreditch mit einem engagierten Team Freiwilliger hatte ihn mit offenen Armen aufgenommen und nun verbrachte er zweimal im Monat ein paar Stunden dort. Kaum war bekannt geworden, dass ein gut ausgebildeter Psychologe nun regelmäßig zur Verfügung stand, war die Warteliste zum Bersten voll. Und so kümmerte sich John um verzweifelte Teenager, die über einen Schwangerschaftsabbruch nachdachten, Mütter, die Angst hatten, ihr Sohn würde zum islamistischen Terroristen mutieren, Lehrer, die keine Ahnung hatten, wie sie den Drogenproblemen ihrer Schüler begegnen sollten, Frauen, die ihr blaues Auge schamhaft verdeckten und einen Rat wollten, wie sie ihren Ehemann vom Trinken abhalten konnten. Wenn er mit der U-Bahn quer durch London zurückfuhr, war er jedesmal bis in die Knochen erschöpft. Er wusste, dass es nicht mehr als ein Tropfen auf den heißen Stein war, was er für diese Leute leisten konnte, aber dennoch machte es ihn zufrieden, wenigstens das tun zu können.

„Ich denke, wir haben verstanden, warum du die Schauspielkarriere nicht weiterverfolgen wolltest. Also, was hast du jetzt vor?“ Alan lehnte sich zurück und sah seine Tochter erwartungsvoll an.

„Lass mich raten“, platzte Bella heraus. „Du machst irgendwas mit Tieren, so wie Geoff.“

Dr. Geoffrey Tomlinson war Insektenkundler am Natural History Museum, wo Renie ebenfalls seit knapp einem Jahr arbeitete. Aus einem Aushilfsjob war eine feste Teilzeitstelle in der Pressestelle des Museums geworden, seit sie vor etlichen Monaten die Schauspielschule an den Nagel gehängt hatte. Darüber freute sich besonders Renies Großvater James Mackenzie, der jahrzehntelang als Kurator in der Saurierabteilung des Naturhistorischen Museums tätig gewesen war und auch jetzt nach seiner Pensionierung noch häufig dort zu finden war.

„Hui, das wäre doch toll – dann könntet du und Geoff zusammen arbeiten und euch immer sehen“, plapperte Bella begeistert weiter.

Renie grinste. „Ach Spätzchen, du hast ja noch romantische Vorstellungen. Nee, ich weiß nicht, ob das für eine Beziehung auf Dauer so gut ist, wenn man Tag und Nacht beieinander hängt. Das merke ich selbst jetzt schon, wo ich meistens bei Geoff übernachte und wir morgens gemeinsam ins Museum fahren. Abgesehen davon finde ich Biologie faszinierend, aber studieren möchte ich es nicht. Hat sonst noch jemand eine Idee?“

„Vielleicht Psychologie, wie John?“, riet Tommy.

Renie schüttelte den Kopf. „Auch ein toller Beruf, aber nichts für mich.“

„Jura?“, ließ Maggie sich hoffnungsvoll vernehmen. „Du würdest eine hervorragende Anwältin abgeben – “

„Oh, Mum, bitte, nicht *die* alte Leier.“ Renie rollte mit den Augen. „Nein, ich möchte in keinerlei familiäre Fußstapfen treten, das ist mal glasklar. Ich merke schon, ihr kommt nicht drauf. Also gut, ich sage es euch jetzt.“

Sie machte eine Kunstpause. Fünf Augenpaare waren gespannt auf sie gerichtet.

„Ich werde Journalistin.“

Nach dieser feierlichen Ankündigung sah sie ein wenig unsicher ihre Eltern an. „Wie findet ihr das?“

Maggie und Alan wechselten einen Blick.

„Hm. Grundsätzlich keine schlechte Idee, finde ich“, meinte Alan.

„Dieser Beruf könnte zu dir passen“, pflichtete Maggie ihm bei. „Wie bist du darauf gekommen?“

„Ihr wisst doch, dass ich zusammen mit ein paar Kollegen ein Erinnerungsbuch für unseren Museumsdirektor gestaltet habe, das wir ihm bei der großen Verabschiedungsfeier überreicht haben? Ich habe Weggefährten von Sir Edward interviewt, seine wichtigsten Forschungsergebnisse zusammengefasst und die Entwicklung des Museums unter seiner Führung beschrieben.“

John nickte. „Ich habe von mehreren Seiten gehört, dass du dabei einen exzellenten Job gemacht hast.“

Renie lächelte geschmeichelt. „Also, auf jeden Fall war Sir Edward hellauf davon begeistert. Er hat das Buch einem Bekannten gezeigt – und dieser Bekannte war Mark Taylor.“

Mark Taylor? Mark Taylor? Bei John fiel der Groschen als erstes. „Vom *Guardian*? Ich habe heute Morgen erst einen Artikel von ihm gelesen – “

„Natürlich! Über die möglichen Auswirkungen genmanipulierten Getreides! Den habe ich auch gelesen“, fiel Maggie ein und sprang auf. In Windeseile war sie zurück und breitete die Zeitung auf dem Tisch aus.

„Das ist er!“ Sie deutete auf ein kleines Foto neben dem Artikel. „Sieht ein bisschen wie Richard Gere in jüngeren Jahren aus, nicht wahr? Ziemlich lecker, finde ich.“

„Uäh, Mum, wie kannst du sowas sagen“, meinte Bella angewidert, während Alan erheitert die Augenbrauen hochzog. Sie musterte das Bild. „Außerdem ist der voll alt. Seine Haare sind ja schon grau.“

„Ähem, mein Kind, dieser Mann ist genauso alt wie dein Onkel John und damit sogar etwas jünger als ich. Und graue Schläfen geben einem Mann etwas sehr Distinguiertes“, entgegnete Maggie in spitzem Ton.

„Was ist distinguiert?“

„Mann, ist doch egal. Müssen wir jetzt über das Aussehen von diesem Typen da diskutieren?“, mischte Tommy sich ungeduldig ein. „Was hat er jetzt mit dir zu tun, Renie?“

„Er ist Ressortleiter für Wissenschaft und Technologie beim *Guardian*, also ein *ziemlich* einflussreicher Mann dort. Und nachdem er das Buch gesehen hat und der liebe Sir Edward ihm erzählt hat, dass das meiste darin von einer jungen, aber hochengagierten Mitarbeiterin in der Presseabteilung des Museums stammt, die sich über ihren zukünftigen beruflichen Weg noch nicht recht klar ist, hat er mich tatsächlich angerufen.“ Sie atmete tief durch.

„Ich wäre fast in Ohnmacht gefallen, sage ich euch. Mark Taylor! Erst habe ich gedacht, da nimmt mich jemand auf den Arm und als ich gecheckt habe, dass er es wirklich ist, war ich so perplex, dass ich kaum ein Wort rausgebracht habe.“

„Donnerwetter. Dass es dir einmal die Sprache verschlägt, habe ich ja in zweiundzwanzig Jahren nicht erlebt“, warf Maggie ein.

Renie fuhr ungerührt fort. „Er hat mich gelobt, dass ihm mein Stil gefällt und meine Recherchen sehr gründlich wären. Und er hat mich gefragt, ob ich abgesehen von dem Buch noch mehr geschrieben habe, was er sich ansehen könnte.“

„Deswegen hast du kürzlich im Speicher nach den alten Ausgaben eurer Schülerzeitung gekramt!“, fiel es Maggie ein.

„Genau. Da waren ein paar Artikel von mir drin, die ich heute eher peinlich finde. Aber da ich ansonsten nur noch ein, zwei Fachaufsätze aus meiner Zeit an der Uni und ein paar Pressemitteilungen fürs Museum hatte, habe ich ihm einfach alles geschickt. Und schon zwei Tage später hat er sich wieder gemeldet und mich in sein Büro eingeladen.“

„Und?“, fragte Bella gespannt.

„Er hat mich gefragt, ob ich Interesse hätte, in den Print- und Online-Journalismus hinein zu schnuppern. Ich hätte Talent fürs Schreiben. Er bot mir an, den Mitarbeitern in seinem Ressort für ein paar Tage über die Schulter zu schauen. Das habe ich letzte Woche gemacht. Und jetzt ist mir klar: Das ist genau mein Ding.“

Einen Moment herrschte Schweigen am Tisch.

„Offensichtlich beschäftigst du dich also schon seit einiger Zeit mit diesem Gedanken. Du hast bis jetzt gar nichts darüber erzählt. Das kenne ich gar nicht von dir“, äußerte Maggie verwundert.

„Ich weiß, Mum. Ich wollte nicht wieder mit irgendeiner halbgaren Idee herausplatzen, sondern erst dann etwas sagen, wenn ich mir hundertprozentig sicher bin. Auch wenn ich mir dafür einige Male ganz schön auf die Zunge beißen musste.“

John räusperte sich.

„Auch ich kann mir vorstellen, dass der Beruf etwas für dich ist. Dennoch: Dir ist klar, dass es in dieser Branche oft genug sehr schmutzig zugeht? Ich kann mich noch lebhaft daran erinnern, wie nach dem Mordfall im Tower die Reporter wie ein

Heuschreckenschwarm über uns hergefallen sind. Die hatten überhaupt keine Skrupel, wenn es darum ging, irgendeine Information zu erhaschen, aus der sie sich eine Schlagzeile zusammenschustern konnten."

„Natürlich, du hast recht, John", stimmte Alan ihm zu. „Es gibt genügend schwarze Schafe, die vor nichts zurückschrecken, um mit irgendwelchen Sensationsmeldungen ihre Auflage zu erhöhen. Da muss man nur an den Abhör-Skandal bei *News of the World* denken. Diese Leute sind wirklich über Leichen gegangen."

Maggie schüttelte sich. „Meine Kollegen, die in dem Verfahren ermitteln mussten, können ein Lied davon singen, mit welchen Bandagen da gekämpft wird. Was im Murdoch-Imperium abgelaufen ist, ist wirklich unterste Schublade."

„Und wer hat die ganze Sache aufgedeckt?", fragte Renie mit einem überlegenen Lächeln. „Natürlich Nick Davies vom *Guardian*. Und wer hat Edward Snowden geholfen, seine NSA-Enthüllungen an die Öffentlichkeit zu bringen – Glenn Greenwald, damals Redakteur beim *Guardian*. Dort arbeiten einfach die besten Investigativjournalisten im ganzen Land." Sie lehnte sich im Stuhl zurück.

„Das ist es, was ich langfristig will. Seriöse, tiefgründige Recherchen zu wichtigen Themen. Die Leute dazu bewegen, über ihren Tellerrand zu schauen. Aufrütteln. Definitiv will ich keine Klatschgeschichten schreiben, von wegen wie das nächste royale Baby wohl heißen wird oder wer der heißeste Spieler von Chelsea ist."

Maggie lächelte. „Nichts anderes hätte ich von dir erwartet, Schatz. Wie soll es nun also weitergehen? Soweit ich weiß, gibt es ganz verschiedene Wege, in den Journalismus einzusteigen."

Renie nickte.

„Mark Taylor zum Beispiel hat Biologie und Chemie studiert und dann einen Master in Journalismus draufgesattelt. Ähnlich haben es auch andere Redakteure gemacht, mit denen ich schon sprechen konnte. Erst ein Fach- und dann ein Aufbaustudium. Ein anderer Weg ist, direkt einen Bachelor-Studiengang in Journalistik zu belegen. Das ist das, was ich gern tun würde. Die City University hat einen sehr guten Ruf, dort möchte ich mich bewerben."

Alan runzelte die Stirn. „Bist du damit nicht zu spät dran? Das Herbsttrimester steht vor der Tür."

„Für dieses Jahr wäre es ohnehin zu spät gewesen. Man muss die Bewerbung schon im Januar abgeben, um im darauf folgenden September starten zu können."

Maggie seufzte. „Was hast du dann für die nächsten zwölf Monate vor?"

„Keine Sorge, ich werde nicht auf der faulen Haut rumliegen. Geht ja auch gar nicht, wenn Geoff und ich irgendwann zusammen in eine Wohnung ziehen wollen, die größer als sein jetziges Kämmerchen ist. Schließlich will ich nicht einen auf „Tochter aus besserem Hause" machen und euch auf der Tasche liegen."

„Gute Einstellung, mein Fräulein", kommentierte Alan trocken.

„Aber die Studiengebühren übernehmt ihr doch, oder?" Renie sah ihren Vater bittend an.

„Natürlich – wenn du dir diesmal wirklich sicher bist, dass es das ist, was du willst."

„Das sagte ich doch schon. Ich bin mir sicher. Hundertprozentig. Tausendprozentig."

„In Ordnung. Nun hast du uns aber immer noch nicht gesagt, was du in nächster Zeit tun willst."

Renie kicherte. „Genau, weil ich mir das Beste für den Schluss aufheben wollte." Sie zog schwungvoll ein Papier aus ihrer Tasche, die neben ihrem Stuhl stand.

„Also, liebes Volk, höret und staunet: Mark Taylor hat sich für mich eingesetzt und nun habe ich einen Vertrag als Trainee für ein Jahr beim *Guardian*. Zwanzig Stunden die Woche. Zwar mit einem Mini-Gehalt – das reicht gerade mal fürs Kantinenessen und deswegen werde ich auch weiter Teilzeit im Museum arbeiten müssen, was einigermaßen stressig werden dürfte – aber das ist völlig egal, denn dies hier bedeutet eine Wahnsinnschance. Und die ist mir einfach so in den Schoß gefallen, das ist das Schärfste. Dafür – " Sie wedelte mit dem Dokument herum – „würden Hunderte, wahrscheinlich Tausende junger Leute, auch solche, die ihren Bachelor bereits in der Tasche haben, Gott weiß was tun."

Während Tommy und Bella ihre Schwester beeindruckt ansahen, zogen im Gesicht ihrer Mutter Gewitterwolken auf.

„Das klingt fast zu schön, um wahr zu sein. Was denkst du, warum sich dieser Mark Taylor so sehr für dich ins Zeug legt?", fragte Maggie skeptisch.

Renie stöhnte auf. „Oh, Mum, du witterst schon wieder hinter jeder Ecke einen neuen Jimmy Savile. Glaub mir, Mark ist definitiv kein Mann, der irgendwelche finsteren Absichten hegt, er ist ein ganz integrer Typ. Mir sagte er, ich würde einfach alle Voraussetzungen erfüllen, die man für den Journalistenberuf braucht: Wissbegierde in möglichst allen Bereichen, ein lebhaftes Interesse an Menschen, Kontaktfreudigkeit, eine gute Allgemeinbildung, einen ansprechenden Schreibstil, natürlich eine wasserdichte Rechtschreibung, die Bereitschaft, zu ungewöhnlichen Zeiten und unter dem Druck einer Deadline zu arbeiten und zuletzt noch eine gute Portion Hartnäckigkeit." Sie sah strahlend in die Runde. „Das habe ich doch echt alles, oder?"

Dem ließ sich wirklich nicht widersprechen.

„Und das Beste: Geld spielte bei diesem Unternehmen überhaupt keine Rolle. Bennett sagt weiter zu Henry Morton Stanley: ‚*Nun, ich will Ihnen sagen, was Sie tun werden. Holen Sie sich tausend Pfund; und wenn diese verbraucht sind, holen Sie sich wieder tausend Pfund, und wenn diese ausgegeben sind, holen Sie sich wieder tausend, und wenn diese fort sind, holen Sie sich abermals tausend – und so weiter. Aber: FINDEN SIE LIVINGSTONE!*' Ha, von so etwas kann ein Journalist heute nur träumen – ein unbegrenztes Spesenkonto!", schnaubte Renie.

In der Zwischenzeit hatte John die Äpfel fertig geschnitten und mischte sie nun mit Rohrzucker und etwas Zimt. Er sah auf.

„Wie wäre es, wenn du die Streusel gleich selbst machst? So lernst du es am besten." Während sie nach seiner Anleitung zimmerwarme Butter und Zucker vermischte und danach mit den Fingern Mehl hineinknetete – nicht, ohne ein paar der entstehenden Bröckchen gleich zu probieren – erzählte sie John von dem Projekt, an dem sie derzeit arbeitete.

„Mark will nächstes Jahr, wenn sich David Livingstones Aufbruch zu seiner letzten Afrikareise zum hundertfünfzigsten Mal jährt, ein paar Sonderseiten über Livingstone herausbringen. Er hat mich und noch zwei andere Praktikanten daran gesetzt, Material zusammenzutragen." Sie grinste. „Was für ein Glück, dass ich im Museum sozusagen an der Quelle sitze. Kannst du dich erinnern, dass

Mike letztes Jahr eine Sonderausstellung ‚Expeditionen einst und jetzt' konzipiert hat?"

John nickte. Dr. Mike Nichols, Ornithologe am Natural History Museum, war ein guter Freund.

„Naja, außer den Forschungsreisen von Darwin und Wallace war da auch Livingstones besessene Suche nach den Nilquellen ein Thema. Also kann ich aus einem reichen Fundus schöpfen." Renie seufzte glücklich. „Connections muss man einfach haben. Wenn ich Glück habe, darf ich sogar ein paar Absätze für die Beilage selbst schreiben. Ach, und noch was Witziges: Als Gary Flanders, einer der Politikredakteure, mitbekommen hat, dass ich mit Isabel Mackenzie verwandt bin, hat er mir aufgetragen, Tante Isabel bei ihrem Besuch nächste Woche um ein Interview zu bitten."

Die hochbetagte, aber immer noch sehr vitale Patriarchin des Mackenzie-Clans kam zusammen mit einer schottischen Delegation nach London. Höhepunkt des Aufenthaltes würde die feierliche Investitur im Buckingham Palace sein, bei dem Isabel in den Rang einer *Dame Commander of the British Empire* erhoben werden sollte.

„Gary sagt, dass ein Gespräch mit ihr und wenn möglich auch mit anderen Mitgliedern ihrer Abordnung gerade jetzt, so kurz nach dem Schottland-Referendum, interessant sein könnte."

John lachte. „Wenn Isabel immer noch so fit und kämpferisch ist wie letztes Jahr, kann sich der Redakteur auf ein spannendes Interview einstellen."

Renie kippte die Streusel auf die Apfelmischung und schob die Auflaufform in den Ofen. „Ich freue mich so auf die Tage mit Tante Isabel. Ich hatte eine tolle Zeit, als ich ihr in Edinburgh geholfen habe, das große Clantreffen zu organisieren. Unglaublich, dass das schon wieder über ein Jahr her ist. Seither haben wir uns nicht gesehen."

John nickte.

„Sie ist schon eine einzigartige Frau. Ich hoffe wirklich, dass sie noch ganz die Alte ist."

Kapitel 2

Davon konnte John sich wenige Tage später aus erster Hand überzeugen.

„Du Hasenfuß, nun stell dich nicht so an“, ermahnte Isabel ihn, nachdem sie sich ein paar Lachtränen aus dem Gesicht gewischt hatte. „Du tust ja gerade so, als müsstest du allein einem hungrigen Löwenrudel entgegentreten.“

John überlegte im Stillen, ob ihm diese Alternative nicht wesentlich lieber gewesen wäre im Vergleich zu dem, was ihm am nächsten Samstag bevorstand. Selbst der vorzügliche Lachs, den sie soeben als Vorspeise serviert bekommen hatten, wollte ihm beim Gedanken daran nicht mehr recht schmecken.

Im Bankettsaal des altehrwürdigen Royal Victoria Hotels wurde an diesem Abend ein großes Galadinner veranstaltet, zu dem auch die Mackenzies eingeladen waren. An der Stirnseite des Raums prangte ein Banner: *Die Whisky Association Scotland heißt euch in London willkommen: Isabel Mackenzie und Angus Macgregor! Wir sind stolz auf euch!*

Nachdem Downing Street vor Monaten als Zeichen guten Willens gegenüber den Schotten das Regionalparlament in Edinburgh ersucht hatte, zwei Kandidaten für den Ritterstand vorzuschlagen, war die Wahl auf die beiden streitbaren Veteranen gefallen.

Die Aussicht, einen der höchsten Orden des Landes aus der Hand der Königin höchstselbst verliehen zu bekommen, hatte Isabel keineswegs vor Freude in Ohnmacht fallen lassen. Erst nach langem Zögern hatte sie sich bereiterklärt, die Ehrung anzunehmen. Heute Nachmittag war sie nun gemeinsam mit der dreißigköpfigen schottischen Abordnung in London eingetroffen. Das Willkommensdinner des Whiskyherstellerverbands stellte den Auftakt zu einem dichtgedrängten gut einwöchigen Programm dar.

Zu Johns Leidwesen drehte sich das Tischgespräch jedoch nicht um Isabels bevorstehende Ehrung, sondern um einen Auftritt, zu dem er sich in einem Anflug von geistiger Umnachtung von seiner Mutter hatte breitschlagen lassen.

Bei einer Wohltätigkeitsveranstaltung zugunsten der Königlichen Gärten in Kew sollte eine Junggesellenauktion stattfinden und Emmeline Mackenzie hatte alle Register gezogen, um ihren Sohn dazu zu bewegen, sich dafür zur Verfügung zu stellen. Seither plagten John nächtliche Schweißausbrüche und Albträume, in denen wechselweise Meuten von Frauen „Ausziehen, ausziehen“ kreischten oder ihn mit mitleidigen Blicken maßen, um dann 50 Pence zu bieten.

„Ansehnlicher Mittvierziger – ein Mann mit einem großen Herzen, der großartig zuhören kann und an dessen Schulter man sich gerne anlehnt; in jeder Lebenssituation ein echter Fels in der Brandung“, hatte Renie vollmundig in das Programmheft geschrieben, das sie in Emmelines Auftrag verfasst hatte und nun herumzeigte.

Simon verdrehte die Augen und murmelte, „Das klingt wie eine ausnehmend verzweifelte Annonce in einer drittklassigen Partnerschaftsbörse.“ Er grinste John boshaft an. „Aber wer weiß, wenn du dich auf der Bühne gut darstellst – vielleicht findet sich da ja endlich eine Frau, die mit unserem alten Junggesellen nicht nur einen Abend verbringen möchte. Wäre das nicht erfreulich?“

Während Renie und Maggie, die diese gehässige Bemerkung gehört hatten, empört dreinsahen und selbst Simons Ehefrau, die Ehrenwerte Patricia Whittington-Armsworth, indigniert eine Augenbraue hob, blieb John gelassen.

„Nun, ich habe nicht vor, mich als etwas darzustellen, was ich nicht bin. So etwas rächt sich auf lange Sicht doch immer, nicht wahr, … Superintendent?“

Der Schuss hatte gesessen. Sein Cousin zuckte zusammen. Patricia, die mit Ausnahme von John als einzige wusste, warum Simon vor einiger Zeit die erwartete Beförderung zum Chief Superintendent bei der Metropolitan Police verwehrt blieb, tupfte sich geziert den Mund ab und wechselte das Thema.

„Emmeline, ich bin sehr gespannt auf eure Erfahrungen mit einer solchen Art von Veranstaltung. Wir vom Förderverein des St. Bartholomew Krankenhauses denken auch beständig über neue Wege nach, wie wir Gelder generieren könnten…“

Während sie weitersprach, raunte Renie ihrer Mutter zu, „Simon, dieses Rabenaas. Wieso sind die beiden überhaupt zu diesem Essen eingeladen?“

Maggie seufzte leise. „Naja, Simon ist nun mal unser Cousin. Und natürlich lässt er sich die Gelegenheit, sich mit einer künftigen *Dame Commander of the British Empire* sehen zu lassen, nicht entgehen.“

„Klar, er ist publicitygeil wie eh und je. Dabei war seine Visage sowieso in den letzten Wochen ständig in allen Zeitungen zu sehen, nachdem er dieses entführte Ministerskind retten konnte. Er platzt ja vor Stolz gleich aus seinem feinen Zwirn heraus. Widerlich“, knurrte Renie.

„Patricia, Liebling, ich habe eine Idee für euren Verein“, hob der Superintendent wieder an. „Ihr könntet auch eine Auktion auf die Beine stellen – allerdings mit attraktiveren Objekten als … nun ja“, er warf einen Blick zu John hinüber.

Patricia sah ihn stirnrunzelnd an. „Was meinst du?“

„Nun ja, ihr könntet eine Celebrity-Auktion daraus machen. Du hast ja schließlich hervorragende Kontakte, da könntest du doch sicher einige Hochkaräter für ein Meet-and-Greet, eine Partie Golf, ein Essen oder was auch immer gewinnen.“ Er strich über seine Hundertfünfzig-Pfund-Krawatte. „Und den ersten Kandidaten hättest du auch schon, für den sich gewiss ein hübsches Sümmchen erlösen ließe. Ich selbst würde mich zur Verfügung stellen.“

Simon sah Beifall heischend in die Runde. Als die Reaktionen lediglich von bemühtem Lächeln bis zu einem gemurmelten „Ich glaube, mir wird schlecht“ von Renie reichten, widmete er sich beleidigt wieder seinem Lachs.

Isabel lächelte amüsiert.

„Soweit ich weiß, verspricht unser Programm für den Samstag nichts besonders Spannendes. Ich denke, ich werde mich für einige Stunden ausklinken und sehen, wie mein Großneffe sich bei dieser Auktion schlägt.“

„Oh ja, Tante Isabel“, freute sich Renie. „Das wird ein Kracher. Mum kommt auch. Und ich werde sowieso da sein, weil Grandma mich zwangsverpflichtet hat, die Auktion zu moderieren.“

„Ich werde mir das auch nicht entgehen lassen“, kündigte Johns Schwägerin Annie an. „David, du kannst dich doch am Samstag um Christopher kümmern?“

Ihr Mann nickte und warf einen mitfühlenden Blick zu seinem älteren Bruder hinüber. John schloss gequält die Augen. Nun würde auch noch ein Auflauf seiner weiblichen Verwandten Zeuge werden, wie er sich zum Affen machte. Wie peinlich würde diese Geschichte wohl noch werden?

Während der Hauptgang aufgetragen wurde – ausgerechnet das schottische Nationalgericht Haggis, das außer bei James Mackenzie bei niemandem für Begeisterung sorgte – erkundigte David sich, „Bist du hier im Hotel gut untergebracht, Tante Isabel?"

Isabel verzog das Gesicht. „Nun ja. Mein Zimmer ist sehr komfortabel und hübsch eingerichtet, das muss ich zugeben. Aber der dauernde Lärm von der Straße ist selbst im fünften Stock sehr unangenehm. Bei einigen meiner Mitreisenden ist es noch schlimmer – ihre Fenster gehen zur Victoria Station hinaus. Lautsprecherdurchsagen von den Bahnsteigen, kreischende Zugbremsen, ein Höllenlärm, einfach grässlich."

Sie warf einen unfreundlichen Blick zu Emmeline hinüber, die am entgegengesetzten Ende des Tisches saß.

„Bei euch in Kew wäre es wesentlich ruhiger gewesen. Aber dort wurde mir ja keine Herberge angeboten."

„Hättest du nicht darauf bestanden, Walter mitzubringen, hättest du gerne die Tage bei uns verbringen können", entgegnete Emmeline steif.

Isabel sah sie entsetzt an. „Wie stellst du dir das vor? Hätte er ohne mich für so lange Zeit auf meinem Hof bleiben sollen? Unmöglich! Mein Verwalter hätte sich zwar um ihn gekümmert – aber so eine lange Trennung würde ich Walter nie zumuten."

„Der alte Kläffer wäre bestimmt nicht an gebrochenem Herzen gestorben."

Alter Kläffer! Alle am Tisch hielten den Atem an. Geoff, der den ganzen Abend recht still neben Renie gesessen hatte, sah geradezu verschreckt drein.

Isabel richtete sich voller Entrüstung auf.

„Sir Walter Scott ist eine Zierde der Scotch-Terrier-Rasse. Nicht umsonst hat er vor einigen Monaten noch den Superveteranenpokal bei der nationalen Hundeausstellung geholt – "

„Jetzt fängt sie wieder damit an", murmelte Emmeline und verdrehte die Augen.

„ – und darüber hinaus ist er ein äußerst wohlerzogenes Tier, das sich überall zu benehmen weiß. Was man von eurem Katzenbiest nicht behaupten kann."

Nun war es an Johns Mutter, sich empört aufzuplustern.

„Katzenbiest? King Edward ist – "

„Hah! King Edward!", fuhr Isabel auf. „Wahrscheinlich hast du ihn nach eurem Edward I, diesem Berserker, benannt. Kein Wunder, dass das Vieh so ein Haustyrann ist."

James Mackenzie, der erkannte, dass seine Frau ein Brötchen beäugte und offensichtlich überlegte, ob dieses sich als Wurfgeschoss eignete, sah sich bemüßigt einzugreifen.

„Meine Lieben, meine Lieben. Nun lasst uns doch diesen schönen Abend nicht durch so einen sinnlosen Streit trüben. Einerseits wäre es natürlich schön gewesen, dich bei uns zu haben, Isabel. Aber du weißt ja, dass es immer Hickhack zwischen unseren jeweiligen Haustieren gibt."

Sehr diplomatisch, Dad, dachte John. Tatsächlich waren die Plänkeleien zwischen Hund und Katze nichts im Vergleich zu den Gefechten, die regelmäßig nach kürzester Zeit zwischen den beiden Frauen ausbrachen.

„Außerdem ist es ganz gut, dass du hier direkt bei deiner Delegation untergebracht bist, denke ich. Wir werden uns in den nächsten Tagen sicher dennoch viel sehen." James Mackenzie spähte auf Johns Teller. „Isst du das nicht mehr?"

„Nein, Dad, ich … bin voll. Das kannst du gerne haben."

„Wie sieht euer Programm für die nächsten Tage aus, Tante Isabel? Soweit ich es verstanden habe, werdet ihr eine Menge Besichtigungen machen?", erkundigte sich Alan.

Isabel warf einen letzten bösen Blick ans andere Tischende, atmete tief durch und nickte.

„Unsere Tage hier sind vollgepackt bis zum Letzten. Fiona Macintyre, unsere Parteisekretärin", sie nickte zu einer energisch wirkenden rotblonden Frau am Nachbartisch hinüber, „hat alles im Voraus geplant. Morgen Nachmittag um fünf werden wir zum Beispiel eine Führung durch Westminster Abbey haben – ganz exklusiv für uns, wenn das Gotteshaus für normale Besucher schon geschlossen sein wird. Das wird sicher sehr interessant. Möchte vielleicht von euch jemand mitkommen? Fiona sagte mir, dass wir noch zwei, drei Leute mehr unterbringen können."

Renie beugte sich begierig nach vorn. „Oh, das wäre perfekt für mich – da könnte ich mir das Grab von David Livingstone ansehen und mich für meinen Artikel inspirieren lassen."

Auch John und sein Vater wollten sich gerne anschließen.

„Sehr schön. Wir sprechen nachher noch mit Fiona darüber." Isabel, die ihren Teller ratzeputz leergegessen hatte, legte ihr Besteck weg. „John, ich danke dir nochmals, dass du dich bereiterklärt hast, übermorgen eine Spezialführung durch den Tower für unsere Gruppe anzubieten."

„Das ist doch Ehrensache, Tante Isabel."

„Einige der anderen Programmpunkte werde ich mir wohl sparen und es etwas ruhiger angehen lassen. Es gibt Theaterbesuche, verschiedene Museen, Stadtführungen und dazu natürlich Treffen mit mehreren Unterhausabgeordneten."

„Was sind das für Leute in deiner Gruppe, Isabel? Alles Vertreter der Scottish National Party?", fragte Annie.

„Nicht nur. Wir haben zwar einige hochrangige Funktionäre dabei, aber fast die Hälfte der Truppe besteht aus Verwandten, Geschäftspartnern und Mitarbeitern von Angus Macgregor. Seine Familie besitzt eine der letzten unabhängigen Whiskydestillerien des Landes, er selbst ist seit Jahrzehnten sehr aktiv im Verband der Produzenten. Daher auch dieses gesponserte Essen heute Abend. Die Whisky Association Scotland veranstaltet gerade ihr jährliches Treffen hier im Hotel und lädt uns nachher noch zu einem Whisky-Tasting ein. Dann werde ich euch mit einigen meiner Mitreisenden bekanntmachen."

Whisky-Tasting? Tommy hob interessiert den Kopf.

„Vergiss es", beschied Maggie ihrem Sohn.

„Oh, Mum, in ein paar Wochen werde ich sechzehn, da werde ich doch wohl – "

„Diskussion beendet, junger Mann." Maggies Ton war freundlich, aber eisern.

„Ach, ein Tröpfchen schadet dem Jungen sicher nicht. Whisky ist für einen Schotten ebenso harmlos wie Milch für den Rest der Menschheit, wie es bei uns heißt", merkte Isabel an.

„Mein Enkel ist kein Schotte, sondern Engländer, nimm das doch endlich zur Kenntnis, Isabel", knurrte Emmeline.

Isabel verdrehte die Augen. „Was für eine traurige Tatsache." Sie zwinkerte Tommy zu. „Keine Sorge, mein armer Junge. Nachdem ich ja weiß, dass John ein Verächter unserer edlen Tropfen ist, habe ich dafür gesorgt, dass es neben all den herrlichen Single Malts auch eine schöne Auswahl anderer Getränke gibt. Der Barmann hat mir versichert, dass er einen Caipirinha ganz ohne Schnaps im Repertoire hat, der sich gewaschen hat."

John klopfte seinem Neffen auf die Schulter. „Wir beide werden uns durch sämtliche alkoholfreien Varianten probieren, nicht wahr?"

David grinste. „Wir drei! Seit dem großen Clan-Treffen in Edinburgh halte ich Abstand vom Whisky. Damals wollte ich mich am liebsten hinlegen und sterben.“

Alan lachte. „Es war aber wirklich lustig, wie du vorher noch umringt von einer Horde eingefleischter Kiltträger ein total schräges *God save the Queen* geschmettert hast.“

„Erinnere mich nicht daran.“ David zog verlegen den Kopf ein.

„Oh, Isabel, du Ärmste“, kam es da in zuckersüßem Ton vom Ende des Tischs. „Du musst ja am Boden zerschmettert sein, dass deine Landsleute euren patriotischen Parolen nicht aufgesessen sind und sich bei der Abstimmung klugerweise für einen Verbleib im Vereinten Königreich entschieden haben.“ Emmeline summte mit heiterem Gesichtsausdruck ein paar Takte von *Rule, Britannia*, bis ihr Mann sie mit einem halblauten, „Em, bitte. Du musst nicht noch zusätzlich Salz in die Wunde reiben“ zum Schweigen brachte.

Isabel machte ein Gesicht, als hätte sie in eine ausnehmend saure Zitrone gebissen, erwiderte aber in beherrschtem Ton, „Ob diese Entscheidung klug war, wird sich herausstellen.“ Sie hielt einen Augenblick inne.

„Ja, es ist wahr, dass ich enttäuscht war. Dass so viele von uns nicht mutig genug waren, diese einmalige Chance am Schopf zu ergreifen… Aber mittlerweile habe ich den Ausgang der Abstimmung verdaut, denke ich. So ist es nun einmal in einer Demokratie: Die Meinung der Mehrheit ist zu akzeptieren.“

John warf seiner Schwester einen Blick zu und spürte, dass beide in diesem Moment das Gleiche dachten: Tante Isabel wurde erstaunlich altersmilde!

„In diesem Jahr ist in unserem Land vieles in Gang gekommen“, sprach sie nachdenklich weiter. „Viele junge Leute interessieren sich plötzlich für Politik und werden aktiv. Das gefällt mir. Und ich meine auch, dass Westminster nicht darum herumkommen wird, uns nun mehr Autonomie zuzugestehen – “

„Hah! Autonomie! Ich verwette meinen Arsch darauf, dass das alles nur hohle Versprechungen waren.“

Neben Tante Isabel war ein beleibter älterer Mann aufgetaucht, aus dessen zerfurchtem Gesicht eine rotgeäderte Nase leuchtete.

„Diese Imperialisten aus dem Süden meinen vielleicht, sie hätten uns erfolgreich eingewickelt und die Sache mit der Unabhängigkeit wäre vom Tisch – aber nein, nein, nein, wir werden nicht aufgeben.“

Er schwankte leicht und hielt sich an Isabels Stuhllehne fest. Dann warf er sich in Positur und deklamierte:

„So lange auch nur einhundert von uns am Leben sind, wird man uns niemals – unter welchen Bedingungen auch immer – unter englische Herrschaft zwingen. Denn wir kämpfen wahrhaft nicht für Ruhm, Reichtümer oder Ehre, sondern einzig und allein für die Freiheit, die kein ehrenhafter Mann aufgibt, wenn nicht zugleich mit dem Leben."

Er unterdrückte dezent einen Rülpser.

Isabels Lippen umspielte ein halb amüsiertes, halb resigniertes Lächeln. „Meine Lieben, darf ich vorstellen: Angus Macgregor, künftiger *Commander of the British Empire."*

Kapitel 3

„Der alte Angus ist schon … ein Original“, bemerkte eine halbe Stunde später Dr. Michael Arbroath, der sich im Kaminzimmer des Hotels zu John gesellt hatte. Die beiden Männer waren sich vor einigen Monaten erstmals begegnet, als der schottische Historiker wegen Recherchen zu seinem neuen Buch den Tower besuchte.

John lächelte. „Ein kämpferischer Mann, ohne Zweifel. Ich kann mich an den Spruch erinnern, den er vorhin zitiert hat. Der hing in gestickter Form bei meiner Tante Isabel im Esszimmer, soweit ich es noch weiß. Stammt er nicht aus der schottischen Unabhängigkeitserklärung?“

„Sie haben recht. Es war der bekannteste Teil der Deklaration von Arbroath aus dem Jahr 1320, der ältesten heute bekannten Unabhängigkeitserklärung einer Nation – auch wenn es mit der Unabhängigkeit letztlich bis zum heutigen Tag nichts geworden ist.“

John hob eine Augenbrauc. „Arbroath?“

Der Schotte lachte und nickte. „Mit einem Namen wie diesem konnte ich es wohl gar nicht vermeiden, Geschichtswissenschaftler zu werden, nicht wahr? Meine Vorfahren stammen tatsächlich aus der Nähe der Abtei, in der die Deklaration verfasst wurde. Ein wahrhaft historischer Ort. Wussten Sie, dass sich dort auch zeitweise unser Schicksalsstein befand?“

John schüttelte den Kopf. „Ich dachte, er hätte seit Ewigkeiten seinen Platz in Westminster Abbey gehabt, bevor er vor einigen Jahren zurück nach Edinburgh gegeben wurde.“

Arbroath beugte sich nach vorn. „Das stimmt auch. Seit Edward I ihn aus der Abtei von Scone geraubt und als Kriegsbeute nach London gebracht hatte, lagerte er unter dem Sitz des Krönungsstuhls. Aber an Weihnachten 1950 gelang es einigen Studenten, ihn von dort zu entführen. Sie können sich vorstellen, dass es einen riesigen öffentlichen Aufschrei im ganzen Land gab. Obwohl die Polizei sofort eine aufwändige Suchaktion startete, schafften die jungen Leute es, den Stein nach Schottland zu bringen. Unglücklicherweise zerbrach er auf der Flucht jedoch in zwei Teile und musste von einem Steinmetz repariert werden. Zur Aufbewahrung wurde er dann unter dem Hochaltar in der Abtei von Arbroath deponiert. Als die englische Polizei davon Wind bekam, wurde er flugs nach London zurücktransportiert, bis John Major ihn 1996 schließlich zurückgab. Er hatte sich davon wohl ein paar Tory-Stimmen aus Schottland erhofft. Dieser Plan ist nicht aufgegangen. Bei den Wahlen im darauffolgenden Jahr konnte sich in keinem einzigen Wahlbezirk der konservative Kandidat durchsetzen."

Arbroath grinste, dann wanderte sein Blick in die Ferne.

„Ich kann mich noch sehr gut an den 30. November 1996 erinnern, als der Stein zu uns zurückkam. Es gab eine riesige Parade in Edinburgh. Hunderte von Soldaten geleiteten den Stein die Royal Mile hinauf zu unserer Burg, viele tausende Menschen standen am Straßenrand, um zu sehen, wie ein Stück Geschichte an ihnen vorbeizog." Er blickte durch die weit offenen Flügeltüren in den angrenzenden Raum, wo der Großteil der Delegation sich, um kleine Stehtische herum gruppiert, am Whisky gütlich tat.

„Viele von denen, die heute hier sind, waren auch an jenem Tag dabei. Es war die heiße Phase, in der wir für unser eigenes Parlament kämpften. Isabel war in all den Jahren eine unserer Mitstreiterinnen, immer in vorderster Reihe dabei. Schon lange, bevor Downing Street sie für würdig befand, zur *Dame Commander* ernannt zu werden, war sie unsere *Grande Dame*." Er lächelte versonnen.

„Und natürlich Angus Macgregor. Jahrzehntelang eines unserer Zugpferde, scharfsinnig, einer unserer klügsten Köpfe. Ein Mann mit Energie und Durchsetzungsvermögen. Wenn er damals nicht ein klein wenig zu jung für solche Eskapaden gewesen wäre, wäre er bei dem Husarenstück der Studenten 1950 mit Sicherheit dabei gewesen. Nun, in den letzten Monaten allerdings..." Arbroath schüttelte leicht den Kopf und ließ den Satz in der Luft hängen.

In diesem Moment trat Geoff Tomlinson zu ihnen und ließ sich in einen der mächtigen Ledersessel fallen. Dr. Arbroath entschuldigte sich mit einem gemurmelten „Der Barmann schenkt einen fünfundzwanzigjährigen Bowmore in Fassstärke aus, da muss ich mir unbedingt ein Tröpfchen sichern" und strebte zum Ausschank.

Geoff streckte die Beine von sich. „Isabel hat Renie gebeten, eine Runde mit Sir Walter um den Block zu gehen. Ich ... hatte keine Lust, mitzukommen."

John sah ihn prüfend an. Er hatte schon den ganzen Abend das unbestimmte Gefühl gehabt, dass zwischen Renie und ihrem Freund irgendetwas nicht stimmte. Aber nun war wohl kaum der geeignete Moment, den Status von Geoffs Beziehung zu Johns Nichte zu erörtern. So fragte er lediglich mit einem Blick auf Geoffs Glas, das augenscheinlich Cola enthielt, „Du verschmähst auch die schottischen Genüsse?“

Der junge Biologe nickte etwas verdrießlich. „Ich muss morgen ganz früh raus, um auf einer Konferenz in Exeter einen Vortrag zu halten. Außerdem mache ich mir nicht viel aus Whisky. Wobei ich zugeben muss, dass ich außer mal einem Johnnie Walker oder einem Famous Grouse noch nie einen getrunken habe.“

„Guter Gott, Junge, das meinst du doch nicht ernst! Wo soll diese Welt noch hinkommen?“ Angus Macgregor starrte, einen halbvollen Whiskytumbler in der Hand, mit offensichtlicher Abscheu auf den Tisch, wo Geoffs Colaglas in trauter Eintracht neben Johns Wasserglas – der angepriesene alkoholfreie Caipirinha hatte ihm nicht zugesagt – stand.

Macgregor schüttelte sich, setzte sich dann neben John auf das Sofa und patschte ihm mit der Hand aufs Knie. „Sag mir, was stimmt mit dir nicht? Du könntest dich nach Herzenslust durch all unsere wunderbaren Whiskys probieren – und du trinkst Wasser? Na, du bist mir ja ein schöner Mackenzie.“

Eingedenk der Tatsache, dass er einen Mann vor sich hatte, der in Kürze in den Ritterstand erhoben werden würde, bemühte John sich um ein Lächeln und rutschte ein wenig zur Seite. Die plumpe Vertraulichkeit und die Fahne, die ihm aus dem Mund des Alten entgegenschlug, stießen ihn ab.

„Die Geschmäcker sind verschieden, nicht wahr?“, bemerkte er unverbindlich. „Was ich immer schon faszinierend fand, ist die Vielfalt der Whiskys allein in Schottland. Sie als Experte können uns sicherlich erklären, wie es gelingt, aus wenigen immer gleichen Grundzutaten so viele verschiedene Geschmacksrichtungen zu kreieren.“

Macgregors Augen leuchteten auf.

„Das kann ich wohl, junger Mann, das kann ich wohl. Meine Familie kann auf eine über zweihundertfünfzigjährige Tradition in der Whiskyherstellung zurückschauen. Nicht einmal die Wuchersteuern, die London uns im achtzehnten Jahrhundert aufzwang, schafften es, die Produktion lahmzulegen. Meine Vorfahren waren findig darin, den Steuereintreibern zu entkommen. Sie waren Teil eines erfolgreichen Schmugglerrings.“ Er zwinkerte vergnügt.

„Seit 1823, als das House of Lords endlich kapitulierte und eine vernünftige Besteuerung einführte, führen wir eine ehrbare Existenz als Whisky-Produzenten. Ob diese Tradition jedoch weitergeführt wird, wenn ich einmal nicht mehr bin, steht leider in den Sternen."

Er runzelte die Stirn und deutete zu einem Tisch im nächsten Raum hinüber, an dem einige Männer standen, die in Johns Alter sein mochten. Isabel hatte ihre Familie nach dem Essen wohl zwei Dutzend Leuten aus ihrer Reisegruppe vorgestellt, allerdings hatte John in kürzester Zeit vergessen, wer wie mit wem in Beziehung stand.

„Der da mit dem karierten Sakko ist mein Sohn, Patrick. Gavin, mein Neffe, steht daneben. Ob die beiden wirklich den nötigen Geschäftssinn mitbringen, bezweifle ich. Und dazu streiten sie sich andauernd, wie Hund und Katze." Macgregor verzog das Gesicht. „Aber lassen wir das. Man kann nur beten, dass sie sich zusammenraufen und letztlich unseren Familienbetrieb weiterführen werden, wie mein Bruder – Gott hab ihn selig – und ich es die letzten fünfzig Jahre getan haben. Wenigstens um die darauf folgende Generation ist mir nicht bange."

Er wies auf ein ausnehmend hübsches Mädchen mit langen roten Locken. Sie war in ein Gespräch mit Tommy vertieft. Von dessen vorhin noch so mürrischer Miene war nichts mehr zu sehen, obwohl er ein Glas Orangensaft in der Hand hielt, das der Barmann ihm unter Maggies wachsamem Blick eingeschenkt hatte.

„Gavins Tochter Megan, meine Großnichte", erklärte Macgregor stolz. „Gerade erst sechzehn, aber ein patentes Mädel. Sie kommt eher nach ihrer Mutter, Jean – was eine Frau wie sie an unserem Gavin findet, ist mir immer noch schleierhaft. Megan hat jetzt schon mehr Verstand und Chuzpe als ihr Vater jemals haben wird. Bei *ihr* wird unsere Firma einmal in den besten Händen sein. Und ich bin stolz darauf, dass ich ein bestens bestelltes Haus hinterlassen kann."

Plötzlich kicherte er. „Wenn man bedenkt, dass wir ohne die Reblaus heute immer noch kleine Schafzüchter wären, die ohne Gelder von der EU nicht überleben könnten – ich muss dem kleinen Biest wirklich dankbar sein."

Während John verständnislos dreinschaute, beugte Geoff sich interessiert nach vorn.

„Viteus vitifoliae aus der Familie der Phylloxeridae. Natürlich. Sie wurde aus Amerika eingeschleppt und vernichtete in der zweiten

Hälfte des neunzehnten Jahrhunderts Weinberg um Weinberg in Europa.“

„So ist es, junger Freund, so ist es. Die ganze Wein- und Branntweinindustrie war auf dem Boden. Bis die sich wieder aufgerappelt hatte, hatte unser guter Whisky sich schon längst als Getränk der Wahl auch auf dem Kontinent etabliert. Und so entstand das Fundament für unser Familienunternehmen und unser GlenMara ist bis heute bekannt als Single Malt ersten Ranges.“

Zufrieden lehnte der Alte sich in das Lederpolster zurück und nahm einen kräftigen Schluck aus seinem Glas. Dann fixierte er abermals Johns Mineralwasser.

„Trinkst du denn gar nichts, Jungchen? Eine Schande ist das, eine Schande.“ Trübselig schüttelte er den Kopf.

John seufzte innerlich. „Sie wollten uns Unwissenden einen kleinen Einblick geben, wie die Vielfalt der Whiskys entsteht…“

„Wollte ich das? Natürlich, natürlich. Wo soll ich beginnen, damit ihr Greenhorns etwas von der Magie versteht, die hier drin steckt?“ Er ließ den verbleibenden Fingerbreit bernsteinfarbener Flüssigkeit im Glas kreisen.

„Erst einmal brauchen wir natürlich Wasser. Und hier gibt es schon enorme Unterschiede, je nachdem, aus welcher Gesteinsart das Wasser heraustritt. Wir in den nördlichen Highlands haben Sandsteinböden, die dafür sorgen, dass unser Wasser zehnmal so viele Mineralien enthält wie das weiche Wasser an der Speyside, das aus Granit entspringt. Auf den westlichen Inseln haben wir Lavagestein, was wiederum ganz andere Geschmacksnuancen erbringt. Unser Wasser läuft über große Heideflächen, wo es eine wunderbar blumige Note annimmt. Dann die Gerste: Ich bin Traditionalist, verwende nach wie vor nur die Sorte Golden Promise, die auf den Äckern rund um unsere Destillerie angebaut wird. Meiner Meinung nach ist seit dieser Züchtung nichts Besseres nachgekommen. Mein Neffe, Gavin – er steht da drüben, daneben, der mit dem karierten Sakko, das ist mein Sohn Patrick, die beiden sind leider die meiste Zeit am Streiten – also Gavin, das ist so ein ganz ökologisch angehauchter, wenn Sie verstehen, was ich meine.“ Er rollte mit den Augen.

„Der hat vielleicht neumodische Ideen. Er bildet sich ernsthaft ein, wir sollten nur organisch erzeugtes Getreide einkaufen. Firlefanz, sage ich. Gut, alle heiligen Zeiten mal hat er auch vernünftige Vorschläge. So erzeugen wir die Hitze, die wir für die Destillation brauchen, mittlerweile mit einem kleinen Biomasseheizkraftwerk. Dafür gabs Fördergelder von der EU. Und einen äußerst günstigen Kredit von unserer Hausbank noch dazu, hehe.“

Er nickte zu einem gutgekleideten Mann hinüber, der am Rand einer Gruppe stand und auf seinem Smartphone herumtippte. „Craig Hamilton, der Banker meines Vertrauens. Genauso ein Gauner wie alle Bankfritzen, sage ich euch, aber den Umgang mit diesen Brüdern habe ich im Verlauf meiner Karriere gelernt. Na, und zuletzt haben wir noch einen schönen Profit durch die Anlage, weil wir den Überschuss zu guten Konditionen an die Gemeinde verkaufen, die damit die Schule heizt.“

Er zwinkerte schelmisch. „Wenns dem Profit nicht im Weg steht, können wir von mir aus auch etwas für die Umwelt tun. Na, und wenigstens muss man Gavin zugutehalten, dass ihm wirklich etwas an unserem Unternehmen liegt. Bei meinem Herrn Sohn bin ich mir da nicht sicher. Ich habe den Verdacht, dass er GlenMara am liebsten an einen der großen Konzerne verscherbeln und sich vom Erlös ein schönes Leben mit seiner … Freundin machen würde. Ein Miststück, wenn ihr mich fragt. Nur aufs Geld aus. Und er merkt es nicht mal, dieser Hanswurst.“ Er kippte den Rest Whisky mit einem Zug in sich hinein. „Worüber sprachen wir gerade?“

„Über das Getreide, das für Ihre Produktion verwendet wird“, gab Geoff das Stichwort.

„Ah ja, natürlich. Die Gerste kommt nach der Ernte in die Mälzerei im nächsten Ort, wo sie im ersten Schritt zur Keimung gebracht wird…“

Angus Macgregor setzte zu einem längeren Referat über die Kunst des Mälzens an. Während Geoff zunehmend fasziniert lauschte und immer neue Zwischenfragen stellte, spürte John, wie seine Aufmerksamkeit nachließ. Nur noch vage drangen Worte wie beta-Amylase und Phenolgehalt an sein Ohr. Er ließ seinen Blick durch den Raum schweifen, in dem gutgelauntes Stimmengewirr herrschte.

Seine Eltern saßen mit einigen älteren Mitgliedern der schottischen Delegation zusammen und unterhielten sich angeregt. Simon schien Tante Isabel, Annie und David gerade einen – wahrscheinlich vollkommen überzogenen – Bericht seiner Heldentat zu geben, die zur unversehrten Rettung der entführten Tochter eines Kabinettsmitglieds geführt hatte. Aus dem Augenwinkel bemerkte John, wie die junge Megan Macgregor mit Tommy im Gefolge durch eine Seitentür verschwand und unterdrückte ein Grinsen. Tommys Eltern hatten davon nichts mitbekommen. Alan ließ sich an der Bar gerade etwas einschenken und Maggie führte ein offenbar sehr vergnügliches Gespräch mit einer kurzhaarigen Frau, die einen Anstecker der Whisky Association am Revers trug. Er überlegte, ob er zu ihr hinübergehen sollte, wollte jedoch nicht unhöflich erscheinen. Also versuchte er, sich wieder auf Macgregors Ausführungen zu konzentrieren.

Nachdem der Schotte sich lang und breit über den Prozess des Maischens und der zweifachen Destillation ausgelassen hatte, war er nun bei der Rolle der Lagerung angelangt, der offenbar ebenfalls eine entscheidende Bedeutung für den Charakter des Whiskys zukam.

„Der neue Trend, den Whisky zur Endreifung in ein anderes Fass abzufüllen, ist für mich Humbug. Bei uns bleibt er in Sherryfässern aus spanischer Sommereiche – so war es immer und so soll es auch bleiben. Zumindest so lange ich das Sagen habe. Was danach kommt, wer weiß.“ Missmutig blickte er zu den Stehtischen hinüber.

„Sehen Sie, die beiden Männer da drüben? Der mit dem karierten Sakko ist mein Sohn, Patrick. Daneben, der, der so ein bisschen ökomäßig daherkommt, das ist mein Neffe, Gavin. Gerade sind sie friedlich, ansonsten sind sie oft wie Hund und Katz, die beiden. Man kann nur beten, dass sie sich zusammenraufen, wenn es soweit ist. Allerdings habe ich da keine allzu großen Hoffnungen. Dagegen mein Bruder, Gott hab ihn selig, und ich – wir waren ein perfektes Team. Er hat sich um die betriebswirtschaftliche Seite gekümmert und ich mich um die Produktion. Wir haben uns großartig ergänzt – aber ein solches Duo werden Gavin und Patrick nie sein. Manchmal denke ich, es wäre besser, die Firma ginge gleich an meine Großnichte Megan über, das ist mal ein patentes Mädel. Jammerschade, dass sie noch zu jung ist, um das Unternehmen zu führen. Ihr müsst sie wirklich kennenlernen. Momentan sehe ich sie allerdings gar nicht – “ Sein Blick wanderte suchend durch den Raum.

Geoffs Blick flackerte zu John hinüber. War dem Alten tatsächlich nicht bewusst, dass er ihnen nun schon zum dritten Mal von seinen Verwandten erzählte? John zuckte leicht mit der Schulter.

Macgregors Blick schweifte dorthin, wo Johns Eltern saßen – ihre Tischgenossen waren der Bürgermeister von Macgregors Heimatgemeinde und seine Frau, soweit John sich erinnern konnte – und blieb dann an dem Tisch hängen, an dem Maggie immer noch mit der Vertreterin der Whisky Association stand. Die Frauen hatten mehrere Gläser vor sich stehen und Maggie hatte ihre Nase gerade tief in einen der Tumbler gesteckt.

„Familie…“, murmelte Macgregor mit rätselhaftem Gesichtsausdruck. „Was gibt es Komplizierteres? Aber vielleicht gibt es noch eine ganz andere Lösung…“

Geoff räusperte sich und brachte Macgregor wieder zum Thema zurück. „Sie verwenden also Quercus robur. Haben Sie je mit einer anderen Art von Eiche experimentiert, etwa Quercus alba oder Quercus petraea?“

Schon waren die beiden wieder auf einem naturwissenschaftlichen Exkurs. John merkte, wie er wieder wegdriftete. Wo mochten Tommy und die junge Schottin hin sein? Wahrscheinlich hatten sie sich in ein ruhiges Eckchen zurückgezogen, um sich gegenseitig die neuesten Apps auf ihren Smartphones vorzuführen.

„Mit ungefähr sechsundsechzig Prozent kommt der Feinbrand dann ins Fass. Dort verliert er aber während seiner Lagerung etliche Prozent, weil ein Anteil des Alkohols verdunstet. Je nach der Beschaffenheit des Fasses, der Art des Lagerhauses, der Temperatur und der Höhe, in der das Fass im Regal liegt – bei uns gibt es allerdings lediglich drei Reihen übereinander und damit nur geringe Temperaturunterschiede – und natürlich der Zeitdauer, die der Whisky im Fass reift, fällt der Alkoholgehalt bis zum Ende oft auf fünfzig Prozent oder sogar darunter. Wir nennen das, was verschwindet, den *Angel's Share*. Aber selbst die Engel müssen sich dem Diktat aus London beugen: Mehr als exakt 2.5 Prozent im Jahr dürfen sie sich nicht nehmen.“ Macgregor stieß ein grimmiges Lachen aus.

„Unser Whisky ist einer der Gründe, warum diese englischen Blutsauger ihre Krallen nicht aus unserem Fleisch nehmen wollen.“ Er knallte sein leeres Glas auf den Tisch. „Ohne die gut vier Milliarden Pfund jährlich, die der Whiskyexport erwirtschaftet, sähe die Außenhandelsbilanz des verdammten Vereinten Königreichs mies aus. Und der Finanzminister hätte eine Milliarde – lassen Sie sich das auf der Zunge zergehen – eine Milliarde weniger in seinem Steuersäckel. Nein, da musste natürlich mit aller Macht dagegen gekämpft werden, dass wir unabhängig werden. Und dazu war der Regierung jedes Mittel recht, wie immer. Sogar die neuen, gigantischen Ölfunde, die Schottland zu einem der reichsten Länder auf der Welt gemacht hätten, wurden natürlich verschwiegen, bis das Referendum vorüber war. Stattdessen wurde immer und immer wieder betont, wir wären wirtschaftlich allein nicht überlebensfähig. Hah! Dass ich nicht lache!" Er redete sich immer mehr in Rage. „Diese Arschgeigen in der Downing Street – "

Er hieb mit der Faust auf den Tisch. Immer mehr Augen richteten sich auf ihn. Sein Sohn und sein Neffe kamen näher.

„Nun, Dad…", begann Patrick Macgregor, aber sein Vater brachte ihn mit einer herrischen Handbewegung zum Schweigen.

„Sei still. Wenn du dich für deinen alten Herrn schämst, geh woandershin."

„Aber Angus, wir wollen doch an diesem schönen Abend nicht ins Politisieren kommen, nicht wahr?" Der Vorsitzende der Whisky Association Scotland, der zu Beginn des Abends eine kurze Begrüßungsrede gehalten hatte, war herangetreten.

„Alistair Ross!", rief Macgregor höhnisch aus. „Von dir lasse ich mir schon gar nichts sagen, du Verräter. Ich werde auf keinen Fall den Kampf um die Freiheit aufgeben. Wenn die hier meinen, dass sie mich mit ihrem gottverdammten Adelstitel mundtot machen können, dann werden die schon sehen, dass sie sich geschnitten haben!"

Er erhob sich ein wenig mühselig. „So, und jetzt brauche ich was zu trinken. Wie schon unser großer Robbie Burns sagte: Freiheit und Whisky gehören zusammen!"

Nach seinem Abgang herrschte peinlich berührtes Schweigen. In diesem Augenblick kam einer der Kellner näher, sah entschuldigend in die Runde und meinte, „Gehört der Teenager draußen zu Ihnen? Ich fürchte, es… geht dem jungen Mann nicht gut."

John sprang auf. Auch Maggie hatte mitbekommen, was der Kellner gesagt hatte. Sie sah sich beunruhigt um, registrierte, dass Tommy nicht hier war und kam eilig herüber.

John nahm ihren Arm. „Lass uns nachsehen. Wo ist er?"

„Ich bringe die Herrschaften zu ihm." Eilfertig wandte sich der Kellner zur Tür, dann hielt er noch einmal inne. „Es gäbe da auch noch … nun ja, etwas Finanzielles zu regeln. Aber darüber wird der Concierge mit Ihnen sprechen."

Maggie winkte Alan herüber und zu dritt folgten sie dem Bediensteten durch die imposante Eingangshalle mit ihren Marmorsäulen und Kristalllüstern, eine Freitreppe hinauf auf die Galerie. Dort gab es etliche Nischen, in denen Chaiselongues und Sessel gruppiert waren, daneben kleine Tische mit Tageszeitungen. Während sie über den dicken Teppich hasteten, hörten sie plötzlich das unverkennbare Geräusch, wie jemand sich übergab. Der Kellner verzog schmerzlich das Gesicht und murmelte, „Oje, hoffentlich hat ihm Layla schon den Eimer gebracht.“

Dann standen sie vor einem mit mintgrünem Samt überzogenen Sofa, dessen Farbton gut zu Tommys Gesichtsfarbe passte. Gerade hob er den Kopf, den er über einen Champagnerkühler gebeugt gehabt hatte. Beim Anblick seiner Eltern würgte es ihn erneut. Neben ihm auf dem Sofa saß betreten Megan Macgregor und zwirbelte ihr langes Haar um einen Finger. Das Tableau wurde vervollständigt durch ein Zimmermädchen, das einen unansehnlichen Fleck auf dem Teppich betupfte und dem Concierge, der mit versteinerter Miene und verschränkten Armen da stand.

Maggie kniete sich vor Tommy. „Wie geht es dir? Sollen wir einen Arzt rufen?“

Er schüttelte leicht den Kopf und krächzte, „Nein, es geht schon. Ich …will nur noch in mein Bett.“

Maggie erhob sich und fixierte Megan. „Habt ihr getrunken?“

Das Mädchen schluckte, warf Maggie aber einen trotzigen Blick zu.

„Und wenn schon? Da ist doch nichts dabei. Wie hätte ich ahnen sollen, dass Ihr Söhnchen schon bei der geringsten Menge vom Hocker fällt?“

Maggie sah aus, als hätte sie die junge Schottin am liebsten geohrfeigt. Alan trat vor und legte seiner Frau warnend eine Hand auf den Arm. Sie schüttelte ihn ab und beugte sich drohend über Megan.

„Vielleicht bist *du* ja mit Schnaps aufgezogen worden“, zischte Maggie erbost. „Mag sein, dass das bei euch da oben selbstverständlich ist. Meine Kinder sind nicht so aufgewachsen. Mit welcher Menge hast du ihn abgefüllt?“

Megan schob schmollend die Unterlippe nach vorn. „Ehrlich, so viel war es gar nicht – “

„*Wie* viel“, donnerte Maggie. Grummelnd zog Megan einen Flachmann aus ihrer Tasche.

„Wie viel davon hat er getrunken?“

Megan zuckte mit den Schultern. „Wir haben es uns geteilt. Also schätze ich, die Hälfte.“

„Verzeihen Sie, Madam. Vielleicht kann ich bei der Mengenbestimmung behilflich sein.“ Der Concierge trat vor und griff nach der Flasche. Nachdem er sie geschüttelt hatte, meinte er nachdenklich, „Leer. Da dürften zwei Deziliter hineingehen, also dürfte der junge Herr umgerechnet rund fünf Kurze zu sich genommen haben."

Maggie warf einen Blick zu ihrem Bruder. „Was denkst du, kann er mit der Menge eine Alkoholvergiftung haben?"

John schüttelte den Kopf. „Bei Kindern und Jugendlichen kann es zwar schneller dazu kommen als bei Erwachsenen, gerade bei Schnaps. Aber ich glaube nicht, dass die Menge gesundheitsgefährdend war. Wenn das wirklich alles ist, was er getrunken hat."

Megan nickte. „Ehrenwort, ich habe ihm sonst nichts gegeben."

„Dann wollen wir dich mal nach Hause schaffen, Tommy", meinte Alan.

In diesem Moment ertönte hinter ihnen eine besorgte Stimme. „Was ist mit meinem Enkel los? Tommy, was ist mit dir? Bist du krank?" Emmeline hatte sich auf die Suche nach ihrer Familie gemacht und zog James hinter sich her, der ebenfalls beunruhigt aussah. Hinter ihnen kam Gavin Macgregor die Treppe nach oben, im Schlepptau eine attraktive Frau, die wie eine ältere Ausgabe von Megan aussah. Sie erfasste die Situation mit einem Blick.

„Megan, du hast dir wohl mit deinem jungen Freund hier einen genehmigt." Bevor das Mädchen antworten konnte, kam auch noch ihr Großonkel herangeschnauft.

„Hier seid ihr. Wieso habt ihr euch hier versteckt? Ihr hättet doch an der Bar einen nehmen können."

Megan kicherte. „Ja, Onkel Angus, das weiß ich. Aber Tommy meinte, seine Mutter würde einen Aufstand machen, wenn er etwas trinkt."

Maggie sog empört die Luft ein. „Einen Aufstand! Jawohl, ich mache einen Aufstand! Und zu Recht, würde ich sagen. Was bei der Trinkerei herauskommt, das sieht man ja hier."

Angus Macgregor würdigte sie keines Blickes. „Ich hoffe, es war ein ordentlicher Tropfen, Megan? Was hattest du Gutes in deinem Fläschchen?"

„Einen Ardbeg, allerdings nur den zwölfjährigen."

Macgregor schürzte die Lippen. „Nicht kältefiltriert, mittelschwer, vielleicht ein bisschen ölig im Abgang. Nun ja, nicht der beste Tropfen, aber auch nicht der schlechteste, nein, absolut nicht der schlechteste."

Megan nickte. „Du weißt ja, dass ich auf die torfigen Sorten aus Islay stehe, Onkel Angus.“

Emmeline hatte den Wortwechsel mit offenem Mund verfolgt. Nun stemmte sie die Hände in die Hüften und rief empört, „Das schlägt ja wohl dem Fass den Boden aus. Diese rothaarige Sirene, dieses Früchtchen verführt meinen unschuldigen Enkel, sich hochprozentige Spirituosen hineinzukippen, bis er fast bewusstlos ist – und Sie diskutieren hier in aller Seelenruhe, welche Sorte wohl die beste ist!“

Megans Mutter fuhr auf, „Wie bitte? Mit Früchtchen meinen Sie ja wohl nicht meine Tochter? Und was heißt da verführen? Offensichtlich *wollte* der Junge den Whisky kosten und nur, weil er wegen seiner repressiven Mutter, dieser typisch englischen Zicke, keine Trinkkultur kennenlernen durfte – “ Sie zeigte anklagend auf Maggie, die hochrot angelaufen war und an deren Stirn eine Ader wütend pochte.

„*Sie* ist doch schuld an dieser Situation. Hätte sie ihr schmales Handtuch von Sohn durch ihre unsinnigen Verbote nicht dazu getrieben, sich hier mit meiner Tochter zu verstecken, sondern gepflegt in der Bar einen Drink zu nehmen, wäre dies hier nicht passiert.“

John meinte, ein Zähneknirschen von seiner Schwester zu hören, die sich offensichtlich nur mit allergrößter Mühe davor zurückhalten konnte, ihrer Gegnerin an die Gurgel zu gehen. Stattdessen verschränkte sie die Arme und sprach mit eiskalter Stimme.

„Ich muss Sie darauf aufmerksam machen, dass Sie gerade eine Anwältin der Krone als Zicke bezeichnet haben. Wir werden morgen mit Tommy zum Arzt gehen. Sollte mein Sohn, der noch nicht einmal sechzehn Jahre alt ist, auch nur die geringsten Schäden von dieser Eskapade davongetragen haben, werde ich Sie und Ihre Tochter vor Gericht bringen. Da geht es mindestens um Verletzung der Aufsichtspflicht und fahrlässige Körperverletzung – und natürlich um Beleidigung, das wollen wir doch nicht vergessen. Und selbstverständlich werden Sie für alle etwaigen Schäden hier aufkommen.“

„Beleidigung?“, kreischte Mrs. Macgregor. „Die alte Schachtel hier hat doch meine Tochter ein Früchtchen genannt! Und bezahlen werden wir keinen Penny, wenn *Ihr* Sohn hier den Teppich vollkotzt.“

Nun wurde es Johns Vater zu bunt. „Niemand bezeichnet meine Frau als alte Schachtel.“

Der Concierge, der offensichtlich Angst um sein edles Mobiliar hatte, sollte hier gleich eine Massenschlägerei ausbrechen, trat zwischen die Frauen.

„Nun, nun, meine Damen und Herren. Ich würde vorschlagen, alle begeben sich nun zur Ruhe. Am besten teilen Sie mir mit, wie ich Sie erreichen kann. Wir werden uns morgen um die Verschmutzungen hier kümmern und das Ausmaß feststellen. Dann werden wir uns mit Ihnen in Verbindung setzen. Wir werden schon eine Lösung finden, da bin ich sicher."

Wortlos nahm Megans Mutter das Mädchen bei der Hand und zog sie den Gang hinab, während der alte Angus leise in sich hinein kicherte. „Ein famoses Temperament, die gute Jeanie. Das ist mal eine Frau mit Pfeffer im Hintern. Sie erinnert mich an meine Betty, Gott hab sie selig. Gavin, das war wirklich das einzig Gute, was du je zustande gebracht hast, dir diese Frau zu schnappen."

Gavin Macgregor lächelte gezwungen und streckte Maggie die Hand hin.

„Es tut mir leid. Meine Frau ist … leicht erregbar. Ich hoffe, Sie nehmen es ihr nicht krumm. Und ich entschuldige mich auch für Megans Verhalten – "

„Herrje, Gavin, du Lusche. Bring doch einmal den Mumm auf, dich hinter deine Tochter zu stellen", fiel Angus ihm ins Wort. Er ignorierte den hasserfüllten Blick seines Neffen und wandte sich an Maggie.

„Die jungen Leute wollen eben einfach ihren Spaß haben. Da muss man doch keine große Sache daraus machen, oder? Denken Sie an das, was John Lennon sagte: Neunzig Prozent der Menschen auf diesem Planeten verdanken ihre Existenz einer Flasche Whisky in einer Samstagnacht." Er zwinkerte Maggie zu, der es offensichtlich die Sprache verschlagen hatte und meinte dann heiter, „So. Die Nacht ist jung. Wer nimmt sich jetzt mit mir noch einen zur Brust?"

Kapitel 4

„Und ich habe die ganze Action verpasst, ist denn das zu glauben?", klagte Renie am nächsten Tag, als sie in der Warteschlange an der Einlasskontrolle zu Westminster Abbey standen.

„Gott, wie gern hätte ich Mum gesehen, wie sie zur Furie wird. Wahrscheinlich hat ihre Ader wieder gepocht, was?" Sie tippte sich auf die Schläfe.

John nickte grinsend. „Aber sie hat sich großartig beherrscht, muss ich sagen. Wie ging es Tommy heute Morgen?"

„Eigentlich gar nicht so schlecht, ein bisschen blass um die Nase vielleicht. Es war gut, dass er das Meiste gleich wieder von sich gegeben hat. Ich glaube, was ihm heute eher zu schaffen macht, ist der Gedanke an das große Gespräch, das ihm Mum für heute Abend angedroht hat." Sie kicherte. „Es passt gut, dass ich heute sowieso zuhause übernachte, weil Geoff auf dieser Konferenz im Norden ist. Bella und ich haben schon ausgemacht, dass wir uns dann in den Flur schleichen und lauschen. Das lassen wir uns nicht entgehen."

John schüttelte lächelnd den Kopf. „Der Arme. Ich möchte nicht in Tommys Haut stecken."

„Jungs in dem Alter sind eigentlich arme Wichte", meinte Renie mit der ganzen Weisheit ihrer zweiundzwanzig Jahre. „Ich kann mir schon vorstellen, dass beim Anblick dieser schottischen Zirze sein Hirn ausgesetzt hat."

Aus ihrer Tasche ertönten die ersten Takte von *Bohemian Rhapsody.* Sie fischte ihr Handy eilig heraus und trat ein paar Schritte zur Seite. „Mark! Hallo."

Während sie telefonierte, hielt John nach seinem Vater Ausschau. Da trat Tante Isabel zu ihm. „Guten Tag, mein Junge. James müsste gleich kommen. Er hat mich vorhin angerufen, dass er erst ein wenig später als geplant vom Museum losgekommen ist. Offenbar gibt es einen Saurierknochen, der begutachtet werden muss und man hat ihn um seinen Rat gebeten. Oh, apropos Saurier – " Sie beugte sich näher zu ihm und fragte nach einem Blick auf die Umstehenden halblaut, „Ist es wahr, dass die gute Emmeline sich gestern von Jean Macgregor als alte Schachtel beschimpfen lassen musste?"

Als John nickte, biss Isabel sich auf die Lippen, offenbar im Bemühen, ein Lächeln zu unterdrücken. „Wie … ungehörig von Jean.

James sagte mir, Emmeline habe sich furchtbar aufgeregt. Nach dem, was ich gehört habe, war die ganze Szene ziemlich unerfreulich gestern."

„Das kann man so sagen. Beide Seiten waren etwas erregt..."

Isabel schmunzelte. „Etwas erregt ist noch höflich formuliert, schätze ich. Während die Frauen sich angefaucht haben, seid ihr Männer herumgestanden wie die Ölgötzen, habe ich recht? Nun ja, ich habe mich auf jeden Fall heute bemüht, die Wogen etwas zu glätten und mit dem Hotel vereinbart, dass ich für den entstandenen Schaden aufkomme."

„Das ist sehr nett von dir, Tante Isabel."

Sie winkte ab. „Wenn ich gestern etwas von der Geschichte mitbekommen hätte, hätte ich beide Seiten zur Räson bringen und dafür sorgen können, dass keine bösen Worte fallen. Aber leider war ich mit Fiona nach oben gegangen, weil sie unbedingt einiges Organisatorische besprechen wollte."

Isabel verzog das Gesicht.

„Offenbar gibt es Unmengen von Interview-Anfragen hiesiger Medien für mich und Angus. Das meiste habe ich abgeblockt. Ich werde mit diesem Mann vom *Guardian* sprechen, weil Renie mich darum gebeten hat. Aber ansonsten habe ich keine Lust, meine Zeit hier mit irgendwelchen Pressefritzen zu verbringen, die einem sowieso das Wort im Mund umdrehen." Sie hielt kurz inne und fuhr dann leise fort, „Und Angus müssen wir wohl soweit wie möglich von allen Medienvertretern fernhalten. Was wir mit ihm machen sollen, das weiß der Himmel. Es wird wirklich immer schlimmer mit ihm."

Auch John senkte die Stimme. „Könnte es sein, dass bei ihm eine dementielle Entwicklung vorliegt?"

„Dementielle Entwicklung, hah!" Isabel schnaubte. „Der Kalk rieselt, und das nicht zu knapp. Und dazu ist er ein unverbesserlicher Schluckspecht. Beides zusammen macht ihn immer unberechenbarer."

Sie sah sich um, registrierte, dass der gesamte Macgregor-Clan in sicherer Entfernung von ihnen ganz vorn in der Wartschlange stand und fuhr fort.

„Gestern muss es noch eine ziemlich hässliche Szene gegeben haben. Ich war schon zu Bett gegangen, aber etliche waren noch zusammengesessen. Michael hat mir berichtet, dass Angus eine lautstarke Auseinandersetzung mit Patrick und Gavin vom Zaun gebrochen hat. Und heute beim Frühstück hatte er schon wieder einen

Mordsstreit, diesmal mit jemandem aus der Gruppe. Er hatte sich nicht zu seiner Familie gesetzt, sondern an einen Tisch mit Leuten aus seinem Ort, aber auch hier krachte es nach kurzer Zeit. So, wie er sich aufführt, ist er auf dem besten Weg, es sich wirklich mit so gut wie jedem zu verderben."

„Worum ging es denn?"

Isabel verzog das Gesicht. „Offenbar wollte er seinen Tee mit einem ordentlichen Schluck Whisky versetzen. Er trägt ja immer seinen Flachmann mit sich herum und hatte ihn offenbar gerade herausgezogen, als einige am Tisch anmerkten, dass das nun doch etwas unpassend wäre zu so früher Stunde. Daran entzündete der Streit sich dann. Angus keifte, dass er sich nicht von Leuten bevormunden ließe, die allesamt Dreck am Stecken hätten. Ich bin dann hin und habe die Flasche kurzerhand konfisziert und sie mitgenommen, damit endlich Ruhe war."

Sie schüttelte den Kopf. „Es kam mir vor, als müsste ich einem renitenten Kleinkind ein Spielzeug entreißen, wirklich traurig. Dann, zehn Minuten später, klopfte es an meiner Tür: Angus. Er schien die ganze Geschichte vom Frühstück komplett vergessen zu haben – er schien sogar recht aufgeräumt und meinte, die junge Megan würde gern einen kleinen Spaziergang mit Walter machen, er würde sie dabei begleiten. Nun ja, nachdem meine Hüfte mir in letzter Zeit etwas zu schaffen macht und wir in diesen Tagen viel auf den Beinen sind, willigte ich ein. Von der Flasche erwähnte er gar nichts, also behielt ich sie einstweilen bei mir und gab sie später Patrick. Ich gab Megan noch genaue Instruktionen, dass sie ja gut auf meinen Hund aufpassen soll – schließlich ist er so eine Großstadt nicht gewöhnt – und sie zogen ab. Megan versprach mir, nur eine Runde um den Block zu gehen, damit Walter sein Geschäft erledigen konnte. Aber als wir um halb zehn zu einem Gespräch mit ein paar unserer schottischen Labour-Abgeordneten aufbrechen wollten, waren die drei immer noch nicht zurück. Wir überlegten schon, ob wir eine Suchmannschaft losschicken oder die Polizei alarmieren sollten, da trudelten sie endlich ein."

„Hatten sie sich verlaufen?"

„*Angus* hatte sich verlaufen", gab Isabel in spitzem Ton zurück. „Megan erzählte uns, dass sie schnell etwas in einem Souvenirladen kaufen wollte, da ist er mir nichts, dir nichts mitsamt meinem Walter davonspaziert und wusste offenbar schon nach ein paar Metern nicht mehr, wo er war. Und an den Namen des Hotels konnte er sich auch nicht erinnern. Megan sagte, sie hätte die ganze Umgebung abgesucht, als sie merkte, dass er fort war. Gefunden hat sie ihn schließlich am Tor zum Gelände des Buckingham Palace, umringt von einer Schar Bobbys. Und was denkst du, was er denen gesagt hat? *Lizzy* wäre eine gute alte Freundin von ihm und sie erwarte ihn zu, na sagen wir mal, einer Privataudienz – auch wenn das nicht ganz die Worte waren, die er gewählt hatte. Meine Güte, er kann noch froh sein, dass er nicht gleich eine Anzeige wegen Majestätsbeleidigung bekommen hat."

Sie schüttelte fassungslos den Kopf, um gleich darauf die Stirn zu runzeln, als es an der Spitze der Warteschlange zu einem Aufruhr kam. „Was ist nun schon wieder los?" Energisch marschierte sie nach vorn.

„Ihr haltet uns wohl für Terroristen? Denkt ihr etwa, wir wollen eure Scheißkirche in die Luft sprengen? Ein Skandal ist das, ein Skandal!"

John konnte Angus Macgregors hochroten Kopf inmitten der Menge ausmachen. Die Umstehenden, allen voran sein Sohn und sein Neffe, versuchten ihn zu beruhigen, aber ohne Erfolg. Isabel redete auf ihn ein, woraufhin das Zetern des Alten wenigstens leiser wurde. Nun trat ein freundlich lächelnder glatzköpfiger Herr im langen Gewand eines Kirchendieners vor die Gruppe, klatschte in die Hände und rief, „Meine Damen und Herren, ich freue mich, Sie bei uns begrüßen zu dürfen. Ich bin Ewan Fraser und es ist mir eine besondere Ehre, die schottische Delegation durch unsere wunderbare Kirche führen zu dürfen. Was für eine Freude, einmal wieder den herrlichen Dialekt der Highlands zu hören. Mein Vater stammt übrigens aus Inverness", setzte er mit einem Lächeln hinzu.

Dr. Arbroath trat nach vorn. „Schön, Sie kennenzulernen. Gestatten, dass ich mich vorstelle: Michael Arbroath von der Universität St. Andrews."

„Dr. Arbroath! Selbstverständlich kenne ich Ihren Namen. Ich habe auch schon einige Ihrer Bücher gelesen. Geschichte ist sozusagen mein Steckenpferd." Fraser strahlte.

„Ich danke Ihnen. Darf ich Ihnen nun die beiden Herrschaften vorstellen, deren Erhebung in den Ritterstand Anlass unserer Reise ist? Isabel Mackenzie und Angus Macgregor."

Fraser schüttelte den beiden die Hand.

„Es ist mir wirklich eine große Freude und Ehre, Ihre Bekanntschaft zu machen." Er wandte sich an die Gruppe. „Damit wir zügig mit unserer Führung beginnen können, darf ich Sie nun höflich ersuchen, unseren Sicherheitsvorschriften Folge zu leisten. Bitte erlauben Sie den Herrschaften unseres Wachpersonals, einen Blick in Ihre mitgebrachten Taschen und Rucksäcke zu werfen. Dann passieren Sie einzeln die Sicherheitsschleuse."

„Selbstverständlich, Mr. Fraser. Uns ist bewusst, dass wir ein nationales Kulturgut betreten und da sind gewisse Sicherheitsvorschriften einzuhalten – und zwar von jedem Besucher", erwiderte Isabel mit einem scharfen Blick auf Angus Macgregor. Dann trat sie nach vorn und öffnete ihre Tasche. Nachdem diese oberflächlich inspiziert worden war, schritt sie durch die Schleuse, die ähnlich aussah wie die Passagierkontrolle am Flughafen. Von der anderen Seite winkte sie auffordernd. Immer noch brummelnd setzte Macgregor sich in Gang. Piiieeep, erscholl ein heller Ton.

„Sir, darf ich Sie bitten, beiseite zu treten? Tragen Sie etwas Metallisches bei sich?"

„Ne Knarre, oder was? Natürlich nicht. Unverschämte Unterstellung" raunzte Macgregor. Obwohl John mindestens zehn Schritte entfernt stand, hatte er dennoch das Gefühl, dass sich hinter dem barschen Verhalten des Schotten Nervosität verbarg.

„Vielleicht eine Gürtelschnalle? Oder Sie tragen Ihren Geldbeutel oder einen Schlüssel mit sich?" Der Wachmann blieb geduldig.

„Ich habe Hosenträger, wenn Sie es genau wissen wollen. Der Schlüssel für mein Zimmer ist so eine neumodische Plastikkarte. Und Geld habe ich heute keines eingesteckt."

Die Sicherheitsleute warfen sich einen Blick zu. „Sir, ich muss Sie bitten, die Arme zur Seite auszustrecken, dann werde ich Sie abtasten."

Macgregor fuhr zurück und öffnete schon den Mund, um heftig zu protestieren, da ertönte eine helle Stimme hinter ihm.

„Dein Flachmann, Onkel Angus. Du hast ihn in der Jackentasche."

Macgregor stutzte. „Du hast recht, Megan. Eine kleine Stärkung zwischendurch wird einem ja wohl zustehen." Er zog eine Metallflasche mit dem eingravierten Logo GlenMara aus einer Innentasche seiner Tweedjacke und reichte sie dem Wachmann. „Aber vergreifen Sie sich nicht dran, Jungchen. Ich weiß genau, dass die noch voll ist. Heute bin ich noch gar nicht dazu gekommen, ein Schlückchen zu nehmen, nachdem erst diese Lady dort – ", er nickte mit einem grimmigen Lächeln zu Isabel herüber, „ – und dann mein Herr Sohn sie die ganze Zeit bewacht haben wie ein Zerberus."

Isabel knurrte leise und raunte John zu, „Hätte ich das Ding nur behalten – aber ich bin schließlich nicht seine Kindergärtnerin."

Angus schritt nun abermals durch die Schleuse. Diesmal blieb es still. Triumphierend nahm er seine Flasche wieder in Empfang und schüttelte sie prüfend. Dann nickte er und bedeutete dem Rest der Gruppe ungeduldig, ihm zu folgen. „Nun bringt schon diesen Affenzirkus hinter euch, damit wir anfangen können."

Es dauerte nicht lange und alle hatten die Kontrolle passiert. Auch James Mackenzie war in letzter Minute zu ihnen gestoßen. Renie hatte ihr Telefonat endlich beendet und begrüßte ihren Großvater überschwänglich. John bemerkte ihre geröteten Wangen und warf ihr einen forschenden Blick zu, als sie sich zu ihm gesellte.

„Alles okay?"

„Natürlich", erwiderte sie leichthin.

Ewan Fraser wartete, bis es ruhig wurde.

„Meine Damen und Herren – noch einmal herzlich willkommen in Westminster Abbey. Wir haben heute Nachmittag eine schöne Führung vor uns, in der ich Ihnen die Höhepunkte unseres Bauwerks nahebringen darf. Ein besonderes und seltenes Privileg, das Sie genießen dürfen, ist: Wir haben die Kirche ganz für uns. Für normale Besucher sind wir nun geschlossen und zum Abendgottesdienst werden die Tore erst wieder um halb sieben geöffnet."

„Das ist wunderbar, Mr. Fraser. Die wenigsten von uns hatten je Gelegenheit, diese Kirche zu besuchen und nun freuen wir uns sehr auf den Rundgang mit Ihnen", sagte Isabel.

„Sehr schön. Ich werde Ihnen gerne einen Abriss über die Baugeschichte und die Bedeutung unserer Kirche geben, aber das machen wir ein wenig später, wenn Sie sich gemütlich in unserem Chorgestühl niederlassen können. Starten werden wir jedoch, wo traditionell auch jeder Besuch eines ausländischen Staatsoberhaupts beginnt: Am Grabmal des Unbekannten Soldaten."

Wenig später standen sie vor der von seidenen Mohnblumen umfassten schwarzen Marmorplatte, die in das Längsschiff eingelassen war. Die Gruppe verharrte einen Moment schweigend. Dann hob ihr Guide an, „Aus den Schlachtfeldern in Frankreich wurde er heimgebracht und hier zur Ruhe gebettet. Weder sein Name noch sein Rang sind uns bekannt, aber er hat es verdient, hier an diesem würdigen Platz inmitten der Könige zu liegen. Ein sehr passender Ort für die Gedenkandacht, die wir letzten Monat, am vierten August, zum

Ausbruch des ersten Weltkriegs vor hundert Jahren abgehalten haben. Und nun lassen Sie uns zu einem unserer Prunkstücke kommen: dem Krönungsstuhl. Bitte folgen Sie mir."

Hinter einer schützenden Glasscheibe erblickten sie einen hölzernen Thron, an dem der Zahn der Zeit sichtlich schon genagt hatte. Unter der Sitzfläche ließ sich durch die hölzerne Verzierung ein leeres Fach erkennen.

„Da war er wohl drin, unser Schicksalsstein, nachdem Edward, der Schurke, ihn uns geraubt hatte." Angus Macgregors anklagender Ton prallte an dem Kirchendiener ab. Freundlich erklärte er, „Exakt. Dieser Stuhl wurde von Edward I. eigens dafür in Auftrag gegeben, den Stein von Scone, auch Schicksals- oder Krönungsstein genannt, aufzubewahren. Seit rund siebenhundert Jahren ist so gut wie jeder Monarch auf diesem Stuhl, sozusagen auf dem Stein sitzend, gekrönt worden."

Frasers Blick wurde etwas wehmütig. „Wie Sie sehen können, hat dieses geschichtsträchtige Möbelstück schon bessere Zeiten gesehen. Von der ursprünglichen Goldbeschichtung und den Malereien ist kaum noch etwas zu sehen. Dies liegt daran, dass früher nicht gerade achtsam mit dem guten Stück umgegangen wurde. So konnten Besucher der Kirche für einen kleinen Obolus darauf Platz nehmen. Die Jungs aus unserer angegliederten Schule haben sich darauf verewigt, zum Beispiel ein gewisser P. Abbott, der in den Stuhl einritzte, dass er hier die Nacht vom fünften auf den sechsten Juli 1800 verbracht hat. Im Kampf um das Frauenwahlrecht ließ eine der Suffragetten sich 1914 zu einer etwas fehlgeleiteten Protestaktion hinreißen und zündete eine Bombe, die sie über die Rückenlehne des Stuhls gehängt hatte. Glücklicherweise wurde er dabei jedoch kaum beschädigt, lediglich eine der Spitzen brach ab."

Aus seinem voluminösen Gewand zog Fraser ein zusammengerolltes Bild, das Elizabeth II. bei ihrer Krönung auf dem Stuhl sitzend zeigte. „Hier sehen Sie eine Aufnahme von 1953."

„Oh, ich weiß es noch wie heute", schwärmte die Frau des schottischen Bürgermeisters, die gestern Abend mit Johns Eltern zusammengesessen hatte. „Ich war ein junges Mädchen und saß mit der ganzen Familie vor dem Fernseher, als die Feierlichkeiten übertragen wurden. Was für ein prächtiges Ereignis."

Fraser nickte mit einem Lächeln. „Auch ich kann mich daran erinnern. Ich war noch ein kleiner Bub damals und die ganze Straße hatte sich bei dem Nachbarn versammelt, der als einziger ein Fernsehgerät hatte. Nun, natürlich hoffen wir, dass unserer Regentin noch ein langes, gesundes Leben beschert ist und der nächste Einsatz unseres Krönungsstuhls damit noch in weiter Ferne liegt. Wie Sie sicher wissen, wird der Schicksalsstein, der sich seit 1996 in der Burg von Edinburgh befindet, zu diesem Anlass wieder hierher zurückkehren."

Er steckte das Bild wieder weg und fuhr fort. „Die Feierlichkeiten zur Inthronisation von Königin Elizabeth waren vorher bis ins letzte Detail geprobt worden und klappten auch wie am Schnürchen. Bei früheren Krönungen dagegen gab es auch das eine oder andere Missgeschick. Das ging schon am Weihnachtstag 1066 los, als sich William der Eroberer nach der Schlacht bei Hastings zum König krönen ließ. Es gab so laute Beifallsbekundungen hier in der Kirche, dass die Wachsoldaten draußen dachten, es wäre ein Aufstand ausgebrochen und in ihrer Verwirrung die umstehenden Häuser in Brand setzten. Die arme Queen Victoria musste 1838 einige Schmerzen erleiden, als der Erzbischof versuchte, ihr den Krönungsring an den falschen Finger zu stecken. Das größte Spektakel aber gab es 1821. Als George IV. auf den Thron kam, waren er und seine Frau Caroline bereits seit einiger Zeit, nun sagen wir, entfremdet. Caroline hatte England verlassen, war aber fest entschlossen, ihren Platz als Prinzgemahlin einzunehmen, sobald George König wurde. Sie reiste zur Krönung an, was ihrem Ehemann aber nicht gefiel. Er wollte sie auf keinen Fall dabeihaben. Das Volk, das draußen stand, wurde also Zeuge, wie eine äußerst erzürnte Caroline von eigens engagierten Wachleuten davor zurückgehalten werden musste, in die Krönungszeremonie hineinzuplatzen. Ein veritabler Skandal."

Er zog eine neue Papierrolle aus seiner Robe. „Nachzulesen war das Ganze damals auf einer der Flugschriften, die für einen Penny verkauft wurden und sicher an diesem Tag reißenden Absatz fanden. Klatsch und Tratsch rund um die königliche Familie hat die Menschen zu allen Zeiten interessiert."

Neugierig drängte Renie sich nach vorn und warf einen Blick auf das Papier. „Was ist das?"

„Eine Kopie des damaligen Flugblatts. Ich habe sie von meinem Vater bekommen, der vor langer Zeit in der schottischen Nationalbibliothek arbeitete. Dort lagern bis heute rund eine

Viertelmillion dieser alten Schriftstücke. Wenn Sie möchten, dürfen Sie sich den Bericht gern durchlesen."

Renies Augen leuchteten. „Das ist ja spannend. Einen direkteren Einblick in die damaligen Ereignisse kann man kaum bekommen. Mr. Fraser, Sie bringen mich auf eine Idee…"

Während die Gruppe sich langsam an den mächtigen gotischen Pfeilern entlang durch das Kirchenschiff bewegte, erklärte Renie dem Kirchendiener ihr Interesse an zeitgenössischen Berichten.

„Vielleicht lässt sich auch etwas über das Begräbnis von David Livingstone finden. Das wäre etwas für meinen Artikel."

Ewan Fraser sah sie nachdenklich an. „Möglicherweise kann ich Ihnen dabei helfen. Wir haben ein Archiv mit Zeitungsartikeln, die sich mit wichtigen Ereignissen rund um Westminster Abbey beschäftigen. Mir ist so, als wäre da auch etwas über Livingstones Beerdigung dabei. Wenn Sie möchten, können wir einen Termin vereinbaren und gemeinsam ein wenig das Material durchforsten."

Renies begeistertes Quieken hallte durch das gewaltige Kirchengewölbe. Sie schlug sich die Hand vor den Mund. „Verzeihung. Würden Sie das wirklich tun?"

Fraser lächelte. „Natürlich. Nun, und wenn Sie sich für Livingstone interessieren, sind wir hier genau richtig. Dies ist sein Grab."

„Ah, einer unserer großen schottischen Landsleute", meinte Angus Macgregor beifällig.

Ehrfürchtig beäugte Renie die Grabplatte. „Von getreuen Händen über Land und über See hierher gebracht, ruht hier David Livingstone, Missionar, Reisender, Philantrop", las sie leise die Inschrift vor.

„Genauer gesagt ruht hier nur der Großteil von ihm", erläuterte der Kirchendiener. „Wie er es gewünscht hatte, wurde sein Herz unter einem Baum vergraben, dort wo er gestorben ist, in seinem geliebten Afrika. Seine beiden treuen Diener, Chuma und Susi, machten sich dann mit dem Leichnam in seine Heimat auf. Es muss für die beiden eine unglaubliche Odyssee gewesen sein, die fast ein Jahr dauerte. Aber sie haben es geschafft und so hat er 1874 seine letzte Ruhe hier in bester Gesellschaft anderer großer Forscher gefunden."

Er wies auf einige Marmorstatuen, die in eine von vergoldeten Holzornamenten gezierte Wand eingelassen waren, die mitten im Längsschiff vor ihnen aufragte.

„Dies ist die Rückwand des Chores. Über ihr sehen Sie die Pfeifen unserer Orgel aufragen. Hier haben wir die Grabmonumente unter anderem von Charles Darwin und Isaac Newton. Und das sind nur zwei der über sechshundert Denkmäler in diesem Gebäude. Insgesamt sind mehr als dreitausend Menschen hier drin begraben oder haben zumindest Gedenksteine erhalten. In diesem Abschnitt des Kirchenschiffs sind in erster Linie Männer versammelt, die sich um die Naturwissenschaft und Technik verdient gemacht haben, wie zum Beispiel die Herren Rutherford, Faraday und Lister."

Renie stand immer noch am Grab David Livingstones. „Dürfte ich ein Foto machen?", fragte sie.

„Tut mir leid, junge Dame. Fotografieren und Filmen ist in den Innenräumen strengstens verboten, nur draußen im Kreuzgang dürfen Aufnahmen gemacht werden. Aber wir haben eine ganze Reihe von hochwertigen Postkarten im Shop. Der hat nun zwar geschlossen, aber wenn Sie mich wegen des alten Artikels noch einmal besuchen, können Sie sich diese ansehen."

Renie, die ihr Handy bereits gezückt hatte, steckte es folgsam wieder weg. Sie folgten Ewan Fraser durch einen üppig verzierten Spitzbogen und fanden sich gleich darauf in einer Art Kirche-in-der-Kirche wieder, mit dreireihigem Chorgestühl zu beiden Seiten.

„Hier beteten die Mönche des Klosters in früheren Jahrhunderten. Heute können Sie hier zu ausgewählten Messen unseren hauseigenen Chor hören – ein ganz besonderes Vergnügen, sage ich Ihnen. Auch Konzerte auf unserer hervorragenden Kirchenorgel finden hier statt. Bitte nehmen Sie Platz, meine Damen und Herren. Ich nutze die Gelegenheit, Ihnen einen Überblick über die rund tausendjährige Geschichte unserer Abteikirche zu geben."

John meinte ein paar unterdrückte Seufzer von den Umsitzenden zu hören. Die Sorge, nun einen endlosen, langatmigen Vortrag erdulden zu müssen, erwies sich jedoch als unbegründet. John, dessen Arbeit im Tower zu einem guten Teil ebenfalls darin bestand, Besuchergruppen die Geschichte der Festung nahezubringen, musste neidlos zugestehen, dass Fraser der Bogen zwischen Wissensvermittlung und Unterhaltung hervorragend gelang.

Renie schien derselben Meinung zu sein. „Der Mann versteht sein Geschäft", wisperte sie ihm zu. Gleich darauf stieß sie ihn mit dem Ellbogen in die Seite. „Auch wenn das wohl nicht jeder so empfindet." Sie nickte andeutungsweise nach hinten. In der hintersten Reihe saß Angus Macgregor, das Kinn auf die Brust gesunken, selig entschlafen. Megan neben ihm starrte ausdauernd nach unten. Wahrscheinlich spielt sie mit ihrem Handy, dachte John und schüttelte leicht den Kopf. Auch ihr Guide hatte gemerkt, dass ein Teil seiner Zuhörerschaft nicht mehr bei der Sache war und kam zum Ende.

„Wie Sie sehen, meine Damen und Herren, vereint unsere wunderbare Kirche eine Fülle von Funktionen: Natürlich ist sie in erster Linie ein Platz des Gebets und der Andacht. Aber sie ist auch ein einzigartiges Symbol der Verbindung von Kirche und Staat. Sie ist der Ort, in dem königliche Häupter gekrönt werden und wo eine Vielzahl unserer Monarchen den Bund fürs Leben geschlossen haben wie zuletzt der Herzog und die Herzogin von Cambridge. Und sie ist die letzte Ruhestätte für viele große Persönlichkeiten, wie wir im Verlauf unseres Rundgangs noch weiter sehen werden. Schlussendlich gibt es auch eine dramatische Geschichte, die sich just hier, wo Sie gerade sitzen, zugetragen hat."

Fraser machte eine Kunstpause. Nun hatte er wieder die ungeteilte Aufmerksamkeit der gesamten Gruppe, selbst Angus Macgregor war wieder erwacht.

„Nach mittelalterlichem Recht konnten Verfolgte, selbst Kriminelle, den Schutz der Kirche in Anspruch nehmen und waren vor dem Arm des Gesetzes geschützt, sobald sie sich hier drin befanden. Nun, es war im Jahr 1378, als ein Mann auf der Flucht vor einer Wacheinheit hier Schutz suchte. Die Soldaten des Königs jedoch missachteten das Recht des Kirchenasyls und folgten ihm. Und genau hier im Chorraum erschlugen sie nicht nur ihn, sondern auch einen der Mönche, der ihm zu Hilfe eilen wollte. Und so wurde unsere Kirche einmal im Lauf der Geschichte zum Schauplatz eines schändlichen Verbrechens."

Was Fraser nicht ahnen konnte, war, dass es in den Mauern von Westminster Abbey noch an diesem Nachmittag ein weiteres Mal zu einem Mord kommen sollte.

Kapitel 5

„Willkommen in Poets' Corner, wo wir die großen Geister aus Kunst und Kultur ehren. Begonnen hat die Tradition vor gut sechshundert Jahren, als Geoffrey Chaucer hier beerdigt wurde. Allerdings nicht, weil er sich mit den großartigen Canterbury Tales unsterblich gemacht hat, sondern weil er am Hof Richards II. Oberaufseher über die königlichen Bauvorhaben war." Fraser grinste. „Definitiv entsprach Chaucer nicht dem Bild des armen Poeten. Er konnte über eine stattliche jährliche Apanage verfügen, dazu erhielt er auf royales Geheiß eine Gallone Wein pro Tag auf Lebenszeit."

„Nicht schlecht", kommentierte Angus Macgregor schmunzelnd. „Noch besser wäre aber Whisky gewesen. Wenn ich mich recht erinnerte, sagte William Faulkner so etwas wie: Die chemische Analyse der dichterischen Inspiration ergibt neunundneunzig Prozent Whisky und ein Prozent Schweiß."

Gelächter brach aus. Auch Ewan Fraser stimmte ein, entgegnete dann aber, „Soweit *ich* mich noch erinnern kann, war es genau jener Faulkner, der nach Abschluss eines seiner Romane so sehr dem Whisky zusprach, dass er mit einer Alkoholvergiftung ins Krankenhaus eingeliefert werden musste. Und von Dylan Thomas hier", er wies auf die Gedenkplakette für den walisischen Dichter, die im Boden eingelassen war, „ist überliefert, dass er nach dem Genuss von achtzehn Gläsern Whisky sein Leben aushauchte."

„Gut pariert", murmelte Renie.

Doch so schnell gab Macgregor nicht auf. „Naja, das ist wohl nicht der schlechteste Tod, würde ich sagen. Könnte mir sogar gefallen. Außerdem können Sie nicht dem Whisky die Schuld daran geben. Genauso gut könnten Sie einen Spaten verdammen – auch mit ihm können Sie so schöne Dinge tun wie einen Baum zu pflanzen, aber Sie können auch Ihren Nachbarn damit erschlagen."

„Angus", ließ sich Isabel Mackenzie in mahnendem Ton vernehmen. „Es gibt bestimmt noch viele Schätze in dieser Kirche, die Mr. Fraser uns zeigen möchte."

Unvermutet polterte Macgregor los. „Isabel, maße dir nicht an, mir den Mund zu verbieten. Mr. Fraser und ich diskutieren hier die unzweifelhafte Bedeutung des Whiskys für die Weltliteratur."

Isabel biss sich auf die Lippen. Bis auf Megan und ihre Mutter Jean, die den kleinen Schlagabtausch eher belustigt verfolgten, wirkten die meisten in der Gruppe angesichts dieses Ausbruchs ein wenig verlegen. Renie flüsterte John ins Ohr, „Der ist ganz schön auf Krawall gebürstet, was?“

Macgregor selbst ließ in aller Ruhe den Blick über die großen Namen der englischsprachigen Literatur schweifen, bis er an einem hängenblieb, der in ein hübsches blaues Glasfenster eingelassen war. „Da, Oscar Wilde“, er deutete auf die Plakette, „das war auch einer, der unserem guten Tröpfchen viel zu verdanken hatte. Er sagte, um eine gute Komödie zu schreiben, bräuchte man die Feder nur in ein Glas Whisky zu tauchen.“

Fraser deutete lächelnd eine Verbeugung an. „Sir, ich merke schon, Sie sind ein bemerkenswert belesener Mann – “

„Das können Sie laut sagen. Wenn ich mir anschaue, dass Hemingway, Joyce, Eliot und nicht zuletzt unser großer Robbie Burns ohne den Whisky ihre Werke sicher nicht zustande gebracht hätten, finde ich sogar, dass man eine weitere Gedenktafel genau hier aufstellen sollte. Und zwar für den Whisky selbst.“

Renie entfuhr ein Kichern, während Megan murmelte, „Hört, hört!“ Macgregor fuhr, zunehmend von seiner eigenen Idee begeistert, fort. „Ich würde sogar mit großem Vergnügen selbst eine Summe bereitstellen, um für ein schönes Denkmal zu sorgen.“

Sein Sohn fuhr sich entnervt über die Stirn. „Dad, bitte.“

Macgregor fuhr herum. „Halt dich da raus, Patrick, sonst wirst du noch dein blaues Wunder erleben. Noch habe *ich* das Sagen in der Firma. Und ob du es je haben wirst, das steht längst nicht fest.“ Beinahe genüsslich registrierte er, wie sich die Miene seines Sohnes in unbändiger Wut verzog. Dann hob er plötzlich den Zeigefinger, als wäre ihm etwas eingefallen.

„Ich wette, ich könnte auch einige Sponsoren für das Projekt gewinnen. Wie wäre es, Hamilton?“ Er drehte sich suchend um und fixierte dann einen Mann, dem das sichtlich unangenehm war. „Deine Bank würde doch gewiss etwas springen lassen, oder nicht? Und wie wäre es mit dir, Ogilvie? Dein Bauunternehmen floriert, habe ich gehört. Und schließlich sind wir doch enge Parteifreunde, was? Ich weiß, du würdest mich nicht hängen lassen.“ Nun wand sich ein grobschlächtiger Mann, der eindeutig ein Toupet trug, unter Macgregors herausforderndem Blick und murmelte etwas.

Mit einem siegesgewissen Lächeln wandte sich Macgregor wieder Ewan Fraser zu. „Ich werde gleich mal Lizzy auf das Projekt ansprechen, wenn wir bei ihr im Palast sind. Sie führt doch das Oberkommando bei euch Anglikanern, oder nicht?“

Isabel sah aus, als würde sie Macgregor gern ihren Gehstock in den Allerwertesten rammen, während der Rest der Gruppe sich peinlich berührte Blicke zuwarf. Der Kirchendiener jedoch lächelte mit einer Unerschütterlichkeit, die John nur bewundern konnte und erwiderte freundlich, „Wie allgemein bekannt, ist der jeweils regierende Monarch das Oberhaupt unserer Kirche. Da Westminster Abbey eine royale Eigenkirche ist, die nicht dem regionalen Bischof, sondern direkt der Krone unterstellt ist, ernennt das Königshaus auch unseren Dekan. Ich werde dafür sorgen, Sir, dass ihm Ihr Vorschlag bei der nächsten Kapitelsitzung unterbreitet wird.“

Nachdem er dergestalt Macgregor den Wind aus den Segeln genommen hatte, fuhr Fraser nahtlos fort, „Da Sie vorhin Oscar Wilde erwähnt haben – er hat diese Gedenkplakette erst sehr lange nach seinem Tod erhalten, genauso wie Lord Byron. Bei beiden dürfte ihr ausschweifender Lebensstil der Grund dafür gewesen sein, dass sich die Verantwortlichen erst spät zu dieser Ehrung durchringen konnten.“

Er trat zu einer einfachen schwarzen Grabplatte. „Ganz anders war es bei Charles Dickens. Speziell bei den ärmeren Bevölkerungsschichten war er bereits zu Lebzeiten ein heißgeliebter Autor. Nachdem er hier in einem ganz bescheidenen Rahmen, so wie er es sich gewünscht hatte, beigesetzt wurde, kamen in den nächsten Tagen viele, viele Tausende, um von ihm Abschied zu nehmen. Alles hier muss in ein Meer von Blumen getaucht gewesen sein, die selbst die Ärmsten als letzten Gruß hinterlassen hatten.“

„Ich *liebe* Charles Dickens“, meinte Renie emphatisch. „Dabei habe ich früher gar nicht gewusst, dass er ursprünglich Journalist war, bevor er anfing, Romane zu verfassen. Ein Schriftsteller ganz nach meinem Herzen, der nicht nur schrieb, um damit Geld zu verdienen, sondern um die Gesellschaft wachzurütteln.“

Isabel stimmte ihr zu. „Mein Lieblingsbuch von ihm ist ‚Große Erwartungen‘.“

Ewan Fraser lächelte. „Ich selbst habe seine Pickwick-Geschichten immer mit großem Vergnügen gelesen.“ Er ging ein paar Schritte weiter und deutete auf eine in der Wand eingelassene Büste.

„Ben Jonson. Er ist der Einzige von allen hier in der Kirche, der aufrecht begraben wurde."

„Aufrecht?", meinte Isabel verwundert. „Was hat es damit für eine Bewandtnis?"

„Das lässt sich nicht mit letzter Sicherheit sagen. Am Platzmangel kann es damals noch nicht gelegen haben. Eine Interpretation sagt, er wäre am Ende seines Lebens völlig verarmt gewesen und dies spiegle sich hier wieder. Andere sagen, er hätte König Charles I ausdrücklich um achtzehn Quadratzoll Raum in Westminster Abbey gebeten und auf so wenig Platz wäre nur die Hochkant-Beisetzung möglich gewesen. So, und nun gehen wir nach vorne zum Hochaltar, wo wir uns unseren einzigartigen Cosmati-Boden ansehen wollen."

Staunend betrachteten sie gleich darauf ein farbenprächtiges Mosaik, in dem eine unvorstellbare Anzahl winziger Steine eine Vielfalt geometrischer Muster formte.

Dr. Arbroath meldete sich zu Wort. „Phantastisch. Als ich vor Jahren zuletzt hier war, war hier alles von einem Teppich bedeckt, wenn ich mich recht erinnere."

Fraser nickte. „Rund hundertfünfzig Jahre lang war dieses herrliche Mosaik aus dem dreizehnten Jahrhundert tatsächlich von dicken Teppichlagen verdeckt. Es wurde vor kurzem in zweijähriger Kleinarbeit restauriert und wieder zur alten Schönheit erweckt. Achtzigtausend Teile, meine Damen und Herren, das müssen Sie sich vorstellen, mussten einzeln herausgenommen, gereinigt und wieder eingesetzt werden. Ein wahrhaft gewaltiges Unterfangen. Aber es hat sich gelohnt. Und nun nähern wir uns dem religiösen Herz unserer Kirche – dem Schrein des Heiligen Edward."

Die Gruppe folgte ihm über eine kleine Holztreppe hinter dem Hochaltar empor.

„Dies ist die Kapelle Edwards des Bekenners", erklärte Fraser feierlich. „Seine Grabstätte sehen Sie hier im Zentrum. König Henry III. war es, der die Kirche, die Edward begründet hatte, zu seinen Ehren größer und schöner bauen ließ. Er ließ für ihn auch diesen Schrein schaffen, reich geschmückt mit Gold und Juwelen. Heute ist von der Dekoration nicht mehr viel übrig. Nicht zuletzt haben ihm Generationen über Generationen von Pilgern zugesetzt, die sich kleine Teile der Verzierungen abkratzten und als Andenken mit nach Hause nahmen. König Richard dem Zweiten, der hier drüben liegt, erging es noch schlechter. Im achtzehnten Jahrhundert entstand ein Loch in der

Seite seines Sarkophags. Sie können sich vorstellen, was dann passierte: So mancher Besucher ließ sich nicht davon abhalten, dort hineinzugreifen und es wurden sogar etliche seiner Knochen entwendet."

Isabel schüttelte entsetzt den Kopf. „Manche Leute haben wirklich vor gar nichts Respekt."

Fraser nickte. „Immerhin gelangte wenigstens sein Kieferknochen wieder zurück. Nachdem er von einem Schüler vor langer Zeit entwendet worden war und seitdem quasi als Erbstück von Generation zu Generation in dessen Familie weitergegeben wurde, kehrte der Knochen Anfang des letzten Jahrhunderts wieder zurück. Ein Nachfahre des ursprünglichen Diebes, ein Priester, hatte ein schlechtes Gewissen und übergab ihn der Kirche."

„Wo liegt der andere Edward? Der alte Schurke Edward I?", ließ Angus sich wieder vernehmen.

„Sie finden seinen Sarkophag gleich hier oberhalb der Treppe. Er ist recht schmucklos. Für ein prächtiges Bronze-Abbild, wie es alle anderen Särge hier tragen, war bei ihm kein Geld da."

Fraser, der in weiser Voraussicht ahnte, dass er über den „Hammer der Schotten" besser nichts weiter sagen sollte, wollte er keinen weiteren Ausbruch Macgregors heraufbeschwören, wechselte flugs das Thema und erzählte vom Besuch Benedikts des Sechzehnten in der Kapelle.

„Es war das erste Mal in der Geschichte, dass ein katholischer Papst unser Gotteshaus betrat und ein schönes Zeichen der Ökumene, als er gemeinsam mit dem Erzbischof von Canterbury hier zu Füßen des Heiligen Edward betete."

Isabel nickte beifällig. „Es ist höchste Zeit, dass der Dialog zwischen den Kirchen wirklich in Gang kommt."

„Es ist ohnehin ein Skandal, finde ich, dass es erst seit 2011 erlaubt ist, dass ein künftiger König oder eine Königin einen katholischen Ehepartner wählt", merkte Renie an.

„Ah, apropos royale Hochzeiten", übernahm Fraser wieder das Gespräch. „Es war übrigens genau hier an diesem Platz, wo der Herzog und die Herzogin von Cambridge direkt nach ihrer Vermählung die notwendigen Unterschriften leisteten. Dazu konnten sie vom Hochaltar durch eine Verbindungstür in der Holzvertäfelung direkt nach hinten in die Kapelle kommen."

„Ach“, seufzte wieder die Bürgermeistersgattin. „William und Kate – was war das für eine wundervolle Hochzeit. An dem Tag hätte mich nichts vom Fernseher weggebracht, nicht wahr, Clyde?“

Ihr Mann nickte. „Keinen von uns, Maisie. Aber so eine Märchen-Hochzeit garantiert ja nicht, dass die Ehe hinterher genauso märchenhaft wird – wie man bei Prince Williams Vater gesehen hat. Wir beide dagegen hatten eine ganz bescheidene Vermählung, aber dafür eine großartige Zeit miteinander. Nächstes Jahr können wir unsere Goldene Hochzeit feiern.“ Liebevoll betrachtete er seine Frau, die ihm gerührt die Hand tätschelte.

Angus Macgregor betrachtete die beiden stirnrunzelnd. „Mir ist von dieser Hochzeit am besten der Hintern von Miss Pippa in Erinnerung geblieben.“

Unterdrücktes Kichern war in der Gruppe zu hören. Isabel rollte mit den Augen und murmelte etwas, das sich in Johns Ohren verdächtig nach *Lustmolch* anhörte.

Ewan Fraser ignorierte den Alten und wandte sich dem betagten Ehepaar zu.

„Meine Gratulation. Immerhin gibt es auch unter unseren Royals einige, die einander sehr zugetan waren. In der Lady Chapel, die wir nun als letztes besuchen – und ich denke, das wird ein Höhepunkt unserer kleinen Tour werden – gibt es zum Beispiel die Gruft von George II und seiner Frau Caroline. Nach dem Tod der beiden wurden ihre Särge nebeneinander in einen Sarkophag platziert und die Zwischenwände eigens entfernt, denn der König hatte sich gewünscht, dass er und seine Frau auch im Jenseits durch nichts getrennt sein sollten.“

Im Gehen erklärte er, „George II war 1760 übrigens der letzte Monarch, der hier bestattet wurde. Wir werden in der Lady Chapel nun auch gleich ein wunderbares Renaissance-Grabmal sehen, das von Henry VII und seiner Frau Elizabeth von York. Es stammt von Pietro Torrigiano, dem der zweifelhafte Ruhm zukommt, den großen Michelangelo verunstaltet zu haben.“ Er tippte sich auf die Nase.

„Die beiden, die fast gleich alt waren, hatten wohl einmal beim Malen in Florenz eine Auseinandersetzung und Torrigiano brach ihm die Nase – man sagt, Michelangelo habe sich danach Zeit seines Lebens entstellt gefühlt. Aber hier hat Torrigiano ein wunderbares Werk vollbracht.“ Er blieb vor einigen Stufen, die nach oben führten, stehen.

„Meine Damen und Herren, treten Sie nun ein in diese herrliche Marienkapelle. Ich weiß, man kann sich gar nicht sattsehen an ihrer Pracht. Lassen Sie ruhig erst einmal den Raum auf sich wirken.“

Obwohl John schon zweimal hier gewesen war – zuletzt allerdings vor gut zwanzig Jahren – hielt er unwillkürlich den Atem an, als er die Kapelle betrat. Die staunende Stille zeigte, dass es allen Besuchern so ging. Unwiderstehlich wurde der Blick hinaufgezogen zur elfenbeinfarbenen Decke, einem Wunderwerk aus elegant geschwungenen Streben, Bögen, fein ziselierten Ornamenten. Wie kleine Stalaktiten ragten goldverzierte Pfeiler herab.

Ewan Fraser begann, über den Bau der Kapelle zu sprechen, doch nur vereinzelt drangen seine Worte an Johns Ohr. Spätgotisches Fächergewölbe … Weihe 1519 … Zeremonienort des ehrwürdigen *Order of the Bath* … die Bestattung Oliver Cromwells, dessen Leichnam nach der Wiedereinsetzung der Monarchie eiligst wieder aus diesen heiligen Hallen entfernt wurde … Grabmäler von Elizabeth I. und der auf ihren Befehl hin enthaupteten Stuart-Königin Mary … Bombenschaden im Zweiten Weltkrieg…

„Und nun, meine Damen und Herren, möchte ich Ihnen die Gelegenheit geben, ganz ungestört noch ein wenig die Atmosphäre dieses einzigartigen Kirchenraums zu genießen. Wer noch Fragen hat, kann sich gerne an mich wenden“, schloss Fraser schließlich seine Ausführungen.

John ließ sich in das hölzerne Gestühl unter den farbenprächtigen Bannern der gegenwärtigen Ordensritter sinken und ließ den Blick durch die Kapelle schweifen. Etliche andere taten es ihm gleich.

Renie dagegen sah auf die Uhr, runzelte die Stirn und begann, auf ihrem Handy herumzutippen. Auch Angus Macgregor wirkte unruhig. Der Grund dafür wurde gleich darauf offenbar, als er den Kirchendiener beiseite nahm und nach einer Toilette fragte. Fraser bot an, ihn hinzugeleiten. Daraufhin schlossen sich eine ganze Reihe weiterer Besucher an, darunter auch Tante Isabel.

John legte den Kopf in den Nacken, um das Kunstwerk, das kundige Steinmetze vor fünfhundert Jahren geschaffen hatten, in Ruhe auf sich wirken zu lassen. Erst, als sein Vater ihn anstupste, merkte er auf.

„Wo Isabel wohl bleibt? Die meisten sind von ihrem Toilettengang wieder zurück. Ihr wird doch wohl nicht schlecht geworden sein oder so etwas?“

John erhob sich. „Ich sehe mal nach, Dad. Ich glaube, mich erinnern zu können, wo die WCs sind.“

Er verließ die Kapelle und strebte auf den nun geschlossenen Shop innerhalb der Kirche zu, neben dem die Besuchertoiletten untergebracht waren. Als er an der kleinen Treppe vorbeikam, die hinauf zum Schrein von Edward dem Bekenner führte, fuhr er zusammen. Eine barsche Stimme drang heraus. „Was machen Sie da? Stehen Sie sofort auf und nehmen Sie die Hände nach oben, wo ich sie sehen kann!“

Als John daraufhin Tante Isabels Stimme vernahm, hastete er mit zwei Sätzen die Treppe hinauf, die direkt neben dem Sarkophag des „Schottenhammers“, Edwards I herauskam. Der Anblick, der sich ihm bot, ließ ihm den Atem stocken.

Angus Macgregor lag regungslos auf dem Boden. Isabel kniete bei ihm. Sie maß den Wachmann, der sich drohend vor ihr aufgebaut hatte, mit unfreundlichen Blicken.

„Herrje, kümmern Sie sich doch nicht lange um mich, Officer. Holen Sie lieber den Notarzt. Ich denke zwar, dieser Mann ist tot. Ich spüre keinen Puls. Aber vielleicht kann man ja doch noch etwas für ihn tun.“

Der Wachmann legte eine Hand auf seine Waffe, die er im Holster trug.

„Madam, ich muss Sie nochmals ersuchen, wegzutreten. Und Sir, bleiben Sie bitte zurück.“ Letzteres mit einem Blick auf John.

Isabel schlug sich fassungslos an die Stirn, winkte dann aber John, ihr aufzuhelfen. Der warf einen Blick auf das Namensschild des jungen Sicherheitsbeamten und meinte dann ruhig, „Wenn Sie nichts dagegen haben, Mr. Reid, werde ich meiner Großtante behilflich sein. Und Sie sorgen dafür, dass Mr. Macgregor schnellstens medizinisch versorgt wird.“

Nach kurzem Zögern nickte Reid und griff nach seinem Funkgerät. Dennoch beobachtete er John scharf, als dieser die wenigen Schritte zu Isabel hinüberging.

Aus der Nähe konnte er sehen, dass Macgregor aus einer Wunde an der Stirn blutete, ansonsten äußerlich aber unversehrt aussah. Er prüfte die Atmung und betastete den Hals Macgregors. War das ein ganz schwacher Herzschlag, den er da spürte? Er war sich nicht sicher. Vorsichtig drehte er Macgregor auf den Rücken und öffnete das grobe Tweedjackett. Dabei fiel der Flachmann aus der Innentasche und schlitterte auf dem glatten Steinboden davon. John achtete nicht weiter darauf. Er knöpfte eilends Weste und Hemd des Bewusstlosen auf und begann mit einer Herzdruckmassage. „Eins, zwei, drei, vier, fünf, …“

Vor seinem geistigen Auge erschien Sergeant Saunders, die energische Sanitätsoffizierin, die alle Mitglieder der Truppenbetreuung der Britischen Armee jährlich zum Auffrischungstraining in Wiederbelebungsmaßnahmen um sich versammelt hatte.

Ihre Kommandos hatte er noch heute im Ohr: „Dreißig mal pressen – locker zwei Fingerbreit nach innen, ordentlich rein in den Brustkorb, nur keine Scheu, Männer. Lieber ein paar gebrochene Rippen als tot. Geschwindigkeit: hundert Mal pro Minute. Stellt euch den Beat von *Staying Alive* von den Bee Gees vor, dann habt ihr den richtigen Rhythmus. Dann im Wechsel zweimal beatmen, je eine Sekunde lang. Und los.“

John musste seinen Widerwillen überwinden, als er seine Lippen auf Macgregors Mund drückte. Die Dämpfe, die ihm entgegenstiegen, sagten ihm, dass der alte Schotte seinem Lieblingsgetränk heute schon zugesprochen hatte.

Isabel verfolgte seine Bemühungen mit trauriger Miene.

„Was ist hier los?“ Ewan Fraser kam die Treppe herauf, dicht hinter ihm Megan Macgregor. Sie schlug beide Hände vor den Mund, als sie ihren Großonkel auf dem Boden liegen sah. „Onkel Angus!“

Der Wachmann hatte den Notruf abgesetzt und fixierte nun wieder misstrauisch Tante Isabel, während er dem Kirchendiener mit steifen Worten antwortete.

„Ich war auf einem Rundgang, um vor dem Abendgottesdienst noch einmal nach dem Rechten zu sehen. Als ich mich dem Hochaltar näherte, hörte ich von hier hinten ein Geräusch. Ich bin schnellstens hergeeilt und habe diese Person hier überrascht, wie sie sich über den … Körper des Herrn beugte. Ich war mir nicht sicher, ob sie etwas im Schilde führt, deshalb forderte ich sie auf, beiseite zu treten. Dieser Aufforderung wollte sie jedoch nicht Folge leisten.“

Fraser hob begütigend die Hände.

„Nun mal langsam mit den jungen Pferden, Reid, ich bin sicher, die Dame wollte Hilfe leisten. Sie müssen wissen, diese beiden Herrschaften werden in den nächsten Tagen von der Königin persönlich in den Adelsstand erhoben werden – es steht also nicht zu befürchten, dass sie irgendetwas Unlauteres vorhatten.“

John war, als flackerte Isabels Blick ein wenig. Er sah aus dem Augenwinkel, wie sich ihre Hände ineinander verknoteten. Sein Magen verkrampfte sich.

Der halsstarrige Gesichtsausdruck des Wachmanns ließ erkennen, dass er sich durch Frasers Worte zu Unrecht abgekanzelt fühlte.

„Warum hat die Dame dann nicht sofort laut um Hilfe geschrien? Ich hatte zudem den Eindruck, sie hätte hastig etwas in ihrer Tasche verschwinden lassen, als ich heraufkam. Wir sollten die Polizei rufen, um abzuklären, ob sie nicht doch etwas mit dem Ableben … äh, dem Sturz des Herrn zu tun hat. Die Wunde am Kopf sieht mir verdächtig aus. Könnte von einem Schlag stammen."

Isabels Augen funkelten vor Zorn, während sie etwas aus der Tasche ihrer warmen Jacke zog.

„Blanker Unsinn. Wenn Sie ernsthaft annehmen, ich hätte Angus Macgregor erschlagen, dann sind Sie schief gewickelt, junger Mann. Aber wenn Sie auch noch denken, ich hätte *damit* auf ihn eingeschlagen, dann sind Sie ein kompletter Esel."

Kapitel 6

John hielt unwillkürlich bei seinen Wiederbelebungsversuchen inne und starrte Isabel an. Macgregor hatte bis jetzt keinerlei sichtbare Reaktion gezeigt, aber John war entschlossen, fortzufahren, bis die Rettungskräfte eintrafen. Megan kauerte neben ihm und hielt die Hand ihres Großonkels umklammert, während Tränen über ihr Gesicht liefen.

„Was ist das?“ Ewan Fraser trat vorsichtig näher. Isabel streckte ihm resigniert entgegen, was sie in der Hand hielt: einen durchsichtigen Frühstücksbeutel, der mit einer dunkelbraunen Masse gefüllt war. Fraser rümpfte plötzlich die Nase.

„Das … das sieht aus wie … Exkremente.“

Isabel nickte grimmig. „Genauer gesagt Hundekot.“

„Und … warum genau tragen Sie das bei sich?“, fragte Fraser verdutzt.

Isabel presste die Lippen aufeinander. „Ich habe es Mr. Macgregor aus der Hand genommen und eingesteckt. Das war es, was Ihr Wachmann sah.“

„Ah … ja. Aber – “ Fraser wirkte nun vollends verwirrt. In diesem Moment wurde er zur Seite geschoben. Ein dreiköpfiges Rettungsteam polterte herein.

„Herrschaften, bitte gehen Sie zur Seite, wir brauchen Platz. Sir, Sie haben die Erstversorgung übernommen? Hervorragend. Seit wann wenden Sie die Herzdruckmassage an?“

John erhob sich und überließ einem der Männer, dessen Jacke den Aufdruck „Notarzt“ trug, das Feld. Obwohl es in der Kirche kühl war, war er ins Schwitzen gekommen.

„Seit fünf Minuten ungefähr. Ich konnte keine Atmung feststellen, beim Herzschlag war ich mir nicht sicher. Ich wollte alles versuchen, aber bisher hat er keine erkennbare Reaktion gezeigt.“

„In Ordnung. Möglich, dass er von Anfang an keine Chance hatte, aber Sie haben Ihr Bestes getan. Wir übernehmen jetzt.“

Während der Arzt sich über Macgregor beugte, zog einer der beiden Sanitäter ein Klemmbrett heraus und zückte einen Stift. „Wie lange ist der Patient schon bewusstlos?“

Isabel zuckte ratlos mit den Schultern. „Ich kam von der Toilette zurück und fand ihn schon in diesem Zustand. Das war ganz kurz, bevor John dazu kam und sofort versuchte, ihn zu reanimieren."

Der Sanitäter notierte etwas. „Was können Sie uns sonst über den Mann sagen? Alter, medizinische Vorgeschichte?"

„Er ist neunundsiebzig, wenn mich nicht alles täuscht", erklärte Tante Isabel. Megan nickte stumm.

„Beim Frühstück sah ich, wie er einige Tabletten einnahm. Welche genau, weiß ich nicht, aber sie sollen wohl gegen ein Herzleiden helfen", fuhr Isabel fort.

„Sein armes Herz", schluchzte Megan mit einem Mal los. „Onkel Angus muss seit Jahren Medizin für sein Herz nehmen."

Der Sanitäter blickte sie mitfühlend an. „Du bist die Nichte dieses Herrn?"

„Er ist mein Großonkel. Er ist doch nicht tot, oder? Bitte sagen Sie, dass er nicht tot ist."

„Wir tun, was wir können", erwiderte der Sanitäter freundlich und sah dann in die Runde. „Gibt es noch andere Verwandte hier, die uns nähere Auskünfte über den Patienten geben können?"

John nickte. „Die ganze Familie von Mr. Macgregor ist hier."

Isabel meldete sich zu Wort. „Ich hole sie." Energisch griff sie nach Megans Hand. „Komm, Mädchen. Wir geben deinem Vater Bescheid."

Megan schüttelte eigensinnig den Kopf. „Nein. Ich bleibe hier bei Onkel Angus."

Der Notarzt sah auf. „Defi", knurrte er einem seiner Kollegen zu, der daraufhin eilig einen orangefarbenen Koffer öffnete.

„Ich muss Sie nun alle bitten, uns allein zu lassen. Auch Sie, junge Dame. Es ist großartig, dass Sie Ihrem Onkel beistehen wollen, aber im Moment helfen Sie ihm am besten, wenn Sie uns unsere Arbeit machen lassen."

Megan gab sich geschlagen und ließ sich von Isabel zur Treppe ziehen. John, Ewan Fraser und der Sicherheitsmann folgten ihnen.

Auf dem Weg in die Lady Chapel kam ihnen Jean Macgregor entgegen.

„Megan! Da bist du ja. Ich wollte dich gerade suchen." In diesem Moment registrierte sie das verweinte Gesicht ihrer Tochter. „Was ist passiert, Megan? Wo ist Onkel Angus?"

Nun hatten auch die anderen Mitglieder der Reisegruppe bemerkt, dass etwas nicht stimmte. Alarmiert trat Gavin Macgregor zu ihnen, gefolgt von seinem Cousin Patrick.

„Wo ist mein Vater?“

Isabel zog ihn zur Seite.

„Patrick, dein Vater ist … zusammengebrochen. Es ist bereits ein Rettungsteam da, das sich um ihn kümmert. Sie brauchen möglichst viele Informationen über seinen Gesundheitszustand. Am besten sprichst du mit den Leuten.“

„Wo ist er? Ist er auf der Toilette umgefallen?“

„Nein, er … befindet sich im Schrein von St. Edward.“

Verwirrt sah Patrick Macgregor sie an.

„Wie? Was macht er denn dort?“

Das fragte John sich auch, dennoch meinte er, „Das ist jetzt zweitrangig. Kommen Sie, Patrick, ich bringe Sie zu den Sanitätern. Jede Minute könnte zählen.“

Entschlossen schob er den Schotten vor sich her. Der Wachmann schien einen Moment zu zaudern, ob er sie begleiten sollte, schien dann aber doch lieber Tante Isabel im Auge zu behalten, der er offenbar immer noch misstraute. Sie klopfte mit ihrem Stock auf den Steinboden, um sich angesichts der Fragen, die nun von allen Seiten auf sie einprasselten, Gehör zu verschaffen.

„Meine Lieben, ich bitte um Ruhe …“

John eilte mit Patrick Macgregor im Schlepptau zu der kleinen Treppe, die in den Schrein führte. Von der Empore herab hörte er, wie der Notarzt Anweisungen gab. „Drei, zwei, eins, jetzt.“

Ein undefinierbares Geräusch folgte. John schauderte und stellte sich unwillkürlich vor, wie die Stromstöße des Defibrillators durch Angus Macgregors Körper fuhren.

„Immerhin, schwaches Signal. Okay, fertigmachen zum Transport, Leute“, drang abermals die Stimme des Notarztes zu ihnen. John schöpfte ein wenig Hoffnung. Hatte die Wiederbelebung tatsächlich geklappt?

Patrick Macgregor löste sich aus seiner momentanen Erstarrung und hastete die Stufen hinauf. „Dad!“

John eilte hinterher. „Dies ist der Sohn des Patienten“, erklärte er überflüssigerweise.

„Ah, sehr gut.“ Der Arzt schüttelte Macgregors Hand, während die Sanitäter die Trage bereitmachten.

„Nach der vorläufigen Befundlage gehe ich bei Ihrem Vater von einem Herzstillstand, ausgelöst durch Kammerflimmern, aus. Ich muss Ihnen ehrlich sagen, die Chancen, dass er durchkommt, sind minimal. Dank der guten Erstversorgung durch diesen Herrn hier“, er wies auf John, „konnten wir ihn zwar reanimieren, aber es ist unklar, wie lange sein Gehirn ohne Sauerstoff war…“ Er ließ den Satz in der Luft hängen.

„Wir laden den Patienten schon mal ein, Doc.“

Die beiden Sanitäter machten sich bereit, die Trage über die schmale Treppe hinunter zu bugsieren. Dabei fiel das Klemmbrett hinunter, auf dem der Sanitäter Notizen gemacht hatte. John sprang hin und hob es auf.

„Geben Sie es bitte dem Doc“, schnaufte der Mann und hievte die Trage an seinem Ende ächzend in die Höhe, damit der Patient auf der Treppe nicht in Schräglage kam. John nickte. Sein Blick fiel auf die krakeligen Bemerkungen auf dem Dokumentationsbogen.

V.a. PHT bei vorl. KHK, mult. I. für AAb, EZ adip., MR hoch.

John hatte lange genug mit den Medizinern der Armee zusammengearbeitet, dass ihm die Übersetzung leicht fiel. Der Notarzt gab seinem Patienten in der gegenwärtigen Situation wenig Überlebenschancen, hatte er doch eine erhebliche Vorerkrankung des Herzens und zusätzliche Risikofaktoren wie Übergewicht und Alkoholmissbrauch.

Patrick Macgregor starrte den Arzt wie betäubt an.

„Wie … ich … wollen Sie mir damit sagen, dass mein Vater … “

„Möglicherweise stirbt, ja. Und selbst, falls er überlebt, wird er keinesfalls der Alte sein. Es tut mir leid“, meinte der Arzt nüchtern. „Wir müssen jetzt wirklich los. Ich denke, es ist das Beste, wenn Sie mit uns ins Krankenhaus fahren. Wir brauchen möglichst viele Informationen über Vorerkrankungen und Medikamenteneinnahme, um eine optimale Behandlung durchführen zu können.“

„Ich … äh … ja, ja natürlich.“

„Dann kommen Sie.“

„Wohin fahren Sie?“, fragte John hastig. „Damit ich den anderen Verwandten Bescheid geben kann.“

„St. Bartholomew’s“, antwortete der Arzt knapp und zog Patrick Macgregor mit sich.

John blieb allein zurück. Er wusste, dass die Gruppe in der Lady Chapel sicher schon ungeduldig auf Nachricht wartete. Dennoch hielt er noch einen Moment inne und sah sich um.

Was war hier passiert? War Angus Macgregors Herz tatsächlich einfach stehengeblieben? Oder hatte ihn doch, wie der Wachmann vermutete, jemand niedergeschlagen? Und was hatte der alte Schotte überhaupt hier oben gewollt? Vielleicht hatte er sich schlecht gefühlt und das Bedürfnis gehabt, ein Gebet am Schrein von Edward dem Bekenner zu sprechen. Schließlich standen dessen Gebeine im Ruf, bereits Wunderheilungen vollbracht zu haben. Als er gestürzt war, hatte Macgregor sich allerdings nicht vor dem Grab des Heiligen befunden, sondern am Sarkophag des Hammers der Schotten, des verhassten Edwards I. Hmmm.

John ließ den Blick nachdenklich über das schlichte Grabmal wandern. Da bemerkte er an der Kante des Steinsarges einen rotbraunen Fleck. Er beugte sich nach vorn, um ihn genauer in Augenschein zu nehmen, als eine helle Stimme ertönte.

„Was ist los, John? Was ist mit dem alten Angus passiert? Haben sie ihn ins Krankenhaus gebracht? Wird er überleben?“ Renie war die Treppe heraufgekommen und bombardierte ihn mit Fragen. Gleich hinter ihr trat Megan ein, gefolgt von ihren Eltern und Tante Isabel. Ewan Fraser und Reid, der Wachmann, bildeten das Schlusslicht.

„Fiona hat den Rest der Gruppe bereits hinaus in den Bus gebracht“, erklärte Isabel. „Wir wollten nun sehen, wie es um Angus steht, damit wir über das weitere Vorgehen entscheiden können.“

Alle blickten in banger Erwartung auf John.

„Mr. Macgregor ist auf dem Weg ins St. Bartholomew’s Hospital, Patrick ist mitgefahren. Die Reanimation war erfolgreich, aber … der Notarzt klang nicht sehr zuversichtlich, um ehrlich zu sein.“

Megan schluchzte auf. Ihre Mutter nahm sie in die Arme und strich ihr sanft über das Haar. Gavin Macgregor tätschelte ihr unbeholfen den Rücken.

„Wir wussten, dass Onkel Angus’ Herz angegriffen war. Sein Hausarzt versuchte seit Jahren, ihn dazu zu bringen, besser auf sich zu achten. Weniger Arbeit, gesündere Ernährung, weniger Alkohol – aber davon wollte er natürlich nichts hören.“ Traurig schüttelte er den Kopf. „Onkel Angus konnte man keine Vorschriften machen …“

„Dad! Du redest ja schon, als ob er tot wäre!“, fuhr Megan mit einem Mal auf. „Onkel Angus ist ein Kämpfer, er wird es schaffen. Du wirst schon sehen.“ Sie vergrub ihr Gesicht wieder an der Schulter ihrer Mutter.

Gavin sah verschämt drein. „Das hoffe ich natürlich auch, Liebes. Was ich nicht verstehe, ist – was tat er ausgerechnet hier oben, wo niemand war? Wäre er in Sichtweite der Gruppe umgefallen, hätten wir viel schneller Hilfe für ihn holen können.“

„Das frage ich mich auch“, meldete sich der Kirchendiener zu Wort. „Nachdem ich ihn zur Toilette gebracht hatte, sagte er, er finde schon allein zur Gruppe zurück. Da die junge Dame hier auf mich zukam und mich bat, ihr die Erinnerungstafel an Lewis Carroll zu zeigen, ging ich noch einmal mit ihr zur Poets’ Corner.“ Er rang die Hände. „Hätte ich nur am WC auf Mr. Macgregor gewartet. Ich mache mir wirklich Vorwürfe.“

Isabel räusperte sich.

„Nun, Mr. Fraser, natürlich ist es höchst bedauerlich, was geschehen ist – aber es war keinesfalls Ihr Verschulden, dass Sie Angus aus den Augen verloren haben. Nicht wahr, Megan?“

Das Mädchen erstarrte.

„Was wollen Sie meiner Tochter unterstellen, Isabel?“ Jean Macgregors Augen blitzten, während Gavin verwirrt zwischen seiner Tochter und Isabel hin- und herblickte.

Wortlos zog Isabel den Frühstücksbeutel mit seinem wenig appetitlichen Inhalt aus der Jackentasche. Von Megan war ein tiefer Seufzer zu hören, dann löste sie sich aus den Armen ihrer Mutter und drehte sich zu den Umstehenden um.

„Ja, es ist wahr, dass ich Mr. Fraser ablenken sollte. Onkel Angus hat mich darum gebeten. Er … sagte, er wollte einen kleinen Streich spielen. Ich … habe mir nichts dabei gedacht.“ Sie ließ den Kopf hängen.

Ewan Fraser kniff die Augen zusammen. „Also, bei allem Respekt, das klingt doch reichlich … nun, merkwürdig. Was sollte er für einen Grund gehabt haben, in unserem Gotteshaus Schabernack zu treiben? Und was um Himmels willen hatte er vor?“

Megan schüttelte den Kopf. „Das hat er mir nicht gesagt.“

„Nun, ich denke, angesichts von Beweisstück A müssen wir nicht lange überlegen, was Angus’ Plan war.“ Isabel wedelte ungeduldig mit dem Beutel herum. „Ich schätze, er wollte dies hier auf Edwards Sarg schmieren.“

Der Kirchendiener richtete sich empört auf.

„Wie bitte? Er wollte das Grab eines Heiligen entweihen?“

„Natürlich nicht“, gab Isabel zurück. „Es ging nicht um Edward den Bekenner, sondern um Edward I, den Hammer der Schotten. Er war für Angus das Feindbild schlechthin – abgesehen von der Regierung in Downing Street natürlich.“ Sie deutete auf den Steinsarg oberhalb der schmalen Eingangstreppe. „Der alte Fuchs hatte sich heute früh erboten, mit Walter spazieren zu gehen – Walter ist mein Hund“, setzte sie mit Blick auf Ewan Fraser hinzu, „Das Ganze hat er mit Sicherheit schon mit dem Hintergedanken gemacht, Walters … Hinterlassenschaften einsammeln und hier hereinschmuggeln zu können.“

John ging ein Licht auf. Nun war klar, warum Macgregor bei der Eingangskontrolle so nervös gewesen war.

„Wow“, entfuhr es Renie halblaut. „Das ist ja eine krasse Geschichte.“

Gavin stieß ein hohles Lachen aus. „Selbst für meinen Onkel ist das … wie soll ich sagen …“

„Völlig daneben“, beendete Jean seinen Satz. „Uns war schon klar, dass er in den letzten Monaten immer wunderlicher wurde und die Folgen seiner Handlungen oft nicht mehr abschätzen konnte – “

„ – oder sie ihm völlig egal waren“, warf Gavin ein.

„Das war ja das Coole an Onkel Angus“, ließ Megan sich vernehmen. „Er pfiff auf das, was andere von ihm dachten.“

Isabel runzelte die Stirn. „Nun ja, in gewissen Grenzen ist das völlig in Ordnung, aber dies hier …“

Ewan Fraser nickte mit Nachdruck. „Da kann ich Ihnen nur zustimmen, Madam. Man kann zu Edward I stehen, wie man will, aber ein königliches Grab zu entweihen, in einem Heiligenschrein mitten in der wichtigsten Kirche unseres Landes, das überschreitet wirklich jegliche Grenzen.“

„Noch dazu, wenn man in wenigen Tagen aufgrund seiner Verdienste um das schottische Volk in den Adelsstand erhoben werden sollte.“ Isabel schauderte. „Wenn ich daran denke, was passiert wäre, wäre dieser Vorfall irgendwie in die Medien gelangt… Ich bin der Meinung, die näheren Umstände dieses Vorfalls sollten unter uns bleiben.“

Renie sah auf einmal unbehaglich drein. „Das wäre eine sensationelle Story.“

Isabel sah sie scharf an. „Das meinst du jetzt nicht ernst. Ich weiß ja, dass du Journalistin werden willst, aber ich kann mich doch darauf verlassen, dass diese Sache nicht nach draußen dringt?“

Renie wand sich ein wenig. „Naja, die Öffentlichkeit hätte sicher ein Interesse daran, davon zu erfahren…“

„Maureen Hughes!“, bellte Isabel erzürnt. „Du bist dir wohl nicht im Klaren darüber, was für ein schlechtes Bild diese Geschichte auf die ganze schottische Abordnung werfen würde? Wenn ein Mann, der von unserem Parlament vorgeschlagen wurde, eine der höchsten Ehrungen des Landes zu erhalten, so eine im besten Fall tolldreiste, geschmack- und würdelose Aktion startet? Herrje, im gegenwärtigen Klima würde Downing Street das mit Begeisterung ausschlachten und uns alle als verrückte Hinterwäldler darstellen, denen man keinesfalls wichtige Kompetenzen übertragen kann.“ Sie atmete tief durch. „Renie, Kind, du musst bedenken, was Informationen anrichten können. Und außerdem ist genau genommen gar nichts passiert. Angus ist offenbar bewusstlos geworden, bevor er seinen Plan in die Tat umsetzen konnte.“

Renie sah nicht ganz überzeugt aus, nickte aber widerstrebend.

„Ich verspreche dir, Tante Isabel, dass ich meinen Kollegen bei der Zeitung nichts sagen werde.“

Isabel lächelte erleichtert. „Danke, mein Kind.“

Auch Gavin Macgregor schien aufzuatmen. „Ich danke Ihnen auch im Namen unserer Familie für Ihre Diskretion, Ms. Hughes. Nicht nur das Andenken an meinen Onkel, auch das Ansehen unseres Clans und unserer Firma wäre sonst beschmutzt worden.“

„Buchstäblich“, murmelte Renie, während der Sicherheitsmann einen Schritt auf Isabel zutrat und sie mit grimmigem Blick fixierte.

„Sagen Sie, Madam, könnte es nicht sein, dass Sie versucht haben, diesen Mr. Macgregor von seiner schändlichen Schmiererei abzuhalten? Dass es zu einer Rangelei kam und er dabei stürzte und *deshalb* das Bewusstsein verlor? Wenn mich nicht alles täuscht, würde das zumindest den Tatbestand der Körperverletzung erfüllen.“

Isabel knirschte mit den Zähnen. „Es war, wie ich es Ihnen bereits sagte: Ich hörte ein Poltern, als ich von der Toilette zurückkam und stieg hier herauf, um nachzusehen. Da war Angus bereits bewusstlos. Und keine Minute später waren Sie schon da.“

Der Kirchendiener runzelte die Stirn.

„Reid, nun machen Sie aber mal einen Punkt. Offensichtlich hat der Arzt bei Mr. Macgregor ein Herzversagen festgestellt. Also unterlassen Sie diese sinnlosen Verdächtigungen.“

Reid grunzte. „Ich bin dennoch der Meinung, dass wir die Polizei holen sollten, um den Sachverhalt aufzuklären.“

Fraser seufzte. „Ich werde auf der Stelle mit unserem Dekan sprechen. Er wird über das weitere Vorgehen bestimmen. Ich sehe es jedoch genauso wie Ms. Mackenzie: Es ist nichts passiert. Wir können nicht einmal mit letzter Sicherheit sagen, dass Mr. Macgregor hier im Schrein wirklich etwas Ungebührliches vorhatte. Ich könnte mir vielmehr vorstellen, dass er merkte, dass etwas mit ihm nicht stimmte und er hier als gläubiger Katholik um göttlichen Beistand beten wollte. Dabei erlitt er tragischerweise ein Herzversagen. Punkt.“

Er sah auf die Uhr.

„So, nun werden gleich die Tore geöffnet werden, um die Besucher des Abendgottesdienstes einzulassen. Reid, ich schlage vor, Sie gehen am Eingang Ihren Pflichten nach. Und wir übrigen sollten die Gelegenheit nutzen, ein Gebet für Mr. Macgregor zu sprechen. Und es kann auch nicht schaden, beim Heiligen Edward um Fürsprache für ihn zu bitten.“

Kapitel 7

Als John an der Haltestelle Tower Hill aus der U-Bahn stieg, war es bereits dunkel. Er ging hinüber zur halbhohen Mauer, über die man hinab in den Festungsgraben des Towers blicken konnte. Angesichts des ungemütlich kühlen und regnerischen Herbstabends konnte er den Ausblick ausnahmsweise relativ ungestört genießen.

Obwohl er die stetig wachsende Installation eines Keramikkünstlers schon dutzende Male gesehen hatte – und beim Aufbau wie Tausende anderer Freiwilliger sogar mitgeholfen hatte – ergriff die Szene ihn immer wieder.

Ein Strom aus leuchtend roten Mohnblumen schien sich aus einer Öffnung im äußeren Wall des Towers in den Graben zu ergießen. Am Ende würden es 888 246 Blumen sein, jede einzelne individuell aus Ton gefertigt. Das blutrote Meer dehnte sich mit jedem Tag weiter aus, bis es im November den gesamten Festungsgraben bedecken würde. Aber auch jetzt schon war das Bild, das sich ihm im Licht der jüngst installierten Flutlichter bot, spektakulär. Es war ebenso schön wie schrecklich, stand doch jede Blüte für ein ausgelöschtes Leben, für einen Soldaten, der im Ersten Weltkrieg im Dienst für das Vereinte Königreich oder einen der Commonwealth-Staaten gestorben war.

Die deprimierenden Bilder aus aller Welt, die allabendlich über den Fernseher flackerten, ließen John befürchten, dass die Menschheit in den letzten hundert Jahren nicht allzu viel dazugelernt hatte und der Wert des Lebens im Kampf um Macht und Reichtum immer noch schnell verloren ging.

Oder vielleicht lag seine pessimistische Sicht einfach daran, dass er allmählich alt wurde. Immerhin war er schon Mitte vierzig und gerade heute Morgen hatte er beim Blick in den Spiegel gemerkt, dass seine Schläfen zunehmend grau wurden. Na, wenigstens hatte er nicht wie sein Bruder David den flüchtigen Haaransatz seines Vaters geerbt. Zu Davids Leidwesen ähnelte seine Haartracht immer mehr der von Prince William. Dafür ertappte John sich immer öfter dabei, wie er kritisch seine eigenen Gesichtszüge beäugte und nach neu aufkommenden Falten Ausschau hielt. Derlei Verhalten war ihm neu, hatte er sich doch bisher kaum Gedanken um sein Aussehen gemacht und sich stets mokiert, wenn er etwas darüber las, wie viele Millionen Pfund die Kosmetikindustrie jährlich umsetzte. Mittlerweile strich er selbst gelegentlich an den Regalen bei Boot's vorbei, wo eine Armada von Tiegeln und Tuben die wundersamen Wirkungen von Hyaluron, Argan, Sesam, Aloe vera und Konsorten pries. Es wurden auch Schlangengiftcremes angeboten, die der Haut zu jugendlicher Frische verhelfen sollten. Zu seinem unermesslichen Erstaunen gab es offenbar sogar Leute, die für ein Töpfchen Tinktur aus Schneckenschleim bereit waren, dreiundzwanzig Pfund zu bezahlen.

Er mochte den Versprechungen der Werbung nicht recht Glauben schenken, aber vielleicht sollte er allmählich doch versuchen, dem beginnenden körperlichen Verfall entgegenzuwirken. Aber für die bevorstehende Junggesellenversteigerung kamen wohl selbst die „Power-Fluids", die „sofortige Anti-Aging-Effekte" versprachen, zu spät.

Derart trübselige Gedanken begleiteten ihn, als er den Innenhof des Towers überquerte, um zu seiner Wohnung am Tower Green zu gelangen. Dann jedoch machte er kehrt und lenkte seine Schritte entschlossen zur Voliere der Raben neben dem hoch aufragenden White Tower. Es gab kaum ein besseres Rezept gegen den Herbstblues, der ihn offenbar erfasst hatte – oder waren das etwa erste Anflüge einer Midlife-Crisis? – als sich mit den Vögeln zu beschäftigen.

Als er das Rabenhaus betrat, bot sich ihm ein kurioser Anblick. George Campbell, der Ravenmaster, kniete auf dem Boden und steckte zur Hälfte in dem Kühlschrank, in dem das Fleisch für die Raben aufbewahrt wurde.

„Hallo George! Was machst du da?", begrüßte John ihn.

Als Antwort kam ein dumpfes Krachen und dann ein gepfefferter Fluch. Schließlich kroch George vorsichtig rückwärts, richtete sich auf und betastete sich den Hinterkopf.

„Verflixt, John, musst du mich so erschrecken", grummelte er. Dann hellte seine Miene sich auf.

„Eigentlich kommst du gerade richtig. Die Birne in diesem vorsintflutlichen Teil ist kaputtgegangen. Erst dachte ich, der Kühlschrank wäre kaputt, weil das Licht nicht mehr ging. Aber dann merkte ich, dass die Kühlung funktioniert, nur die Beleuchtung nicht. Jetzt probiere ich schon seit einer halben Stunde, das Gehäuse aufzukriegen, damit ich die Birne austauschen kann. Aber das blöde

Ding bewegt sich keinen Millimeter. Also komm schon her, deine Knochen sind jünger als meine."

Während John also versuchte, an die Glühbirne, die in der hintersten Ecke angebracht war, heranzukommen, machte George sich daran, die Fleischrationen für den nächsten Morgen kleinzuschneiden.

„Wie war eure Führung in Westminster Abbey?", fragte er.

John zog den Kopf aus dem Kühlschrank.

„Die Tour selbst war interessant und unterhaltsam. Aber das Ende war recht tragisch."

George warf ihm einen fragenden Blick zu.

„Angus Macgregor erlitt offenbar ein Herzversagen. Ich habe noch versucht, ihn wiederzubeleben. Er war wohl gerade noch am Leben, als sie ihn ins Krankenhaus transportiert haben, aber der Arzt hatte wenig Hoffnung", meinte John bedrückt.

„Was? Angus, der alte Haudegen?" George, der ebenfalls aus Schottland stammte, sah seinen jüngeren Kollegen entsetzt an. Dann legte er das Messer weg und ließ sich auf den wackligen Stuhl sinken, der in die Ecke des Rabenhauses gequetscht war.

„In meiner Jugend war er sowas wie ein Held für uns. Was war das für ein begnadeter Redner. Der konnte einen ganzen Stadtplatz voller Leute mitreißen. Im Nachhinein habe ich erst gemerkt, dass er in vielen seiner Einstellungen ziemlich extrem war. Aber er war ein unermüdlicher Kämpfer und dazu noch ein gewiefter Geschäftsmann. Einer der wenigen, die es geschafft haben, sich gegen den Druck der Großkonzerne zur Wehr zu setzen und mit seinem Familienunternehmen dauerhaft Erfolg zu haben. Und was die für ein feines Tröpfchen herstellen – der GlenMara gehört zu meinen Lieblingswhiskys."

George schüttelte wehmütig den Kopf.

„Eine Schande, das. Und man weiß nun gar nicht, ob man ihm wünschen soll, dass er durchkommt oder nicht. Wenn er am Leben bleibt, aber ein schwerer Pflegefall ist, was soll das Ganze dann noch? Ich kann mir nicht vorstellen, dass ein Mann wie Angus so einen Zustand wollen würde. Ich für meinen Teil möchte es auf jeden Fall nicht. Dann lieber einen schnellen Abgang als noch ewig so dahinzuvegetieren."

John stimmte ihm zu und beide machten sich schweigend wieder an die Arbeit. Gworran, der die Männer durch den Maschendraht der Voliere aufmerksam beobachtete, beschloss offenbar, ein wenig Leben in die Bude zu bringen. „Was für'n sexy Typ" gab er auf einmal mit hoher Stimme von sich, gefolgt von einem Kichern, das so lebensecht klang, dass man meinen konnte, eine Mittelstufenschülerin stünde im Raum.

John zuckte zusammen und schlug sich unvermeidlich den Kopf im Kühlschrank an. „Autsch!"

Gworran nahm dies zum Anlass, eine Krankenwagensirene ertönen zu lassen. Die beiden Rabenpfleger sahen sich an und brachen in Gelächter aus.

„Seit du diese Spezialführungen für Schulklassen anbietest, schnappt Gworran von den Gören wirklich die unglaublichsten Sachen auf", kommentierte George. John nickte grinsend und richtete sich dann auf.

„Ich gebe mich geschlagen. Wir müssen jemanden mit mehr handwerklichem Geschick finden, um diesem Ding zu Leibe zu rücken. Und jetzt muss ich los, damit ich mir noch einen Happen zu essen machen kann, bevor ich zur Nachtschicht muss. Cheerio, George."

Gworran gab ein hämisches Lachen von sich und krächzte, „Loser!", bevor er auf seine Schlafstange hüpfte und den Kopf ins Gefieder steckte.

Kurz nach zehn löste John seinen Kollegen Michael Conners im Byward Tower ab und zählte gewissenhaft die Besucher, die nach der Schlüsselzeremonie die Festung verließen. Seit jener Geschichte im vorletzten Winter schnaufte er stets erleichtert auf, wenn feststand, dass keiner verloren gegangen war.

Nachdem er das Tor abgeschlossen hatte, machte er es sich mit einer Thermosflasche mit Tee und einem dicken Ordner hinter dem Tisch der Wachen gemütlich. Er wollte die Zeit zwischen seinen Kontrollgängen nutzen, um seine Sonderführung für die schottische Abordnung noch einmal durchzugehen. Tante Isabel hatte mit Fiona Macintyre und Dr. Arbroath gesprochen und sie hatten gemeinsam beschlossen, dass die Gruppe auf jeden Fall morgen wie vereinbart in den Tower kommen sollte, auch wenn die Macgregor-Familie wohl nicht teilnehmen würde. Johns Gedanken schweiften zu Angus Macgregor ab. Wie mochte es ihm gehen? Tante Isabel, die mit Gavin, Jean und Megan ins Krankenhaus gefahren war, hatte versprochen, ihm sofort Bescheid zu geben, wenn es etwas Neues gab. Bis jetzt hatte er aber nichts von ihr gehört.

Das Diensttelefon klingelte. Philip Dunders, der leitende Offizier der Nachtwache, meldete sich.

„Mackenzie, ich brauche morgen noch einen Mann für die Nachtschicht. Dieses Herbstgrippevirus macht sich immer mehr unter den Männern breit und bringt mir alle Dienstpläne durcheinander. Kann ich auf Sie zählen?“

John verzog das Gesicht. Seit er Assistent des Ravenmasters war, wurde er eigentlich nur noch einmal pro Quartal für die Wache von zweiundzwanzig Uhr bis sechs Uhr morgens eingeteilt und das war ihm sehr recht. Aber er sah ein, dass Dunders in einer Notlage war. Also erklärte er sich seufzend bereit und widmete sich wieder seinen Unterlagen.

Die schottischen Gäste erwartete nicht nur eine Standardführung, sondern auf Wunsch von Tante Isabel noch ein Spezialteil, der sich mit den Gefangenen des Towers beschäftigte. John hatte sich aus der schier endlosen Reihe von Personen, die im Lauf von tausend Jahren in der Festung eingesperrt gewesen waren, einige ausgesucht, die er genauer vorstellen wollte. Aus naheliegenden Gründen waren mehrere Schotten darunter. Geholfen hatten ihm bei den Recherchen sein Beefeater-Kollege Armstrong, der ein wandelndes Lexikon in Bezug auf die Tower-Geschichte war, und Pauline Murray.

Pauline. John seufzte leise und sein Blick wanderte in die Ferne. Er hatte die hübsche Geschichtslehrerin vor bald zwei Jahren kennengelernt, als sie mit ihrer Schulklasse in den Tower gekommen war. Dann waren sie sich beim Clan-Treffen in Edinburgh wieder begegnet – auch Pauline war wie Johns Vater in Schottland aufgewachsen. Zurück aus dem Norden hatte John sich schon darauf gefreut, mehr Zeit mit ihr zu verbringen, aber schon wenig später war sie von London hinauf nach York gezogen, wo ihr eine Stelle als stellvertretende Schulleiterin angeboten worden war. Seither aßen sie – dem Internet und der Videotelefonie sei Dank – meistens freitags gemeinsam zu Abend und tauschten sich über die vergangene Woche aus. John betrachtete Pauline immer mehr als enge Freundin. Im vergangenen Sommer hatte es so ausgesehen, als könne mehr aus der Beziehung werden.

Pauline hatte ihn eingeladen, für einige Tage zu ihr nach York zu kommen und ihm die Gegend zu zeigen, die sie schnell liebgewonnen hatte. Sie hatten bereits eine Menge Pläne gemacht und Pauline hatte ihm sogar via Webcam das Gästezimmer in ihrer herrlichen Wohnung direkt am Kanal gezeigt, wo er schlafen sollte. Als John meinte, in ihren Augen ein Zwinkern zu sehen, als sie das ankündigte, klopfte sein Herz aufgeregt. Dann, drei Tage, bevor er sich in den Zug nach Norden setzen wollte, hatte sie ihn angerufen.

„Oh, John! Stell dir vor, was passiert ist: Meine Schwester Mary hat mit einer Freundin eine Mittelmeerkreuzfahrt gebucht und nun ist die Freundin krank geworden!“

John schwante Übles.

„Die beiden hatten eine Doppelkabine reserviert. Stornieren wäre offenbar nun umständlich und sehr teuer. Mary bittet mich händeringend, einzuspringen. Die Idee finde ich eigentlich toll, ich wollte immer schon einmal so eine Kreuzfahrt machen, aber … die Reise startet übermorgen. Was soll ich nur tun, John?“

John schloss einen Moment gequält die Augen. Dann atmete er einmal tief durch und meinte, „Natürlich fährst du mit, Pauline. So eine Gelegenheit darfst du dir nicht entgehen lassen. Wir verschieben meinen Besuch auf ein andermal, das ist kein Problem.“

„Oh, wirklich? Phantastisch. Ich danke dir, dass du nicht, nun ja, beleidigt bist. Ich schreibe dir auch aus jedem Hafen eine Karte, versprochen.“

Tatsächlich waren in der folgenden Zeit bergeweise Postkarten aus verschiedenen Ländern eingetrudelt, so dass John Paulines Reiseroute gut verfolgen konnte. Er hatte die Karten als Einmerker in seinem Ordner verwendet und blätterte sie wie schon so oft noch einmal durch. Die erste stammte aus dem Abfahrtshafen Genua (*Ich bin ganz überwältigt von diesem Schiff – es hat wirklich alles, was man sich vorstellen kann, sogar eine Eislaufbahn, unglaublich*), dann kam eine aus Korsika (*Ich habe mir beim Eislaufen den Knöchel verstaucht, aber einen Spaziergang über den entzückenden Markt hier in Ajaccio konnte ich machen*), aus Barcelona (*Zwei Stunden Schlange stehen an der Sagrada Familia! Aber sie war es wert!),* aus Cannes (*Très jolie! Aber 8 Euro für ein kleines Bier!),* Palma de Mallorca *(Traumhafte Kathedrale! Aber in S'Arenal haben wir etliche Landsleute gesehen, für deren Benehmen man sich wirklich schämen musste!)* und schließlich Rom. Von dort hatte Pauline sogar drei eng beschriebene Karten geschickt, deren letzte mit dem Satz endete: *Mary und ich haben neben dem Pantheon dieses entzückende Café entdeckt, in dem es ein phänomenales Granita di café con panna gibt – ich wünschte nur, du wärst hier bei mir gewesen und wir hätten es zusammen genießen können!*

So groß schien ihre Sehnsucht nach John dann aber doch nicht gewesen zu sein, da sie seit ihrer Rückkehr vor mehr als einem Monat kein Wort mehr über seinen aufgeschobenen Besuch verloren hatte. Vor kurzem erst hatte John mit Maggie darüber gesprochen. Diese hatte wie immer pragmatisch reagiert.

„Wie wär's, wenn *du* einfach mal vorschlägst, dass ihr einen neuen Termin sucht?"

John wand sich. „Ich weiß nicht. Das kommt mir vor, als würde ich mich aufdrängen."

Maggie verdrehte die Augen. „Bruderherz, bis du mal in die Puschen kommst, seid ihr beide alt und grau." Sie stutzte, fixierte ihn mit kritischem Blick und meinte, „Nicht, dass du davon noch besonders weit entfernt wärst…" Dann flüchtete sie kichernd in die Küche, bevor er sie knuffen konnte. Als Friedensangebot brachte sie ihm einen Teller Ingwerkekse mit. Johns Augen leuchteten auf. Niemand buk so gute Ingwerkekse wie seine Schwester. In andächtigem Schweigen verzehrte er einen und gleich darauf noch einen. Dann fühlte er sich gestärkt genug, das Thema wieder aufzugreifen.

„Also gut, sagen wir, ich fahre nach York und Pauline und ich … kommen uns näher. Wie sollte es dann weitergehen? Was für eine Art von Beziehung sollte das sein? Sie in Yorkshire, ich hier in London. Wir könnten uns höchstens alle paar Wochen einmal treffen. Das … das hätte doch gar keine Zukunft."

Maggie betrachtete ihn nachdenklich.

„Da magst du recht haben. Aber wenn dein Verstand dir das so klar sagt – warum wartest du dennoch darauf, dass Pauline dich wieder einlädt?"

John seufzte. „Hmpf. Wenn ich das wüsste. Ich fühle mich hin- und hergerissen." Er verstummte kurz. „Und dann ist da auch noch Claire."

Maggie pfiff durch die Zähne. „Die schöne Frau Dr. Mohani, sieh mal einer an. Alan und ich haben letzte Woche die Reportage gesehen, die die BBC über sie und ihre Arbeit mit den Themseforschern gedreht hat. Also, ich glaube, die meisten Männer würden sich über ein Date mit ihr freuen."

Verlegen pflückte John einen Kekskrümel von seinem Pullover.

„Ja, sie ist … toll. Sie hat eine unheimlich mitreißende Art. Obwohl sie eine absolute Spezialistin auf ihrem Gebiet ist, ist sie keine Fachidiotin, sondern man kann mit ihr über Gott und die Welt plaudern. Ich kann mit ihr lachen. Und ja, sie ist sehr attraktiv.“

„Aber?“ Maggie musterte ihn forschend.

John dachte nach. „Wir waren zwei-, dreimal aus. Es waren wirklich sehr schöne Abende. Sie … hat mir zu verstehen gegeben, dass sie, nun, Interesse an mir hätte. Aber dann taucht wieder Paulines Bild vor mir auf und irgendwie habe ich das Gefühl, ich würde sie hintergehen. Obwohl wir gar kein Paar sind. Verrückt, oder?“

Ein leises Fiepen seines Mobiltelefons riss ihn aus seinen Gedanken. Eine Nachricht von Tante Isabel? Eilig zog er das Handy aus seiner blauroten Uniformjacke.

„Bist du noch wach?“ erschien auf dem Display. Als er die Nummer der Absenderin erblickte, breitete sich ein Lächeln auf seinem Gesicht aus. Er drückte ein paar Tasten und hatte sie gleich darauf am Apparat.

„Guten Abend, Pauline. Was für ein Zufall. Ich habe gerade an dich gedacht.“

Sie lachte leise. „Das freut mich. Mir ist vorhin noch ein Einfall für deine Führung morgen gekommen, aber ich dachte, du schläfst vielleicht schon. Eine Nachteule bist du ja sonst nicht gerade.“

„Stimmt. Wenn ich nicht Wachdienst hätte, läge ich sicher schon im Bett.“ Er streckte sich ein wenig. „Ich hasse diese Nachtschichten. Normalerweise lege ich mich vor Dienstbeginn für ein paar Stunden aufs Ohr, aber dazu blieb heute keine Zeit.“

Er erzählte ihr von seinem ereignisreichen Nachmittag und dessen traurigem Ende.

„Oh, das tut mir leid“, meinte Pauline teilnahmsvoll. „Angus Macgregor … Ich kann mich an einen denkwürdigen Vortrag von ihm erinnern, damals während meiner Studienzeit in Edinburgh. Er kam auf Einladung eines meiner Professoren an die Uni. Warte mal – jetzt weiß ich es wieder: Es ging um ein Seminar zu Blind Harrys Heldenepos über William Wallace und seine Bezüge zu den historisch belegten Fakten der Freiheitskämpfe.“

John schenkte sich etwas Tee ein und stellte sich auf einen längeren geschichtlichen Exkurs ein. Pauline war kaum zu halten, sobald es um eines ihrer Lieblingsthemen ging, und er hörte ihr gern zu.

Schließlich kam sie wieder zu Angus Macgregor zurück.

„Es war damals eine große Ausnahme, dass ein Nicht-Akademiker in den heiligen Hallen der Universität vor Studenten sprechen durfte. Aber er hat uns wirklich beeindruckt mit seinem Wissen, muss ich sagen, auch wenn seine Sicht der Geschichte sehr patriotisch eingefärbt war.“

John lächelte. „Das kann ich mir lebhaft vorstellen.“

„Nun aber zum Grund meiner Nachricht. Mir ist noch eine interessante Persönlichkeit eingefallen, die du in deine Führung einbauen könntest.“

„Tatsächlich?“ Etwas zweifelnd betrachtete John den Wust an Papieren, die auf dem Tisch lagen. Er hatte sich so gut wie möglich bemüht, Daten und Fakten für den Spezialteil seiner Führung auswendig zu lernen, aber es war ihm nicht gerade leicht gefallen. Pauline aber überhörte seine mangelnde Begeisterung und fuhr enthusiastisch fort.

„Samuel Pepys! Mit ihm könntest du sogar eine Brücke schlagen zwischen eurer Besichtigung von Westminster Abbey und dem Tower. Und du könntest einige Passagen aus seinen Tagebüchern vorlesen, zum Beispiel zum großen Brand von London 1666. Ich habe seinen Eintrag gerade vor mir. Hier schreibt er am zweiten September, nachdem er beim Frühstück von einem Feuer in der Innenstadt erfahren hatte: *Ich ging zum Tower und sah, dass zu beiden Seiten der Brücke* – gemeint ist die London Bridge – *die Häuser brannten. Ging zum Kommandanten des Towers, der mir berichtete, dass es heute Morgen im königlichen Backhaus in der Pudding Lane angefangen habe.* Und so weiter. Es gibt eine Fülle von interessanten Stellen. Und er beschreibt den Alltag mit seinen kleinen und großen Geschehnissen so lebensnah und hinreißend. Ich habe seine Chroniken sicher schon drei-, viermal gelesen, aber ich finde immer noch neue köstliche Details.“

John, der sich erinnern konnte, dass er die Tagebücher in der Oberstufe der Schule mit großem Vergnügen gelesen und eine etwas zerfledderte Ausgabe immer noch im Bücherschrank stehen hatte, stimmte ihr zu. Es würde seine Führung sicher beleben, wenn er ein paar passende Passagen vorlas.

„Aber wie könnte ich Pepys bei meinem Thema *Gefangene des Towers* unterbringen?“

Pauline kicherte. „Was viele nicht wissen: Pepys war tatsächlich zeitweise im Tower eingesperrt. Es gab einen Verdacht, dass er in

Verbindung mit französischen Jacobiten stand. Es waren zwar nur zwei Monate, die er dort verbrachte, von Mai bis Juli 1689, und die Anklage wurde dann auch fallengelassen – aber voilà, da hast du den Bezug zu deinem Thema."

„Donnerwetter!", meinte John beeindruckt. „Pauline, du bist genial."

„Danke. Und da ihr ja heute in Westminster Abbey wart, kannst du auch dazu noch einen passenden Abschnitt vorlesen, warte mal, ich finde ihn gleich. Ah, da ist er ja, 23. Februar 1669. Er beschreibt, wie er seine Frau und eine Verwandte in die Abtei bringt, um ihnen die königlichen Gräber zu zeigen. Dort liegt auch Katherine von Valois, Frau von Henry V. und die Stammmutter der Tudors. Man hatte sie 1503, rund siebzig Jahre nach ihrem Tod, bei Bauarbeiten in der Kirche aus ihrem Grab geholt und ihre Überreste neben Henrys Sarkophag nur lose eingehüllt liegen gelassen. Und nun Pepys: *Als besonderen Gefallen bekamen wir die Leiche von Königin Katherine zu sehen. Ich hielt ihren Oberkörper in meinen Händen und ich küsste sie auf den Mund, während ich darüber sinnierte, dass ich eine Königin küsste – und das an meinem sechsunddreißigsten Geburtstag.*"

John verzog das Gesicht. „Eine Königin, die seit über zweihundert Jahren tot war. Ganz schön morbide."

Pauline lachte. „Der alte Pepys war eben ein Schwerenöter, er liebte alle Frauen und stahl sich einen Kuss, wo er nur konnte." Beiläufig fuhr sie fort, „Warst du in letzter Zeit eigentlich wieder mit den Themseforschern unterwegs?"

„Ja, letztes Wochenende waren wir in Vauxhall an einer Anlegestelle, die wohl aus der Bronzezeit stammt. Messen, fotografieren, zeichnen, ein wenig vorsichtiges Buddeln – diese Arbeit ist so vielfältig. Je mehr ich mich damit beschäftige, desto faszinierender finde ich es. Und Dr. Mohani ist eine hervorragende Lehrerin. Ich habe bei der letzten Exkursion erstmals das Bruchstück einer Tasse selbstständig der richtigen Epoche zugeordnet. Es war ein Stück Staffordshire-Keramik aus dem siebzehnten Jahrhundert", erzählte er stolz.

„Schön für dich", gab sie etwas spitz zurück und überließ ihn wieder seinen Vorbereitungen für morgen.

Kapitel 8

Als John am nächsten Tag um die Mittagszeit aufstand, griff er sogleich nach seinem Mobiltelefon. Tatsächlich erwartete ihn eine Nachricht von Tante Isabel: *Angus ist um 6.30 Uhr verstorben. Vielleicht ist es das Beste so. Wir sehen uns später im Tower. Gruß, Isabel.*

Zwei Stunden später führte John seine schottischen Besucher im Nieselregen durch die Water Lane. Wie erwartet fehlte die Macgregor-Familie. Der grau verhangene Nachmittag passte zur Stimmungslage in der Gruppe. Nichts vom gewohnten Touristengeschnatter war zu hören, als sie hinter John über den Innenhof trotteten.

Er hatte sein sorgsam ausgearbeitetes Programm über den Haufen geworfen und beschlossen, die Tour mit einem Besuch der Kapelle St. Peter ad Vincula am Tower Green zu beginnen, nur ein paar Schritte von seiner Wohnung entfernt. Dort ergriffen alle aus der Gruppe die Gelegenheit, eine Kerze für Angus Macgregor zu entzünden. Im warmen Schein der Flammen legten sie eine Schweigeminute ein. Als die Mitglieder der Delegation hinterher in den Innenhof des Towers hinaustraten, schien es John, als habe sich die trübe Stimmung etwas gelüftet, so als ob man einer traurigen Pflicht Genüge getan hätte und sich nun auf die Besichtigung stürzen könnte. Die ersten Fotoapparate wurden gezückt. Beim obligatorischen Besuch der Kronjuwelen gab es bereits die üblichen begeisterten Ohs und Ahs.

„Sagen Sie, wurde die Szene in *Sherlock*, wo Professor Moriarty sich an die Kronjuwelen heranmacht, hier gedreht?“, erkundigte sich eine jüngere Frau, die nach Johns Erinnerung zum lokalen Women’s Institute gehörte, dem Isabel an ihrem Wohnort in den Highlands vorstand.

Er schüttelte lächelnd den Kopf. „In einem Hochsicherheitstrakt wie hier im Waterloo Block geht das natürlich nicht. Dafür mussten die Produzenten diesen Trakt nachbauen. Die Außenaufnahmen stammten zwar vom Tower, aber alles andere wurde in Wirklichkeit in der Burg von Cardiff aufgenommen.“

Die junge Frau sah enttäuscht aus. „So ein Schmu.“

„Aber wir hatten vor einiger Zeit eine richtig große Produktion hier – *Muppets Most Wanted.* Das war ein Spektakel, kann ich Ihnen sagen.“

Ihr Blick hellte sich auf. „Oh ja, den Film habe ich mir im Frühjahr mit meiner kleinen Schwester angesehen. Miss Piggy und Kermit haben ja da im Tower ihre Hochzeit gefeiert.“

„Der Aufwand war enorm. Die Crew war nur für zwei, drei Tage hier, aber bis alles organisiert war, war ein Vorlauf von über einem halbem Jahr notwendig. Wir konnten schließlich nicht einfach zusperren, während gedreht wurde, sondern es wurde alles während des laufenden Besucherbetriebs gedreht.“

Sie sah ihn aufgeregt an. „Jetzt kann ich mich erinnern – bei einigen Szenen waren ja Beefeater zu sehen. Haben Sie da etwa auch mitgespielt?“

John schüttelte lächelnd den Kopf. „Einige Kollegen waren tatsächlich als Komparsen dabei. Aber für mich ist das nichts, vor einer Kamera zu stehen.“ Jäh fiel ihm der Auftritt ein, der ihm in wenigen Tagen bevorstand und er erschauerte unwillkürlich.

Als sie wieder ins Freie traten, wandte sich Dr. Arbroath an John.

„Wir sind draußen an dieser großartigen Mohnblumen-Installation vorbeigekommen. Eine schöne Idee, auf diese Weise der Toten des Ersten Weltkriegs zu gedenken.“

John nickte.

„In ein paar Wochen werden alle Blumen „gepflanzt“ sein. Unser Festungsgraben ist ein guter Ort für diese Aktion. Dort schworen vor hundert Jahren über tausend Bedienstete der Stadt ihren Eid, bevor sie sich den kämpfenden Truppen anschlossen. Im Tower wurden Neulinge im Umgang mit Waffen trainiert, von hier aus startete der zeremonielle Abmarsch und die Festung fungierte auch als Gefängnis und Exekutionsort für einige Spione, die während der Kriegsjahre festgenommen wurden.“

„Was passiert mit den schönen Blumen später?“, erkundigte sich die Frau des Bürgermeisters. „Bleiben sie für immer hier?“

„Nein, auch wenn es schon Stimmen gab, die genau das gefordert haben. Ab Mitte November werden alle wieder eingesammelt und zugunsten verschiedener Wohltätigkeitsorganisationen verkauft. Sie sind nicht billig, fünfundzwanzig Pfund das Stück, aber immerhin waren sie Teil dieser einmaligen Gedenkaktion und letzten Endes ist jede handgemacht und damit ein Unikat."

Mehrere Teilnehmer aus der Gruppe sahen interessiert drein.

„So etwas wäre ein schönes Geschenk für unsere Geschäftspartner", meinte der Bauunternehmer, den Macgregor gestern in der Kirche angesprochen hatte, halblaut zu seiner Begleiterin. „Kann man sich für eine oder mehrere Blumen vormerken lassen?",

John nickte. „Ich kann Sie am Ende der Führung in den Shop bringen, dort haben wir Listen ausliegen." Er selbst hatte sich schon einige Blüten gesichert, die er zu Weihnachten verschenken wollte.

„Lassen Sie uns nun in den Salt Tower gehen, wo König John Balliol gefangen war. Danach sehen wir uns an, wo Simon Fraser, der letzte Mann, der 1747 auf dem Tower Hill durch Enthauptung starb, seine letzten Tage verbracht hat."

Nach einem ausgiebigen Rundgang steuerte John als letztes den Brick Tower an, der ebenfalls in seiner langen Geschichte zeitweise als Gefängnis gedient hatte. Während seine Besucher die Ausstellung über die Tower Menagerie bestaunten – „Sieh doch mal, ein Strauß", „Und hier, ein Bär", „Was, sogar einen Elefanten haben sie hier gehalten!", ging John im Kopf noch einmal die Daten zu Flora Macdonald durch, eine weitere Gefangene des Towers, über die er als letztes sprechen wollte. Das erwies sich als unnötig, wie er gleich darauf merkte. Kaum hatte er ihren Namen erwähnt, überboten die Mitglieder der Gruppe sich gegenseitig darin, Geschichten und Legenden über die berühmte Fluchthelferin von Bonnie Prince Charlie und Pionierin des amerikanischen Westens zum Besten zu geben. Innerhalb kürzester Zeit entwickelte sich ein lebhafter Streit.

„Sie wurde auf Benbecula geboren. Meine Schwester hat dorthin geheiratet, daher weiß ich das."

„Unsinn, das weiß doch jedes Kind, dass sie auf South Uist zur Welt kam!"

„Also, wenn man sich die Quellen genau ansieht – " Dr. Arbroath fand kein Gehör. Im allgemeinen Stimmengewirr war die Bürgermeistersgattin zu vernehmen. „Sie hat so viel aufs Spiel gesetzt für Charles – ich glaube, dass sie und der schöne Prinz eine kleine Romanze während dieser abenteuerlichen Flucht hatten."

Dr. Arbroath schnaubte. „Meine liebe Maisie, das ist zwar eine hübsche Idee, aber dafür gibt es keinerlei Hinweise."

„Aber sie wurde doch sogar in dem Betttuch bestattet, auf dem der Prinz geschlafen hatte – wenn das kein Hinweis ist“, verteidigte Mrs. Baird ihre Theorie.

Tante Isabel betrachtete das Durcheinander mit einem leisen Lächeln, während John überlegte, wie er das Ruder wieder übernehmen konnte.

Sie winkte ihn zu sich. „Lass sie“, meinte sie trocken. „Du hast eine wirklich wundervolle Führung gemacht, mein Junge. Ich bin sicher, alle sind jetzt mit Informationen gesättigt. Jetzt genießen sie diesen kleinen Wettstreit, wer wohl am meisten über unsere Heldin weiß. Und in zehn Minuten wartet ohnehin der Bus draußen.“

Sie fuhr sich müde über die Stirn.

„Ich werde allerdings nicht mitfahren. Ich habe eine Verabredung zum Tee. Dabei würde ich am liebsten zurück ins Hotel gehen und mich hinlegen. Letzte Nacht habe ich kaum geschlafen.“

Sie lehnte sich schwer auf ihren Stock. John holte eilig einen Stuhl heran. Sie ließ sich dankbar darauf sinken und fuhr fort.

„Nachdem frühmorgens die Nachricht von Angus’ Tod kam, ging es bei mir zu wie in einem Taubenschlag. Michael Arbroath setzte sich sofort daran, einen würdigen Nachruf zu schreiben und wollte dabei meine Hilfe. Dann riefen schon die ersten Reporter an und wollten eine Stellungnahme. Gott sei Dank haben Fiona und Michael das übernommen. Wie du dir vorstellen kannst, ließ auch ein Anruf von Renie nicht lange auf sich warten, die natürlich alles haarklein wissen wollte. Am späten Vormittag schließlich wurde es mir zu viel. Ich habe das „Bitte nicht stören“-Schild hinausgehängt und an der Rezeption Bescheid gegeben, dass sie für die nächsten Stunden niemanden, aber auch gar niemanden mehr zu mir durchstellen sollen. Die Ruhepause hat mir gutgetan.“

Sie streckte sich ein wenig.

„Vielleicht könntest du mir ein Taxi besorgen. Oder eigentlich wäre es mir noch lieber, du würdest mich begleiten. Ginge das?“

John warf ihr einen etwas verwirrten Blick zu. „Ich habe heute noch einmal Nachtschicht und möchte mich zuvor noch ein, zwei Stunden aufs Ohr legen. Bis dahin stehe ich dir gern zur Verfügung. Worum geht es denn?“

Sie winkte gebieterisch ab und nickte unmerklich zu den anderen hinüber, die immer noch in lebhafte Diskussionen vertieft waren.

„Das erkläre ich dir später. Nun lass uns erst einmal diese Führung zu Ende bringen, bevor es hier noch zu handfesten Auseinandersetzungen kommt.“

Eine halbe Stunde später saßen beide in einem Taxi, das sie nach Piccadilly brachte. Nachdem Isabel ihm eröffnet hatte, dass es in den altehrwürdigen Diamond Jubilee Teesalon bei Fortnum und Mason’s gehen sollte, hatte John sich noch schnell in ein Sakko geworfen, das er kürzlich eigens für den Besuch einer großen Charity-Veranstaltung gemeinsam mit Claire Mohani gekauft hatte. Isabel hob anerkennend eine Augenbraue.

„Schön, Junge, mit dir kann ich mich sehen lassen. Aber ich muss sagen, mit der Beefeater-Uniform siehst du auch schmuck aus. Du wirst schon sehen, am Samstag werden die Ladies Schlange stehen, um auf dich bieten zu können.“

Johns Magen zog sich zusammen. Eilig schob er den Gedanken an das über ihm baumelnde Damoklesschwert beiseite und meinte, „Nun heraus mit der Sprache, Tante Isabel: Mit wem treffen wir uns? Und warum wolltest du nicht, dass der Rest deiner Gruppe etwas davon mitbekommt?“

Isabel atmete tief durch. „Sie hat mich darum gebeten, Stillschweigen zu bewahren.“

„Wer?“

„Angus Macgregors Tochter.“

„Du meinst seine Schwiegertochter? Die resolute Jeanie?“

Isabel schüttelte den Kopf. „Nein. Seine Tochter. Ailsa Brodie.“

„Ich wusste gar nicht, dass er eine Tochter hatte“, erwiderte John überrascht. „Er sprach immer nur von seinem Sohn und seinem Neffen. Und natürlich von seinem Liebling Megan.“

„Um ehrlich zu sein, war ich selbst ganz verdattert, als sie mich kurz vor unserer Abfahrt zum Tower anrief. Die Verbindung von ihr zu den Macgregors war mir tatsächlich ganz entfallen. Erst dann fiel mir wieder ein, dass Angus und Betty in jungen Jahren, lange bevor Patrick geboren wurde, schon eine Tochter hatten, die Ailsa hieß. Soweit ich weiß, hat sie sich schon als junge Frau von ihrer Familie losgesagt. Frag mich nicht, warum. Ich weiß nicht, was damals passiert ist. Das einzige, woran ich mich erinnern kann, ist, dass Betty, ihre Mutter, ungefähr zu der Zeit starb. Nun ja, Angus hat auf jeden Fall in all den Jahren kein Wort über seine Tochter verloren.“

„Und nun ist sie in London?“

„Nicht nur das, sie wohnt sogar bei uns im Hotel. Sie ist eine anerkannte Whisky-Expertin und hält beim Jahrestreffen des Herstellerverbands einen Vortrag.“

„Das ist ja eine merkwürdige Situation. Und warum hat sie nun um dieses Treffen gebeten?“

Isabel zuckte ratlos mit den Schultern. „Da bin ich überfragt. Ailsa hörte sich sehr drängend an. Das einzige, was sie sagte, war, dass es um den Tod ihres Vaters geht. Und dass möglichst niemand aus der Reisegruppe, besonders nicht die Macgregors, etwas von unserem Gespräch erfahren soll.“

John runzelte die Stirn. „Das klingt ja sehr geheimnisvoll.“

„Mhm. Vielleicht will sie auch nur etwas darüber erfahren, wie ihr Vater gestorben ist. Schon möglich, dass sie sich deshalb nicht an ihre Verwandten wenden will, weil das Tischtuch zwischen ihnen schon seit Jahrzehnten zerschnitten ist. Allerdings bin ich mir auch noch nicht sicher, wie viel ich ihr über die genaueren Umstände erzählen soll, da wir uns ja eigentlich darauf geeinigt hatten, Stillschweigen zu bewahren.“

„Warum sie sich wohl ausgerechnet an dich gewandt hat? Du kennst sie doch eigentlich nicht näher, oder?“

„Ganz und gar nicht. Deswegen bin ich auch dankbar, dass du dabei bist. Ich möchte, dass du dir ein Bild von Ailsa machst. Ich bin ihr nur ein-, zweimal begegnet, als sie noch ein junges Mädchen war. Damals hatte sie ein ebenso hitzköpfiges Temperament wie ihr Vater. Aber das ist sicher dreißig Jahre her.“

Sie überlegte einen Moment. „Nein, sogar noch länger. Warte mal, Patrick dürfte in etwa so alt sein wie du. Ailsa ist wohl zehn Jahre älter als er. Dann ist es wohl eher an die vierzig Jahre her, dass ich ihr zuletzt begegnet bin.“

Sie seufzte. „Die Zeit vergeht so schnell. Selbst mit Angus hatte ich in den letzten Jahren nur noch wenig Kontakt, seit ich mich aus der aktiven Politik ein wenig zurückgezogen habe. Wir haben uns nur noch gelegentlich bei Veranstaltungen gesehen. Gut, dieses Jahr war es wegen des Referendums etwas häufiger. Um die Trommel für ein Ja zur Unabhängigkeit zu rühren, hat die Partei auch uns alte Kämpen wieder reaktiviert und wir hatten ein paar gemeinsame Auftritte. Zuletzt im Juli oder August, soweit ich mich erinnern kann.“ Ihr Blick wurde traurig. „Jahrzehntelang haben wir beide Seite an Seite gekämpft, auch wenn wir manchmal unsere Sträuße ausgefochten haben. Ich werde ihn vermissen, den alten Gauner."

Das Taxi hielt vor dem Kaufhaus. Isabel sah auf die Uhr.

„Wir haben noch eine halbe Stunde, bis Ailsa uns erwartet. Das passt, da kann ich gleich noch ein paar Einkäufe erledigen, bei denen du mir helfen kannst." Mit neuer Energie stieg sie aus dem Wagen, nachdem sie den Fahrer bezahlt hatte. Da fiel ihr Blick auf ein Poster auf der anderen Straßenseite.

„Oh, sieh mal, John. Kyla Macpherson. Sie gibt nächste Woche ein Konzert in der Royal Albert Hall." Ein amüsiertes Lächeln umspielte ihre Lippen. „Ich schätze, unsere Renie wird sich dafür wohl keine Karte kaufen."

John grinste. „Mit Sicherheit nicht." Und ich auch nicht, fügte er im Stillen hinzu. Gott bewahre, dass sich seine Wege und die der kapriziösen Sängerin nach jener denkwürdigen Episode beim Clantreffen in Edinburgh noch einmal kreuzten.

Isabel hakte sich bei ihm ein und sie traten aus dem Gewusel von Piccadilly in die gediegene Welt des Nobelkaufhauses.

Es dauerte nicht lange und John hatte über jedem Arm einen Einkaufskorb hängen. War einer voll, brachte ein hilfsbereiter Angestellter diesen zur Kasse und gab John einen neuen Korb, der sich sofort wieder füllte. Isabel stöberte genussvoll durch die Regale und suchte Mitbringsel für ihre weitverzweigte Verwandtschaft aus, von der ein Großteil nach wie vor in den Highlands lebte.

„Die Orangenmarmelade mit Champagner für Aidans Frau, die Stachelbeer-Holundermarmelade für Russell, Schwarze Johannisbeere und Gin für Ewan – also diese Auswahl an Marmeladen und Gelees ist wirklich grandios. Für mich selbst nehme ich noch Grapefruit und … hm, diese Blutorangenmarmelade sieht köstlich aus. Und nun gehen wir hinüber zu den Tees."

„Padraig bevorzugt Earl Grey. Hmm… Ich nehme ihm diesen aus Highgrove mit. Dann Jacks Frau Molly – bei ihr bin ich mir nicht sicher, was sie am liebsten trinkt. Also nehmen wir ihr diese drei kleinen Dosen mit verschiedenen Sorten mit."

John bewunderte, wie seine Großtante, die rund doppelt so alt war wie er selbst, offensichtlich mühelos alles im Kopf behielt. Er selbst musste sich dagegen jedes Mal einen Einkaufszettel schreiben, ansonsten vergaß er die Hälfte.

„Wer fehlt mir jetzt noch?“, murmelte Isabel schließlich. „Ach ja, Kenny, der Sohn meines Verwalters. Hm, aber den werde ich mit Tee, Marmelade oder Keksen nicht hinter dem Ofen vorlocken können. Er sagte mir, ich sollte ihm etwas „Abgefahrenes“ mitbringen.“

Der eilfertige Angestellte, dessen Lächeln mit jedem vollen Korb, den er zur Kasse schleppen durfte, glückseliger geworden war, meldete sich zu Wort.

„Verzeihen Sie, Madam. Wenn ich Sie in unsere Lebensmittelabteilung führen dürfte – ich glaube, da hätten wir etwas für Sie.“

Isabel nickte gnädig und sie folgten dem Mann ins Untergeschoss. Dort blieb er vor einer Auslage mit Süßigkeiten stehen.

„Lutscher?“, fragte Isabel skeptisch. „Dafür dürfte Kenny schon zu alt sein. Er ist jetzt fünfzehn.“

„Ah, aber diese Lollies sind etwas Besonderes, gnädige Frau. Wir haben sie in den Varianten Tequila- und Wodkageschmack, komplett zuckerfrei. Aber der Clou ist das, was drin ist. Bitte sehen Sie.“ Er hielt Isabel einen der durchsichtigen Lutscher vor die Nase.

„Sie können sich entscheiden zwischen einer Einlage aus Ameisen, Würmern oder einem knusprigen Skorpion. Selbstverständlich giftfrei und bedenkenlos zu verzehren“, fügte er stolz hinzu.

Während John in milder Abscheu das Gesicht verzog, beäugte Isabel interessiert die Lutscher und entschied dann, „Sehr schön. Ich nehme einen von jeder Sorte. Und noch einen mit so einem Skorpion, den möchte ich selbst probieren.“

„Vielleicht kann ich Sie dann auch noch für unsere gerösteten Maden mit Barbecue-Aroma begeistern? Ein nahrhafter und leckerer Snack für zwischendurch. Für eine so gute Kundin wie Sie kann ich auch gerne einen der Beutel öffnen, so dass Sie etwas kosten können.“

John warf einen betonten Blick auf die Uhr. „Tante Isabel, wir sollten allmählich hinaufgehen. Mrs. Brodie wartet sicher schon auf uns.“

„Natürlich, mein Junge, sofort. So eine Made würde ich trotzdem gerne probieren. Damit werde ich mir schon nicht den Appetit verderben.“ Sie wandte sich an den Verkäufer und meinte, „Wir sind nämlich in Ihrem Diamond Jubilee Teesalon verabredet.“

„Eine hervorragende Wahl, Madam. Stilvoller können Sie Ihren Tee in der ganzen Stadt nicht genießen. Dann hole ich Ihnen sogleich den Aufzug, der Sie in den vierten Stock hinaufbringt. Ihre Einkäufe warten dann an der Kasse auf Sie. Lassen Sie sich soviel Zeit, wie Sie möchten."

Er führte sie zum Aufzug und reichte Isabel ein Tütchen mit Maden, das er vorsichtig geöffnet hatte.

„Wohl bekomm's, gnädige Frau."

Auf dem Weg nach oben kaute Isabel nachdenklich auf ein paar der hellbraunen krossen Maden herum.

„Nicht schlecht. Der Barbecue-Geschmack ist ein bisschen aufdringlich, aber insgesamt nicht schlecht. Möchtest du auch eine versuchen?"

„Nein, danke."

„Junge, dir würde es nicht schaden, dich mal auf ein paar neue Erfahrungen einzulassen. Lass dir das von einer Frau gesagt sein, die schon viel vom Leben gesehen hat."

„Ich merke es mir, Tante Isabel."

Sie warf ihm einen scharfen Blick zu, steckte den Beutel mit den restlichen Maden in ihre Tasche und sie traten hinaus in den lichten Teesalon.

Kapitel 9

An dem Tisch, zu dem sie geführt wurden, wartete bereits eine Frau auf sie, die John vage bekannt vorkam. Sie hatte kurzes braunes Haar und trug eine schwere Goldkette über ihrem schwarzen Rollkragenpullover.

Sie stand auf, als sie nähertraten.

„Isabel – danke, dass Sie gekommen sind." Sie warf einen fragenden Blick auf John.

„Schön, Sie zu sehen, Ailsa. Auch wenn ich mir für unser Wiedersehen andere Umstände gewünscht hätte. Dies hier ist mein Großneffe, John Mackenzie. Er hat heute Nachmittag eine Führung im Tower für uns gemacht und war dann so freundlich, mich durch den Großstadtdschungel hierher zu geleiten. Sie haben doch nichts dagegen, dass er uns Gesellschaft leistet?"

Ailsa zögerte einen Moment. John streckte ihr die Hand entgegen.

„Mein herzliches Beileid, Mrs. Brodie."

„Ailsa, bitte", meinte sie und musterte John genauer.

„Sagen Sie, haben Sie nicht nach dem Willkommensdinner im Hotel mit meinem Vater gesprochen?"

Bei John machte es plötzlich Klick.

„So ist es. Nun erinnere ich mich auch, Sie gesehen zu haben. Sie haben sich bei der Verkostung mit meiner Schwester Maggie unterhalten."

„Oh, ja, natürlich. Eine sehr sympathische Frau. Wir haben viel zusammen gelacht."

Alle drei setzten sich und sofort schwebte ein adrett gekleideter Kellner heran.

„Möchten die Herrschaften als erstes eine kleine Verkostung mit einem unserer Tee-Experten oder möchten Sie Ihren Tee nach der Karte auswählen?"

Bevor Isabel etwas sagen konnte, erwiderte Ailsa bereits mit einem angespannten Lächeln, „Bitte bringen Sie uns die Karte."

„Sehr wohl, Madam." Er eilte davon.

„Unter normalen Umständen würde ich eine Verkostung durchaus genießen, und sei es nur, um dem Kollegen auf den Zahn zu fühlen." Sie bemerkte Johns fragenden Blick. „Ich bin Berufsnase – natürlich für Whisky. Aber der Job der Leute, die Teemischungen erstellen, ist im Endeffekt nicht sehr viel anders. Es wäre also durchaus interessant, auch für mich, eine Verkostung einmal aus einer anderen Perspektive zu erleben. Aber ich habe heute nicht viel Zeit und möchte möglichst schnell zum Thema unseres Gesprächs kommen, wenn es Ihnen nichts ausmacht“, erklärte sie.

John war ein wenig enttäuscht – als passionierter Teeliebhaber hätte er die Chance zu einer Verkostung mit einem professionellen Tearista gerne genutzt – dennoch lächelte er und meinte, „Selbstverständlich.“

Der Kellner überreichte ihnen die großformatigen Menükarten. Allein die Auswahl an verschiedenen Teesorten erstreckte sich über siebzehn Seiten. Ailsa tippte ohne langes Zögern auf den ersten Tee auf der Liste, einen Assam, und klappte die Karte zu. John, der ihre Ungeduld spürte, gab es auf, die blumigen Beschreibungen zu lesen und wandte sich an den Kellner. „Welchen Darjeeling können Sie empfehlen?“

„Wenn ich Sie für einen First Flush begeistern kann, hätten wir da zum Beispiel den Goomtee oder den Orange Valley oder auch Bannockburn – “

Isabel sah auf. „Bannockburn? Den nehme ich.“

John schmunzelte und schloss sich ihr an.

„Ausgezeichnete Wahl. Frisch und fruchtig im Geschmack mit milden Untertönen von Honig – der wird Ihnen sicher munden.“

Kaum hatte sich der Mann nach einer formvollendeten Verbeugung entfernt, ergriff Ailsa das Wort.

„Isabel, bitte, sagen Sie mir alles, was Sie über den Tod meines Vaters wissen.“

Isabel atmete tief durch. „Er ist heute Morgen gegen halb sieben im St. Bartholomew’s Krankenhaus verstorben. Er hat nicht leiden müssen, Ailsa. Es war wohl so etwas wie eine plötzliche Herzattacke.“

Angespannt beugte Ailsa sich über den Tisch.

„Eine Herzattacke. Sind Sie sicher?“

John ergriff das Wort. „Der Notarzt sagte, der Herzstillstand wäre durch ein Kammerflimmern ausgelöst worden. Gänzlich unerwartet kam dies wohl nicht. Laut Ihrem Bruder litt Ihr Vater schon länger an einem Herzleiden. Er ließ sich aber nicht davon überzeugen, besser auf seine Gesundheit zu achten.“

„Das glaube ich aufs Wort“, stieß sie halblaut aus. Dann sah sie John forschend an. „Sie waren dabei, als es … passierte?“

„John war nicht nur dabei, er hat sofort versucht, Angus wiederzubeleben, nachdem ich ihn bewusstlos aufgefunden hatte“, erklärte Isabel. „Nur, weil er so beherzt reagiert hat, konnten die Ärzte Ihren Vater mit dem Defibrillator noch einmal zurückholen – auch, wenn er es letztlich nicht geschafft hat.“ Sie legte eine Hand auf Ailsas Arm. „Ich denke, es war besser so. Die Ärzte im Krankenhaus haben klipp und klar gesagt, dass Angus, hätte er das Bewusstsein wiedererlangt, ein schwerer Pflegefall geworden wäre. So zu existieren, hätte er mit Sicherheit nicht gewollt.“

Ailsa nickte. „Es wäre ein Horror für ihn gewesen, von anderen abhängig zu sein. Er war so ein gottverdammter Sturkopf – “ Mit einem Mal brachen Tränen aus ihr heraus. Wütend versuchte sie, sie wegzuwischen. Isabel zog ein Taschentuch heraus und reichte es ihr. „Weinen Sie ruhig. Besser, Sie lassen es heraus.“

Aus dem Augenwinkel bemerkte John, wie der Kellner, der mit einem randvollen Tablett auf sie zugesteuert war, abdrehte und sich taktvoll zurückzog. Nach einem Moment fasste Ailsa sich und schnäuzte sich kräftig.

„Verzeihen Sie. Ich weiß selbst nicht, was über mich gekommen ist. Es ist nur – da habe ich über dreißig Jahre lang kein Wort mit meinem Vater gewechselt und dann treffen wir uns und fangen an, uns auszusprechen – und am nächsten Tag ist er tot.“

Mitfühlend blickte Isabel sie an. „Das tut mir leid, Ailsa. Andererseits ist wenigstens der Gedanke tröstlich, dass Sie sich ausgesöhnt haben, bevor er gestorben ist.“

„Nun ja, ausgesöhnt … ganz so weit waren wir noch nicht. Aber wir waren auf einem guten Weg dahin. Wenn wir nur mehr Zeit gehabt hätten – “

Diesen Moment nutzte der Kellner, der die Lage am Tisch offenbar als hinreichend stabil einschätzte, um den Tee zu servieren.

„Zweimal Darjeeling Bannockburn, einmal Assam, bitte sehr, die Herrschaften. Dazu Scheiben aromatischer sizilianischer Zitronen und zweierlei Sorten Milch, mit und ohne Laktose. Wenn Sie den Tee süßen möchten – hier haben wir braunen und weißen Kandis, Rohrzucker, raffinierten Zucker, Honig aus Kent und natürlich für die Kalorienbewussten auch Süßstoff.“ Letzteres mit einem dezenten Naserümpfen. „Und hier das *pièce de résistance* – eine Auswahl unserer Leckereien, ein Festschmaus selbst für den verwöhntesten Gaumen.“ Er deponierte eine ausladende Etagère auf dem Tisch. „Auf der untersten Ebene finden Sie unsere vorzüglichen Sandwiches, unter anderem mit Hühnchen, Roastbeef und dem Lachs aus unserer hauseigenen Räucherei. In der Mitte natürlich die unverzichtbaren Scones mit vier verschiedenen Marmeladensorten und Devonshire Cream und ganz oben schließlich die wunderbaren Petit Fours, die besten Kreationen unseres Patissiers. Wenn Sie noch etwas benötigen, geben Sie bitte jederzeit Bescheid. Ansonsten überlasse ich Sie jetzt den lukullischen Genüssen." Mit einer weiteren Verbeugung zog er von dannen.

„Es ist immer schön, jemanden zu sehen, der seiner Arbeit mit solcher Hingabe nachkommt", kommentierte Isabel und schenkte sich Tee ein. John tat es ihr gleich und griff sogleich nach einem Lachs-Sandwich. Ailsa jedoch schien die dargebotenen Köstlichkeiten gar nicht wahrzunehmen. Sie fixierte Isabel mit einem durchdringenden Blick.

„Es steht also hundertprozentig fest, dass mein Vater eines natürlichen Todes gestorben ist?"

Isabel setzte ihre Teetasse ab. „Nun, ich denke, daran dürfte kein Zweifel bestehen – "

„Haben Sie selbst mit den Ärzten im Krankenhaus gesprochen?", fiel Ailsa ihr ins Wort.

Verwirrt schüttelte Isabel den Kopf. „Nein. Ich bin mit Gavin, Jean und Megan dorthin gefahren und habe zusammen mit der Familie ein paar Stunden gewartet, aber schließlich bin ich ins Hotel zurückgekehrt. Gavin wollte eigentlich, dass die junge Megan mit mir zurückfährt, aber das Mädchen hat sich standhaft geweigert. Sie wollte unbedingt dortbleiben. Von Angus' Tod erfuhr ich dann erst am Morgen, als Patrick mich anrief."

John schluckte den letzten Bissen des Sandwiches hinunter – der Lachs war wirklich vorzüglich – und meinte, „Ailsa, es klingt, als hätten Sie das Gefühl, dass Ihr Vater – "

„Umgebracht wurde, jawohl", führte sie seinen Satz zu Ende. Während Isabel Ailsa entsetzt anstarrte, fragte John ruhig, „Woher kommt diese Befürchtung?"

„Es kann doch kein Zufall sein, dass mein Vater darüber nachdenkt, die Nachfolgeregelung für unsere Familienfirma zu ändern und keine vierundzwanzig Stunden später stirbt er – bevor er die Chance hat, sein Testament zu ändern."

John dachte zurück an das Gespräch, das er mit Angus Macgregor am Abend des Willkommensdinners gehabt hatte.

„Wenn ich Ihren Vater richtig verstanden habe, sollte die Firma auf Ihren Bruder und Ihren Cousin übergehen. Für eine optimale Lösung schien Angus dies zwar nicht zu halten, aber es gab wohl keine andere Möglichkeit. Seine Favoritin für die Firmenleitung wäre offenbar Megan gewesen, aber sie ist noch zu jung."

Ailsa nickte heftig. „Genau so hat er es mir gegenüber auch dargestellt. Er dachte, dass Gavin und Patrick nicht an einem Strang ziehen würden. Sie würden sich gegenseitig blockieren und dadurch die Entwicklung der Firma gefährden. Deshalb überlegte er, ob ich als Mitglied der Geschäftsleitung zurückkommen sollte. Er sagte, sein Traum wäre, wieder so ein perfektes Zweierteam an der Spitze der Firma zu haben, wie er und Onkel Fynn es waren. Einer, der sich ums Geld kümmert und einer mit dem Whisky-Sachverstand. Letztere Rolle dachte er offensichtlich mir zu. Wer den anderen Part übernehmen sollte, sagte er nicht."

Isabel warf ihr einen skeptischen Blick zu. „Nachdem in all den Jahren Funkstille zwischen Ihnen herrschte? Woher dieser Sinneswandel?"

Ailsa hielt ihrem Blick stand. „Ich verstehe, dass es schwerfällt, das zu glauben. Ich traute selbst meinen Ohren kaum, als er mir das sagte." Sie schluckte. „Es … kam mir irgendwie schicksalhaft vor. Unwirklich. Gestern Abend, nach dem Whiskytasting, hatte ich in einem Nebenzimmer noch eine Besprechung mit ein paar Leuten aus dem Vorstand der Whisky Association. Es wurde ziemlich spät und danach fuhr ich mit dem Lift hinauf in den vierten Stock, wo mein Zimmer ist. Und da stand mein Vater und versuchte vergebens, eine Tür zu öffnen. Sie wissen schon, mit diesem Plastikkärtchen. Er steckte es immer wieder in den Schlitz und jedes Mal leuchtete es rot auf. Ich konnte schon vom anderen Ende des Gangs hören, wie er wütend vor sich hin grummelte. Ich musste an ihm vorbei, um zu meinem Zimmer zu gelangen." Sie lehnte sich zurück und ihr Blick wanderte in die Ferne.

„Mir klopfte plötzlich das Herz bis zum Hals. Ich war hin- und hergerissen, ob ich einfach grußlos vorbeigehen sollte. Das klingt merkwürdig, ich weiß, aber mein Vater und ich haben es tatsächlich in all der Zeit geschafft, uns gegenseitig zu ignorieren, wenn wir uns doch einmal zufällig über den Weg gelaufen sind – weil ich die meiste

Zeit im Ausland gelebt habe, ist das höchstens alle paar Jahre bei irgendeiner Veranstaltung der Whisky Association passiert. Ich ging also langsam den Gang entlang, immer noch unentschlossen, was ich tun sollte. Und da schaute er plötzlich auf und … und zum ersten Mal in meinem Leben sah ich meinen Vater fast ängstlich dreinschauen. Er sagte nur ganz leise meinen Namen. Ich glaube, er hat sich in dem Moment genauso vor meiner Reaktion gefürchtet wie ich mich vor seiner. Das hat mich richtiggehend erschüttert. So hatte ich ihn noch nie erlebt. Ich wusste überhaupt nicht, was ich sagen sollte, also habe ich ihm zu seiner Erhebung in den Ritterstand gratuliert. Daraufhin er, ‚Ailsa, können wir reden?' Ich war immer noch wie vor den Kopf geschlagen, aber ich schlug vor, in die Bar zu gehen. Er wehrte aber ab und sagte, wir sollten uns lieber unter vier Augen unterhalten, am besten auf meinem Zimmer. Es stellte sich heraus, dass er sich gar nicht mehr sicher war, ob der Raum, in den er versuchte, hineinzukommen, überhaupt seiner war. Er hatte wohl ziemlich viel getrunken an dem Abend. Also nahm ich ihn mit auf mein Zimmer und wir redeten. Stundenlang."

Ihre Stimme wurde rau. John schenkte ihr Tee ein und sie trank dankbar.

„Es muss entsetzlich sein, den Vater wiederzufinden und ihn gleich darauf wieder zu verlieren", meinte er mitfühlend.

„Das ist es", erwiderte sie und griff nach einem Scone. „Dieses Treffen mit meinem Vater war wie eine Schicksalsfügung und hat mich sehr glücklich gemacht. Aber was mich verrückt macht, ist der Gedanke, dass er vielleicht genau deswegen sterben musste."

„Was meinen Sie damit?", fragte Isabel.

„Nun, liegt das nicht auf der Hand? Patrick und Gavin hätten viel zu verlieren gehabt, wenn ich tatsächlich ins Unternehmen zurückgekehrt wäre. Ich fürchte, einer von ihnen oder beide haben Wind von Vaters Idee bekommen und wollten mit aller Macht verhindern, dass er sie in die Tat umsetzt."

„Sie unterstellen Ihrem Bruder und Ihrem Cousin, sie hätten einen Mordplan gegen Ihren Vater ausgeheckt? Und das innerhalb kürzester Zeit und auf derart raffinierte Weise, dass selbst die Mediziner eine natürliche Todesursache annehmen?"

Ailsa blickte Isabel an, Verzweiflung in den Augen. „Sie halten mich für paranoid."

Isabels Antwort beschränkte sich vorerst auf ein „Hömpf“, während sie nach einem Roastbeef-Sandwich griff. Einen Moment herrschte Schweigen am Tisch, dann legte Isabel das Sandwich beiseite.

„Nun, ich bin nicht dafür bekannt, dass ich um den heißen Brei herumrede. Ich will ehrlich zu Ihnen sein, Ailsa. Ich denke, durch den Schock und die Trauer um Ihren Vater können Sie momentan nicht klar denken – “

„Sagen Sie doch gleich, dass Sie alles, was ich sage, für Hirngespinste halten“, stieß Ailsa mit zusammengeballten Fäusten und zornblitzenden Augen hervor. In diesem Moment wirkte sie wie ein jüngeres Ebenbild ihres Vaters.

John bemühte sich, die Wogen zu glätten. „Wieso wollten Sie über Ihren Verdacht mit niemand anderem als mit Isabel sprechen?“

Ailsa wandte sich ihm zu. „Ich hatte gehofft, dass sie mir helfen könnte, die Polizei zu einer Untersuchung zu veranlassen. Einer Frau, die Angus seit Jahrzehnten kannte und die im Begriff ist, von der Königin geehrt zu werden, werden die zuhören. Verstehen Sie: Wenn wir nicht eingreifen, reisen die einfach ab“ – wer mit *die* gemeint war, war klar – „und lassen den Leichnam meines Vaters für die Beerdigung in die Highlands überführen. Ich sehe es direkt schon vor mir, wie Gavin und Patrick ach so gramgebeugt, aber tapfer an der Spitze der Sargträger gehen, während sie sich insgeheim schon ins Fäustchen lachen und nur darauf warten, das Ruder in der Firma an sich reißen zu können“, geiferte sie.

„Aber das werde ich nicht zulassen! Wenn Sie mir nicht helfen, dann wende ich mich an die Medien. Selbst wenn es dann einen Skandal gibt – was soll‘s: Ich habe nichts zu verlieren.“

Sie zerknüllte ihre Stoffserviette und schleuderte sie auf den Tisch, als würde sie Tante Isabel einen Fehdehandschuh hinwerfen.

Isabel und John warfen sich einen alarmierten Blick zu. Ailsas Tiraden erregten in der gesetzten Atmosphäre des Teesalons allmählich Aufmerksamkeit, immer mehr der Besucher sahen zu ihnen herüber. Auch der Kellner schwebte wachsam in ihrer Nähe. John, der beim Anblick von Angus Macgregors Tochter unwillkürlich das Bild eines Reaktors kurz vor der Kernschmelze vor Augen hatte, gab ihm ein Zeichen, die Rechnung zu bringen. Nicht ohne Bedauern, da er nun keine Gelegenheit mehr hatte, sich eines dieser verführerisch aussehenden Petit Fours einzuverleiben. Dann schlug er vor, „Wir sollten mit meinem Cousin sprechen. Er ist Superintendent bei

Scotland Yard. Lassen Sie uns gehen, Ailsa, dann rufe ich ihn gleich an."

Mit einem fiebrigen Leuchten in den Augen packte sie ihn am Arm. „Tun Sie das wirklich?"

John nickte. „Ich verspreche es Ihnen."

„Ich kümmere mich um die Rechnung", versicherte Isabel. „Geht ihr ruhig schon voraus."

Plötzlich lammfromm ließ Ailsa sich von John zum Ausgang führen. Ihm war, als ginge ein Raunen der Erleichterung durch den Salon, als sie hinausgingen. In dem lichten Vorraum angekommen, entschuldigte Ailsa sich und ging, um sich frischzumachen. John zog sich in eine ruhige Ecke zurück und fischte sein Mobiltelefon heraus. Gleich darauf hatte er seinen Cousin am Apparat.

„John, was gibt's", antwortete dieser kurz angebunden. „Ich habe eine Menge zu tun. Diese Korinthenkacker im Ministerium verlangen bis Ende der Woche einen drastischen Sparplan von jeder einzelnen Abteilung. Sie drohen sogar damit, unser Gebäude zu verkaufen und uns in irgendeinem Hinterhof einzuquartieren, wenn wir uns nicht zu riesigen Einschnitten bereitfinden. Stell dir das mal vor – so geht unsere Regierung mit ihren treuesten Dienern um. Unsäglich", ereiferte er sich. „Also, was willst du nun? Brauchst du wie üblich meine Hilfe?"

John verdrehte die Augen, beschloss aber, sich nicht irritieren zu lassen. „Es geht um Angus Macgregor."

Er konnte geradezu hören, wie Simon am anderen Ende der Leitung in Hab-Acht-Stellung ging – wie immer, wenn er darauf hoffte, dass vom Glanz eines Prominenten auch etwas auf ihn fallen könnte.

„Unser leider zur Unzeit verblichener Kandidat für den Ritterstand, natürlich, natürlich. Ich habe die Meldung über seinen Tod im Radio gehört. Es hieß, es wäre sein Herz gewesen. Man stelle sich vor, es hätte ihn erst während der Investitur im Stich gelassen – das hätte die Feierlichkeiten überschattet und ihre Majestät hätte mit Sicherheit einen Schock erlitten."

So, wie Angus sich in den letzten Tagen benommen hatte, stand auch so zu befürchten, dass er für einen Aufruhr im Palast gesorgt hätte, ging es John durch den Kopf. Nun, dazu würde es nun nicht mehr kommen.

Laut meinte er, „Angus' Tochter Ailsa Brodie hat sich an Isabel gewandt. Sie hat die Befürchtung, dass ihr Vater keines natürlichen Todes gestorben ist – "

„Wie bitte? Wie kommt sie darauf? Meint sie etwa, er wäre von der Contra-Unabhängigkeits-Bewegung um die Ecke gebracht worden?" Simon lachte abfällig.

„Nein, sie hat ihren Bruder und ihren Cousin im Verdacht. Es geht dabei darum, wer in Zukunft die Macht in der Familienfirma hat."

„Ah, es geht um Geld. Na, das ist schon ein glaubwürdigeres Motiv. Vor allem, da sich GlenMara mit dem Boom der Single Malts zu einem beachtlichen Unternehmen entwickelt hat, wie ich jüngst den Wirtschaftsnachrichten entnommen habe. Hmm." Offenbar witterte Simon einen publicityträchtigen Fall.

„Hat diese Mrs. Brodie denn ein konkretes Verdachtsmoment, dem wir nachgehen können?"

„Soweit ich das verstanden habe, nicht. Ich sollte wohl noch dazu sagen, dass sie, na sagen wir mal, psychisch etwas labil wirkt – "

„Hah! Labil! Die hat doch einen an der Klatsche, wenn du mich fragst." Isabel stand plötzlich neben ihm, eine hübsche Pappschachtel in der Hand.

„Was höre ich da? Ist das Isabel? John, ich hoffe, du verschwendest meine Zeit nicht mit den Wahnvorstellungen irgendeiner Verrückten. Wenn ich eine Ermittlung einleite und damit das Budget der Abteilung strapaziere, muss dabei auch etwas herauskommen, sonst gnade uns Gott – gerade in der gegenwärtigen Lage."

„Simon, ich habe absolut keine Ahnung, ob an den Verdächtigungen von Ailsa Brodie irgendetwas dran ist. Aber sie droht damit, an die Presse zu gehen, wenn niemand von den Behörden mit ihr spricht."

„Gott, ich hasse es, wenn irgendwelche … Bürger uns auf diese Weise kommen! Es ist traurig, aber wahr, dass die Medien mittlerweile die vierte Macht im Staate sind" erwiderte Simon verbittert. „Also von mir aus, schaff sie her. Ich höre mir an, was sie zu sagen hat." Er legte grußlos auf.

Kapitel 10

Zwei Stunden später näherte sich Johns Laune rapide dem Nullpunkt. Anstatt vor der verhassten Nachtschicht wenigstens eine Mütze voll Schlaf zu bekommen, saß er nun mutterseelenallein auf einem höchst unbequemen Plastikstuhl auf dem Flur der Abteilung für Kapitalverbrechen und harrte der Dinge.

Tante Isabel hatte ihm mit einem mitleidigen Blick die Pappschachtel des Diamond Jubilee Teesalons in die Hand gedrückt.

„Mein armer Junge, nun habe ich dir dieses hysterische Weib aufgehalst, das tut mir wirklich leid. Hier, nimm wenigstens die übrigen Petit Fours. Der Kellner hat sie mir geradezu aufgedrängt, so froh war er, uns loszuwerden. Und nun muss ich mich wirklich ein wenig ausruhen, das verstehst du doch, mein Junge, oder? Außerdem verzehrt der arme Walter sich bestimmt schon nach seinem Frauchen. Grüße Simon schön von mir." Sie hatte ein Taxi mit ihren Einkäufen beladen lassen und war mit sichtlicher Erleichterung in Richtung Royal Victoria Hotel abgefahren.

John dagegen hatte sich wohl oder übel mit Ailsa Brodie zum Yard aufgemacht, wo Superintendent Simon Whittington wegen eines kurzfristig anberaumten Termins vorerst nicht abkömmlich war. Ailsa hatte kaum ein Wort mit John gewechselt, weder auf der Fahrt hierher noch während sie gewartet hatten. John wurde nicht schlau aus dieser Frau. War sie nervös angesichts der bevorstehenden polizeilichen Befragung? Hegte sie plötzlich Zweifel an ihrer eigenen Geschichte? War sie tatsächlich psychisch gestört? Was mochten die Hintergründe sein, die zu dem tiefgreifenden Zerwürfnis zwischen ihr und ihrer Familie geführt hatten? Er hatte ihr dazu nicht mehr als die lapidare Aussage „Das ist eine lange Geschichte" entlocken können.

Dann hatte Emmeline Mackenzie angerufen und ihm wortreich von den letzten Vorbereitungen für die Junggesellenversteigerung erzählt.

„Du könntest doch am Freitagabend schon hier herauskommen und bei uns in Kew übernachten. Dann wärst du am Samstag schon vor Ort und hättest weniger Stress..." Offenbar befürchtete sie, ihr Sohn würde in letzter Sekunde kalte Füße bekommen und sich klammheimlich davonmachen.

„Nein, Mum, das –"

„Ich könnte Shepherd's Pie machen, die magst du doch gern."

„Das ist sehr nett, Mum, aber – "
„Und hinterher gäbe es noch Karottenkuchen."
John schüttelte den Kopf. An Hartnäckigkeit konnte es mit seiner Mutter wirklich kaum jemand aufnehmen. Dennoch blieb er fest.
„Wir sehen uns am Samstag. Ich bin rechtzeitig da, Mum."
„Wie du willst", antwortete sie steif.
Müde fuhr John sich über die Stirn. Plötzlich musste er niesen.
„Du wirst doch nicht krank?", fragte sie beunruhigt.
„Nein, Mum. Keine Sorge."
Als er sich endlich loseisen konnte, kam ihm ein Gedanke: Vielleicht sollte er einem seiner darniederliegenden Kollegen einen Besuch abstatten. Diese Grippe schien ja äußerst ansteckend zu sein. Noch nie zuvor war ihm eine Woche mit fieberheißem Kopf, Gliederschmerzen und röchelndem Husten derart verlockend erschienen. Das Vibrieren seines Handys riss ihn aus dieser angenehmen Phantasie.
„John! Ich bin auf dem Weg in den Tower, ich muss mit dir reden. Du bist doch zuhause, oder?", scholl Renies Stimme aus dem Hörer. Er wollte schon antworten, dass er gerade bei Scotland Yard säße, aber dann würde Renie ihn so lange ausquetschen, bis sie alle Einzelheiten aus ihm herausgebracht hätte. Darauf hatte er nun überhaupt keine Lust – schon gar nicht, während Ailsa Brodie neben ihm saß und nervös an ihrer Handtasche nestelte. Also sagte er lediglich, „Heute geht es nicht, Renie. Ich muss bald zum Dienst."
„Ich muss aber mit dir reden. Ich kann mich ja zu dir in die Wachstube setzen."
„Nein, das geht wirklich nicht. Dienst ist Dienst." Er sah förmlich vor sich, wie sie eine Schnute zog. „Was ist denn los, Renie?"
„Das ist eine längere Geschichte. Ich ruf dich morgen nochmal an und vielleicht findest du ja dann in deinem Terminkalender ein bisschen Platz für deine Lieblingsnichte."
Diesen Ich-will-dir-ja-kein-schlechtes-Gewissen-machen-aber-hoffentlich-bringen-deine-Schuldgefühle-dich-um-den-Schlaf-Tonfall hatte sie offensichtlich von ihrer Großmutter gelernt.
John knirschte mit den Zähnen, legte auf und ließ den Kopf nach hinten gegen die Wand sinken.

Als Simon endlich aufgetaucht war, war er äußerst übelgelaunt und raunzte, „John, halte dich hier zur Verfügung, falls ich noch

Informationen von dir benötige. Vorerst möchte ich allein mit Mrs. Brodie sprechen."

Das war vor fast einer halben Stunde gewesen. Johns Magen knurrte vernehmlich. So, wie es aussah, würde er vor Dienstbeginn um zehn wohl keine Zeit mehr haben, sich etwas zu kochen. Sehnsuchtsvoll dachte er an die würzige Pastete, von der seine Mutter vorhin gesprochen hatte. Zu seinen Füßen ruhte die Schachtel mit dem Gebäck von Fortnum und Mason's. Er öffnete den Deckel und sah hinein. Die kleinen, von einer Marzipanschicht überzogenen und exquisit verzierten Quader sahen wirklich köstlich aus. Zehn Minuten später waren alle aufgegessen und nun hatte er außer einer spontanen Sehnsucht nach etwas Deftigem noch das Gefühl, mehrere kleine Wackersteine im Bauch zu haben. Grummelnd stand er auf und machte sich auf die Suche nach einem Getränkeautomaten. Als er mit einer Wasserflasche zurückschlurfte, gellte ihm schon vom Ende des Ganges ein wütendes „John! Wo zum Teufel bist du?" entgegen.

„Ich komme ja", brummte er und trottete zum Zimmer des Superintendenten.

Simon funkelte ihn an.

„Da hast du mir ja was Schönes eingebrockt."

John schloss für einen Augenblick die Augen und zählte im Geiste bis Zehn. Dann äußerte er mühsam beherrscht, „Mein Dienst beginnt um zweiundzwanzig Uhr, also muss ich in Kürze zurück in den Tower. Brauchst du noch irgendetwas von mir?"

„Setz dich", raunzte Simon und deutete auf den Besucherstuhl, der vor seinem ausladenden Mahagonischreibtisch stand. Er selbst ließ sich in seinen Ledersessel fallen und starrte einen Moment verdrossen auf einen Packen Papiere auf dem Tisch. Dann begann er unvermittelt, „Diese widerlichen Bluthunde, die uns der Schatzkanzler auf den Hals gehetzt hat! Sie schnüffeln durchs ganze Haus. *Rationalisierungspotenziale* wollen sie aufdecken, sagen sie. Hah, diese Schweine versuchen mit allen Mitteln, uns Verschwendung von Steuergeldern anzudichten. Knechten wollen sie uns, mit einem Korsett aus völlig abstrusen Sparmaßnahmen. Ob dadurch das ganze System der Strafverfolgung vor die Hunde geht, ist diesen Leuten völlig gleichgültig. Wir nennen sie die Troika." Er lachte freudlos auf.

„Und weißt du, was der Gipfel ist? Jetzt muss ich auch noch nachweisen, dass ich mein Büro auf eigene Kosten eingerichtet habe und nicht etwa das Budget der Abteilung belastet habe. *Unangemessen* wäre meine Möblierung, musste ich mir von so einem Kretin sagen lassen. Ich! Der Leiter der Abteilung mit der höchsten Aufklärungsquote! Der sich seit Jahrzehnten für die Sicherheit der Menschen in diesem Land aufopfert!“

An wen erinnerte der märtyrerhafte Ausdruck in Simons Gesicht John nur? Es fiel ihm ein: In Rom hatte er vor langer Zeit ein Bild des Heiligen Laurentius gesehen, der auf einem glühenden Eisenrost gefoltert wurde. Eigentlich hatte der Heilige im Vergleich zu Simon sogar eine Spur fröhlicher dreingesehen.

„Nun geht auch noch das Gerücht, unser schönes Gebäude soll verkauft werden und wir sollen irgendwo untergebracht werden, wo es billig ist. Mit lauter Großraumbüros! Lächerlich! Wahrscheinlich gibt es dann auch keine Computer mehr, sondern jeder bekommt nur noch einen Packen Papier zur Verfügung gestellt und den Stift muss man sich von zuhause mitbringen. Und auf Verbrecherjagd werden sie uns mit dem Fahrrad schicken…“

John schaffte es noch eine Minute lang, den Tiraden seines Cousins zu lauschen. Unter anderen Umständen hätte er vielleicht sogar einen Funken Mitgefühl für den geplagten Superintendenten aufgebracht, aber nun hatte er wahrlich genug: Sein Dienstbeginn rückte näher, sein Sodbrennen wurde immer stärker und außerdem fragte er sich: Warum um Himmels Willen erwartete alle Welt, dass er zu jeder Zeit ein offenes Ohr für alles und jeden hatte?

Wortlos stand er auf. Simon hielt erstaunt inne. In gefährlich ruhigem Ton verkündete John, „Ich gehe jetzt, wenn du keine konkreten Fragen zum Tod von Angus Macgregor an mich hast.“

„Nun mach mal halblang“, fauchte Simon. „*Ich* bin schließlich hier derjenige, der seinen Feierabend opfert. Außerdem hast du mich in eine unmögliche Situation gebracht. Also setz dich gefälligst wieder hin. Das ist eine polizeiliche Anordnung.“

Einen Moment lang starrten die Männer einander unverwandt an. Dann gab John nach und nahm wieder Platz. „Zehn Minuten. Dann bin ich weg.“

Simon zog einen Zettel heran, der von oben bis unten mit Notizen bedeckt war. John erkannte die Handschrift seines Cousins, die außer Simon selbst wohl niemand entziffern konnte.

„Nach deinem Anruf habe ich einen unserer Pathologen darum gebeten, auf dem kurzen Dienstweg von Kollege zu Kollege bei den Ärzten im St. Bartholomew’s nachzufragen. Ganz inoffiziell natürlich.

Und hier die Antwort: Mr. Macgregor ist trotz der erfolgreichen Reanimation letztlich an einer massiven Schädigung des Herzens verstorben infolge eines Herzstillstands nach Kammerflimmern.“

John nickte. „Der Notarzt sagte schon so etwas. Aber das klingt doch eindeutig nach einer natürlichen Todesursache. Haben die Ärzte im Krankenhaus einen Totenschein ausgestellt?“

„Das haben sie – allerdings gab es darüber wohl Diskussionen. Ein Assistenzarzt war der Ansicht, man sollte eine weitere Untersuchung veranlassen.“

„Weshalb?“

„Bei einer Blutuntersuchung zeigte sich eine erhöhte Konzentration eines Herzglycosids zusammen mit einem Diuretikum. Ich erspare uns die medizinischen Details von wegen positiv inotropen und negativ chronotropen Effekten blablabla – diese Weißkittel genießen es einfach, einen mit ihrem Fachjargon zu verwirren – aber im Klartext ist die Rede von – “

„Einer brandgefährlichen Kombination aus Digitalis und einem Entwässerungsmedikament“, führte John den Satz zu Ende.

Simon warf ihm einen bösen Blick zu. „Welches Glück, dass ich solche Schlauberger in der Familie habe. Also, auf jeden Fall ist es höchst wahrscheinlich, dass eine Überdosierung dieser Medikamente das Kammerflimmern ausgelöst hat. Nach übereinstimmender Aussage der Mitglieder von Macgregors Familie, mit denen der Chefarzt, Dr. Fielding, gesprochen hat, hatte der Patient genau diese Präparate verschrieben bekommen und nahm sie seit längerem ein – allerdings nicht so zuverlässig, wie sein Hausarzt sich dies vorstellte. Zudem trank er in erheblichem Ausmaß. Daher wäre es sehr gut möglich, dass er am Tag seines Todes aus Versehen eine falsche Dosis zu sich nahm. So sieht es zumindest Dr. Fielding und deshalb hat er die Leiche auch bereits freigegeben. So weit, so gut. Und nun kommt plötzlich diese Frau daher und wirft mit Anschuldigungen um sich.“

Er lehnte sich nach vorn und fixierte John über den Tisch hinweg.

„Was zum Teufel soll ich jetzt tun? Wenn ich ohne konkrete Verdachtsmomente den Leichnam in die Gerichtsmedizin schaffen lasse und eine Mordermittlung einleite, und das bei einem so prominenten Menschen, wird das eine Menge Staub aufwirbeln. Die Familie wäre mit Sicherheit brüskiert. Dann Dr. Fielding – er würde sicher sehr empfindlich reagieren, wenn seine fachliche Meinung konterkariert würde. Und glaub mir, das ist ein Mann, der extrem nachtragend ist. Durch Patricias Wohltätigkeitsveranstaltungen zugunsten des St. Bartholomew's habe ich ihn schon einige Male getroffen. Natürlich ist er ein renommierter Kardiologe, aber er ist auch ein eitler, selbstverliebter Fatzke, der sich für klüger hält als jeden anderen – wirklich unausstehlich, solche Typen."

John musste sich auf die Zunge beißen, um seinen Cousin nicht darauf hinzuweisen, dass er sich gerade trefflich selbst beschrieben hatte.

Erregt fuhr Simon fort, „Selbst wenn jemand vorsätzlich dafür gesorgt hat, dass Macgregor zu viele Medikamente eingenommen hat – es dürfte extrem schwierig sein, dafür stichhaltige Beweise zu finden. Aber – ", er griff nach einem weiteren Papier und wedelte John damit vor dem Gesicht herum, „Nun habe ich hier die Aussage dieser Mrs. Brodie, die bereit ist, Himmel und Hölle in Bewegung zu versetzen, um ihren Verwandten einen Mord nachzuweisen. Dabei hat sie natürlich ein handfestes Interesse daran, dass die Macgregors, die sie offensichtlich hasst, in Misskredit geraten. Denn auch wenn sie das vehement leugnet: Ihr eigentliches Ziel kann genauso gut sein, die Macht bei GlenMara an sich zu reißen. Dieses Weibsstück hat mir eiskalt ins Gesicht gesagt, dass sie mir die Medien auf den Hals hetzen wird, falls ich der Geschichte nicht nachgehe. So nach dem Motto – die korrupte englische Polizei hat kein Interesse daran, den Tod eines schottischen Helden aufzuklären. Die Frau hat eine derart verquere Logik, dass ihr mit Argumenten wohl kaum beizukommen ist."

Er sackte ein wenig in sich zusammen.

„Egal, wie ich mich entscheide - eigentlich kann ich nur verlieren bei der Sache."

Er richtete sich wieder auf und sah John anklagend an. „Und wer hat mich in diese Bredouille gebracht? Du!"

Johns Hände ballten sich zu Fäusten und er beugte sich nach vorn, bis er mit seinem Cousin fast Nase an Nase war.

„Du hörst mir jetzt zu: Tante Isabel hat mich darum gebeten, sie zu diesem Treffen mit Ailsa Brodie zu begleiten. Ich tat ihr den Gefallen. Als Ailsa kurz davor war, eine riesige Szene im Diamond Jubilee Teesalon zu machen, wollte ich die Situation entschärfen. Ich verschaffte ihr die Gelegenheit, mit einem leitenden Beamten der Polizei zu reden. Dann begleitete ich sie hierher und seither hast du mich draußen auf dem Gang schmoren lassen, nur um jetzt deinen

Frust bei mir abzuladen. Mir reicht's. Schieb dir deine Vorwürfe in den Allerwertesten, Simon. Und damit guten Abend."

„*Das* hast du nicht zu ihm gesagt!", gluckste Maggie, als sie wenig später telefonierten.

„Doch. Ganz schön infantil, was?", meinte John ein wenig beschämt.

„Ach was. Es wurde Zeit, dass du ihm mal ordentlich die Meinung sagst. Und dann bist du einfach aufgestanden und gegangen?"

„Mhm. Ansonsten wären wir uns am Ende noch gegenseitig an die Gurgel gegangen." Er biss in das Schinkenbrot, das er sich noch schnell zurechtgemacht hatte.

„Ich muss mich jetzt in die Uniform werfen, Maggie, sonst komme ich noch zu spät zum Dienst."

„Eine Sekunde noch", meinte sie schnell. „Hast du eine Ahnung, was mit Renie los ist? Sie wirkte heute ziemlich gedrückt, als sie von der Arbeit heimkam und ist dann gleich in ihr Zimmer verschwunden. Hat sie dir gegenüber erwähnt, ob ihr etwas auf der Seele liegt?"

„Sie wollte mich heute Abend besuchen und über irgendwas mit mir reden, aber als sie anrief, saß ich gerade bei Scotland Yard. Sie wird sich bestimmt morgen melden. Mach dir keine Sorgen, Maggie. Selbst wenn ihr eine Laus über die Leber gelaufen ist, fängt Renie sich ja immer schnell."

Sie verabschiedeten sich und John zog sich hastig um. Dann überprüfte er den Sitz der Uniform im Spiegel – Philip Dunders achtete stets peinlich darauf, dass alles korrekt war. Als das Telefon wieder klingelte, stöhnte er auf. In drei Minuten musste er am Wachhaus neben dem White Tower sein.

„Mackenzie", meldete er sich gehetzt.

„Für wie glaubwürdig hältst du diese Frau?", schnarrte Simons Stimme aus dem Hörer.

Fassungslos schüttelte John den Kopf. Erst stauchte sein Cousin ihn zusammen und nun wollte er auf einmal seine fachliche Meinung hören? Geh doch hin, wo der Pfeffer wächst, Simon, murmelte er unhörbar. Laut sagte er, „Da ich effektiv allenfalls eine halbe Stunde mit ihr gesprochen habe, möchte ich mir da kein Urteil anmaßen."

Während er sich anschickte, den Hörer aufzulegen, hörte er noch, wie Simon erbost zeterte, „Verdammte Psychofuzzis! Nichts als Quacksalber – “

Mit einem breiten Grinsen verließ John die Wohnung.

Eine Stunde später kämpfte er in der gemütlich warmen Wachstube im Byward Tower mit dem Schlaf. Der Zeiger kroch unendlich langsam voran. Noch eine Stunde bis zum ersten Kontrollgang. Er überlegte, ob er eine Nachricht an Pauline schicken sollte. Dann fiel ihm ein, dass er sein Handy in der Eile vergessen hatte. Grummelnd stand er auf und öffnete den geräumigen Wandschrank. Darin verbargen sich ein kleines Waschbecken und ein Wasserkocher nebst Tassen und Teeutensilien. Er bereitete sich einen Pfefferminztee zu und setzte sich wieder an den Tisch. Nach dem Trubel der letzten Tage war es hier wunderbar still. Diese Ruhe … Vielleicht sollte er ein paar Tage freinehmen, sobald dieser Spuk mit der Junggesellenversteigerung vorüber war. Je mehr er darüber nachdachte, desto verlockender erschien ihm die Idee. Er hatte für dieses Jahr noch fünfzehn Tage Urlaub übrig und seiner Meinung nach hatte er sich eine Auszeit redlich verdient. Er nahm sich vor, gleich morgen mit Chief Mullins darüber zu sprechen.

Draußen hatte ein leichter Regen eingesetzt, der anheimelnd gegen die Fensterscheiben klopfte. Während er seinen Tee trank, blätterte er das Wachbuch durch, in dem er vorhin die Besucher der Schlüsselzeremonie fein säuberlich abgehakt hatte, die für heute einen Einlassschein gehabt und danach ordnungsgemäß das Gelände verlassen hatten. Die Schrift verschwamm vor seinen Augen.

„Ich bringe Ihnen gleich Ihr Frühstück, Monsieur“, gurrte die Pensionswirtin. „Café au lait, dazu ein frisches Croissant und etwas von unserem eigenen Lavendelhonig. Und vorneweg ein schönes Omelette.“

Johns Blick schweifte über sanft geschwungene Reihen von Lavendelfeldern, deren Violett bis zum Horizont reichte. Die Luft war warm und herrlich würzig, die Strahlen der Morgensonne blinzelten in sein Gesicht.

„Ah, und hier kommt ja auch schon Madame. Oh lala, Sie sehen heute très chic aus, Madame Mackenzie. Nehmen Sie doch Platz, ich bringe Ihnen gleich etwas.“

John sah auf und erblickte eine Frauengestalt, die zwischen blühenden Hibiskusbüschen hervortrat. Ihr rotes Haar bildete einen reizvollen Kontrast zu dem weißen Leinenkleid, das ihre Figur umschmeichelte. Er konnte sie nicht genau erkennen, da die Sonne ihn blendete. Er beschattete seine Augen und –

„Auuu!", jaulte er auf. Er sah Sterne, aber leider waren es nicht die funkelnden Sterne einer südfranzösischen Nacht wie in Van Goghs „Café de nuit". Er fluchte und betastete seine Stirn. Seine Finger erspürten etwas Warmes und gleich darauf rann Blut in sein Auge.

„Argh!" Halbblind sprang er auf und fegte dabei die Tasse vom Tisch, die klirrend zersprang. Er tastete sich vor, bis er die Tür zu der engen Toilette der Wache fand. Der kleine Spiegel dort drin zeigte ihm eine daumenlange, halbrunde Platzwunde mitten auf seiner Stirn, aus der Blut sickerte. Er bauschte etwas Toilettenpapier zusammen und tupfte es vorsichtig ab. Nach ein paar Minuten versiegte der Blutstrom und er atmete erleichtert auf. Hätte er Doc Hunter aus dem Bett klingeln müssen, um die Wunde zu nähen – was hätte er sagen sollen?

„Sorry, Doc, ich bin während des Wachdienstes eingeschlafen und dabei ist mir der Kopf vornüber auf den Rand meiner Teetasse geknallt?" Mit der Geschichte hätte ihn die gesamte Beefeater-Einheit mit Sicherheit bis zu seiner Pensionierung aufgezogen.

So suchte er den Notfallkoffer heraus, der im Wandschrank ruhte, sprühte etwas Desinfektionsspray auf und klebte ein großes Pflaster darüber. Dann warf er die Scherben weg – wenigstens war die Tasse leer gewesen – und setzte sich ächzend wieder hin. Noch nicht mal null Uhr. Es stand ihm noch eine lange Nacht bevor. Und zu allem Überfluss war er vorhin aus dem schönsten Traum gerissen worden, den er seit langem gehabt hatte. Der abgrundtiefe Seufzer, der sich seiner Brust entrang, verhallte ungehört in den dicken Mauern des Towers.

Kapitel 11

Am nächsten Tag erwachte John vom Knurren seines Magens. Genüsslich rekelte er sich noch ein wenig im Bett und malte sich aus, was er sich gleich zu einem sehr späten – die Uhr zeigte bereits halb drei – Frühstück zubereiten würde. Er hatte heute frei und sich daher absichtlich keinen Wecker gestellt. Als er kurz nach sechs Uhr morgens im strömenden Regen zu seiner Wohnung gewankt war, hatte er sich gefühlt wie ein Zombie. Schlafen, schlafen, nur noch schlafen, das war das Einzige, was er wollte. Am liebsten hätte er sich wie ein Murmeltier für einige Monate in seinen Bau zurückgezogen. Kaum hatte er mit grimmiger Entschlossenheit sein Mobiltelefon ausgeschaltet und das Telefon ausgesteckt, war er in einen komaähnlichen Zustand verfallen.

Nun fühlte er sich ausgeruht, sprang aus dem Bett und ging pfeifend ins Bad. Die fröhliche Melodie erstarb jäh, als er das Pflaster abzog. Ein blutverkrusteter, nach oben offener Halbmond zierte – oder vielmehr verunzierte – seine Stirn. Das Gewebe darum herum hatte sich blaugrün verfärbt. Herrje, wie sah das denn aus – wie sollte er denn so unter die Leute gehen? Geschweige denn – er schloss gequält die Augen – am Samstag bei dieser unseligen Versteigerung auftreten? Er beschloss auf der Stelle, heute nicht mehr aus dem Haus zu gehen. Nein, stattdessen würde er sich jetzt gemütlich ein Omelette brutzeln, die Zeitung lesen und sich hinterher einmal wieder ausgiebig seinen Topfpflanzen widmen. Er ging zurück ins Schlafzimmer, um sich einen Morgenmantel überzuwerfen. Da klingelte es an seiner Haustür Sturm, gleich darauf hämmerte jemand mit den Fäusten dagegen. Etwas musste passiert sein. Stand der Tower in Flammen? Er hastete hin und riss die Tür auf.

Vor ihm stand seine Nichte, die ihn mit einer Mischung aus Erleichterung und Besorgnis anstarrte und dann heraussprudelte, „John! Da bist du ja! Seit Stunden versuche ich, dich zu erreichen. Ich hatte mir schon Sorgen gemacht. Du lieber Himmel, hat dich jemand angegriffen? Geht's dir gut?"

John bemerkte, wie mehrere Touristen im Innenhof des Towers zu ihnen herüberlugten und wurde sich plötzlich bewusst, dass er immer noch in seinem im Mackenzie-Tartan gemusterten Flanellschlafanzug dastand, den er letzte Weihnachten von Isabel bekommen hatte. Er zog Renie hinein und schloss die Tür.

Renie warf ihren Rucksack in eine Ecke des Flurs und stürmte in die Küche. Dort lehnte sie sich gegen die Anrichte und fixierte John forschend.

„Jetzt sag mal, was ist passiert?“

„Halb so wild, mir geht's gut“, winkte er ab. „Was ist so dringend? Worüber wolltest du gestern mit mir reden?“

„Ach, ich weiß gar nicht, wo ich anfangen soll. Irgendwie überschlagen die Ereignisse sich gerade.“

„Setz dich erst mal, dann ziehe ich mir was über und mache uns was zu essen.“ John ging in Richtung Schlafzimmer, kam aber nicht weit, weil es abermals klingelte. Brummelnd kehrte er um und öffnete.

„Tante Isabel! Was machst du hier?“, begrüßte er seine Großtante erstaunt.

„Wie siehst du denn aus?“ Mit hochgezogenen Augenbrauen musterte sie seinen Aufzug. „Kann ich reinkommen oder störe ich grade?“

„Äh, natürlich nicht. Ich meine, natürlich störst du nicht. Ich bin gerade aufgestanden. Renie ist auch da.“

„Ah, das trifft sich ja gut. Wegen ihr bin ich hier. Meine Delegation, allen voran der Macgregor-Clan, schreit nach ihrem Blut.“

„Wie bitte?“, meinte er verdattert.

„Vielleicht ziehst du dich erstmal an, John. Unser Tartan steht dir zwar ausnehmend gut zu Gesicht, dennoch wirkt es etwas liederlich, wenn du am helllichten Tag im Schlafanzug herumsitzt.“

Liederlich?! John knirschte mit den Zähnen. „Ich hatte ehrlich gesagt nicht mit Damenbesuch gerechnet. Außerdem hatte ich Nachtschicht und daher ist jetzt für mich eigentlich Frühstückszeit.“

„Schön, dann leisten wir dir Gesellschaft“, erwiderte sie ungerührt. „Ich fürchte, wir werden eine Stärkung brauchen.“

Sie drückte John ihre Jacke in die Hand und marschierte in die Küche. Während er einen freien Haken an seiner kleinen Garderobe suchte, schrillte die Glocke ein drittes Mal. Was zum …?

Diesmal lugte John durch den Türspion, bevor er öffnete. Simon! Unwillkürlich fasste er sich an seine verkrustete Stirnwunde. Unter keinen Umständen wollte er seinem Cousin erklären, woher er die hatte. Er griff nach einer dicken Wollmütze, legte sie aber wieder weg. Wenn er in der Wohnung mit einer Mütze herumsaß, würde das erst recht Simons Argwohn wecken. Er flitzte ins Bad und klebte in Windeseile ein frisches Pflaster auf.

„Simon! Welche Überraschung“, begrüßte er gleich darauf den Superintendenten.

„Sag mal, willst du mich eigentlich zugrunde richten?“, bellte dieser ihn an und schob sich rüde an ihm vorbei in den Flur. Dann wedelte er John mit einer Zeitung vor der Nase herum.

„Wieso hast du mir das verschwiegen? Du verdammter Mistkerl!“ Wie eine wütende Bulldogge drängte er John in eine Ecke. „Du hast mich in ein offenes Messer rennen lassen! Oh, ich könnte dich erwürgen – “

„Aus!“, fuhr Tante Isabel plötzlich mit schneidender Stimme dazwischen. „Schäm dich, Simon: Als Hüter des Gesetzes solltest du nicht mit einer Gewalttat drohen.“ Sie, die jahrzehntelang als Preisrichterin auf nationalen Hundeschauen unterwegs gewesen war, musterte Simon Whittington, als hätte sie eine ungezogene Promenadenmischung vor sich.

Hinter ihr erschien im Türrahmen Renie, bewaffnet mit einer Suppenkelle und bereit, ihren Onkel zu verteidigen. John musste unwillkürlich lächeln. Allmählich fühlte er sich wie in einer mittelmäßig skurrilen Episode von *Monty Python's Flying Circus*. Gleich würde Tante Isabel seinen zähnefletschenden Cousin anweisen, „Ab ins Körbchen!“

Schwer atmend wich Simon zurück.

„Da seid ihr ja alle versammelt“, knurrte er. „Am besten rufe ich einen Mannschaftswagen und lasse euch alle zur Vernehmung aufs Revier bringen.“

„Na, na, na“, tadelte Isabel. „Jetzt lass dieses Imponiergehabe, Jungchen. Wir setzen uns jetzt wie zivilisierte Menschen an den Tisch und reden. Renie, du kochst schon mal Tee. Und John – zieh dich um Himmels Willen endlich an.“

Als John wenig später die Küche betrat, wehte ihm der Duft von gebratenem Speck entgegen. Renie stand am Herd und bereitete eine große Pfanne Rührei zu. Tante Isabel hatte einen Laib von Johns selbstgebackenem Sauerteigbrot entdeckt und säbelte großzügige Scheiben herunter. Simon deckte lammfromm den Tisch.

John holte noch Butter, Käse und Marmelade heraus und setzte sich.

„So, fertig“, meinte Renie und verteilte das dampfende Rührei mit krossem Speck. Tante Isabel schenkte allen Tee ein.

„So, Kinder, jetzt können wir schauen, wie wir aus dieser verfahrenen Situation wieder herauskommen.“

„Was genau ist eigentlich los?“, wollte John wissen.

Simon griff wieder nach der Zeitung und hielt sie John hin. Auf einmal kniff er die Augen zusammen.

„Was ist mit dir passiert? Bei jedem anderen würde ich annehmen, er wäre in eine Schlägerei verwickelt gewesen, aber bei dir M- “, er fing einen scharfen Blick von Tante Isabel auf, „Ja, also bei dir halte ich das für unwahrscheinlich.“

„Äh, ich wollte in der Nacht aufs Klo und bin … gegen einen Schrank gelaufen. Halb so schlimm, nur ne kleine Beule.“ John war klar, dass keiner am Tisch ihm seine lahme Erklärung abnahm. Er griff nach dem *Daily Courier*, den Simon mitgebracht hatte.

Als er die Schlagzeile sah, fiel ihm die Gabel aus der Hand.

„Exklusivbericht: Kandidat für den Ritterstand stirbt unter mysteriösen Umständen – Ungeheuerlicher Verdacht: Wollte er ein nationales Heiligtum besudeln?“

„Jetzt weißt du, in was für einem Schlamassel wir stecken“, meinte Isabel trocken und griff nach der Marmelade.

John überflog den Artikel mit wachsender Entrüstung.

„Wenige Tage, bevor er zum Commander of the British Empire ernannt werden sollte, starb der erfolgreiche Whiskyfabrikant („GlenMara“) Angus Macgregor (79) in London. Nach Informationen unserer Zeitung hielt er sich gerade zusammen mit einer schottischen Delegation in Westminster Abbey auf. Macgregor und die zweite Kandidatin für den Adelsstand, Isabel Mackenzie, gelten als Veteranen des schottischen Kampfs um die Unabhängigkeit.

Ein Zeuge, der ungenannt bleiben will, sagte uns, dass Macgregor, der bei bester Gesundheit schien, sich während der Besichtigungstour von der Gruppe entfernt hatte. Wie es hieß, wurde er bewusstlos im Schrein des Heiligen Edward aufgefunden. Vorerst ungeklärt blieb, warum er einen Beutel mit einer Substanz bei sich trug, bei der es sich um Hundeexkremente handeln soll. Dem Vernehmen nach konnte Macgregor kurzzeitig wiederbelebt werden, starb aber nach mehreren Stunden im St. Bartholomew's Hospital.

Dieser tragische Todesfall hat das Zeug dazu, sich zu einer Staatsaffäre auszuwachsen. Wollte Macgregor, der als Fanatiker bekannt war und dessen Verhalten in der letzten Zeit nach Aussagen von Insidern zunehmend unberechenbar geworden war, eines der Königsgräber besudeln?

Warum schlug Ms. Mackenzie, die Macgregor mutmaßlich als erste auffand, nicht sofort Alarm? Sollte hier etwas vertuscht werden? Ist es Zufall, dass Macgregor so kurz vor seiner Investitur starb? Wieso schweigen alle Beteiligten? Warum unternimmt die Polizei nichts?

Unsere Investigativ-Reporter werden versuchen, Licht in das Dunkel dieser Affäre zu bringen."

John warf die Zeitung angeekelt zu Boden.

„Was für ein Schmierenblatt. Das hört sich ja geradezu an, als wollten sie dir unterstellen, du hättest Macgregor um die Ecke gebracht, Isabel. Kann man gegen so einen unverschämten Rufmord nichts unternehmen?"

Simon schüttelte den Kopf.

„Keine Chance. Diese Schweinehunde wissen genau, welche Formulierungen sie wählen müssen, damit man sie nicht verklagen kann."

Renie nickte bedrückt. „Genau so ist es. Traurig, aber wahr. Es tut mir leid, Tante Isabel, dass du so etwas erleben musst."

Isabel schnaubte. „Nun macht euch wegen mir mal nicht ins Hemd. Mir haben im Leben schon ganz andere Stürme ins Gesicht geblasen."

John spießte nachdenklich seine letzte Speckscheibe auf. „Ich frage mich: Woher haben diese Typen ihre Informationen?"

„Das würde mich auch interessieren", grollte Simon. „Und vor allem möchte ich wissen, warum die über mehr Informationen verfügen als ich. Heute in aller Herrgottsfrühe hagelte es schon Anrufe. Die Geschichte ist zwar nur in diesem … Drecksblatt erschienen, aber die anderen Medien greifen sie natürlich sofort auf. Wie soll ich Presseanfragen beantworten, wenn ich über etliches gar nicht Bescheid weiß?" Er warf John einen anklagenden Blick zu.

Isabel mischte sich ein.

„Wir hatten uns darauf geeinigt, über Angus' … mögliche Eskapade Stillschweigen zu bewahren. Erstens werden wir nie mit letzter Gewissheit erfahren, was er im Schrein vorhatte und zweitens – wir wissen doch, wie schnell ein Name in den Dreck gezogen ist und ich wollte weder sein Ansehen noch seine Familie geschädigt sehen. Wir haben nicht einmal Ailsa etwas davon erzählt." Sie seufzte.

„Das hat sie mir auch wirklich übel genommen. Heute hat sie mich deswegen schon mit Anrufen bombardiert. Diese Frau ist eine echte Nervensäge."

Simon trommelte unzufrieden mit den Fingern auf den Tisch.

„Ich hatte schon vermutet, dieser Artikel wäre ein Versuch von Mrs. Brodie, die Polizei diesmal durch öffentlichen Druck zu einer Ermittlung zu zwingen. Aber wenn sie nichts davon wusste, kann die Geschichte ja nicht aus ihrer Ecke kommen. Woher aber dann?"

Isabel sah Renie misstrauisch an.

„Sei ehrlich, Mädchen. Warst du es? Die Macgregors sind fest davon überzeugt, nachdem sie bei der Führung mitbekommen haben, dass du für eine Zeitung arbeitest. Aber ich sagte ihnen, du hast dein Wort gegeben und dann können wir uns auch darauf verlassen."

John erwartete, dass seine Nichte empört ihre Unschuld beteuern würde. Auch er konnte sich nicht vorstellen, dass sie ihr Versprechen gebrochen hatte, das sie in Westminster Abbey gegeben hatte. Als er sah, wie sie hochrot anlief und sich wand, sank sein Herz.

„Renie?", fragte er leise. „Du hast doch nicht …"

„Verdammt!", brach es aus ihr heraus. Sie rang verzweifelt die Hände.

„Ich habe tatsächlich an dem Abend mit Mark Taylor über die Sache geredet. Aber ich bin mir tausendprozentig sicher, dass er alles für sich behalten hat. Ich habe heute früh in der Redaktion noch einmal unter vier Augen mit ihm gesprochen und er schwört, dass er kein Wort weitergegeben hat. Wieso sollte er auch als eingefleischter *Guardian*-Mann mit einem absoluten Schundblatt wie dem *Daily Courier* gemeinsame Sache machen? Eher würde er sich einen Zeh abhacken, glaubt mir."

„Taylor?" Simon sah auf. „Ich kenne den Mann. Er hat vor Jahren einen Artikel über Möglichkeiten und Grenzen der neuen forensischen Verfahren geschrieben. Bei der Suche nach einem Experten konnte er natürlich keinen besseren kriegen als mich." Er lächelte selbstgefällig. „Wir haben ein langes Interview gemacht und er hat es tatsächlich geschafft, die wesentlichen Inhalte in seinem Zeitungsbeitrag richtig darzustellen. Das habe ich oft genug schon anders erlebt. Ich halte ihn für einen seriösen Journalisten, also bin ich geneigt, Renie zu glauben."

Renie atmete auf.

„Okay, dann können wir uns ja auf die Frage konzentrieren: Wer hat dem *Courier* die Infos geliefert, aus denen die sich ihre aufgebauschte Geschichte zurechtgezimmert haben?"

„Nun, viele kommen dafür nicht in Frage", meinte John. „Wer war außer dir noch dabei, als wir über die Sache mit dem Hundehaufen geredet haben? Isabel, ich, Megan und ihre Eltern – die wohl auch Patrick darüber in Kenntnis gesetzt haben – und dazu noch Ewan Fraser und – "

„Der Wachmann!", riefen Isabel und Renie wie aus einem Mund.

„Ich wette, der war es", war Renie überzeugt. „Der Kerl hatte Tante Isabel schon die ganze Zeit auf dem Kieker."

Isabel nickte. „Diesem Kerl würde ich das auch am ehesten zutrauen. Mr. Fraser lag es offensichtlich am Herzen, dass kein Aufhebens um die Sache gemacht wird. Und die Macgregors hätten doch einen Teufel getan, die Presse zu alarmieren. Sie mögen ja ihre Differenzen mit Angus gehabt haben, aber was sollten sie davon haben, wenn ihr Name und der ihrer Familienfirma auf diese unappetitliche Weise in die Schlagzeilen gerät? Nein, ich bin überzeugt, dieser Sicherheitsmann ist dafür verantwortlich. Bestimmt wollte er sich auf die Schnelle ein paar Pfund verdienen und hat die Geschichte deswegen an dieses dubiose Blatt verkauft."

John stimmte ihr zu.

„Aber wie geht es jetzt weiter? Die anderen Zeitungen werden sich jetzt auch auf diesen vermeintlichen Skandal stürzen, von den anderen Medien ganz zu schweigen. Vielleicht solltet ihr die Flucht nach vorn antreten und eine Pressekonferenz einberufen, Isabel? Damit diesen lächerlichen Spekulationen der Boden entzogen wird."

Isabel nickte. „Daran habe ich auch schon gedacht. Allerdings graust mir bei der Vorstellung, von so einer Horde von schreienden Reportern Mikrofone ins Gesicht geschubst zu bekommen. Vorhin musste ich das Hotel ohnehin durch den Hinterausgang verlassen, weil davor eine ganze Meute von diesen Aasgeiern kampiert."

Renie sprang auf.

„Wie wäre es mit einem Exklusivinterview? Wir könnten den Termin mit Gary Flanders nach vorn ziehen. Vielleicht könnte das sogar noch heute klappen, er würde da mit Sicherheit mitspielen. Was meinst du, Tante Isabel?"

Isabel runzelte die Stirn. „Du möchtest wohl einen Coup für den *Guardian* landen, was?"

Renie grinste. „Das streite ich nicht ab. Aber bei unserer Zeitung hättest du die Garantie auf eine faire Berichterstattung, Tante Isabel, das verspreche ich dir. Und es wäre doch viel angenehmer für dich, eingehend mit *einem* Reporter zu sprechen statt von einem ganzen Mob bedrängt zu werden. Du könntest deine Aussagen vorher auch mit Dr. Arbroath besprechen. Und ich könnte beim Gespräch mit dabei sein, wenn du das möchtest."

„Hm." Isabel schob unentschlossen ihr Brot auf dem Teller hin und her. „Mir gefällt es zwar nicht, wie du allmählich auch zu so einem Pressegeier mutierst, aber ich glaube, es ist noch das geringste Übel, wenn wir so vorgehen. Also dann sieh in Gottes Namen zu, dass du diesen Reporter erreichst." Sie sah auf die Uhr. „Ich schlage vor, um fünf Uhr im Hotel. Dann können wir vorher noch eine Lagebesprechung mit den Macgregors und Michael Arbroath machen. Und du kommst mit, Fräulein. Du wirst Angus' Familie klarmachen, dass du nicht der mysteriöse Informant bist."

Renie sprang auf und verschwand im Flur, um die Redaktion des *Guardian* anzurufen. Einstweilen ließ Simon sich von Isabel und John haarklein die Geschehnisse in Westminster Abbey schildern.

„Wird Scotland Yard nun offiziell eine Ermittlung einleiten?", erkundigte sich Isabel am Ende.

„Ich muss heute noch mit dem Commissioner darüber sprechen, wie wir vorgehen. Konkrete Verdachtsmomente habe ich ja immer noch nicht in der Tasche, nachdem der verantwortliche Arzt auf eine natürliche Todesursache erkannt hat. Wir haben nur die Beschuldigungen dieser Mrs. Brodie, der als Zeugin keine überragende Glaubwürdigkeit zukommen dürfte – "

Isabel schnaubte zustimmend.

„ – und nun diesen hanebüchenen Artikel, aber überhaupt nichts Handfestes. Wir stehen wirklich zwischen Scylla und Charybdis." Simon stand auf und starrte aus dem Küchenfenster in den regnerischen Nachmittag hinaus.

„Morgen früh soll es beim Yard eine Pressekonferenz geben. Unsere Führungsetage ist ganz schön aufgescheucht und will auf jeden Fall vermeiden, dass wir bei dieser skandalträchtigen Geschichte einen Fehler machen. Bis dahin müssen wir uns eine Strategie zurechtgelegt haben. Wenn ich nur irgendeinen Ansatzpunkt finden könnte …" Er rieb sich müde die Augen.

John überlegte fieberhaft.

„Stellen wir uns für einen Moment mal vor, Ailsa Brodie hat recht und Angus Macgregor hat vorsätzlich die falsche Dosis Medikamente bekommen, damit sein Herz stehenbleibt. Wann und wie kann er die Mittel eingenommen haben?“

„Der Assistenzarzt erklärte mir, aufgrund der Pharmakokinetik der Wirkstoffe könnte es nicht mehr als maximal zwei Stunden vor dem Herzstillstand gewesen sein, eher deutlich später. Wenn es eine Obduktion gegeben hätte und wir über seinen Mageninhalt Bescheid wüssten, ginge es noch genauer.“

„Höchstens zwei Stunden …“, grübelte John. „Es war ungefähr viertel nach sechs, als du ihn gefunden hast, Isabel, oder nicht?“

„Ich habe nicht auf die Uhr gesehen, aber die Führung begann kurz nach fünf und dürfte etwas mehr als eine Stunde gedauert haben, also kann das hinkommen“, antwortete sie. „Wir haben im Hotel noch alle zusammen Tee getrunken, bevor wir abgefahren sind. Vielleicht hat er die Tabletten dabei eingenommen.“ Isabels Blick ging in die Ferne. „Wartet mal, nein, ich kann mich gar nicht erinnern, dass ich Angus im Kaminzimmer gesehen habe, wo für unsere Gruppe aufgedeckt war … Also lasst mich mal überlegen. Megan war da, das weiß ich. Gavin auch. Bei Jean bin ich mir nicht sicher. Patrick ist erst in der Halle zu uns gestoßen, als wir auf den Bus gewartet haben, er sagte noch, er hätte mit seiner Sekretärin bei GlenMara telefonieren müssen. Hm. Nein, ich denke wirklich, Angus hat nicht mit uns Tee getrunken. Aber vielleicht hat er sich etwas aufs Zimmer bringen lassen. Dort wäre es ja auch am leichtesten gewesen, etwas in die Tasse hinein zu fabrizieren, wenn jemand aus seiner Familie es darauf angelegt hätte.“

„Ich hätte gedacht, dass Angus, der alte Suffkopp, gar kein ausgesprochener Tee-Fan war, sondern lieber einen Schluck aus der Pulle genommen hat“, bemerkte Renie, die ins Zimmer zurückgekommen war. Sie nickte Isabel zu. „Alles klar, Gary ist um fünf im Royal Victoria.“

John sprang wie elektrisiert auf. „Einen Schluck aus der Pulle, natürlich! Er hatte doch seinen Flachmann bei sich. Vielleicht hatte jemand etwas in seinen Whisky gemischt!“

Isabel riss die Augen auf. „Megan kam heute schon zu mir und fragte mich, ob ich die Flasche ihres Großonkels gesehen hätte. Sie konnte sie nicht finden, wollte sie aber unbedingt als Andenken an ihn haben. Sagte sie zumindest.“

„Wahrscheinlich liegt sie irgendwo im Krankenhaus“, meinte Simon. „In so einer Notaufnahme kann schon mal etwas verloren gehen.“

„Nein“, warf John ein. „Ich glaube, ich weiß, wo sie ist.“

Kapitel 12

„Ronald, das geht schon in Ordnung.“ Ewan Fraser nahm John und seinen Cousin am Westportal in Empfang, der eigentlich als Ausgang diente. „Die Herren gehören zu mir.“ Er führte sie an dem Wachhabenden vorbei, der sie misstrauisch beäugte.

Drinnen drängten sich an diesem Spätnachmittag, eine halbe Stunde vor Schließung der Kirchentore die Touristen. Die drei Männer schoben sich am dicht umlagerten Grabmal des Unbekannten Soldaten vorbei, dann blieb Fraser an einem halbwegs ruhigen Plätzchen im Schatten einer der mächtigen Säulen stehen.

„Unser Dekan lässt Ihnen unsere vollste Unterstützung zusichern, um diese unselige Angelegenheit aufzuklären. Allerdings bittet er um größtmögliche Diskretion. Sein Alptraum wäre es, wenn die Polizei rund um unseren Hochaltar gelbes Absperrband spannen und überall Fingerabdruckpulver verstreuen würde. Aber so weit wird es doch nicht kommen, oder?“, fragte er ängstlich.

„Dafür wird sicher keine Notwendigkeit bestehen, Mr. Fraser“, versicherte Simon ihm.

„Gut. Unser armer Dekan ist ohnehin schon sehr aufgebracht über diesen schrecklichen Zeitungsbericht, der eine regelrechte Welle von wilden Spekulationen losgetreten und unsere Kirche auf sehr unschöne Weise in den Mittelpunkt gerückt hat. Wir hatten heute schon einige recht unverschämte Anfragen von diversen Medien, die in unserer Kirche Aufnahmen machen wollten. Wir haben das natürlich abgelehnt. Das wäre wirklich unziemlich.“ Er schüttelte sich voller Abscheu. „Auf jeden Fall hoffe ich, dass Sie die Geschichte schnellstmöglich aufklären können, damit hier wieder Ruhe einkehrt.“

„Sie können dem verehrten Herrn Dekan versichern, wir tun unser Bestes. Wir von Scotland Yard wissen Ihr Entgegenkommen und Ihre Unterstützung sehr zu schätzen. Momentan sind wir sozusagen ganz inoffiziell hier. Ich möchte mich gern dort umsehen, wo Mr. Macgregor … bewusstlos geworden ist, um mir selbst ein Bild zu machen. Und wir möchten Ausschau nach einem Flachmann halten, den er offenbar bei sich hatte und der bisher nicht aufgefunden werden konnte.“

Frasers Augen leuchteten auf. „Ja, ich kann mich erinnern, dass er ihn bei der Sicherheitsschleuse kurzzeitig abgeben musste. Dabei haben wir die Flasche alle zu Gesicht bekommen. Und später im Krankenhaus hatte er sie nicht mehr? Wo kann sie abgeblieben sein?"

„Ich denke, sie liegt noch irgendwo im Schrein des Heiligen Edward", sagte John. „Als ich versuchte, ihn wiederzubeleben, habe ich sein Jackett aufgeschlagen und dabei ist die Flasche aus der Innentasche gefallen und davongeschlittert."

Fraser sah zweifelnd drein. „Wir haben ein sehr gewissenhaftes Reinigungsteam. Ich kann mir nicht vorstellen, dass unser Personal so etwas übersehen könnte. Aber sehen wir doch einfach nach und wenn nichts zu finden ist, können wir in unserem zweiten Shop draußen nachsehen. Der fungiert auch als unser Fundbüro, wo liegengebliebene Sachen aufbewahrt werden."

Während sie sich wieder in Gang setzten, erkundigte Simon sich, „Wäre es vielleicht später noch möglich, mit dem Wachmann zu sprechen, der an dem Abend dabei war?"

„Reid? Der hat sich für den Rest der Woche krankgemeldet."

„Dann möchte ich Sie bitten, mir aus den Personalakten seine persönlichen Daten zur Verfügung zu stellen, damit wir mit ihm Kontakt aufnehmen können."

„Natürlich, natürlich, das ist kein Problem. Warum möchten Sie mit ihm sprechen? Oh, denken Sie etwa, er hat die Informationen an die Presse weitergegeben, obwohl vereinbart war, Stillschweigen zu bewahren?" Bestürzt sah Fraser zwischen John und Simon hin und her. „Eigentlich dachte ich, das junge Fräulein ... sie sagte doch, dass sie für eine Zeitung arbeitet..."

John schüttelte den Kopf. „Sie war nicht die Quelle."

Nun sah Fraser verärgert drein. „Nun, wenn das so ist, dann müssen wir der Sache nachgehen. Sollte Reid meine Anweisungen, die der Dekan dann auch noch einmal bekräftigt hat, missachtet haben, wäre das ein Zeichen von bedauerlicher Illoyalität."

„Darum kümmern wir uns später, würde ich vorschlagen. Lassen Sie uns zuerst den Schrein in Anschein nehmen", drängte Simon mit einem Blick auf seine Armbanduhr.

„Selbstverständlich. Bitte folgen Sie mir."

Sie gingen gerade auf den Hochaltar zu, als John ein bekanntes Gesicht entdeckte.

„Gavin!", zischte er und zog seine Gefährten hinter eine Säule. „Was macht der hier?"

Simon versuchte, an ihm vorbei zu lugen. „Gavin? Ist das nicht Angus' Sohn?"

„Nein, das ist Patrick. Gavin ist sein Neffe."

„Welcher ist es?"

„Der mit der grünen Jacke."

„Ich sehe den Mann, den Sie meinen", meldete sich Ewan Fraser zu Wort. „Er ist in einer Besichtigungsgruppe mit einem meiner Kollegen. Es sieht aus, als ob sie gerade aus der Poets' Corner kommen."

John runzelte die Stirn. „Wieso nimmt er nochmal an einer Führung teil? Das alles kennt er doch schon."

„Vielleicht möchte er ja nochmal an den Ort, wo sein Onkel … zuletzt am Leben war. Wie Sie ja wissen, ist die vorletzte Station der Tour der Schrein von St. Edward. Und dort hat nur Zutritt, wer ein paar zusätzliche Pfund investiert und sich einer Führung anschließt."

John und Simon warfen sich einen Blick zu.

„Ich muss wissen, was er dort macht." Aus Simons Stimme klang unterdrückte Erregung. „Gibt es eine Möglichkeit, dass ich mich unauffällig unter dieser Gruppe mische?"

„Warten Sie, das haben wir gleich." Fraser eilte davon und kam gleich darauf mit einem kleinen Papierabzeichen und einer Anstecknadel zurück. „Das weist Sie als Besichtigungsteilnehmer aus. Wenn Sie sich jetzt gleich am Hochaltar zu den Leuten gesellen, dürfte das kaum auffallen, weil es eine ziemlich große Gruppe ist."

„Du bleibst außer Sichtweite. Sonst fühlt er sich beobachtet, falls er dich erkennt", wies der Superintendent John an und machte sich davon.

„Das ist ja aufregend", raunte Ewan Fraser John zu. „Es ist mir eine Ehre, Superintendent Whittington in seiner Arbeit zu unterstützen. Ich habe alles darüber in der Zeitung gelesen, wie er kürzlich diese Kidnapper geschnappt und das Kind befreit hat. Und Sie sagten, Sie wären mit ihm verwandt?"

„Er ist mein Cousin."

„Sie müssen sehr stolz auf ihn sein."

John bemühte sich um ein Lächeln. „Äh, ja. Er ist auf jeden Fall ein herausragender Polizist." Und ein Rabenaas auf zwei Beinen, fügte er im Stillen hinzu.

„Wie geht es Ms. Mackenzie? Ich hoffe, sie ist trotz der ganzen Aufregung wohlauf?", erkundigte sich Fraser.

„Es geht ihr soweit gut, danke. Sie lässt sich so leicht durch nichts erschüttern."

„Eine wirklich bemerkenswerte Frau. Ich habe sie im vorletzten Jahr aus der Ferne gesehen, als sie neben unserem Thronfolger in der Loge beim Clanfestival in Edinburgh saß", erzählte Fraser.

„Oh, Sie waren dort? Unsere ganze Familie war auch da."

Sie unterhielten sich eine Weile über das große Treffen der schottischen Clans, bis John bemerkte, dass Simon ihnen zuwinkte. Sie eilten zu ihm hinüber.

„Macgregor hat sich äußerst gründlich im Schrein umgesehen, sich auch mehrfach gebückt, bis der Guide ihn gefragt hat, ob er etwas suchen würde", berichtete Simon. „Da ist er rot geworden und hat irgendwas gestammelt. Ich selbst habe auch Ausschau gehalten, aber nichts von einer Flasche gesehen. Also denke ich, sie ist nicht dort. Die Gruppe ist jetzt weitergegangen in die Lady Chapel, aber Gavin hat sich von ihnen abgesetzt. Er ist dort hinten verschwunden."

John sah in die Richtung, in die sein Cousin deutete.

„Dort sind die Toiletten. Angus war als letztes dort, bevor er in den Schrein gegangen ist. Falls Gavin tatsächlich die Flasche seines Vaters sucht, sieht er vielleicht gerade in den Toiletten nach, ob Angus sie aus Versehen dort gelassen hat", überlegte John.

„Möglich. Pass auf, ich will, dass du ihn abpasst, bevor er die Kirche verlässt. Frag ihn, was er hier tut. Dann beobachte, wie er reagiert", befahl Simon.

„Wieso fragst du ihn nicht selbst?"

„Da wir noch keine offizielle Ermittlung führen, möchte ich das vermeiden. Jetzt geh schon. Mr. Fraser und ich sehen einstweilen im Fundbüro nach."

„Ist ja gut", brummte John und setzte sich in Gang. Im Gehen hörte er noch, wie Ewan Fraser sagte, „Ach, herrje, ich muss ja meine Enkelin von der Schule abholen. Dabei hätte ich diese Aktion so gerne bis zu Ende erlebt. Wann hat man als Normalbürger schon mal die Gelegenheit, eine Polizeiaktion live mitzuerleben..."

Für seinen Teil hätte John auf die eine oder andere Polizeiaktion, die er hautnah erlebt hatte, gut verzichten können, ging es ihm durch den Kopf. Er eilte zur Herrentoilette. Tatsächlich traf er dort Gavin Macgregor an, der im Vorraum die Ablageflächen über den Waschbecken inspizierte.

„Guten Tag, Gavin. Was für ein Zufall, dass wir uns hier treffen. Mein herzliches Beileid zum Tod Ihres Onkels."

Macgregor sah ihn einen Augenblick verwirrt an, dann schüttelte er Johns Hand. „Verzeihung, ich war ganz in Gedanken und hatte Sie nicht erkannt. John, nicht wahr? Sie waren dabei, als mein Onkel …"

„So ist es. Eine furchtbare Sache. Was für ein schwerer Schlag muss das für Ihre Familie sein."

„Äh, ja, ja. Wir sind alle ganz durcheinander. Glücklicherweise ist Fiona, die unsere Reisegruppe leitet, ein echtes Organisationstalent. Sie und Jean haben alles in die Hand genommen und nun können wir morgen zusammen mit dem Leichnam meines Onkels zurückfliegen."

Darüber dürfte das letzte Wort noch nicht gesprochen sein, dachte John grimmig.

„Dann wollten Sie heute hier noch einmal ein Gebet für Ihren Onkel sprechen?", erkundigte er sich unschuldig.

„Ich, äh, nein. Fiona hatte für heute Morgen dankenswerterweise eine kleine Gedenk-Messe in St. Ethelreda's organisiert. In einer katholischen Kirche fühlen wir uns doch mehr … zuhause." Er verstummte. John sah ihn weiterhin freundlich-abwartend an.

„Ach so, ja, also ich bin hier, weil ich auf der Suche nach Onkel Angus' Flachmann bin. Ich weiß, es ist ein wenig peinlich, sich nach einem solchen Schicksalsschlag mit solchen Kleinigkeiten zu befassen, aber meine Tochter macht mir die Hölle heiß. Sie hing sehr an ihrem Großonkel und sie will das Fläschchen unbedingt haben. Naja, Sie haben sie ja kennengelernt, sie ist … sehr entschieden."

John lächelte unverbindlich. Auf einmal wurde Gavins Ton argwöhnisch.

„Und was führt Sie hierher, wenn ich fragen darf?"

„Meine Nichte Renie – Sie haben sie auch bei der Führung gesehen – hat mich gebeten, mit unserem Guide Mr. Fraser in den Archiven der Abtei ein wenig nach David Livingstone zu recherchieren. Sie arbeitet gerade an einem Artikel über ihn." John beglückwünschte sich im Stillen selbst, dass ihm diese Ausrede auf die Schnelle eingefallen war.

Gavins Gesicht verfinsterte sich. „Die rothaarige Journalistin? Dieses Mi-", er unterbrach sich und fuhr nach einem Räuspern fort, „Sie hatte versprochen, Stillschweigen zu wahren. Und nun zieht sie für eine reißerische Schlagzeile den Namen unserer Familie in den Dreck. Das ist wirklich entwürdigend."

John schüttelte energisch den Kopf.

„Gavin, Sie haben mein Wort, dass nicht sie es war, die die Geschichte an den *Daily Courier* weitergegeben hat. Sie arbeitet für den *Guardian* und keiner der Journalisten dort würde mit einem derart billigen Schundmagazin kooperieren."

„Hm." Gavin sah wenig überzeugt aus.

„Renie hat sogar für heute Nachmittag kurzfristig ein Interview mit einem renommierten Redakteur vom *Guardian* organisiert, bei dem Isabel und Dr. Arbroath versuchen werden, allen Spekulationen den Wind aus den Segeln zu nehmen. Soweit ich weiß, sollte auch Patrick die Gelegenheit bekommen, seine Sichtweise darzustellen, falls er das möchte. Das Ganze soll ab siebzehn Uhr in Ihrem Hotel über die Bühne gehen."

„Soso. Hm. Ich glaube ja, diesem Journalistenpack kann man nicht über den Weg trauen. Na, egal, morgen lassen wir das alles hinter uns. Dann sind wir wieder daheim. Bei uns in den Highlands gibt man Gott sei Dank nicht viel darauf, was hier unten im Süden geredet wird." Er schnaubte. „Onkel Angus war sicher ein wenig … extrem in seinen Ansichten, aber in einem hatte er auf jeden Fall recht: Das hier ist eine andere Welt."

Er warf einen letzten Blick durch den Waschraum.

„Hier hat er die Flasche auch nicht liegen gelassen. Ich glaube, ich erkundige mich mal am Eingang, ob es sowas wie ein Fundbüro gibt." Er nickte John zu und machte Anstalten, hinauszugehen.

„Haben Sie schon im Krankenhaus nachgeforscht?", fragte John schnell. Falls sich Angus' Flachmann tatsächlich bei den Fundsachen befand, wollte er seinem Cousin Gelegenheit geben, das mögliche Beweisstück zu sichern, bevor Gavin auftauchte.

Widerwillig blieb der Schotte stehen.

„Natürlich, da war ich als erstes. Aber die schwören Stein und Bein, dass er außer seinem Zimmerschlüssel nichts bei sich hatte. Nicht mal seine Brieftasche, die hatte er im Hotel gelassen. Aber in der Notaufnahme ging es drunter und drüber, da kann schon mal etwas wegkommen. Außerdem war die Flasche auch ein Sümmchen wert. So was kann schon eine Versuchung für eine unterbezahlte Krankenschwester sein, kann ich mir vorstellen." Er zuckte mit den Schultern und wandte sich ab.

John blieb hartnäckig.

„Werden Sie nun die Firma übernehmen?"

Gavin seufzte. „Ja. Mein Cousin Patrick und ich führen das Unternehmen weiter. Das wird sicher eine große Herausforderung, aber GlenMara steht auf gesunden Füßen – und letztlich war uns schon seit geraumer Zeit klar, dass wir … nun ja, dass wir zunehmend Verantwortung übernehmen müssen. Onkel Angus war … naja, Sie haben ihn ja erlebt …“

„Das muss schwierig für Sie gewesen sein in den letzten Monaten“, meinte John teilnahmsvoll.

„Das können Sie laut sagen“, brach es aus Gavin heraus. „Onkel Angus war immer schon ein Mensch, der keine andere außer seiner eigenen Meinung gelten ließ. Man musste ihm aber zugutehalten, dass er wirklich ein mit allen Wassern gewaschener Geschäftsmann war. Also konnten wir damit leben, dass kaum einer unserer Vorschläge aufgenommen wurde. Man musste eben lernen, sich unterzuordnen.“

John erschrak ein wenig über das Ausmaß an Verbitterung, das aus Gavins Stimme klang.

„Aber dann ging es immer weiter mit ihm bergab. Sein Urteilsvermögen war immer mehr getrübt. Er fällte Entscheidungen, die schlichtweg absurd waren. Wenn er sich etwas in den Kopf gesetzt hatte, dann blieb er felsenfest dabei, da half überhaupt nichts mehr. Nicht einmal Megan, auf deren Meinung er noch am meisten gegeben hat, kam dann an ihn heran. Was haben wir oft auf ihn eingeredet wie auf ein krankes Pferd, aber anstatt dass er einmal darüber nachdachte, wurde er immer bockiger. Ich schwöre Ihnen, dieses total verrückte Projekt mit einem Gedenkstein für den Whisky als Literaturförderer oder was weiß ich, von dem er bei der Führung fabuliert hat – das hätte er gnadenlos weiterverfolgt. Und dazu wurde seine Streitsucht immer größer und er verdarb es sich allmählich mit jedem. Überall witterte er Verrat und böse Absichten. Natürlich litten unsere Geschäftsbeziehungen darunter und Patrick und ich hatten alle Hände voll zu tun, immer wieder Lieferanten, Mitarbeiter, Händler und wen auch immer zu beruhigen und wieder für gutes Wetter zu sorgen. Er war wirklich drauf und dran, uns alle in den Ruin zu treiben.“

Jäh brach er ab, als wäre ihm plötzlich bewusst geworden, dass er einem Fremden gegenüber zu viel preisgegeben hatte.

„Ich muss jetzt wirklich los. Leben Sie wohl, John.“ Damit verließ er den Waschraum. John wartete noch eine Minute, dann öffnete er vorsichtig die Tür und lugte hinaus. Gavin stand mit dem Rücken zu ihm bei einem der Sicherheitsmänner, die den Eingang am Nordportal kontrollierten und redete auf ihn ein. John flitzte hinaus und bewegte sich im Schwarm der Besucher, die kurz vor Schließung der Kirche auf den Ausgang zustrebten, eilig auf das Westportal zu. Dort draußen befand sich der zweite Andenkenladen der Abtei, und er war hoffnungslos überfüllt. Eine asiatische Reisegruppe wühlte sich begeistert durch die große Auswahl, von Christbaumanhängern in Form eines Chorknaben über Rosenkränze und Wandbehänge mit dem klassischen Einhornmotiv bis zu Seidenschals im Muster des Cosmati-Fußbodens.

John schob sich durch die Menge und hielt nach seinem Cousin Ausschau, konnte ihn aber nicht entdecken. Schließlich hielt er auf die Kasse zu und erkundigte sich, ob Ewan Fraser hier gewesen war. Die füllige Kassiererin lächelte beglückt.

„Oh ja, er hat Superintendent Whittington hergebracht. Sie müssen der Assistent des Superintendenten sein. Ein wunderbarer Mann, nicht? Sie müssen sehr glücklich sein, für ihn arbeiten zu dürfen. Kommen Sie, er ist hinten in meinem Büro.“ Sie zog John hinter die Kasse und durch eine in der Wand eingelassene Tür.

„Ah, da bist du ja, John. Vielen Dank, Marjorie.“ Simon schenkte der Kassiererin ein öliges Lächeln und sie errötete bis unter die Haarwurzeln.

„Ich halte Ausschau nach dem Mann, den Sie mir beschrieben haben und mache alles genauso, wie Sie es mir aufgetragen haben, Superintendent“, hauchte sie.

„Hervorragend. Ich wusste gleich, dass ich auf Sie zählen kann, Marjorie. Unsere Sicherheitsbehörden brauchen Bürger wie Sie. Ich werde Sie in meinem Bericht lobend erwähnen.“

John drehte sich angesichts Simons salbungsvollem Ton der Magen um, aber Marjorie fasste sich ans Herz, schluckte hörbar und schloss behutsam die Tür.

„Also, berichte schon“, kommandierte Simon ungeduldig.

„Ich habe alles genauso gemacht, wie Sie es mir aufgetragen haben, Superintendent“, flötete John. „Werden Sie mich in Ihrem Bericht ebenfalls lobend erwähnen?“

Simon lächelte süffisant. „Höre ich da etwa Neid heraus, John? Es ist doch verständlich, wenn einfache Bürger wie dieser Mr. Fraser oder die gute Marjorie es als Highlight erleben, einen Verbrechensbekämpfer meines Formats unterstützen zu dürfen. Ich bin so etwas wie ein Held für sie, ein Mann, der der Gerechtigkeit zum

Sieg verhilft, der unter Einsatz seines Lebens die Schwachen schützt. Fraser hätte am liebsten seine Enkelin im Regen stehen lassen, nur um weiter dabei zu sein. Ich musste ihn richtiggehend fortschicken."

Er blickte in den kleinen Spiegel, der an der Wand hing und zupfte sich eine Strähne seines sorgsam ondulierten schwarzen Haars zurecht. „Ich denke, ich werde es Marjorie gestatten, nachher ein Selfie mit mir aufzunehmen", murmelte er halb zu sich selbst. Als er im Spiegelbild Johns Augenrollen registrierte, fuhr er ihn an, „Können wir uns mal auf diesen Fall konzentrieren? Jetzt rede schon. Ich habe nicht ewig Zeit."

John bequemte sich, sein Gespräch mit Gavin Macgregor zu schildern. Simon lauschte mit einem Funkeln in den Augen.

„Hah! So ein schönes Mordmotiv habe ich ja noch selten auf dem Silbertablett serviert bekommen. Macgregors Familie hatte allen Grund, den Alten um die Ecke zu bringen, selbst wenn sie von dessen angeblichem Plan, Ailsa wieder zurück in die Firma zu bringen, nichts wussten."

Er rieb sich triumphierend die Hände und zeigte John dann einen durchsichtigen Plastikbeutel, in dem die silberne Flasche mit der Aufschrift „GlenMara" ruhte.

„Das Ding war tatsächlich von einer der Reinigungsdamen beim Fundbüro abgegeben worden. Und wir sind gerade noch rechtzeitig gekommen, bevor Gavin es verschwinden lassen konnte. Sobald der junge Macgregor weg ist, werde ich stehenden Fußes in unser Labor eilen und dafür sorgen, dass der Inhalt noch heute Abend analysiert wird. Sollten sich darin Rückstände der Medikamente finden, dann haben wir allen Grund, Angus' Todesfall als verdächtig einzustufen und eine Mordermittlung einzuleiten."

Wie aufs Stichwort klopfte es an der Tür und Marjorie steckte den Kopf herein.

„Dieser Mann war gerade da, Superintendent", berichtete sie atemlos. „Er hat mich nach der Flasche gefragt. Ich habe gesagt, dass niemand so etwas abgegeben hätte. Das war doch richtig, oder?"

„Absolut richtig. Vorerst möchte ich aus ermittlungstaktischen Gründen nicht, dass jemand mitbekommt, dass die Polizei dieses Beweisstück gesichert hat. Wie hat er reagiert?"

„Er erschien enttäuscht zu sein. Wenn Sie möchten, könnten Sie sich auch die Aufnahme unserer Überwachungskamera ansehen. Sie ist beim Ausgang platziert", meinte sie eifrig.

„Ganz ausgezeichnete Idee, Marjorie."

Ihr Gesicht glühte vor Stolz, wurde aber gleich darauf lang, als Simon fortfuhr, „Ich werde morgen deswegen einen Mann herschicken, der das Material abholt."

„Ich könnte auch einen von unseren Sicherheitsleuten bitten, eine Kopie der heutigen Aufzeichnungen zu machen und dann könnte ich Ihnen alles ins Präsidium bringen."

„Das dürfte nicht nötig sein, vielen Dank, Marjorie."

„Es wäre aber überhaupt keine Mühe", beharrte sie. „Und wenn Sie noch einmal Hilfe benötigen – es ist mir eine Freude, wirklich. Ich habe auch schon einmal eine ganz abgefeimte Ladendiebin hier bei uns dingfest gemacht. Also, *die* Geschichte muss ich Ihnen erzählen, Superintendent…"

John entschuldigte sich mit ein paar gemurmelten Worten und suchte nicht ohne eine gewisse Schadenfreude das Weite. Die Kassiererin nahm gar nicht wahr, dass er den Raum verließ.

Kapitel 13

„Unser Held, der Rächer der Witwen und Waisen!“ Renie wieherte vor Lachen. Dann sah sie John mit gespielter Strenge an. „Und du hast ihn einfach allein in den Fängen dieses weiblichen Fans zurückgelassen. Wie konntest du nur.“

John grinste. „Ich bezweifle nicht, dass ein Verbrechensbekämpfer seines Formats selbst aus schwierigsten Situationen herauskommt.“

Sie kicherte und trommelte vergnügt auf das Sofakissen ein, auf dem sie fläzte. „Ich glaube, Simon sieht sich wirklich als eine Mischung von James Bond, Sherlock Holmes und Mutter Theresa. Und vielleicht noch Harry Styles.“ Sie bemerkte Johns ratlosen Blick und setzte gönnerhaft hinzu, „Oder für die älteren Semester von uns eben einer von den Beatles. So ein Frauenschwarm eben.“

Während John noch überlegte, ob er seiner Nichte auseinandersetzen sollte, dass er gerade erst im Krabbelalter gewesen war, als die aktive Zeit der Beatles bereits vorbei war, richtete sie sich plötzlich aufgeregt auf.

„Meine Güte, stell dir mal vor, das Labor findet jetzt tatsächlich Spuren dieser Herzmittel in der Flasche – das wäre ja der Beweis, dass Angus ermordet wurde. Das wären absolute Breaking News!“

Sie sah auf die Uhr. „Hoffentlich kommen die Ergebnisse noch vor der Deadline für die morgige Ausgabe! Meinst du, dass Simon sich meldet, wenn er die Resultate hat?“

John zuckte mit den Schultern. „Keine Ahnung, könnte schon sein.“

Sie zappelte ungeduldig auf dem Sofa herum. „Kannst du ihn nicht anrufen?“

John hob eine Augenbraue. „Renie, bei aller Freundschaft: Du mutierst allmählich wirklich zu einem dieser Pressehaie, die alles, was passiert, nach seinem Nachrichtenwert beurteilen.“

Sie zog schuldbewusst den Kopf ein. „Findest du wirklich? Ich will nicht, dass ich so zynisch und abgebrüht werde. Solche Redakteure habe ich schon kennengelernt, aber Gott sei Dank gibt es auch eine Menge andere. Mark zum Beispiel. Und auch Gary Flanders – sogar Tante Isabel fand das Gespräch mit ihm heute sehr angenehm.“

„Erzähl mal davon. Ich bin gespannt, wie es gelaufen ist.“

Sie warf ihm einen listigen Blick zu.

„Erst rückst du damit heraus, wie du zu dieser Beule gekommen bist. Und zwar die Wahrheit. Du bist nämlich der wahrscheinlich schlechteste Lügner der Welt – deine Geschichte mit dem Schrank war ja geradezu unterirdisch.“

John musste wider Willen lachen. „Das habe ich selbst gemerkt. Aber es ist mir etwas peinlich, wie es tatsächlich dazu kam und ich wollte auf keinen Fall, dass Simon es erfährt.“

Nachdem er ihr geschildert hatte, wie er mitten im Dienst selig entschlummert und auf die Tasse aufgeschlagen war – wobei er den vielversprechenden Traum, aus dem er dabei gerissen worden war, aussparte – kringelte seine Nichte sich lauthals lachend auf dem Sofa. Als sie sich wieder einigermaßen beruhigt hatte, forderte sie ihn auf, „Mach mal das Pflaster ab, damit wir den Schaden begutachten können.“ Gleich darauf entfuhr ihr, „Oh-oh. Na, ob das bis Samstag verheilt…“

Nach einem Blick in sein bängliches Gesicht meinte sie tröstend, „Das kriegen wir schon irgendwie hin. Zur Not schminken wir es weg. Aus meiner Zeit im Schauspielstudio kenne ich noch ein, zwei Maskenbildner. Oder wir malen einfach zwei Augen drüber und einen Kreis außenrum, dann sieht es aus, als hättest du einen lachenden Smiley auf der Stirn.“

Bei John fanden beide Vorschläge wenig Anklang. „Lass uns nicht weiter drüber reden. Nun erzähl endlich von eurem Interview-Termin.“

„Okay. Ich glaube, es ist uns gelungen, einen interessanten und ausgewogenen Beitrag über Angus zusammenzustellen. Gary hat sich eingehend mit Tante Isabel unterhalten. Ich durfte selbst ein paar Kurzinterviews mit verschiedenen Mitgliedern der schottischen Delegation führen, von denen auch einzelne Zitate in den Artikel mit einfließen sollen. Dr. Arbroath, Fiona Macintyre, der Bürgermeister Clyde Baird, auch jemand von diesem Whiskyverband, alle haben sie Statements abgegeben. Nur die Macgregors haben sich anfangs geweigert, auch nur ein Wort mit mir zu wechseln. Isabel, Gary und ich haben mit Engelszungen auf sie eingeredet und schließlich haben sie es mir wohl abgenommen, dass ich nicht der „Verräter“ war, als den sie mich gesehen hatten. Bis es soweit war, gab es aber ein paar kitzlige Momente, sage ich dir. Diese Jean! Das ist ja eine Furie. Von der kann selbst ich noch ein paar Kraftausdrücke lernen.“

John schmunzelte. „Gut, dass deine Mutter bei dem Gespräch nicht dabei war, sonst hätte sie sich wahrscheinlich wie einer von Tante

Isabels Terriern auf Jean gestürzt. Nach der Szene am ersten Abend nun noch mehr Beleidigungen – so schnell hätte Jean gar nicht schauen können, wie Maggie diesmal wirklich Klage gegen sie eingereicht hätte."

Renie kicherte wieder, dann wurde sie ernst.

„Wer weiß, vielleicht hat Jean – oder auch jemand anderer aus ihrer Familie – schon morgen eine ganz andere Klage am Hals. Wenn Angus wirklich durch eine Überdosis Medikamente umgebracht wurde, dürfte die Familie ja wohl ganz vorn in der Reihe der Verdächtigen stehen."

John nickte langsam. „Patrick, Gavin, Jean und Megan – für sie wäre es ein leichtes gewesen, an Angus' Flasche heranzukommen, schätze ich. Und da es um ein ansehnliches Erbe geht, hatten sie auf jeden Fall ein Motiv."

„Ich hatte bis auf unser Zusammentreffen heute noch keine Gelegenheit, mit einem der Macgregors zu sprechen. Wie schätzt du die Leute ein?", wollte Renie wissen.

„Hm. Mehr als ein paar erste Eindrücke kann ich dir hier nicht bieten."

Renie knuffte ihren Onkel in die Schulter. „Nun lass mal deine professionelle Vorsicht beiseite und schieß los. Was denkst du erst mal über diese geheimnisvolle Tochter von Angus? Ich hatte erwartet, dass ich ihr heute im Hotel über den Weg laufe, aber sie war nirgends zu sehen."

John schnaubte. „Das wäre sonst sicher interessant geworden. Ein Aufeinandertreffen von Ailsa und dem Rest der Familie verspricht einiges an Zündstoff."

„Tante Isabel meint, dass Ailsa ziemlich neben der Spur ist."

John wog bedächtig den Kopf. „Ich weiß nicht, was mit ihr los ist. Man müsste mehr darüber wissen, was damals in der Familie passiert ist. Was mag dazu geführt haben, dass die Verbindung zwischen den Macgregors und ihr derart zerstört wurde? So drastisch und so dauerhaft, dass Ailsa auch vom Umfeld gar nicht mehr bewusst als Teil dieses Clans wahrgenommen wurde?"

Renie nickte ungeduldig. „Natürlich wäre das interessant zu wissen. Aber abgesehen davon, dass du gern in der Kindheit dieser Frau herumstochern würdest – für wie glaubwürdig hältst du ihren Verdacht gegen Gavin und Patrick?"

„Nun, dass es Spannungen zwischen ihnen und dem alten Angus gab, war ja nicht zu übersehen. Ich glaube, wir können getrost davon ausgehen, dass die beiden unter Angus' Dominanz litten. Und was Ailsa sagte, deckt sich in Teilen durchaus mit dem, was Angus an dem Abend erzählte, als wir nach dem Eröffnungsbankett zusammensaßen. Da schilderte er, dass es in der Familie unterschiedliche Auffassungen über die Ausrichtung der Firma gibt. Er schien nicht sehr glücklich damit zu sein, dass es in den Händen von Gavin und Patrick liegen sollte, wie es mit GlenMara weitergeht. Offenbar dachte er, die beiden würden auf Dauer nicht gut zusammenarbeiten. Nach seiner Einschätzung wollte Patrick die Firma gewinnbringend verkaufen und sein Leben als Privatier genießen. Er sprach auch davon, dass es da eine Frau in Patricks Leben gäbe, von der er als Vater offenbar wenig hielt. Gavin hielt er eher für einen idealistischen Träumer. Am ehesten hätte er tatsächlich Megan zugetraut, das Unternehmen zu führen, aber dafür ist sie natürlich noch zu jung. Das Problem der Nachfolgeregelung hat Angus stark beschäftigt, denn er hat immer wieder davon angefangen. Zwischendurch hat er sich mit Geoff ganz normal unterhalten und es genossen, seinen Wissensschatz über den Whisky und seine Herstellung auszubreiten, aber dann kam er übergangslos doch wieder auf seine Familie zu sprechen. Geoff war schon ganz irritiert davon."

Ihm fiel etwas ein.

„Apropos Geoff. Ich will ja nicht neugierig sein, aber ist mit euch alles in Ordnung? Er schien mir ein bisschen … gedrückt."

Renie warf sich zurück in die Kissen und ließ einen tiefen Seufzer hören. „Nein, alles in Ordnung kann man so nicht sagen", meinte sie unglücklich.

In diesem Moment gab Johns Handy, das im Flur lag, ein leises Piepsen von sich. Renie sprang auf.

„Was ist das? Könnte das von Simon sein?" Bevor John etwas sagen konnte, war sie schon hinausgeflitzt. Gleich darauf drang Triumphgeheul ins Wohnzimmer. Sie kam zurückgelaufen und hielt John das Display unter die Nase.

BINGO leuchtete dort. Renie streckte eine Siegerfaust in die Höhe.

„Ich muss ihn sofort anrufen. Wir hätten gerade noch Zeit, um eine aktuelle Meldung in den Artikel einzubauen – und wir wären die einzigen, die damit morgen herauskämen!"

Sie tippte fiebrig auf Johns Telefon herum. „Ich benutze gleich mal deins. Du hast doch nichts dagegen?"

Gleich darauf hatte sie den Superintendent am Apparat.

„Simon! Nein, ich bin's, Renie. Nein! Leg nicht auf! Kannst du mir bitte, bitte sagen, was ihr in Angus' Flasche gefunden habt?"

Die Antwort schien ihr nicht zu gefallen. Dennoch flötete sie, „Aber liebster Simon! Ich wäre dir auf ewig zu Dank verpflichtet – "

Das Gequäke aus dem Hörer wurde nun sehr laut und sie hielt das Telefon ein wenig von ihrem Ohr weg.

„Deinen liebsten Simon kannst du dir an den Hut stecken!", hörte John Simon brüllen. „Gott, ich hasse diese Pressefritzen – und nun habe ich einen Spitzel mitten in der Familie sitzen, das ist doch zum Kotzen!"

Renie und John warfen sich einen Blick zu. Simon ließ sich nur zu solchen Kraftausdrücken hinreißen, wenn er wirklich in Rage war. Renie biss sich auf die Lippen und flehte unbeirrt, „Aber Simon, bitte, nur eine klitzekleine Information! Der *Guardian* stünde zutiefst in deiner Schuld!"

„Und dafür soll ich es mir mit den Leuten von *Times, Independent, Sun* und Konsorten verderben, die für morgen zur Pressekonferenz eingeladen sind? Niemals! Die würden mich sonst verhackstücken. Es bleibt dabei, morgen um zehn kann euer Polizeireporter gemeinsam mit allen anderen in den Yard kommen. Vorher bekommst du nichts, aber auch gar nichts von mir!"

„Aber die Öffentlichkeit hat ein Recht – ", begehrte sie auf.

Simon jaulte auf. „Erspar mir das Argument mit der gottverdammten Öffentlichkeit! Darum geht es dir doch gar nicht. Du willst eine Schlagzeile, am besten mit deinem Namen darunter, und sonst gar nichts. Himmel noch mal, Renie, du bist eine kleine Praktikantin, nun spiel dich nicht auf, als wärst du Woodward und Bernstein in einer Person!"

Während John seinem Cousin im Stillen recht geben musste, färbten sich Renies Wangen glutrot und sie schnappte nach Luft. John erwartete jeden Moment, aus ihren Ohren würde Rauch aufsteigen. Währenddessen zeterte Simon weiter.

„Außerdem werde ich einen Teufel tun, mit spezifischen Ermittlungsdetails an die Öffentlichkeit zu gehen. Ich torpediere doch nicht meinen eigenen Fall. Also, wenn ich morgen auch nur eine einzige Zeile in eurem Blatt lese, die mir sagt, dass du die Information, die überhaupt nicht für dich gedacht war, weitergegeben hast, dann gnade dir Gott!“

Damit war die Verbindung unterbrochen. Renie blickte wild um sich, für den Moment offenbar sprachlos. Sie umklammerte das Handy so voller Wut, dass John Angst um das altertümliche Modell bekam. Er hatte Jahre gebraucht, um sich an das Ding zu gewöhnen und wollte es keinesfalls durch ein Neues ersetzen. Also entwand er seiner Nichte hastig das Telefon, bevor sie etwas Unbeherrschtes damit anstellte.

„Jetzt mal ganz ruhig, Renie. Ich sage es zwar ungern, aber ich kann Simons Haltung ausnahmsweise verstehen. Selbst wenn es morgen diese Pressekonferenz gibt, wird er wohl den genauen Inhalt der Flasche nicht bekanntgeben. Er würde ja tatsächlich seine Ermittlungen dadurch gefährden, indem er Täterwissen ausposaunt. Er wird wahrscheinlich nur verkünden, dass er jetzt ausreichende Gründe dafür hat, eine offizielle Morduntersuchung einzuleiten, fertig.“

Renie atmete tief ein und aus und die Farbe wich allmählich wieder aus ihrem Gesicht.

„Okay. Du hast wahrscheinlich recht. Oh, aber ich hasse es, so abgekanzelt zu werden. Simon ist echt ein widerliches, fieses, großkotziges, madiges – “

„Grauenerregendes Scheusal“, vervollständigte John mit einem Schmunzeln. „Das ist er wirklich. Zumindest die meiste Zeit. Aber nun lass ihn uns für den Moment vergessen. Du wolltest mir von dir und Geoff erzählen.“

„Ach ja. Stimmt. Deswegen wollte ich gestern schon mit dir reden, aber da hattest du ja keine Zeit für mich.“ Sie bemerkte seinen empörten Blick und fuhr hastig fort, „Jaja, ich weiß, du warst beim Yard und hattest dann Nachtschicht. Aber ich hätte echt ein offenes Ohr brauchen können.“

„Gut, jetzt hast du meine volle Aufmerksamkeit. Also was ist los?“ John lehnte sich in seinem Sessel zurück und knabberte an einem Haferkeks.

Renie tat es ihm gleich.

„Also, ich weiß nicht genau, wo ich anfangen soll. Eigentlich läuft es schon seit einiger Zeit nicht mehr so richtig rund bei uns. Ungefähr, seit ich bei der Zeitung angefangen habe. Geoff … Einerseits ist er glücklich, dass ich endlich etwas gefunden habe, was ich wirklich machen will. Andererseits kommt es mir manchmal so vor, als wäre er

… ein wenig eifersüchtig, so als würde er sich in den Hintergrund gedrängt fühlen.“

John gab ein unverbindliches Grunzen von sich.

„Seitdem drängt er andauernd, wir müssten uns jetzt endlich nach einer Wohnung umsehen. Ständig schickt er mir Annoncen, die er im Internet gefunden hat und er will, dass ich mir Zeit nehme, die Wohnungen mit ihm zu besichtigen. Wenn ich dann irgendeinen Termin in der Redaktion habe, will er es einfach nicht verstehen, dass das für mich jetzt gerade am Anfang Vorrang hat. Die Konkurrenz ist in dieser Branche mächtig, John. Wenn du dich nicht ganz schnell unentbehrlich machst, bist du gleich weg vom Fenster.“

„Mhm.“

„Naja, und dann vorgestern Nacht – ich kam erst spät von einem Treffen mit Mark zurück – sagte Geoff mir, ich müsste mich entscheiden, wie es mit uns weitergehen sollte. Er hätte sich bedingungslos für mich entschieden und würde unserer Beziehung sogar seine Arbeit unterordnen. Stell dir vor, John, er hat das Angebot bekommen, an der Universität in San José ein halbes Jahr lang zu forschen – irgendwas mit Rüsselkäfern im Regenwald von Costa Rica – und dort auch Vorlesungen zu halten. Ein absoluter Traum für jeden Entomologen, und das Museum würde ihn tatsächlich so lange freistellen.“

„Donnerwetter, das klingt nach einer einmaligen Chance“, kommentierte John.

„Ja, genau! Aber er hat abgelehnt, kannst du dir das vorstellen? Er will nicht weg, weil wir uns dann so lange nicht sehen würden. Er sagt, das hält er nicht aus. Aber John – ich will das nicht. Ich will nicht, dass er meinetwegen auf so etwas Großartiges verzichtet. Kannst du das verstehen?“

Ermutigt durch das Nicken ihres Onkels fuhr sie fort, „Wenn wir so eine Art Romeo und Julia-Beziehung hätten oder, na du weißt schon, so etwas Welterschütterndes, wo zwei Menschen nur noch einander sehen und der Rest der Welt unwichtig ist, dann wäre es vielleicht anders. Ich … ich liebe ihn, das weiß ich. Ich fühle mich geborgen bei ihm. Wir ergänzen uns wunderbar. Mum und Dad wollen ihn lieber heute als morgen als Schwiegersohn in die Familie aufnehmen.“ Sie lachte leise auf. „Nicht, dass mich das in der Auswahl meiner Partner auch nur im Geringsten beeinflussen würde.“

„Wie man bei Andy, dem Drummer gesehen hat“, warf John mit einem leisen Lächeln ein.

Sie verdrehte die Augen. „Erinnere mich nicht, bitte. Nun, also, ich weiß, dass Geoff und ich zusammen … also, dass das richtig ist. Aber ich möchte nicht, dass er sich so auf mich fixiert, das macht mir Angst. Und außerdem…“ Sie verstummte und sah zu Boden.

„Gibt es einen anderen Mann, zu dem du dich hingezogen fühlst“, vollendete John ihren Satz sanft. „Mark Taylor, nicht wahr?“

Sie schlug die Hand vor den Mund. „Oh mein Gott, ist das so offensichtlich?“

John lächelte. „Naja, sagen wir, es war nicht allzu schwer, das zu erraten.“

Renie stieß einen lauten Klagelaut aus und vergrub den Kopf in einem Kissen. „Ein Glück, dass ich doch nicht Schauspielerin werden wollte“, drang es dumpf daraus hervor. „Ich hätte bestimmt die goldene Himbeere für die schlechteste Leistung des Jahres bekommen.“

John war froh, dass seine Nichte trotz ihrer Misere ihren Sinn für Humor nicht ganz verloren hatte. Sie tauchte wieder auf und sah John mit großen Augen an.

„Und du willst mir jetzt keine Predigt halten? Dass Mark doppelt so alt ist wie ich? Dass ich für ihn bestimmt sowieso nur die leicht zu kriegende Praktikantin wäre? Dass ich mich glücklich schätzen kann, in Geoff einen so tollen Partner gefunden zu haben und ich verrückt sein muss, das aufs Spiel zu setzen?“

Er schüttelte den Kopf.

Sie atmete tief durch. „Danke. Ehrlich gesagt macht diese Situation mich wahnsinnig. Ich will Geoff nicht verletzen und ich will ihn auch nicht verlieren. Aber ich will und kann ihm auch nicht länger ein Theater vorspielen. Ach, ich hasse mich!“, rief sie erbittert aus.

„Renie, bitte, nun quäl dich nicht selbst. Die Welt ist nun mal nicht schwarz-weiß. Es gibt unendlich viele Zwischentöne und deshalb gibt es auch selten einmal etwas, was eindeutig richtig oder falsch ist. Ich bin sicher, du wirst deinen Weg finden.“

Sie schniefte ein wenig.

„Meinst du? Ich habe das Gefühl, ich stecke in einem Riesenkuddelmuddel fest. Irgendwie dreht sich alles in meinem Kopf. Nicht nur wegen dieser Beziehungskiste, auch sonst ist momentan alles ein bisschen viel. Das Praktikum beim *Guardian* wächst sich allmählich zu einem Fulltime-Job aus. Einen geregelten Feierabend gibt es da nicht. Dagegen hätte ich ja gar nichts, aber gleichzeitig muss ich ja noch ein paar Tage pro Woche im Museum arbeiten. Nicht, dass mir das keinen Spaß machen würde, nein, ich finde es nach wie vor toll – aber mein Tag müsste mindestens dreißig Stunden haben, damit ich über die Runden komme. Und dann muss ich mich mindestens einmal am Tag noch mit Grandmas last-minute-Anliegen wegen der Junggesellenversteigerung herumschlagen. Wenigstens konnte ich jetzt eine Ko-Moderatorin finden, die mir dann zur Seite steht. Natalie Sinclair, du kannst dich sicher an sie erinnern."

„Natalie? Natürlich. Ich habe kürzlich erst ihr Bild auf der Kulturseite irgendeiner Zeitung gesehen."

Natalie Sinclair war nach allgemeiner Einschätzung unter den Schauspielschülern in Renies Gruppe die Talentierteste gewesen, hatte sich jedoch lange Zeit selbst im Weg gestanden. Als einzige von Chris Fullers Schülern hatte sie es geschafft, am Drama Centre der Universität aufgenommen zu werden.

„Oh ja, seit sie in dieser hochgelobten Independent-Produktion des Sommernachtstraums die Hermia gespielt hat, geht es mit ihrer Karriere steil aufwärts. Sie ist sogar im Gespräch, einen wichtigen Nachwuchspreis zu bekommen. Ich bin froh, dass sie mir diesen Gefallen tut. Aber kaum habe ich ein Problem gelöst, kommt schon wieder ein anderes daher. Wenn ich gewusst hätte, wie viel Arbeit das macht, hätte ich ihr damals nicht angeboten, die PR für die Junggesellenversteigerung zur übernehmen. Ich bin froh, wenn diese Sache endlich vorbei ist."

John überlief eine Gänsehaut, die sich mittlerweile schon automatisch einstellte, sobald jemand in seiner Gegenwart das Wort Junggesellenversteigerung in den Mund nahm. Er bemühte sich, sich wieder auf die Probleme seiner geplagten Nichte zu konzentrieren.

„Vielleicht bräuchtest du eine kleine Auszeit", schlug er vor.

Sie nickte. „Du hast recht, ich komme mir vor wie ein Hamster in einem Rad mit Turboantrieb. Ich müsste mal raus, am besten mal ein paar Tage ganz für mich sein. Aber für die nächsten paar Wochen kann ich mir diese Idee abschminken, das weiß ich. Es ist einfach zu viel los."

John runzelte die Stirn. „Renie, deinen Eifer und dein Engagement in allen Ehren, aber ich finde, du musst aufpassen, dass du dich nicht vereinnahmen lässt."

Renie sah ihren Onkel an und lachte dann schallend auf.

„So einen Ratschlag gibst ausgerechnet du mir! Onkelchen, da hast du wohl selbst noch Luft nach oben. Wie sagt ihr Psychologen so gern: Man muss lernen, Grenzen zu setzen. Dabei weiß doch jeder, dass du ganz selten einmal Nein sagst."

„Hmpf." John musste sich widerwillig eingestehen, dass seine Nichte da nicht ganz verkehrt lag.

„Sieh her", erklärte Renie. „Solange Isabel in der Stadt ist – und gerade jetzt nach Angus' Tod – möchte ich zwischendurch immer wieder Zeit mit ihr verbringen, schließlich haben wir uns ewig nicht gesehen. Also könnte ich jetzt keinesfalls weg. Dann ist am Wochenende Grandmas Wohltätigkeitsveranstaltung. Wir werden übrigens morgen sogar einen kleinen Hinweis darauf auf der Gesellschaftsseite in der Zeitung bringen und auch etliche Kolleginnen aus der Redaktion haben schon zugesagt, dass sie kommen werden. Wenn es so weitergeht, wird der Gemeindesaal bei deinem Auftritt aus allen Nähten platzen."

Sie feixte, als John leidend das Gesicht verzog und fuhr fort.

„Nächste Woche dann darf ich mit Mark zwei Tage zu einer Konferenz von Nobelpreisträgern nach Cambridge." Ihr Blick wurde träumerisch. „Das wird unglaublich. Stell dir nur vor, was für Menschen ich dort begegnen werde! Als seine Assistentin werde ich mich hauptsächlich um Organisatorisches kümmern, Akkreditierungen besorgen, Tische reservieren, Interviewtermine koordinieren und ähnliches. Mark hat mir aber auch versprochen, dass ich selbst das eine oder andere Gespräch führen darf. Als purer Anfänger so eine Möglichkeit zu bekommen, ist schlicht der Wahnsinn."

„Er scheint große Stücke auf dich zu halten."

„Ja. Ja, ich glaube, das tut er tatsächlich." Ihr Ton wurde sanft. „Er ist ein fabelhafter Chef. Immer ein offenes Ohr, immer voller Ermutigung. Ich habe schon in anderen Abteilungen mitbekommen, wie die leitenden Redakteure mit ihren Mitarbeitern umgehen – da sind ein paar furchtbare Choleriker dabei, die ihre Leute in der Redaktionskonferenz vor aller Augen zur Sau machen. Das gäbe es bei ihm niemals. Manche lassen den Großteil der Arbeit und der Recherchen von ihren Untergebenen machen, setzen aber nur ihren eigenen Namen unter den Artikel. Er dagegen würdigt immer, wenn jemand einen wichtigen Beitrag geleistet hat. Er hat auch ein Mentorenprogramm ins Leben gerufen, um den Nachwuchs zu fördern. Und abgesehen von all dem ist er auch noch ein brillanter Kopf. Er hat unzählige Preise für seine Arbeit bekommen. Trotzdem ist er in keiner Weise eingebildet, sondern ein ganz bescheidener Typ. Anders als etliche sensationsgeile Kollegen ist er auch nicht andauernd darauf aus, eine fette Schlagzeile zu bekommen. Ständig predigt er uns, dass ein guter Journalist eine Sache nie nur aus einem Blickwinkel betrachten darf. Und ohne fundierte Informationen geht schon gar kein Artikel raus. Deswegen war ich auch von Anfang an davon überzeugt, dass er nie diesen Schund über Angus' Tod lanciert hätte."

„Wie kam es eigentlich dazu, dass du ihm davon erzählt hast?"

Sie wand sich ein wenig. „Ich hatte wirklich den festen Vorsatz, mit niemandem über die Geschichte zu reden. Und du kennst mich, wenn ich einmal versprochen habe, über etwas Stillschweigen zu bewahren, halte ich mich auch daran, selbst wenn es mich fast zerreißt."

John nickte lächelnd.

„Aber dann haben wir uns an dem Abend getroffen, gleich nachdem ich aus Westminster Abbey kam. Mark wollte mit mir über das Essay sprechen, das ich für die Bewerbung an der Uni entworfen habe. Ich war natürlich noch ziemlich aufgewühlt. Mark brauchte mich bloß anzuschauen und schon habe ich alles herausgesprudelt. Ach, er ist einfach ein wunderbarer Zuhörer. Und dann sieht er auch noch wie ein Filmstar aus." Sie seufzte. „Wie soll man an so einen Mann nicht sein Herz verlieren?"

Kapitel 14

„Sie haben zwei neue Nachrichten. Nachricht Eins. Empfangen heute um elf Uhr siebenunddreißig“, kündigte die leicht blecherne Stimme an. John legte das Telefon beiseite und nahm müde den hohen Hut der Beefeater ab. Nachdem die Grippewelle immer noch in der Einheit grassierte, blieb Chief Mullins nichts anderes übrig, als die verbleibenden Männer für Zusatzdienste einzuteilen. So hatte John eine Zwölf-Stunden-Schicht hinter sich, die ihm kaum Zeit zum Durchschnaufen gelassen hatte. Selbst mittags hatte er gerade einmal Zeit für einen Teller Suppe in der Kantine gehabt. Er hatte sieben Vögeln die Flügel gestutzt und sechs Besuchergruppen durch den Tower geführt – wobei er sich manchmal fragte, wer leichter zu bändigen war – und war nun voller Vorfreude auf einen ruhigen Feierabend in seine Wohnung zurückgekommen. Als er die überschnappende Stimme seines Cousins vernahm, horchte er auf.

„Dieser Sohn einer räudigen Hündin! Diese Ausgeburt der Hölle! Er ist eine Schmeißfliege – nein, was sage ich denn, er ist der stinkende Eiterpickel am Arsch einer Schmeißfliege!“ Es folgte noch ein unartikulierter Laut, dann brach die Mailboxaufzeichnung jäh ab.

John schüttelte belustigt den Kopf. Wahrscheinlich hatte Simon sich schon wieder über einen der Sparkommissare geärgert und sich ein wenig Luft verschaffen wollen. Als er jedoch die zweite Nachricht hörte, verflog sein Lächeln und machte einem besorgten Stirnrunzeln Platz.

„John, hier Maggie. Wenn du es irgendwie einrichten kannst, komm bitte heute Abend her. Wir haben ein Problem. Simon darf die Ermittlungen im Mordfall Macgregor nicht weiter führen und nun übernimmt ausgerechnet Chief Superintendent Briarson. Das ist noch nicht das Schlimmste… aber alles andere erkläre ich dir später, ist eine längere Geschichte. Bitte komm. Alan ist in Brüssel und die Kinder übernachten bei Freunden, aber Isabel und Renie werden auch da sein.“

John warf einen sehnsüchtigen Blick in Richtung Couch, dann sprang er eilig unter die Dusche und in zivile Kleidung und machte sich auf den Weg nach Belgravia.

„…der stinkende Eiterpickel am Arsch einer Schmeißfliege!“ Grinsend legte John sein Mobiltelefon zur Seite und nahm sich eine zweite Portion von Maggies legendärer Pasta asciutta, während Isabel und Maggie in Gelächter ausbrachen. Renie klatschte in die Hände und meinte mit einem rachsüchtigen Funkeln in den Augen, „Lösch das auf keinen Fall. Oder noch besser: Schick mir das aufs Handy. Wer weiß, vielleicht kann man das mal brauchen, wenn der göttliche Superintendent mal wieder auf seinem hohen Ross sitzt und eine auf den Deckel braucht.“ Offensichtlich saß der Stachel der gestrigen Abfuhr immer noch tief.

Ihre Mutter drohte ihr mit der Gabel.

„Fräulein, ich muss sagen, seit du eine Karriere im Journalismus ansteuerst, entwickelst du allmählich eine bedenkliche kriminelle Energie. Jetzt denkst du schon an Erpressung. Das gefällt mir ganz und gar nicht.“

John überlegte, wie es um den Seelenfrieden seiner Schwester wohl bestellt wäre, wenn sie über einige von Renies früheren Aktionen Bescheid wüsste. Ihre älteste Tochter hatte sich im Erreichen ihrer Ziele selten durch etwas so Lächerliches wie Regeln bremsen lassen. Renie verdrehte die Augen.

„Oh Mum, nun kehr nicht schon wieder die Staatsanwältin heraus. Es geht hier um Simon – nun tu nicht so, als wäre er ein Engel. Wir wissen ja wohl alle, wie du ihn immer bezeichnest.“

„Pestbeule“, murmelte Maggie widerwillig.

„Eben“, triumphierte Renie. „Um jemandem wie ihm Kontra zu geben, schadet es nicht, ein wenig Munition in der Hinterhand zu haben. Und dafür wäre doch diese Aufzeichnung Gold wert: Wenn seine Vorgesetzten erfahren würden, wie er sich über einen ranghöheren Beamten auslässt, wäre das wohl kaum förderlich für seine Karriere.“

Isabel lächelte nachsichtig. „Ausnahmsweise muss ich Simon aber zu hundert Prozent zustimmen. Dieser Briarson ist wirklich – “

„Noch pestbeulenmäßiger als Simon“, vollendete John. Sie hatten Chief Superintendent Ian Briarson in Edinburgh kennengelernt. Seither hatte der ehrgeizige schottische Polizist sich zu Simons Nemesis entwickelt.

„Es muss schrecklich für Simon sein, dass ihm der Fall weggenommen wurde. Und das, nachdem er gerade erst in der Pressekonferenz großspurig verkündet hatte, dass sein persönlicher

Einsatz neue Hinweise zutage gefördert hätte und Angus' Tod nun doch als Mordfall untersucht wird. Und dann kommt ausgerechnet sein Erzfeind daher." Renie konnte ihre Schadenfreude nicht verbergen. „Briarson ist jünger, steht auf der Karriereleiter schon eine Stufe über ihm und sieht auch noch besser aus." Sie kicherte hämisch.

„Aber im Gegensatz zu Simon ist er dummdreist und völlig beratungsresistent", stellte Isabel fest. „Deshalb sollten wir uns nicht darüber freuen, dass er jetzt das Sagen hat."

„Genauso sehe ich es auch. Bedenklich ist jedoch vor allem der Grund, aus dem Simon von dem Fall abgezogen wurde. Darum habe ich euch auch heute Abend hergebeten. Ich denke, es besteht Handlungsbedarf", meinte Maggie nüchtern. „Ich habe auch Simon eingeladen. Er stößt zu uns, sobald er es schafft."

Sie erntete ein Knurren ihrer Ältesten.

„Wir müssen persönliche Animositäten jetzt hintanstellen und alle an einem Strang ziehen", mahnte Maggie mit einem scharfen Blick auf Renie.

John streute noch etwas frisch geriebenen Parmesan auf seine Nudeln und sah seine Schwester nachdenklich an.

„Das klingt, als wüsstest du etwas, von dem wir nichts ahnen."

Maggie nickte. „So ist es. Und es versteht sich von selbst, dass die Informationen vertraulich sind. Verstanden, Renie?"

Renie hob den Kopf und witterte wie ein Bluthund. „Vertrauliche Informationen? Verdammt. Wieso gerate ich dauernd in ein solches Dilemma?"

„So ist es nun einmal bei Journalisten, Renie. Versprichst du nun, dass du Stillschweigen bewahrst, oder nicht? Falls nicht, müsste ich dich bitten, nun zu gehen."

Renie riss schockiert die Augen auf. „Mum! Aber … aber…"

„Versprich es. Über kurz oder lang werden die Informationen sicher durchsickern, aber momentan wissen nur die Ermittlungsbehörden Bescheid. Eine meiner Kolleginnen aus der Abteilung für Kapitalverbrechen hat mich eingeweiht. Ich komme in Teufels Küche, wenn jetzt etwas nach draußen dringt."

Renie musste einsehen, dass es ihrer Mutter bitterernst war. „Okay, okay. Großes Pfadfinderehrenwort. Ich schweige wie ein Grab."

„Also gut. Passt auf. Tante Isabel, ich will dir reinen Wein einschenken: Nicht nur ist deine Verwicklung in den Fall dafür verantwortlich, dass Simon nicht mehr ermitteln darf – darüber hinaus ist deine Erhebung in den Adelsstand gefährdet."

„Wie? Was? Warum das?", fragte Isabel verwirrt.

„Nun, die Polizei kam doch heute Morgen zu euch ins Hotel und hat jedem aus der Gruppe Fingerabdrücke abgenommen, nicht wahr?"

Isabel nickte und Maggie fuhr fort.

„Es sind sehr viele verschiedene Abdrücke auf der Flasche zu erkennen – weil sie aus Silber ist, haften sie sehr gut – und deine sind auch darauf, Isabel. Nach Aussage mehrerer Leute hast du Angus beim Frühstück die Flasche weggenommen und sie erst später zurückgegeben. Du hattest also genügend Zeit, die Medikamente dort hineinzumischen. Und du warst die erste am Fundort, wobei du nach Aussage des Wachmanns verdächtig lange nicht nach Hilfe gerufen hast. Simon hat diesen Reid übrigens gefunden. Der Mann war ziemlich angetrunken, als man ihn in der Nähe seiner Wohnung aufgegriffen hat. Er hat zugegeben, dass er es war, der mit dem Daily Courier geredet hat. Sein Honorar dafür hat er dann auf der Stelle in die Kneipe getragen. Seinen Job in Westminster Abbey dürfte er wegen dieser Indiskretion jetzt los sein."

Renie zuckte mit den Schultern. „Er hat es sich nicht besser verdient."

„Das stimmt. Also, wenn man alles zusammennimmt, was gegen dich vorliegt, Isabel, sind es zwar nur Indizien, aber sie sorgen dafür, dass du auf der Liste der Verdächtigen ziemlich weit oben stehst", schloss Maggie bedauernd.

Während Renie herausplatzte, „Also, *so* dumm kann nicht mal unsere Polizei sein – ", kommentierte John, „Das ist ja lächerlich! Was sollte Isabel denn für ein Motiv haben?"

Maggie sah betrübt drein. „Das scheint momentan keine Rolle zu spielen. Leider würde ich in diesem Fall auch nicht allzu viel Hoffnung darauf setzen, dass unsere Polizei schnell und effizient den Täter überführt. Dieser Briarson, der sich offensichtlich selbst ins Spiel gebracht hat, kaum dass Simons Pressekonferenz vorbei war, ist von vorneherein gegen Isabel eingenommen. Von Scotland Yard ist ihm Chief Inspector Galloway zur Seite gestellt worden. Und bei ihm muss man leider sagen: *Nomen est omen.* Ein etwas zotteliger, netter Kerl mit einer großartigen Gemütsruhe – nur leider liegt sein IQ auch nicht recht viel höher als der des gleichnamigen Rindviehs. Sagt zumindest meine Kollegin, die bei Gewaltverbrechen die Anklage vertritt und schon öfter mit ihm zu tun hatte."

„Die schottische Giftspritze und der englische Wiederkäuer – klingt nach keiner sehr vielversprechenden Kombination", kicherte Renie.

„Das befürchte ich auch. Das Problem ist: Wenn die Untersuchung nicht innerhalb der nächsten Tage Fortschritte macht und Isabels Name auf der Liste der Verdächtigen bleibt, weigert der Palast sich, sie zur Ehrung zuzulassen." Maggie seufzte. „Ich kann euch gar nicht sagen, was momentan hinter den Kulissen los ist. Vertreter des Königshauses, des Parlaments, von MI6, von den Ermittlungsbehörden… alle sind in Aufruhr. So ein Fall ist noch nie dagewesen, dass ein Kandidat für den Adelsstand wenige Tage vor der Investitur eines Mordes verdächtigt wird."

Drei Augenpaare richteten sich besorgt auf Isabel, der es offenbar die Sprache verschlagen hatte. Dann sprang Renie auf und schlang die Arme um ihre Urgroßtante.

„Oh, Tante Isabel, es tut mir so leid. Aber gräm dich nicht, wir werden den echten Täter finden. Keine Sorge. Und du fährst als *Dame Commander* nach Inverness zurück, ganz sicher."

Isabel tätschelte Renies Arm.

„Kinder, macht euch um mich keine Sorgen. Glaubt mir, es spielt keine Rolle für mich, ob ich nun geadelt werde oder nicht. Ich war von Haus aus nicht scharf auf diesen ganzen Firlefanz."

Bei jedem anderen hätte John das für Koketterie gehalten – seiner Großtante glaubte er aufs Wort.

„Es steht zu befürchten, dass der Medienrummel um dich ab sofort noch mächtig zunehmen wird. Die Geier werden dich auf Schritt und Tritt verfolgen", meinte Maggie unglücklich.

„Hallo? Du sprichst hier von meinen Kollegen", begehrte Renie auf. „Alles ehrbare Nachrichtenleute – "

Maggie ignorierte sie. „Vielleicht sollten wir dich woanders unterbringen, Isabel, wo sie dir nicht so leicht auflauern können."

„Ja, das ist eine gute Idee. Wir könnten dich hinaus nach Kew bringen. Bei Mum und Dad hättest du sicher mehr Ruhe", fiel John ein.

„Papperlapapp", entgegnete Isabel. „Ich werde mich keinesfalls verstecken. Und ehrlichgesagt trete ich lieber einer Horde von neugierigen Reportern gegenüber als am Frühstückstisch schon Emmelines angesäuerte Miene zu ertragen."

John und Maggie mussten sich ein Grinsen verbeißen, während Renie Tante Isabel einen herzhaften Kuss auf die Wange drückte.

„Bravo. Du bist mein großes Vorbild, Tante Isabel. Du lässt dich wirklich nie unterkriegen."

„Danke, mein Kind. Das ist der Vorteil, wenn man seit bald einem Jahrhundert auf der Welt ist – man hat schon so viel mitgemacht, dass einen nicht mehr viel umwirft, glaub mir." Ihre Augen funkelten. „Hey, wer hätte gedacht, dass ich auf meine alten Tage noch die heißeste Nachricht im Vereinten Königreich werde?"

Sie wurde wieder ernst.

„Das Wichtigste ist, dass Angus' Mörder gefunden wird. Und zwar schnell. Nicht, dass die Polizei noch auf die Idee kommt, uns so lange in der Stadt festzuhalten, bis der Fall irgendwann mal gelöst ist. Wir können schließlich nicht ewig hier in London bleiben. Die Macgregors sind ohnehin schon völlig außer sich – " In diesem Moment läutete es.

„Das wird Simon sein." Maggie eilte zur Haustür und kam wenig später mit dem Superintendenten zurück. John erschrak, als sein Cousin hereinschlurfte und selbst in Renies Blick lag eine Spur von Mitleid angesichts der traurigen Gestalt.

Simons scharfgeschnittenes Gesicht wirkte eingefallen, seine dunklen Augen lagen glanzlos in ihren Höhlen. Sein maßgeschneiderter Anzug, der wohl dreimal so viel gekostet hatte wie John im Monat verdiente, war verknittert. Der Geruchswolke nach zu schließen, die ihn umwehte, hatte er auf dem Weg hierher noch einen Zwischenstopp im Pub eingelegt. Er hob lediglich schlapp die Hand zum Gruß und ließ sich auf einen Stuhl plumpsen, wo er dumpf vor sich hin brütete.

„Möchtest du etwas essen? Es ist noch genügend Sauce da und ich kann dir im Handumdrehen frische Nudeln machen", bot Maggie an.

Simon winkte ab. „Danke, nein. Ich … bringe nichts hinunter."

„Kann ich dir wenigstens etwas zu trinken anbieten?"

„Mhm. Vielleicht hast du einen Scotch da?"

„Natürlich, du weißt doch, dass Alan Single Malts liebt." Sie wies auf den gut gefüllten Barschrank ihres Mannes.

„Wir haben Bunnahaibhan, Lagavulin, Laphroig, Ardbeg, Glenmorangie, Talisker, Edradour – "

„Egal, irgendeinen. Einen Doppelten, pur."

Maggie wechselte einen Blick mit ihrem Bruder und überreichte Simon dann einen halb vollen Tumbler.

„Noch irgendjemand?“

„Ach ja, ein Schlückchen vom Lagavulin würde ich nehmen“, meldete sich Tante Isabel zu Wort. Als Maggie ihr das Gewünschte brachte, streckte Simon ihr sein bereits leeres Glas entgegen.

„Noch einen.“ Etwas verspätet schob er nach, „Bitte.“

„Oh … okay. Wenn du dir sicher bist.“

„Ich bin mir sicher. Logisch. Ich bin doch immer sicher, bei allem, was ich tue, oder nicht? Zumindest dachte ich das immer. Nein, eigentlich weiß ich heute gar nicht recht, was ich tue. Aber ich will noch etwas zu trinken. Das weiß ich. Und das ist doch zumindest etwas, oder nicht?“

„Äh…natürlich“, erwiderte Maggie vorsichtig. Sie ging noch einmal zum Barschrank und schenkte nach.

Simon grunzte seinen Dank und schüttete auch das zweite Glas in einem Zug in sich hinein. Gleich darauf verlangte er nach Nachschub.

„Lass nochmal die Luft aus dem Glas, Maggie. Oder noch besser: Stell doch einfach die Flasche auf den Tisch. Heute geben wir uns die Kante.“

„Also Simon, ich weiß nicht, ob das gut ist. Denkst du nicht, du solltest erst mal etwas essen?“

„Pfff … Na, wenn du unbedingt meinst.“ Simon stierte in die große Saucenschüssel, die auf einer Warmhalteplatte stand. „Ist das Pasta asciutta?“ Es bereitete ihm ein wenig Mühe, das Wort herauszubringen.

„Genau. Warte, ich bringe dir sofort frische Nudeln, dauert nur zwei Minuten. John, hilfst du mir kurz in der Küche?“

„Natürlich, Maggie, ich komme.“

Nachdem Maggie mit wenigen Handgriffen Wasser zum Kochen aufgesetzt und eine Schale frischer Tagliatelle aus dem Kühlschrank geholt hatte, zischte sie, „So habe ich unseren Cousin in meinem ganzen Leben noch nicht gesehen. Was sollen wir nur mit ihm machen, John?“

„Füllen wir ihn doch ab und warten, was passiert“, ertönte hinter ihnen eine Stimme. Beide fuhren herum. Renie stand feixend in der Tür. „Ich finde, das hier hat das Zeug zu einem Erlebnis der dritten Art. Es ist, als hätte ein fremdes Wesen Besitz von Simons Körper ergriffen.“ Sie trat näher heran und flüsterte theatralisch, „Geoff hat mir von einem Hefepilz erzählt, der irgendwo in Asien Ameisen befällt und die Kontrolle über ihr Gehirn übernimmt. Er zwingt sie, sich an der Unterseite eines Blatts kurz über dem Waldboden, wo es schön kühl und feucht ist, festzubeißen. Dann bringt er sie mit einem selbst produzierten Giftcocktail um. Sobald das Tierchen tot ist, sprießen aus seinen Beinen und dem Kopf Pilzfäden – "

„Hör auf!" Maggie hielt sich die Ohren zu. „Das ist ja widerwärtig."

„Es gibt noch mehr solche genialen Parasiten", fuhr Renie erbarmungslos fort. „Zum Beispiel einen Wurm, der in einer Grille heranwächst und sie dabei allmählich von innen auffrisst. Wenn er ausgewachsen ist, zwingt er sie dazu, ins Wasser zu springen – was eine Grille sonst niemals täte – dort befreit er sich von ihr und schwimmt lustig davon. Es gibt sogar den Verdacht, dass der Einzeller Toxoplasma, von Katzen übertragen, den Gehirnstoffwechsel selbst von Menschen verändern kann – "

„Jetzt reicht es aber", fauchte Maggie und warf eine Handvoll frische Nudeln ins kochende Wasser. „Ich kann diese Situation ehrlich gesagt nicht so lustig finden wie du das offenbar tust."

„Es wäre unverantwortlich, wenn wir Simon noch mehr Alkohol geben. Wer weiß, wie viele Gläser Bier er schon intus hatte, bevor er hierherkam", gab John zu bedenken.

„Aargh!" Renie stampfte unwillig mit dem Fuß auf. „Eine akkurate Staatsanwältin und ein Antialkoholiker – ihr zwei seid wirklich eine Strafe Gottes. Die totalen Spaßbremsen." Sie rauschte wieder ab, zurück ins Wohnzimmer.

Maggie und John sahen sich einen Moment lang mit offenem Mund an, dann brachen beide in Gelächter aus.

„Hey, du langweilige Trantüte", neckte Maggie. „Setz doch mal Kaffee auf. Ich denke auch, dass wir Simon lieber nichts Hochprozentiges mehr geben sollten."

„Wird gemacht, alte Paragrafenreiterin", gab er zurück. Während er den gemahlenen Kaffee in den Filter löffelte, kam Isabel mit einigen leeren Tellern in die Küche.

„Oh, Tante Isabel, das wäre doch nicht nötig gewesen." Maggie nahm ihr das Geschirr ab und begann, die Teller in die Spülmaschine einzuräumen.

„Ich glaube, der gute Simon ist heute zu nichts mehr zu gebrauchen. Er hat nur noch etwas gebrabbelt und ist dann eingenickt", meinte Isabel kopfschüttelnd. In diesem Moment drang ein Schmerzensschrei aus dem Wohnzimmer. John ließ den Kaffeelöffel fallen und lief hinüber, dicht gefolgt von seiner Schwester. Am Esstisch saß Simon und rieb sich benommen die Stirn. Renie stand daneben, Messer und Gabel in der einen und ihr Handy in der anderen Hand. Sie versuchte erfolglos, ein Glucksen zu unterdrücken.

„Was ist passiert?“, fragte Maggie.

„Simon …“ Renie biss sich auf die Lippen, „…ist eingeschlafen und mit dem Kopf auf dem Tisch aufgeschlagen. Ich konnte gerade noch das Besteck wegziehen, bevor sich die Zinken der Gabel in seine Denkerstirn gebohrt hätten.“

Unwillkürlich fasste John sich an seine eigene Stirn, die immer noch von einem Pflaster geziert wurde und erschauerte. Maggie fixierte das Telefon in Renies Hand.

„Was machst du mit dem Handy?“

„Ähm, gar nichts.“ Hastig schob Renie es in die Hosentasche.

„Du hast doch nicht etwa ein Foto gemacht?“

„Wir sollten uns jetzt lieber um Simon kümmern, Mum.“

Übertrieben besorgt fasste Renie ihn an der Schulter und flötete, „Simon? Ist alles in Ordnung? Hast du Kopfschmerzen? Ist dir übel?“

„Ah …was? Ich … weiß nicht.“ Scheinbar orientierungslos schaute Simon im Zimmer herum. „Mir … ist irgendwie schwindlig.“

„Er ist nicht ganz bei sich. Wir könnten ihm eine Ohrfeige geben“, schlug Renie vor.

Maggie funkelte sie an. „Es reicht jetzt, Maureen. Geh und hol einen Eimer. Ich will nicht, dass er sich auf unseren guten Kerman übergibt.“

Renie schluckte und trollte sich.

„Meinst du, er könnte eine Gehirnerschütterung haben?“, fragte Maggie besorgt.

„Das glaube ich nicht“, mischte sich Isabel ein. Sie kam näher und blickte Simon genau an. „Weißt du, wo du bist?“

Der Superintendent sah einen Moment verwirrt drein, dann lallte er, „Maggie. Maggie und Alan. Aber Alan isch wohl nich da?“

„Wie bist du hierher gekommen?“, forschte Isabel weiter.

Simon schien einen Augenblick zu überlegen.

„Takschi. Ich war in einem Takschi. Gleich vor dem Bell and Whischl hab ich einsch bekommen. Da sollteschst du mal hingehen, die haben ein her-vor-ra-gen-desch Ale vom Fasch, kann ich dir sagen. Hervorragendesch Ale…“ Wieder fielen ihm die Augen zu und er sackte nach vorn. John konnte seinen Cousin gerade noch an den Schultern packen. Ruckartig erwachte Simon wieder.

„Hrmmmm....Was steht ihr alle so da und glotscht mich an?“ Seine Augen fokussierten sich auf Isabel. „Oh, Ischabel. Ischabel. Wartet mal. Wartet mal. Da war doch wasch... Ah, jetsch fälltsch mir wieder ein. Diesche Arschgeige ... Mischtschwein ... Briarschon... der will dich verhaften. Ver-haf-ten. Wuschteschtdu das schon?“ Plötzlich keckerte er. „Die spinnen, diesche Schotten, oder nicht?

Während Maggie und John sich alarmiert ansahen, blieb Isabel gelassen. „Ich glaube, außer einer Beule hat er keinen Schaden davongetragen. Eine Tasse starker Kaffee täte ihm jetzt wohl gut. Und ein Aspirin oder zwei.“

„Aschpirin“, murmelte Simon und beugte sich jäh vornüber.

„Renie! Wo bleibt der Eimer?“, kreischte Maggie, während Isabel reaktionsschnell die Schüssel mit der Nudelsauce vom Tisch riss und Simon unter die Nase hielt.

John wandte sich schaudernd ab. Es würde wohl eine ganze Weile dauern, bis er wieder mit Appetit Pasta asciutta essen würde.

Kapitel 15

„Was für ein Tag.“ Mit einem dankbaren Seufzer versank Maggie im Sessel. Es war später am Abend und sie machten es sich zu viert vor dem anheimelnden Kaminfeuer bequem. Maggie hatte Simon, der in einem erbarmungswürdigen Zustand war, nach Hause gebracht.

„Ich kenne niemanden, der über so viel Selbstbeherrschung und hervorragende Manieren verfügt wie Patricia – aber als sie uns die Tür geöffnet hat, sind ihr die Gesichtszüge doch ein wenig entglitten“, berichtete sie.

Renie kicherte hämisch. „Uuh, Mr. Perfect ist aus der Rolle gefallen. Wie peinlich für seine Society-Lady.“

„Jetzt fang bitte nicht wieder mit deinen spitzen Bemerkungen an. Du benimmst dich heute wirklich biestig“, meinte Maggie stirnrunzelnd. „Mir hat Patricia leid getan. So sehr hat sie sich wahrscheinlich noch nie für ihren lieben Gatten geschämt. Dabei habe ich ihr nicht einmal alles erzählt.“

„Du hast ihr aber hoffentlich gesagt, dass Simon sich auf Dads geliebten Kerman übergeben hat.“ Renie hatte voller Abscheu an einen kleinen, verirrten Fleck im Teppich hingeschrubbt.

Maggie schüttelte den Kopf. „Nein, die Peinlichkeit wollte ich ihr – und ihm – wirklich ersparen. Dank Isabels Geistesgegenwart ist ja auch fast nichts passiert.“

Renie knurrte. „Auf jeden Fall ist Simon uns für diesen Auftritt echt was schuldig.“

Maggie grinste und wedelte mit einem Bündel Blättern. „Na, wenigstens hat er mir diese Papiere überlassen, die dokumentieren, was die Ermittlungen ergeben haben – zumindest bis zu dem Zeitpunkt, wo er den Fall abgeben musste. Also, lasst uns sehen, was wir damit anfangen können.“

Renie sprang auf. „Ich hole meinen Laptop. Dann schreibe ich gleich alles mit.“

„Das ist nicht nötig“, bremste ihre Mutter sie. „Ich habe hier Stift und Zettel, das reicht.“

„Sehr gut. Mir gefällt die altmodische Art auch besser“, sprang Isabel ihr bei.

„Reich doch mal rüber, Maggie, ich übernehme das Protokollieren“, erbot sich John.

Langsam ließ Renie sich wieder in den Sessel sinken und ließ ein gedehntes „A…ha“ hören. „Man könnte fast meinen, ihr vertraut mir nicht. Denkt ihr etwa, ich mache daraus einen Bericht für die Zeitung, so nach dem Motto ‚Undercover-Reporterin enthüllt exklusiv Details aus der konspirativen Sitzung: Staatsanwältin Margaret Hughes, Adels-Aspirantin und Mordverdächtige Isabel Mackenzie und Angehöriger der Königlichen Wache John Mackenzie entlocken volltrunkenem Scotland Yard-Superbullen geheime Ermittlungsergebnisse‘?“

Als keiner etwas sagte, verschränkte sie verärgert die Arme.

„Herrje, ich arbeite für den *Guardian*, Leute, nicht für irgendein Revolverblatt. Außerdem würde ich doch nie meine Familie für irgendeine Pressemeldung missbrauchen. Ach, John, da fällt mir ein“, meinte sie im selben Atemzug, „Wir bringen morgen auf der Gesellschaftsseite nochmal einen Hinweis auf die Versteigerung, mit dem Titel: ‚Achtung Ladies – ein Dutzend der begehrenswertesten Junggesellen Londons wartet auf Sie‘. Klingt gut, was? Ich habe der zuständigen Redakteurin den Text dazu geliefert und ein paar der zu erwerbenden Objekte namentlich erwähnt, darunter auch dich. Du hast doch nichts dagegen?“

John vergrub das Gesicht in den Händen. „Musste das sein? Ich hatte gehofft, dass wenigstens bei der Arbeit keiner von dieser Sache erfährt. Die Kollegen werden mich bis ans Ende meiner Tage damit aufziehen.“

„Und ich dachte, du freust dich über ein wenig Publicity“, entgegnete sie säuerlich. John stöhnte nur leise vor sich hin. Maggie musterte ihn mitleidig. Dann wandte sie sich zu ihrer ältesten Tochter und ihr Blick wurde hart. „Soviel zum Thema ‚Ich würde meine Familie nie für eine Pressemeldung missbrauchen‘.“

Renie lief rot an. „Oh Mann, nun spiel dich doch nicht als Beschützerin für deinen kleinen Bruder auf. Wenn er mit Mitte Vierzig nicht reif genug ist, über irgendwelchen Frotzeleien seiner Kollegen drüber zu stehen…“ Dann feuerte sie noch eine Breitseite ab. „Ein bisschen mehr Souveränität könnte man von einem Seelenklempner ja wohl erwarten.“

Maggies Ton wurde gefährlich leise. „Du wirst dich jetzt auf der Stelle bei deinem Onkel entschuldigen.“

„Ich wüsste nicht, wofür“, fauchte Renie und sprang auf. Sie stampfte aus dem Wohnzimmer. In der Tür drehte sie sich noch einmal um und rief trotzig, „Grandma wird mir auf jeden Fall dankbar sein. Diese Versteigerung wird dank mir den höchsten Gewinn aller Zeiten für die Königlichen Gärten einfahren.“

Dann lief sie die Treppe hinauf zu ihrem Zimmer und schlug die Tür hinter sich zu.

Nach einem Augenblick konsternierten Schweigens regte Isabel sich. „Was ist los mit dem Kind? Hat sie Liebeskummer oder was?“

Den Nagel auf den Kopf getroffen, dachte John anerkennend, behielt Renies Geheimnis aber wohlweislich für sich.

„Ich hasse solche pubertären Allüren“, grollte Maggie. „Was ist nur los mit meinen Kindern? Erst macht Tommy sich zum Affen und jetzt führt Renie sich auf wie die Prinzessin auf der Erbse. Das ist ja nicht zum Aushalten.“

„Lass gut sein, Maggie. Teenager schlagen eben mal über die Stränge. Das war zu allen Zeiten so.“ Isabel kicherte unvermutet los. „Da könnte ich euch ein paar Geschichten aus meiner fernen Jugend erzählen…“

John grinste. „Tante Isabel hat recht. Den einen oder anderen Schnitzer darf sich jeder mal leisten. Und Renie hat gerade mit sich selbst zu kämpfen, wie ich das sehe. Das wird schon wieder.“

Maggie seufzte. „Na, wenigstens ist Bella pflegeleicht. Solange sie regelmäßig in den Reitstall und zu Pyjamapartys mit ihren Freundinnen darf, ist sie glücklich. Aber wahrscheinlich dauert es nur noch ein, zwei Jahre und sie wird genauso zickig wie ihre große Schwester“, endete sie finster.

Isabel sah auf die Uhr. „Vielleicht sollten wir uns allmählich auf unseren Fall konzentrieren. Ich habe keine Lust, mein Zimmer im Royal Victoria gegen eine Zelle in Newgate zu tauschen.“

„Holloway“, korrigierte Maggie. „Newgate ist schon vor über hundert Jahren abgerissen worden. Aber auch wenn die Haftbedingungen heute wesentlich angenehmer sind als in den Rattenlöchern von früher, sollten wir versuchen, dir einen Aufenthalt dort zu ersparen.“

„Das finde ich auch. Also lass hören: Was konnte Simons Team herausfinden?“ John hielt den Stift bereit.

Maggie studierte die Papiere.

„Erstmal haben wir hier die Ergebnisse der Obduktion. Eine Menge Sachverständigenkauderwelsch … dann seine letzte Mahlzeit:

Lammkoteletts und Brokkoligemüse … eine ASH, keine Ahnung, was das ist…“

„Alkoholische Steatohepatitis, also eine entzündete Fettleber, die schon auf dem Weg zur Zirrhose ist“, warf John ein.

Maggie reichte ihm das Blatt. „Okay, Schlauberger. Dann erklär du uns Normalsterblichen doch, was da steht.“

„Seit wann sind Juristen Normalsterbliche“, schoss John zurück und überflog den medizinischen Befund.

„Eigentlich haben wir hier nichts Erstaunliches: Der Pathologe bestätigt, dass Angus’ Leber nicht mehr lange durchgehalten hätte, sein Herz schwach und sein Gehirn bereits durch einen beginnenden Abbauprozess geschädigt war. Ach ja, und er hatte bei der Aufnahme in die Klinik knapp ein Promille Alkohol intus.“

„Aha. Dazu passen die Ergebnisse aus der Toxikologie. Angus’ Flasche enthielt nur noch exakt zwei Zentiliter eines Whiskys – die Marke steht hier nicht – dem zwei Medikamentenwirkstoffe beigemischt waren. Ein Herzglycosid und ein Diuretikum, die beide den Inhaltsstoffen entsprechen, die auch in Angus’ Leiche gefunden wurden. Die Konzentration war hoch genug, um bei einem Herzkranken ein Kammerflimmern auszulösen.“ Maggie blätterte weiter.

„Dann die Daktyloskopie. Aha. Die erste wichtige Erkenntnis war, dass die Flasche kürzlich mit einer Reinigungsflüssigkeit gründlich abgewischt wurde. *Nach* diesem Zeitpunkt wurde sie von zehn Personen berührt, von denen sieben bereits zweifelsfrei identifiziert werden konnten – Donnerwetter, da wurde in der Kürze der Zeit ganze Arbeit geleistet.“

„Und welche Personen waren es?“, fragte Isabel ungeduldig.

„Angus natürlich, du, Isabel und Patrick. Als nächstes der Sicherheitsmann bei der Eingangskontrolle von Westminster, die Reinigungsfrau in der Kirche und eine Marjorie Soundso, die im Westminster-Shop arbeitet. Soweit passt alles zum Ablauf an Angus’ Todestag, so wie ihr in beschrieben habt. Dann gibt es noch Spuren von drei bisher unbekannten Personen und – Ailsa Brodie.“ Maggie runzelte die Stirn. „Was hatte sie mit der Flasche zu schaffen? Hattet ihr nicht erzählt, dass sie lediglich ein einziges Mal Kontakt mit Angus hatte, in der Nacht vor seinem Tod?“

Isabel nickte. „So hat sie es gesagt. Allerdings könnte es ja durchaus sein, dass Angus ihr zur Feier des Wiedersehens einen Schluck aus seiner Pulle angeboten hat und sie deshalb die Flasche in der Hand hatte. So könnten auch die anderen drei Spuren zustande gekommen sein. Angus konnte durchaus freigiebig sein und er bot oft anderen etwas von seinem Whisky an – er war für ihn einfach in absolut jeder Lebenslage das Getränk der Wahl."

„Die Liebe zum Whisky hat er seiner Tochter offensichtlich vererbt", bemerkte Maggie. „Ich habe mich ja bei der Verkostung eine ganze Weile mit Ailsa unterhalten. Sie hat mich mit ihrem Wissen ehrlich beeindruckt. Und da war auch eine große Leidenschaft für ihren Beruf spürbar."

„Genau wie bei Angus. Er war kaum zu bremsen, als Geoff und ich ihn ein wenig nach den Geheimnissen der Whiskyherstellung ausgefragt haben. Was genau macht Ailsa eigentlich?", erkundigte John sich. „Sie sagte, sie wäre eine Berufs-Nase. Darunter kann ich mir wenig vorstellen."

„Sie hat mir erklärt, dass sie etliche Jahre als Master Blender gearbeitet hat. Das sind die Leute, die aus vielen verschiedenen Sorten eine bestimmte Mischung kreieren, wie Famous Grouse, Johnnie Walker oder Ballantine's. Die meiste Zeit hat sie für Firmen in Übersee gearbeitet, soweit ich mich erinnern kann in Tennessee und Virginia, aber auch in Japan. Ich wusste ehrlich gesagt gar nicht, dass in Japan Whisky getrunken wird."

„Oh doch, der Markt in Japan boomt", bekräftigte Isabel. „Und Experten aus dem Mutterland des Whiskys sind dort sehr gefragt. Und sie sind rar. Ihr müsst euch vorstellen, ein Master Blender muss aus einem Repertoire von rund zwanzig bis fünfzig Single Malts genau die richtige Mischung finden, die die Kunden anspricht. Und dann muss eine Marke auch einen dauerhaft gleichbleibenden Standard haben, was gar nicht einfach ist. Man braucht für diese Aufgabe einen höchst entwickelten Geschmacks- und Geruchssinn, der Dutzende feinster Nuancen herausschmecken kann. Bis man den Status als Berufs-Nase erreicht, dauert es natürlich viele Jahre. Einer der bekanntesten dieser Zunft hat seine Nase, also sozusagen sein Kapital, sogar für einige Millionen bei Lloyd's versichert."

„Ah, davon hat Ailsa mir auch erzählt. Sie hat gelacht und gesagt, so wertvoll wäre ihre Nase zwar nicht, aber immerhin hätte sie es geschafft, sich in dieser männerdominierten Branche durchzusetzen. Seit kurzem ist sie offenbar Beraterin für einen dieser Riesen-Getränkekonzerne. Daneben leitet sie Whisky-Seminare und veranstaltet Verkostungen, sagte sie. Und das macht sie auch sehr gut. Ich habe in der Stunde, die wir vielleicht zusammengestanden sind, enorm viel gelernt. Zum Beispiel, dass diese breiten Whiskytumbler, die wir haben, nicht optimal sind. Das beste Geschmackserlebnis, sagt Ailsa, erzielt man mit Gläsern, die am oberen Rand enger werden, damit der Duft nicht verfliegt. Da werde ich Alan zu Weihnachten gleich mal einen Satz neuer Gläser schenken."

„Habt ihr nur über Whisky gesprochen oder hast du auch noch etwas mehr über Ailsa als Person erfahren?", fragte John.

Maggie überlegte kurz und schüttelte dann den Kopf. „Nein. Sie hat auch überhaupt nicht zu erkennen gegeben, dass sie zum Macgregor-Clan gehört. Und das, obwohl die anderen Familienmitglieder nur einige Schritte entfernt waren und das Bankett ja zu Ehren ihres Vaters veranstaltet wurde. Merkwürdig, nicht wahr?"

„Sehr seltsam", stimmte John ihr zu und wandte sich dann an Isabel. „Wie lange ist es her, dass Ailsa die Familie verlassen hat? Dreißig Jahre?"

„Oh, da muss ich nachdenken. Warte mal … ich denke, es sind sogar mehr als dreißig Jahre. Wann ist Betty Macgregor nochmal gestorben… Hmmm. Patrick war noch ziemlich jung, vielleicht sieben oder acht. Jetzt ist er so in etwa Mitte Vierzig, also dürfte das so an die siebenunddreißig, achtunddreißig Jahre her sein. Und ganz kurz danach ist Ailsa auf und davon. Damals war sie noch keine zwanzig."

„Also könnte es sein, dass Patrick und Gavin Ailsa gar nicht wiedererkannt haben?"

Isabel zuckte ratlos die Schultern. „Schon möglich. Beide waren damals noch Kinder. Und nachdem Ailsa ja nicht mehr den Nachnamen Macgregor trägt, war ihnen vielleicht tatsächlich nicht bewusst, dass ihre Schwester beziehungsweise Cousine mit ihnen unter einem Dach wohnt."

„Ob sie es mittlerweile wohl wissen?", grübelte Maggie.

„Ailsa vermutete ja, dass Angus am Morgen nach ihrem nächtlichen Treffen mit Patrick und Gavin redete. So erklärte sie ihre These, die beiden hätten Angus umgebracht, bevor er sein Testament ändern und die Firmennachfolge anders hätte regeln können."

Isabel schnaubte. „These! Eine fixe Idee ist das. Die Frau hat doch einen Dachschaden, wenn du mich fragst. Oder aber sie ist einfach gierig und versucht mit allen Mitteln, jetzt nach Angus' Tod zurück in die Firma zu kommen. GlenMara steht am Markt gut da, also geht es um eine Menge Geld. Wie wäre es denn mit einer ganz anderen These: Sie hat ihn selbst umgebracht und versucht, es Patrick und Gavin in die Schuhe zu schieben."

John schüttelte den Kopf. „Das macht keinen Sinn. Am meisten hätte sie zu gewinnen gehabt, wenn sie einfach abgewartet hätte. Falls sie die Wahrheit sagt, hätte Angus sie in die Geschäftsleitung zurückgeholt, wenn er noch die Chance dazu gehabt hätte."

„*Falls* sie die Wahrheit sagt. Was haben wir denn außer ihrem Wort, dass das große Versöhnungsgespräch überhaupt stattgefunden hat?"

„Hm. Mir erschien es authentisch, was sie erzählt hat. Gerade, weil Angus sich Geoff und mir gegenüber am selben Abend ganz ähnlich geäußert hat."

„Vielleich hat sie das ja mitgehört und sich daraus eine Story zusammengeschustert? Und vergiss nicht – ihre Fingerabdrücke sind auf der Flasche." Isabel blieb starrsinnig.

„Auf jeden Fall müssen wir mehr über Ailsa herausfinden. Vielleicht gibt es Hinweise, die ihre Geschichte stützen können. Zum Beispiel jemanden vom Personal, der die beiden zusammen auf dem Flur gesehen hat oder Angus' Fingerabdrücke in ihrem Zimmer."

„Das ist eine gute Idee, John", meinte Maggie. „Ich werde morgen mit Simon darüber sprechen. Er hat zwar strenge Order, sich aus dem Fall herauszuhalten, aber vielleicht findet er Mittel und Wege, bestimmte Ermittlungsansätze weiterverfolgen zu lassen."

„Was meinst du, Tante Isabel? Könnte Angus am Tag seines Todes mit seiner Familie oder mit jemand anderem aus der Gruppe über sein Gespräch mit Ailsa geredet haben?"

Isabels Stirn legte sich in Falten.

„Das glaube ich nicht. Niemand, wirklich niemand hat auch nur im geringsten erkennen lassen, dass er oder sie über Ailsas Verbindung zu Angus Bescheid wusste. Auch jetzt, nachdem die Mordermittlung läuft, spricht keiner über sie. Es ist, als wenn sie gar nicht existieren würde."

„In der Pressekonferenz hat Simon nichts von ihr erwähnt. Er sagte lediglich, es hätte Hinweise aus Angus Macgregors Umfeld gegeben, die zu weiteren Ermittlungen geführt hätten, obwohl der Gerichtsmediziner ursprünglich zu einem anderen Schluss gekommen war. Daher ist es theoretisch möglich, dass bis zum jetzigen Zeitpunkt tatsächlich bis auf uns und die Polizei niemand von ihrer Rolle in dieser Geschichte weiß", mutmaßte Maggie.

Isabel nickte nachdrücklich. „Und Simon schien auch viel daran gelegen, dass es so bleibt. Er bat mich heute Morgen, Stillschweigen zu bewahren."

„In Ordnung, das sollten wir respektieren. Vielleicht können wir wenigstens den Kreis derer einengen, mit denen Angus in den paar Stunden, die ihm nach seinem Treffen mit Ailsa noch blieben, theoretisch gesprochen haben könnte. Versuch, dich zurückzuerinnern, Isabel. Mit wem hat Angus sich unterhalten?"

„Schwer zu sagen. Die Gruppe war zwar den größten Teil des Tages zusammen, aber natürlich nicht die ganze Zeit. Beim Frühstück saß er nicht am Tisch der Macgregors. Eigentlich hat er den ganzen Tag mit Ausnahme seiner geliebten Megan kaum ein Wort mit seiner Familie gewechselt. Nachdem mir einige aus der Gruppe erzählt hatten, dass es am Vorabend einen Streit zwischen Angus, Patrick und Gavin gegeben hatte, habe ich das darauf zurückgeführt. Auf jeden Fall sah ich Angus am Morgen, wie er mit lauter Leuten aus seinem Heimatort zusammensaß."

„Wer war alles dabei?"

„Ich weiß es nicht mehr genau. Mit Sicherheit der Bürgermeister und seine Frau. Clyde war ein enger Freund von Angus. Dann ein paar Geschäftsleute wie Donald Ogilvie, einer der größten Bauunternehmer in den Highlands. Die anderen kenne ich selbst kaum. War Fiona auch dabei? Ich kann mich nicht mehr erinnern. Aber ich kann mich umhören, wer mit am Tisch saß und worum sich das Gespräch beim Frühstück drehte."

„Was habt ihr danach gemacht?"

„Da bis zu dem Gespräch mit unseren Unterhausabgeordneten noch etwas Zeit blieb, habe ich mich auf mein Zimmer zurückgezogen. Wie ich dir ja schon erzählt hatte, John, kamen Angus und Megan an und holten Walter ab, um mit ihm spazieren zu gehen. Sie kamen erst kurz vor unserer Abfahrt zum Parlament zurück. Dann waren wir ein paar Stunden in Westminster Palace und haben danach im Hotel zu Mittag gegessen. Nachmittags stand eine Besichtigung der National Gallery auf dem Programm. Einige aus der Gruppe haben geschwänzt und sind lieber in einen Pub gegangen, darunter auch Angus. Und dann haben wir uns im Hotel wieder getroffen und sind nach dem Tee alle gemeinsam zu Westminster Abbey gefahren."

John hatte sorgfältig mitgeschrieben. „Auf dieser Basis müssen wir versuchen, Angus' letzte Stunden soweit wie möglich zu rekonstruieren. Schon aus dem Grund, um festzustellen, wer wann die Gelegenheit gehabt haben könnte, die Medikamente in die Flasche zu fabrizieren."

„Das kann auf jeden Fall nicht allzu lange vor Angus' Tod gewesen sein. Ansonsten wäre die Flasche schon leer gewesen, bei dem hohen Verbrauch, den der alte Schluckspecht hatte", stellte Isabel fest.

John sah auf. „Warte mal. Tante Isabel, wie war das noch bei der Einlasskontrolle in Westminster? Sagte Angus da nicht, er hätte heute noch gar keinen Schluck aus dem Flachmann genommen?"

Isabel dachte nach. „Stimmt. Er warf dem Wachmann irgendeine freche Bemerkung ins Gesicht, dass der sich nicht am Inhalt der Flasche vergreifen sollte, weil er wüsste, dass sie noch voll wäre."

„Wann kann er dann daraus getrunken haben? Doch nicht mitten in der Kirche?", fragte Maggie.

John grinste. „Er hat zwar ein feuriges Plädoyer für den Whisky gehalten und wollte ihm sogar ein Denkmal in der Poets' Corner spendieren, aber zumindest hat er sich nicht vor aller Augen einen zur Brust genommen. Nein, ich schätze, das war, als er nach Ende des Rundgangs zur Toilette gegangen ist."

„Aha. Die Wirkung muss dann also sehr schnell eingetreten sein. Aus welchem Vorrat wird er den Flachmann wohl immer neu befüllt haben?", überlegte Maggie. „Ob er mit ein paar Flaschen im Gepäck reist?"

„Das wäre ihm schon zuzutrauen. Aber er könnte auch einfach die Minibar geplündert oder beim Barmann im Hotel Nachschub bestellt haben", mutmaßte Isabel.

„Okay. Wir müssen herausfinden, wann die fatale letzte Füllung in die Flasche gelangt ist. Dann können wir zumindest eingrenzen, wer nach diesem Zeitpunkt noch Zugang zu ihr hatte." John notierte etwas. „Und als nächstes stellt sich die Frage: Wo kamen die Medikamente her? Da es die gleichen Wirkstoffe waren wie die, die Angus verschrieben bekommen hatte, liegt es nahe, dass sie aus seinem eigenen Vorrat stammten."

„Womit seine Familie endgültig ins Zentrum der Verdächtigen rückt", befand Maggie. „Sie hatten mit Abstand die besten Möglichkeiten, an die Flasche und die Tabletten heranzukommen. Und zumindest für den Fall, dass Ailsa die Wahrheit sagt, hatten sie allen Grund, Angus schnellstmöglich aus dem Weg zu räumen. Voilá: Motiv, Mittel und Gelegenheit – alles da."

Sie griff nach Isabels Hand. „Im Vergleich zu diesen starken Hinweisen ist alles, was Briarson gegen dich ins Feld führt, lächerlich. Das wird selbst ein bornierter Kerl wie er nicht ignorieren können."

Isabel blieb skeptisch. „Da wäre ich mir nicht so sicher. Was, wenn Ailsas Aussagen an den Haaren herbeigezogen sind? Dann fällt das Motiv der Macgregors in sich zusammen wie ein Kartenhaus."

John wog zweifelnd den Kopf. „Nun, nicht ganz. Offensichtlich hat sich sein Geisteszustand in den letzten Wochen galoppierend verschlechtert. Wenn der alleinige Entscheidungsträger eines Unternehmens nicht mehr in der Lage ist, rational zu handeln, stellt das durchaus ein Risiko für die Firma dar. Wenn Patrick und Gavin ihr Erbe in Gefahr sahen, könnte auch das der Grund gewesen sein, dass sie Angus loswerden wollten."

„Aber dann doch nicht hier und jetzt in London, vor aller Augen, kurz vor seiner Erhebung in den Ritterstand. Dann hätten sie ihn doch hinterher, zuhause in den Highlands, heimlich still und leise um die Ecke bringen können und kein Hahn hätte danach gekräht", wandte Isabel ein.

John musste ihr recht geben. „Der Verdacht auf die Macgregors steht und fällt also mit Ailsas Geschichte. Dann sollten wir uns als erstes darum kümmern, nach Beweisen zu suchen, die ihre Version stützen."

Das gefiel Isabel sichtlich nicht besonders, aber sie sah ein, dass sie Chief Superintendent Briarson schnellstens einen neuen Verdächtigen präsentieren mussten, wollte sie ihr bequemes Bett nicht gegen eine Pritsche im Untersuchungsgefängnis eintauschen.

Kapitel 16

Nach mageren fünf Stunden Schlaf wälzte John sich um 4.30 Uhr aus dem Bett und schlurfte ins Bad. Missmutig beäugte er sein Spiegelbild. Täuschte er sich oder waren die Furchen und Gräben in seinem Gesicht schon wieder tiefer geworden? Außerdem tat ihm sein Knie zum ersten Mal seit Monaten wieder weh. Vor einem halben Jahr war er nach einem Kreuzbandriss operiert worden. Nach nicht enden wollenden Physiotherapiesitzungen und intensivem Aufbautraining fühlte er sich mittlerweile fast wiederhergestellt. Heute aber kam er sich vor wie ein alter Mann. Einzig der Gedanke, dass sein Cousin sich wegen der Nachwehen des gestrigen Abends beim Erwachen sicher noch weitaus schlechter fühlen musste, besserte seine Laune etwas. Allerdings nur kurzzeitig, denn kaum hatte er den Innenhof des Towers betreten, schallte ihm schon der erste Kommentar eines seiner Beefeater-Kollegen entgegen, der die letzte Runde seiner Nachtwache drehte.

„Yo, Mackenzie. Da hast du ja am Wochenende deinen großen Tag, was? Ich drück dir die Daumen, dass dich nicht so eine alte Spinatwachtel ersteigert!"

Als er in einer kurzen Pause in die Kantine eilte, gellten ihm anzügliche Pfiffe entgegen. Hinter der Theke hatte jemand den Beitrag aus dem *Guardian* aufgehängt und seinen Namen mit Leuchtstift markiert. Pete Abbott, vielfach dekorierter Kampfpilot der Royal Air Force und nach eigener Einschätzung Gottes Geschenk an die Frauenwelt, rief ihm zu, „Soll ich dir mal ein paar coole Moves beibringen, Mackenzie? Damit du uns auf dem Laufsteg keine Schande machst."

John bemühte sich, ein abgeklärtes Lächeln aufzusetzen, was ihm aber nur halb gelang. Er ließ sich eine Tasse Tee und ein Hörnchen geben und setzte sich an einen Tisch zu Michael Conners, der tröstend meinte, „Lass dich von Abbott nicht ärgern. Er ist nur neidisch. Das alte Rampenschwein gäbe alles dafür, sich bei so einer Versteigerung einer kreischenden Frauenschar zu präsentieren."

„Wenn es nach mir ginge, könnte er gerne meinen Platz einnehmen", brummte John.

„Unsinn", meinte Conners. „Du wirst das gut machen, bestimmt. Und etliche von unseren Frauen haben sofort beschlossen, zu deiner

Unterstützung raus nach Kew zu fahren. Meine Mary kommt auch. Aber lass dich bloß nicht von ihr ersteigern, sonst gibt's Ärger." Er drohte John scherzhaft mit dem Zeigefinger und beugte sich dann vertraulich über den Tisch. „Sie findet dich nämlich süß, sagt sie. Und es gibt wohl noch eine ganze Reihe weiterer Frauen, die dasselbe sagen. Manche meinen sogar, du siehst diesem Schauspieler ähnlich. Aus *Bridget Jones*, du weißt schon, der – "

„Mit dem Rentierpulli, ich weiß", ergänzte John resigniert. Wie oft hatte er diesen Satz nun schon gehört? Und nun wollten auch noch die Ehefrauen der Beefeater bei dieser vermaledeiten Versteigerung dabei sein? Die ihren Männern hinterher sicher haarklein erzählen würden, wie er sich lächerlich gemacht hatte? Er stürzte seinen Tee hinunter und verließ die Kantine, verfolgt von erneuten Pfiffen.

Glücklicherweise endete seine heutige Frühschicht schon um halb zwei und er hatte mit Tante Isabel verabredet, sie dann im Hotel zu treffen. Er wollte sich dort noch einmal mit einigen Mitgliedern der Reisegruppe und mit Ailsa Brodie unterhalten.

Als er jedoch im Royal Victoria ankam, erwartete ihn an der Rezeption eine hastig hingekritzelte Nachricht von Isabel.

„Musste zur Polizei. Sprich mit Michael. I."

Er war im Begriff, nach Dr. Arbroaths Zimmernummer zu fragen, als jemand seinen Namen rief.

„John! Da sind Sie ja. Kommen Sie, kommen Sie."

Dr. Arbroath winkte ihm durchs Foyer zu. Die Männer begrüßten sich und der Schotte ging voran in das Kaminzimmer, das am frühen Nachmittag verwaist dalag. Auf einem der niedrigen Tische stand bereits eine Kanne Tee bereit, dazu ein Teller mit Sandwiches.

„Isabel hat mich gebeten, nach Ihnen Ausschau zu halten. Ich habe mir die Freiheit genommen, uns vorab eine kleine Stärkung zu bestellen. Wir haben viel zu besprechen."

John nickte dankend und schenkte ihnen beiden ein. Dr. Arbroath rührte ein Stück Zucker ein, nahm einen Schluck und lehnte sich im Sessel zurück.

„Was für ein Chaos. Und was für ein Drama. Hätte ich damals gewusst, was auf uns alle zukommen würde, hätte ich Downing Street einen Korb gegeben und wir hätten diese fatale Reise nicht angetreten."

Dr. Arbroath war der Kommission des schottischen Regionalparlaments vorgesessen, die für die Kür der Adelskandidaten zuständig war. Er selbst hatte Isabel Mackenzie vorgeschlagen und auch nach ihrer anfänglich abwehrenden Reaktion nicht lockergelassen, bis er sie überzeugt hatte, die Ehrung anzunehmen. Nun saß der betagte Historiker wie ein Häuflein Elend da.

„Dr. Arbroath, niemand hätte auch nur im Entferntesten ahnen können, was passieren würde. Machen Sie sich keine Vorwürfe. Jemand wollte Angus Macgregor töten. Wenn er oder sie es nicht hier getan hätte, dann eben woanders."

Arbroath ließ sich nicht so leicht trösten. „Ich weiß nicht. Vielleicht ist durch unsere gemeinsame Tour hierher eine Situation entstanden, die diese Tat erst ausgelöst hat. Der Gedanke lässt mich nicht los, dass Angus noch am Leben sein könnte, wenn wir alle weiterhin daheim unserem Alltag nachgegangen wären. Und die arme Isabel sähe sich nicht irgendwelchen hanebüchenen Verdächtigungen ausgesetzt. Dieser Polizist – und es tut mir wirklich leid, das von einem Landsmann sagen zu müssen – muss ein kompletter Volltrottel sein."

„Hat Briarson Isabel für heute Nachmittag vorladen lassen?"

„Vorladen, hah!", stieß Arbroath aus. „Unversehens sind drei Beamte hier aufgetaucht und haben sie mir nichts, dir nichts mitgenommen. Drei Männer! Als ob sie eine gemeingefährliche Verbrecherin wäre. Das war vor nicht einmal einer halben Stunde. Ich hatte mich erboten, mit ihr zu kommen, aber sie sagte, das wäre nicht nötig. Sie wäre sicher bald wieder zurück. Für die Aasgeier mit ihren Kameras, die seit Tagen vor dem Hotel lauern, war es auf jeden Fall ein gefundenes Fressen. Die ganze Reporterherde ist in ihre Autos gesprungen und der Polizei nachgefahren. Abstoßend, so was."

John überlegte einen Moment, ob er Simon oder Maggie anrufen sollte. Dann entschied er sich dagegen. Briarson hatte nichts gegen Isabel in der Hand, also ging es sicher nur um eine Zeugenvernehmung und die leidigen Journalisten würden Isabel nachher wieder zurück ins Hotel fahren sehen. Hoffentlich.

Dr. Arbroath beugte sich nach vorn. „Während dieser Esel Briarson seine Zeit mit Isabel verschwendet, sollten wir versuchen, den wahren Täter zu eruieren. Isabel hat mich in alles eingeweiht und wir sind heute im Lauf des Tages auch schon ein Stück vorangekommen."

Der Funke, der in seinen Augen glomm, erinnerte John an den Gesichtsausdruck seiner ältesten Nichte, wenn sie darauf brannte, einer Sache auf den Grund zu gehen. Seine Gedanken schweiften einen Moment zu Renie. Gestern Abend war sie nicht mehr aus ihrem

Zimmer aufgetaucht und auch heute hatte er noch nichts von ihr gehört, was ihn wunderte. Er nahm sich vor, sie später anzurufen. Vorerst musste er sich auf das konzentrieren, was Dr. Arbroath und Isabel in Erfahrung gebracht hatten. In der Zwischenzeit hatte Arbroath einen Zettel hervorgezogen, der dicht mit einer kleinen, aber gestochen scharfen Schrift bedeckt war.

„Unsere Ermittlungsergebnisse", meinte er stolz.

John fischte seinerseits die Notizen des gestrigen Abends heraus und legte sie daneben auf den Tisch. Er musste eingestehen, dass er sich in punkto Übersicht noch eine gehörige Scheibe von dem Historiker abschneiden konnte: Sein eigenes Papier war nur in Teilen leserlich, mit Abkürzungen, Fragezeichen und Pfeilen übersät.

Arbroath lächelte nachsichtig.

„Passen Sie auf. Als erstes haben wir versucht, das Motiv hinter dem Mord näher zu beleuchten", dozierte er. „Da die Aussage von Ailsa Brodie hier eine zentrale Rolle spielt – und ich sage Ihnen, ich war vollkommen perplex, als Isabel mir eröffnete, dass sie Angus' verlorene Tochter ist – nun, auf jeden Fall wollte Isabel mit ihr sprechen oder zumindest erreichen, dass Ailsa noch einmal mit Ihnen sprach. Scheinbar waren sich die beiden Damen nicht ganz so grün, wenn ich das richtig mitbekommen habe." Arbroath schmunzelte. „Isabel äußerte, Sie als Frauenversteher würden bei Ailsa sicher mehr erreichen als sie selbst."

Frauenversteher! John war sich nicht sicher, ob er das als Kompliment verstehen sollte.

„Leider waren unsere Bemühungen Makulatur, weil Ailsa heute in aller Frühe abgereist ist. Und an der Rezeption war man sehr zugeknöpft, als wir fragten, ob sie ein Ziel angegeben hätte. Uns wurde gesagt, es gäbe die Anweisung, außer der Polizei niemandem ihren Aufenthaltsort zu verraten."

„Verdammt", entfuhr es John. Was hatte das zu bedeuten? Gerade noch hatte Ailsa alle Hebel in Bewegung gesetzt, um eine polizeiliche Untersuchung zu erzwingen – und nun, wo sie ihr Ziel erreicht hatte und die Polizei den Tod ihres Vaters untersuchte, machte sie sich quasi bei Nacht und Nebel davon? Hoffentlich konnte Simon herausfinden, wohin sie verschwunden war.

Arbroath nahm einen Schluck Tee. „Kuriose Sache, nicht wahr? Da taucht die seit Jahrzehnten verschollene Tochter wieder auf und prompt stirbt der Vater. Klingt ein bisschen zu sehr nach Zufall, nicht wahr?“

John nickte langsam. „Ich würde auch gern wissen, ob das Zusammentreffen der beiden – wenn es denn stattgefunden hat – tatsächlich so etwas wie eine schicksalhafte Fügung war oder ob einer der beiden es so arrangiert hat. Aber das werden wir wohl nur herausfinden, wenn wir Ailsa ausfindig machen können. Oder wir finden jemanden in der Gruppe, mit dem Angus über sie gesprochen hat.“

„Bis jetzt hat sich niemand diesbezüglich geäußert. Ich denke auch, dass ich etwas von so einem Gespräch mitbekommen hätte, nachdem ich den größten Teil des Tages in Angus’ Hörweite verbracht habe. Aber sei’s drum: Isabel und ich haben hier eine Liste der Leute zusammengestellt, mit denen wir Angus vom Frühstück bis zum Beginn der Führung in Westminster sprechen sahen.“ Er tippte auf eine fein säuberlich angelegte Spalte am Rand des Blattes, überschrieben mit dem Wort „Gesprächskontakte Angus“.

John überflog die Namen. Einige kannte er, andere sagten ihm nichts.

„Diese hier saßen beim Frühstück mit ihm zusammen“, führte Arbroath aus. „Donald Ogilvie, Bauunternehmer, Craig Hamilton, Banker, Alistair Ross, gegenwärtig Präsident der Whisky Association und Clyde und Maisie Baird. Die beiden gehören zu Angus’ ältesten Freunden. Nach dem Frühstück war Angus mit Megan zusammen spazieren. Im Parlament hatten wir einen recht lebhaften Austausch mit unseren Abgeordneten. Ich habe die Herren der Vollständigkeit halber aufgeführt, aber dort blieb sicher keine Zeit für ein privates Gespräch. Beim Mittagessen saß Angus mit Isabel, Fiona und mir beisammen. Dann im Pub haben wir wieder fast dieselbe Zusammensetzung wie beim Frühstück. Ogilvie, Hamilton, Ross. Clyde Baird wollte auch mitkommen, aber Maisie bestand darauf, dass er mit ihr ins Museum mitging. Und zuletzt noch ich. Ich wäre ja lieber in die National Gallery gegangen, aber bei einer Pubtour wollte ich Angus nicht unbeaufsichtigt lassen.“

Dr. Arbroath lächelte ein wenig verlegen.

„Ehrlich gesagt hatte ich schon seit unserer Abfahrt aus Inverness immer mehr oder weniger ein wachsames Auge auf Angus. Seit einigen Wochen habe ich von mehreren Seiten gehört, dass er sich, nun ja, oft merkwürdig verhielt. Erst kürzlich, auf einer Veranstaltung unserer Unabhängigkeitskampagne, sollte er ein paar Grußworte sprechen. Aber was er da von sich gab, waren nichts als konfuse Tiraden. Als das ganze immer peinlicher wurde, versuchte der lokale Parteivorsitzende, ein engagierter junger Mann, Angus mehr oder weniger diplomatisch von der Bühne zu bekommen. Das gefiel dem aber gar nicht. Er wurde richtig ausfallend und schrie, von so einem Jungspund – und das war noch das freundlichste Wort – bräuchte er, der große Angus Macgregor, sich nichts sagen zu lassen. Und hinterher rächte er sich mit einem absolut kindischen Streich, indem er das Auto des armen jungen Mannes mit irgendwelchem Dreck verschmierte und ihm auch noch gegen den Kotflügel trat."

Arbroath schüttelte traurig den Kopf.

„Er kapierte nicht mehr, dass jeder in seinem Umfeld nur versuchte, ihn zu schützen. Stattdessen reagierte er immer aggressiver auf alles, was er als Bevormundung erlebte. Nun ja, also Sie können sich vorstellen, dass ich auf dieser Reise dauernd unter einer gewissen Anspannung stand, was Angus als nächstes tun oder sagen würde. Und ich glaube, ich war nicht der Einzige, dem es so ging. Ich sprach einmal mit Fiona darüber und sie sagte, sie fühle sich, wie wenn sie mit ihrem hyperaktiven Sohn in einen Porzellanladen ginge. Immer auf der Hut, dass er etwas Unvorhergesehenes anstellt und dabei etwas zu Bruch geht."

John nickte verständnisvoll und Arbroath kehrte zu seiner Aufstellung zurück.

„Und das wars im Wesentlichen. Wie Sie sehen, hatte Angus den ganzen Tag lang so gut wie keine Gelegenheit, mit seiner Familie zu sprechen. Außer mit Megan natürlich und ich kann mir beim besten Willen nicht vorstellen, dass er ihr eröffnet hat, dass ihre Tante Ailsa, die sie noch nie im Leben gesehen hatte, im Hotel war und er sich mit ihr getroffen hatte."

John nickte. „Das Mädel trägt ihr Herz auf der Zunge. Keineswegs hätte sie so etwas für sich behalten können."

„Natürlich können wir bei den aufgeführten Leuten noch einmal diskret nachfühlen, aber bis jetzt sieht es so aus, als hätte niemand über Ailsa Bescheid gewusst", stellte Dr. Arbroath fest. John stimmte ihm zu.

„Als nächstes haben wir uns die Frage gestellt, worum es bei Angus' Auseinandersetzungen in den letzten Tagen ging", berichtete Arbroath weiter. „Am Abend des Banketts fetzte Angus sich ja mit seiner Familie, genauer gesagt mit Patrick und Gavin. Jean und die junge Megan waren bereits zu Bett gegangen. Ich selbst saß noch in einer gemütlichen Runde, als es plötzlich laut wurde.“ Sein Blick schweifte ab, als er sich zurückerinnerte.

„Angus hatte bis kurz zuvor noch mit ein paar Leuten von der Whisky Association am Tisch gesessen. Dabei war alles ganz friedlich, soweit ich das sagen kann. Irgendwann stand er auf und ging zur Bar hinüber, wo Patrick und Gavin standen. Und von da ab dauerte es keine zwei Minuten und schon ging das Gezänk los.“

„Konnten Sie hören, worum es ging?“

„Ich glaube, niemandem im Raum konnte das entgehen, auch wenn wir natürlich alle so taten, als bekämen wir nichts mit. So eine öffentliche Szene ist wirklich unerfreulich.“ Arbroath rümpfte missbilligend die Nase.

„Nun, entzündet hat sich die Sache – wie so oft – daran, dass Angus kein Ende beim Trinken fand und sich zum x-ten Mal etwas bestellte. Als Patrick meinte, es würde doch für heute reichen, wurde Angus richtig wild. Er schrie Patrick an, er solle gefälligst etwas mehr Respekt haben und ihn seine eigenen Entscheidungen treffen lassen. Er wäre selbst nach einer ganzen Flasche Whisky dazu immer noch besser in der Lage als Patrick, der, äh, wie drückte er es aus, zum Denken weniger seinen Kopf als vielmehr ein anderes Körperteil benutzen würde.“ Er wackelte vielsagend mit den Augenbrauen.

John grinste. „Ah. Angus erzählte uns von einer Freundin seines Sohns, mit der er offenbar nicht recht einverstanden war. Genauer gesagt bezeichnete er sie als Miststück.“

„Hm, ja, so ähnlich hat er es dann auch ausgedrückt. Die Worte Luxusweib und falsche Schlange fielen. Patrick musste sich als Holzkopf beschimpfen lassen, der massenhaft Geld verschwende. Gavin, der nur da stand und den Kopf einzog - offenbar typisch für ihn – bekam auch noch sein Fett weg, nachdem Angus schon mal in Fahrt war. Ökofuzzi und Lusche nannte er den armen Kerl. Als letztes krakeelte Angus noch, er frage sich schon, was zwei so äh, minderbegabte Leute aus seinem Lebenswerk GlenMara machen würden. Und dann ließ Angus die beiden einfach stehen und ging.“

John rührte nachdenklich in seiner Tasse und meinte dann trocken, „Ein Familientherapeut würde bei den Macgregors ein reiches Betätigungsfeld vorfinden.“

„Da haben Sie sicher recht. Bei allen Verdiensten, die Angus sich unzweifelhaft im Lauf seines Lebens erworben hat – über seine Familie herrschte er offenbar wie ein Despot. Es würde mich nicht wundern, wenn wir da irgendwo auch das Mordmotiv finden."

„Gut möglich. Allerdings gab es ja noch mit einer Reihe anderer Leute in der Gruppe Konflikte. Tante Isabel erzählte mir, Angus hätte an dem letzten Morgen geäußert, er würde sich nicht von lauter Leuten, die irgendwelchen Dreck am Stecken hätten, bevormunden lassen. Haben Sie eine Ahnung, was er damit gemeint haben könnte?"

Arbroath überlegte ein wenig und schüttelte dann den Kopf.

„Ich kenne diese Leute kaum. Einzig Donald Ogilvie ist mir einige Male über den Weg gelaufen. Er ist ein recht bekannter Unternehmer und hat es zu einigem Wohlstand gebracht. Für unsere Unabhängigkeitskampagne hat er eine Stange Geld gespendet."

John warf dem Schotten einen forschenden Blick zu.

„Täusche ich mich, Dr. Arbroath, oder mögen Sie den Mann nicht besonders?"

„So kann man das nicht sagen", wehrte Arbroath ab. „Nun, um ehrlich zu sein, ich finde ihn ein wenig großmäulig. Ihm gefällt es, überall mitzureden und sich als großer Gönner zu inszenieren. Aber was Angus mit ‚Dreck am Stecken' gemeint haben könnte, ist mir nicht bekannt. Zumindest bis jetzt nicht." Seine Augen funkelten. „Aber ich werde mich umhören, darauf können Sie sich verlassen. Wenn Sie mich nicht mehr brauchen, würde ich mich jetzt gern zurückziehen. Ich habe einige Telefonate zu erledigen."

John dankte ihm herzlich und ging dann zur Rezeption, um nach den Macgregors zu fragen. Der junge Angestellte, Eric, wie auf seinem Namensschild zu lesen war, erklärte ihm jedoch, keiner aus der Familie wäre zu sprechen.

„Ich habe vor einer Stunde für Mr. Gavin Macgregor, seine Frau und seine Tochter ein Taxi bestellt. Wenn ich das richtig verstanden habe, wollten sie zu Harrod's", vertraute er John an. „Und Mr. Patrick Macgregor hat ausdrücklich zu verstehen gegeben, dass er nicht gestört werden möchte." Er bedeutete John, näher zu kommen und raunte, „Heute Mittag ist eine Dame angekommen, die nun mit Mr. Macgregor ein Doppelzimmer teilt. Huiuiui, wenn mir so ein heißer Feger ins Haus schneien würde, wäre ich auch für die nächsten drei Tage nicht zu sprechen." Er zwinkerte John zu. Da näherte sich der Concierge und Erics Ton wurde wieder geschäftsmäßig.

„Kann ich sonst noch etwas für Sie tun, Sir?“

John verneinte dankend und schlenderte zurück ins Kaminzimmer, wo er gedankenverloren zwei Sandwiches aß und überlegte, was er nun tun sollte. Sollte er versuchen, einige der Leute aufzutreiben, mit denen Angus an seinem letzten Tag gesprochen – oder gestritten – hatte? Oder sollte er Simon anrufen mit der Bitte, etwas über den Verbleib von Ailsa Brodie herauszufinden? Er schreckte auf, als der Barkeeper, den er vom Abend des Banketts wiedererkannte, zu ihm trat und ihm fröhlich einen guten Tag wünschte. „Das zweite Gedeck darf ich bereits mitnehmen, Sir? Kann ich Ihnen noch Tee bringen?“

Gleich darauf schärfte sich sein Blick und er meinte, „Oh, ich kann mich an Sie erinnern. Sie waren hier, als der Whiskyverband die Verkostung veranstaltet hat. Sie waren einer der wenigen, die den ganzen Abend nur Alkoholfreies getrunken haben.“

„Donnerwetter, Sie haben aber ein gutes Gedächtnis“, lobte John und streckte die Hand aus. „John Mackenzie. Ich bin ein Verwandter eines Gastes von Ihnen – “

„Isabel Mackenzie, natürlich! Lagavulin mit einem Tröpfchen Wasser. Ich freue mich, Sie kennenzulernen. Ich bin Tom, Herr über die Bar des Royal Victoria, zu Ihren Diensten.“

„Sehr freundlich, Tom. Sagen Sie, haben Sie etwa das Lieblingsgetränk jedes einzelnen Gastes im Kopf?“

Der Barkeeper fuhr sich über das sorgfältig nach hinten gegelte Haar und nickte stolz.

„Ich könnte nicht behaupten, dass ich jeden namentlich kenne, aber den bevorzugten Drink der einzelnen Herrschaften im Gedächtnis zu haben, gehört zu meinem Beruf.“

Er bemerkte Johns leere Tasse. „Darf ich Ihnen noch etwas einschenken, Sir?“

„Gern.“ John sah zu, wie Tom formvollendet aus der Porzellankanne nachgoss. „Nachdem Sie diese Woche ja einen ganzen Bus voll Schotten und dazu noch die Whisky Association im Haus haben, dürften Sie hauptsächlich Whisky servieren, nehme ich an.“

„Oh ja. Es ist eine Freude, so viele echte Connaisseure bei uns zu haben. Wir haben extra unser Sortiment erweitert, um jeden Gaumen zufriedenstellen zu können.“

„Führen Sie auch GlenMara?“

Der Barkeeper schüttelte bedauernd den Kopf. „Als ich erfahren habe, dass der Clan eines der Ehrengäste diese Marke produziert, habe ich habe noch versucht, kurzfristig eine Flasche zu bekommen. Leider ist es mir nicht gelungen. Das war mir wirklich äußerst unangenehm. Aber die Herrschaften haben es mir glücklicherweise nicht krumm genommen und der alte Herr, der nun leider so plötzlich verstorben ist, hatte mir sogar in die Hand versprochen, dass er mir eine Flasche zukommen lassen würde, sobald er wieder zu Hause wäre. Nun, dazu wird es nun wohl nicht mehr kommen." Er sah betrübt drein. „Das war schon ein prima Bursche, der Alte, wenn auch ein wenig, ah, temperamentvoll." Er beugte sich vertraulich zu John.

„Ich verstehe nicht, wenn junge Leute versuchen, ihre Altvorderen am Gängelband zu führen. Herrje, wenn man mal so alt geworden ist, sollte man selbst entscheiden dürfen, was man möchte und was nicht."

John nickte unverbindlich. „Der gute Angus ließ sich nichts verbieten, das steht mal fest. Und den Whisky schon gar nicht."

Der Barkeeper kicherte. „Das können Sie laut sagen. Kaum hatte er spitz gekriegt, dass unter unseren Spezialitäten diese Woche ein rarer fünfundzwanzigjähriger Bowmore in Fassstärke war – und am Abend des Banketts die Rechnung auf die Whisky Association ging – hat er sich von mir immer tüchtig nachschenken lassen."

Beiläufig fragte John, „Hat er sich auch seinen Flachmann von Ihnen auffüllen lassen?"

„Ja, das hat er. Er wollte wohl auch in der Nacht nicht auf dem Trockenen sitzen. Aber nachdem er schon ein bisschen beschickert war, vergaß er das gute Stück bei mir an der Bar und da stand es dann eine ganze Weile, weil ich es in dem ganzen Trubel selbst aus den Augen verloren hatte. Eine unserer Aushilfen war nämlich ausgefallen – Sie wissen schon, diese Grippewelle – und ich musste alles allein bewältigen. Erst viel später – Mr. Macgregor war da schon gegangen – ist mir das Fläschchen wieder aufgefallen. Ich habe es dann zur Rezeption gebracht und die Kollegen dort haben dafür gesorgt, dass er es zurückbekommt."

„Also hätte jeder sich die Flasche schnappen und unbemerkt wieder zurückstellen können", murmelte John halb zu sich selbst. Plötzlich starrte Tom ihn entsetzt an.

„Sie meinen doch nicht – oh, mein Gott, war das Gift etwa in dem Flachmann?"

Simon hatte bei der Pressekonferenz lediglich angegeben, dass dem Verstorbenen vorsätzlich Substanzen beigebracht worden waren, die zu seinem Ableben geführt hatten. Natürlich hatten die Reporter ihn bestürmt, um weiteres zu erfahren, aber Simon hatte sich beharrlich auf die berühmten ermittlungstaktischen Gründe berufen und keine weiteren Auskünfte gegeben. Seit Chief Superintendent Briarson am Ruder war, hatte er an dieser Linie nichts geändert. Die gesamte schottische Delegation hatte mit Ausnahme des Exklusivinterviews für den *Guardian* keinerlei Kommentare abgegeben. Offenbar hatten auch Simons Fans in der Belegschaft von Westminster Abbey, die die wichtige Rolle von Angus Macgregors Flachmann zumindest erahnen konnten, dichtgehalten. Logischerweise führte das dazu, dass die Spekulationen der Medien allerorten ins Kraut schossen.

John bemerkte, dass der Barkeeper ihn immer noch aufmerksam musterte.

„Hat die Polizei Sie vernommen, als sie gestern hier war?“, fragte er ausweichend.

„Nein.“ Tom sah enttäuscht aus. „Mein Dienst fängt erst nachmittags an und ich war gar nicht im Haus, als sie kamen. Wirklich ärgerlich. Dabei muss sogar der große Superintendent Whittington persönlich dabei gewesen sein – Sie wissen schon, der das kleine Mädchen vor ihren Entführern gerettet hat. Was für ein cooler Typ. Den hätte ich gern einmal in Action erlebt.“

Du lieber Himmel, schon wieder einer von Simons Anhängern, dachte John säuerlich. Tom fuhr enthusiastisch fort, „Am Vorabend war er hier bei uns zu Gast, genau wie Sie. Dieses Stöffchen, das er da trug – also todschick, muss ich sagen. Da habe ich ihm noch persönlich einen kleinen Glenrothes eingeschenkt, zwölfjährig, pur. Ich konnte hören, wie er ein paar Leuten von dieser Sache mit der Ministertochter erzählte – das war eine echte Heldentat. Wäre ein toller Stoff für einen Film.“

John drehte sich der Magen um. Einstweilen dachte Tom laut darüber nach, mit welchen Schauspielern der vermeintliche Blockbuster wohl zu besetzen wäre.

„Für den Superintendenten wäre der junge John Cusack ein Traum gewesen, finden Sie nicht? Dieses scharf geschnittene Profil, diese dunklen Augen, denen nichts entgeht…“

Aargh. Wenn das so weiterging, musste Simon sich bald Autogrammkarten drucken lassen. Wortlos zog John sein Mobiltelefon heraus.

„Tom, falls ich Superintendent Whittington erreichen kann – würden Sie ihm erzählen, was Sie mir gerade gesagt haben? Nicht das mit Ihrer Filmidee“, setzte er hastig hinzu, „sondern über Angus Macgregors Flachmann?“

Während er Simons Nummer wählte, ließ Tom sich auf einen Stuhl fallen und schien zu hyperventilieren.

„Simon, hier John – “

Weiter kam er nicht.

„Hast du Spione hier oder wie hast du so schnell davon erfahren?“, fuhr sein Cousin ihn an. Verdattert starrte John den Hörer an.

„Wie … was meinst du?“

„Na, Isabel! Briarson hat ihr gerade ihre Rechte vorgelesen. Sie ist vorläufig festgenommen.“

Kapitel 17

Keine halbe Stunde später stürmte John in das Büro seines Cousins. Nach Simons schockierender Nachricht hatte er seine fünf Sinne noch soweit beieinander gehabt, dass er das Telefon an Tom weitergereicht hatte. Dieser hatte es mit dem gleichen Eifer geschnappt wie ein Hundewelpe, der nach einem Stöckchen jagt.

Während der Barkeeper mit Simon sprach, überlegte John fieberhaft, was er tun konnte. Sollte er Sir Fitzgerald Walters anrufen, den Strafverteidiger, mit dem er vor Jahren Bekanntschaft geschlossen hatte? Sollte er das Hotelpersonal bitten, ihn in Isabels Zimmer zu lassen, damit er ihr ein paar persönliche Dinge bringen konnte? Im Geiste sah er seine Großtante schon in Sträflingskleidung bei Wasser und Brot in einer kärglichen Zelle sitzen. Er beschloss, dass es für derlei Gedanken noch zu früh war. Erst einmal wollte er Maggie anrufen. Wenn Briarson wirklich beabsichtigte Isabel festzuhalten, musste er sich dann nicht einen Haftbefehl von der Staatsanwaltschaft besorgen?

Ungeduldig wartete er, bis Tom seine Geschichte endlich zu Ende erzählt hatte.

„Ich soll Mr. Mackenzie eine Probe des Bowmore mitgeben? Selbstverständlich, Superintendent. Selbstverständlich. Kann ich sonst noch etwas für Sie tun? Ich könnte morgen auch persönlich vorbeikommen und eine Aussage machen, wenn Ihnen das hilft. Das würde überhaupt keine Umstände machen … Sie melden sich bei mir? Natürlich. Jederzeit. … Sie können sich auf mich verlassen, Sir. Ich schweige wie ein Grab. Und wenn Sie doch noch meine Aussage benötigen – geben Sie mir Bescheid und ich werde da sein, hurtig wie der Wind.“

John hatte die halbe Meile vom Hotel zum New Scotland Yard trotz seines immer noch schmerzenden Knies ebenfalls hurtig zurückgelegt. Im Laufen hatte er es mit dem letzten Rest seines Akkus noch geschafft, seine Schwester zu alarmieren. Maggie versprach, sofort mit der zuständigen Abteilung der Staatsanwaltschaft Kontakt aufzunehmen.

Die kamerabewaffnete Horde vor dem Haupteingang hatte ihn glücklicherweise unbehelligt passieren lassen. Nun ließ er sich ohne weitere Umstände in Simons Besuchersessel plumpsen und atmete erst einmal tief durch. Der Superintendent hing heute wie ein Schatten seiner selbst hinter seinem Schreibtisch. Tiefe Augenringe, eine fahle Gesichtsfarbe und eine schief sitzende Krawatte passten so gar nicht zu dem Bild, das Simon Whittington in aller Regel abgab. John hoffte, dass sein Cousin in der Zwischenzeit wenigstens wieder nüchtern war. Er ging davon aus, dass Simon nicht an den gestrigen Abend erinnert werden wollte, also fragte er lediglich knapp, „Was hat Briarson gegen Isabel in der Hand?“

„Lächerliche Indizien, sonst gar nichts“, würgte Simon hervor und griff gleich darauf in seine Jackentasche, um ein Pfefferminzbonbon hervorzuholen.

„Nichts außer ihren Fingerabdrücken auf dem Flachmann und der Tatsache, dass sie die erste war, die Angus entdeckt hat? Oder gibt es sonst noch etwas?“

Simon schüttelte stumm den Kopf.

„Aber damit wird Briarson doch niemals einen Haftbefehl bekommen. Was soll das Ganze?“

Simon ließ einen abgrundtiefen Seufzer hören.

„Briarson ist ein ganz und gar durchtriebenes Schwein. Er hat Isabel so lange getriezt, bis ihr Temperament mit ihr durchgegangen ist. Im Vernehmungsprotokoll sind ein paar sehr plastische Bezeichnungen zu finden, mit denen sie Briarson belegt hat.“ Der Hauch eines Lächelns umspielte seine Lippen.

„Am besten gefiel mir, als sie ihm ins Gesicht schleuderte: Wenn er fünfhundert Jahre eher gelebt hätte, hätte er sich als Nachfolger für Torquemada bewerben können. Und dieses Windei, das sich Chief Superintendent schimpft, hatte sichtlich keinen Schimmer, wer das war.“ Nun grinsten die beiden Männer sich in seltener Einigkeit an.

„Isabel musste dann leider noch eins draufsetzen und meinte, alternativ könnte er sich doch auch bei der CIA bewerben, für einen wie ihn gäbe es sicher genügend Verwendungen als Folterknecht in irgendeinem Militärgefängnis.“

John verzog das Gesicht. „Okay, das war heftig.“

„Damit hat sie vor allem einen wunden Punkt bei ihm getroffen, nachdem er ja ein bekennender Amerika-Fan ist. Bei jeder Gelegenheit labert er von seinem bescheuerten Elite-Austauschprogramm mit dem FBI, ich kann den Mist schon nicht mehr hören. Nun, auf jeden Fall beschloss Briarson, hier einen Fall von schwerer Beamtenbeleidigung zu sehen und das war der Grund, warum er sie zumindest für eine Nacht in eine Arrestzelle stecken will."

„Das ist ja wohl … ein Witz. Darf er das denn?"

„Ich würde sagen, er bewegt sich auf dünnem Eis. Für einen Zeitraum von vierundzwanzig Stunden benötigt er dafür keine formelle Anklage. Aber es ist durchaus gewagt von ihm, eine betagte Frau, noch dazu von derartiger Prominenz, so mir nichts, dir nichts festzunehmen. Auch dem guten Galloway ist mulmig bei der Sache. Er kam deswegen schnurstracks zu mir und hat mir davon berichtet."

Unvermittelt hieb Simon mit der Faust auf den Tisch.

„Dieser gottverdammte Briarson! Diesen ganzen Zirkus veranstaltet er nur, weil er mir an den Karren fahren will. Dabei geht er über Leichen. Nachdem er im Mordfall im Naturhistorischen Museum letztes Jahr einen kapitalen Bock geschossen und ich dann dafür gesorgt hatte, dass sein Aufenthalt hier in London vorzeitig abgebrochen wurde, nutzt er jede Gelegenheit, mir zu schaden. Er war es, der dem Commissioner den Floh ins Ohr gesetzt hat, dass wegen der ‚Rücksichtnahme auf regionale Befindlichkeiten', wie er es ausgedrückt hat, wegen der besonderen Konstellation des Falls ein schottischer Ermittler mit ins Boot muss. Hat man je so einen hanebüchenen Unsinn gehört?"

Simon schien keine Antwort von John zu erwarten. Er wütete weiter. „Nur, solange er Isabel in den engeren Kreis der Verdächtigen platzieren kann, kann er mich von dem Fall fernhalten – "

„Whittington!!" Die Tür flog auf. Wie ein wutschnaubender Bulle stampfte Chief Superintendent Briarson herein und fixierte Simon, als wäre er ein ausgesprochen mickriges Exemplar von Matador. John war es, als wehten ihm die ersten Takte von *Spiel mir das Lied vom Tod* ans Ohr.

„Sie hinterhältiger Mistkerl! Sie meinen wohl, wenn Sie mir Ihre Verwandtschaft auf den Hals hetzen, ziehe ich den Schwanz ein und verkrümle mich wieder nach Edinburgh? Da haben Sie sich aber getäuscht, Freundchen! Sie werden schon noch sehen, was Sie davon haben, sich mit mir anzulegen – " Jäh hielt er inne, als er John zum ersten Mal richtig wahrnahm.

„Sie! Sie habe ich doch schon mal gesehen! Sie gehören doch auch zu dieser Brut!"

John pflanzte mit gewaltiger Anstrengung ein Lächeln auf sein Gesicht und streckte die Hand aus. „John Mackenzie, Yeoman Warder ihrer Majestät. Wir haben uns beim Clan Festival getroffen. Wie geht es Ihnen?“

Überrascht, dass seine Provokation ins Leere gelaufen war, verschränkte Briarson die Arme. Wieder ging sein glühender Blick zu Simon zurück.

„Es erscheint mir, als wollten Sie sich hinter einer familiären Wagenburg verschanzen. Eine Staatsanwältin, ein Königlicher Beefeater. Wen wollen Sie als nächstes auffahren? Etwa ein Mitglied des Königshauses daselbst? Selbst das würde Ihnen nichts helfen, Sie … Kanalratte.“

Simons Unterkiefer spannte sich und er erhob sich langsam. Nun standen die Männer sich Auge in Auge gegenüber.

„Ich kann es nicht erwarten, dass Sie endlich wieder verschwinden. Das hier ist *meine* Stadt“, presste er zwischen zusammengebissenen Zähnen hervor.

„Ha! Dass ich nicht lache. Sie können froh sein, wenn Sie nicht geteert und gefedert aus *Ihrer* Stadt gejagt werden, wenn ich mit Ihnen fertig bin“, schoss Briarson zurück.

John entfuhr ein Glucksen. Diese Neuinszenierung von *High Noon* war wirklich zu skurril. Unversehens fand er sich im Fokus von zwei böse glitzernden Augenpaaren. Dann kehrten die beiden Kontrahenten wieder dazu zurück, sich gegenseitig zu belauern. John registrierte erheitert, wie ähnlich sich die Männer vom Typ her waren. Beide hatten dunkles Haar, scharf geschnittene Gesichtszüge und eine offensichtliche Vorliebe für ‚todschicke Stöffchen‘, wie Barkeeper Tom es ausgedrückt hätte. Kein Wunder, dass der englische und der schottische Polizist einander hassten.

„Machen Sie so weiter und ich lasse *Sie* wegen Beamtenbeleidigung einbuchten, Briarson“, knirschte Simon. „Im Übrigen darf ich Sie darüber in Kenntnis setzen, dass ich über meine Ehefrau tatsächlich Verbindungen zu unserem Königshaus habe, Sie hinterwäldlerischer Kretin.“ Mit einem Griff schnappte er eines seiner zahlreichen silbergerahmten Bilder aus dem Regal und hielt es Briarson vor die Nase. Auf diesem posierte er mit Patricia und diversen jüngeren Royals am Rande einer Pferderennbahn.

Die Augen des Jüngeren weiteten sich für einen Moment, dann polterte er, „Selbst wenn Sie mit dem Papst persönlich verwandt wären, wäre es mir gleichgültig. Sie und Ihre Bagage werden schon noch sehen – “ Blitzartig wandte er sich zu John.

„Und Sie kommen jetzt mit. Sie werden eine Aussage machen."

Wenn Briarson gehofft hatte, John damit zu überrumpeln, hatte er sich getäuscht. Ruhig stand er auf und meinte, „Sehr gern. Es dürfte Ihre Ermittlungen voranbringen, wenn ich alles zu Protokoll geben kann, was ich weiß."

Briarson gab ein dumpfes Grollen von sich und stelzte zur Tür. John ließ unauffällig das Fläschchen mit dem Bowmore, das Tom ihm mitgegeben hatte, auf den Tisch gleiten, zwinkerte seinem Cousin zu und folgte dem Chief Superintendent.

In der Tür wandte Briarson sich noch einmal um und drohte Simon mit der Faust. „Es kann nur einen geben, Whittington." Gleich darauf wies er John barsch an, „Da rein" und schob ihn in eine Art Abstellkammer mit zwei wackligen Stühlen und einem Tischchen, auf dem eine zerlesene Zeitschrift übers Fliegenfischen lag. Der Wandschmuck bestand aus Reihen von Fahndungsbildern international gesuchter Terroristen. Eine Stunde später hatte John erheblich mehr übers Fliegenfischen gelernt als ihm lieb war. Sollte er je den Angelsport aufnehmen – was unwahrscheinlich war – wusste er zumindest schon so nützliche Dinge, wie dass man einen Hecht am besten mit einer Rute der Schnurklasse 8 angelte und Köcherfliegen in Hakengröße 12 in keinem Köderkoffer fehlen sollten.

Rastlos stand er auf und spähte in den Gang hinaus.

„Verzeihen Sie", sprach er einen vorübereilenden Uniformierten an. „Mr. Briarson wollte meine Zeugenaussage im Fall Angus Macgregor aufnehmen und nun warte ich schon seit einer Stunde. Denken Sie, er wird bald Zeit für mich haben?"

Der Beamte musterte den aufmüpfigen Zivilisten streng. „*Chief Superintendent* Briarson ist sehr beschäftigt. Er wird Sie holen lassen, sobald es ihm möglich ist."

Grummelnd kehrte John in seine Kammer zurück. Nachdem er eine weitere Stunde im eigenen Saft geschmort, den leeren Akku seines Handys verflucht und sorgenvoll an Tante Isabel gedacht hatte, brachte ein weiterer Uniformierter ihn endlich in ein Vernehmungszimmer. Nun war er von der Vorhölle des Wartezimmers in der eigentlichen Hölle angekommen, dachte John mit einem Anflug von Galgenhumor. Ein zerschrammter Tisch, zwei gegenüberstehende Stühle, ein Aufnahmegerät, ein großer Einwegspiegel, dazu beige-grünliche Wände. Ein undefinierbarer Geruch lag in der Luft. Wahrscheinlich der Angstschweiß von Generationen Unglückseliger, die eines

Verbrechens bezichtigt wurden. John schnürte sich die Kehle zusammen und ihn beschlich das Gefühl, irgendetwas ausgefressen zu haben. Verstohlen lugte er zu dem Einwegspiegel. Ob Briarson dort lauerte und ihn beobachtete? Der Zeiger seiner Armbanduhr kroch voran. Auf der Suche nach einer Ablenkung kramte er in seiner Jackentasche. Dort ruhte das Papier, das Dr. Arbroath ihm gegeben hatte.

„Dreck am Stecken", murmelte er zu sich. Donald Ogilvie, Craig Hamilton, Alistair Ross und das Ehepaar Baird – sie alle waren mit am Frühstückstisch gesessen, als Angus diese ominösen Worte geäußert hatte. „Wir müssen mehr über diese Leute wissen."

Er kritzelte auf die Rückseite des Zettels: *Renie auf Angus' Tischgenossen ansetzen!* Im Recherchieren war seine Nichte kaum zu schlagen und da sie nun Zugang zu allen möglichen Nachrichtenarchiven hatte, würde sie sicher etwas herausfinden – wenn es denn etwas herauszufinden gab und Angus nicht nur hohle Phrasen gedroschen hatte. Dann notierte er: *Ailsa finden!* Ohne zu wissen, warum, hatte er das drängende Gefühl, dass sie etwas Wichtiges wusste. Was war mit den Macgregors selbst? Er fuhr zusammen, als die Tür aufging.

Der Beamte von vorhin erschien und meinte knapp, „Sie können gehen."

„Wie bitte? Warum möchte der Chief Superintendent nun doch nicht mehr mit mir reden?"

„Das entzieht sich meiner Kenntnis", entgegnete der Uniformierte steif. „Guten Abend, Sir."

Kopfschüttelnd ging John hinaus. In der Eingangshalle erwartete ihn eine freudige Überraschung: Maggie und Tante Isabel saßen dort und winkten ihm zu. Er eilte zu ihnen und umarmte beide.

„Wie schön, euch zu sehen! Und vor allem dich, Isabel. Ist Briarson nun doch noch zur Vernunft gekommen und hat dich gehen lassen?"

Maggie lachte auf. „Zur Vernunft wohl kaum. Als ich Isabel oben abgeholt habe, habe ich ihn kurz gesehen. Er hatte förmlich Schaum vorm Mund vor Wut. Und dann hörte ich ihn geifern: ‚Gott bewahre mich vor diesen Mackenzies!'"

Alle drei lachten, dann bemerkte John, „Wenn Briarson wüsste, dass sein Erzfeind Simon sicher schon oft genau denselben Gedanken hatte…" Wieder brachen alle drei in Gelächter aus. Die Polizistin am Empfang warf ihnen einen missbilligenden Blick zu.

„Lasst uns gehen“, schlug Maggie vor. „Zur Feier des Tages fahren wir zu mir und bestellen uns etwas Schönes zu essen, würde ich vorschlagen. Oder möchtest du lieber direkt ins Hotel zurück, Isabel?“

Isabel schüttelte den Kopf. „Dort hätte ich keinen Moment Ruhe. Sicher macht sich mittlerweile die ganze Gruppe Gedanken darüber, was die Polizei so lang mit mir gemacht hat. Wenn ich nun dort auftauche, wollen sicher alle haarklein hören, wie es mir ergangen ist. Das wird mir heute zu viel.“

„In Ordnung. Dann fahren wir zu mir. Du kommst doch mit, John?“

Er nickte. „Gern. Allerdings solltest du zumindest Dr. Arbroath anrufen, Isabel. Er ist wirklich in Sorge um dich.“

„Das habe ich schon erledigt, während Maggie und ich auf dich gewartet haben.“

„Nachdem ich Isabel abgeholt habe, habe ich versucht, dich zu erreichen, John, aber es ist mir nicht gelungen“, meinte Maggie.

„Mein Akku hat schon vor Stunden den Geist aufgegeben.“

„Ach so. Ich hatte schon befürchtet, Briarson hätte dich auf die Streckbank gelegt und du könntest deswegen nicht ans Telefon gehen.“

„Gänzlich unwahrscheinlich ist das bei diesem Menschen nicht“, empörte Isabel sich. „Ich fühlte mich wirklich, als stünde ich vor der Inquisition und müsste mich gegen den Verdacht der Hexerei zur Wehr setzen. Dieser Kerl ist wirklich eine Schande für die Polizei in diesem Land.“

„Puh, dann ist mir ja einiges erspart geblieben. Warum hat er dich denn jetzt gehen lassen? Hat die Staatsanwaltschaft Druck ausgeübt?“ John sah seine Schwester fragend an.

Maggie grinste. „Manchmal ist es doch ganz praktisch, Verbindungen zu haben. Sir Fenton Carruthers ist in diesem Fall zuständig – wie ja in den meisten hochkarätigen Mordfällen in der Stadt. Ich habe ihn über das eigenmächtige Vorgehen dieses Chief Superintendenten unterrichtet und er war entrüstet. Die Gardinenpredigt, die er Briarson am Telefon gehalten hat, hatte es in sich. Er hat ihn strengstens ermahnt und ihn angewiesen, Tante Isabel auf der Stelle wieder auf freien Fuß zu setzen. Oh, und die Staatsanwaltschaft hat nach Prüfung der bisher vorliegenden Hinweise beschlossen, dass der Adelserhebung für Tante Isabel nichts im Weg steht. Natürlich wäre es am besten, der Fall wäre bis zur Investitur endgültig gelöst, aber da kein begründeter Tatverdacht gegen Isabel besteht, wäre es unverhältnismäßig, sie nun auszuschließen."

„Hört, hört", freute sich John. „Offensichtlich hat sich Briarsons Vorgehen als Schuss nach hinten erwiesen."

Maggie schnaubte. „Tatsächlich kann dieser Mensch froh sein, dass er überhaupt noch weiter ermitteln darf. Außerdem ist Simon ab sofort wieder mit an Bord. Sir Fenton hält ja bekanntermaßen große Stücke auf ihn und er hat erzwungen, dass er ab sofort wieder zum Ermittlungsteam gehört. Kaum hat Simon davon erfahren, hat er sich gleich in die Arbeit gestürzt. Er rief mich vorhin aus Isabels Hotel an, wo er mit Feuereifer irgendwelchen neuen Spuren nachgeht. Seine Laune war so gut, dass er sich sogar dazu hinreißen ließ, dir seinen Dank ausrichten zu lassen. Offenbar hast du ihm vielversprechende neue Informationen gebracht?"

„Nun ja, es sieht so aus, als hätte durchaus ein größerer Kreis von Leuten Zugang zu Angus' Flasche gehabt, als wir anfänglich dachten." John schilderte, was der Barkeeper ihm gesagt hatte.

„Das ist interessant. Die Polizei wird ihren Fokus also erweitern müssen. Da dürfte ein ganz schönes Stück Arbeit auf die Ermittler zukommen. Gut, dass Simon wieder beim Team ist."

John grinste breit. „Das ist tatsächlich eine gute Nachricht. Allerdings dürfte die englisch-schottische Zusammenarbeit gelinde gesagt nicht einfach werden." Er erzählte den beiden Frauen von der Szene in Simons Büro.

Maggie wieherte vor Lachen. „Dieser Typ glaubt wohl, er wäre eine Mischung aus Wyatt Earp und Connor McLeod."

Den erneuten Heiterkeitsausbruch quittierte die Empfangsbeamtin mit einem vernehmlichen Räuspern und einem scharfen Blick.

„Kinder, ich glaube, wir sollten gehen", schlug Isabel vor und wischte sich eine Lachträne aus dem Gesicht.

„Ich bin mit dem Wagen da. Wir können hinten hinausgehen, direkt zum Besucherparkplatz. Da haben wir von der Staatsanwaltschaft ein paar reservierte Parkplätze." Maggie fischte ihre Autoschlüssel aus dem Mantel.

„Wahrscheinlich hat sich vor jedem Eingang eine Horde Reporter postiert", warnte John. „Vielleicht sollten wir die Polizei um eine Eskorte zum Wagen bitten."

„Unsinn, das ist nicht nötig. Von solchen Leuten lassen wir uns doch keine Angst einjagen." Isabel hängte sich bei Maggie und John ein und schritt entschlossen zum Ausgang.

Kaum waren sie aus dem Gebäude getreten, drang eine Phalanx von Journalisten mit Mikrofonen auf sie ein.

„Bitte hierher sehen!" „Ms. Mackenzie, was wissen Sie über den Status der Ermittlungen?" „Ist Ihre Erhebung in den Adelsstand in Gefahr?" „Wurden Sie als Zeugin oder als Verdächtige vernommen?" „Bitte ein Foto!" „Wer sind Ihre Begleiter?"

John kämpfte gegen das Bedürfnis, sich die Ohren zuzuhalten, sich wenigstens ein klein wenig gegen die Kakophonie der sich gegenseitig überschreienden Stimmen abzuschirmen. Isabel war offensichtlich aus härterem Holz geschnitzt. Sie winkte gelassen und bedeutete dann, dass sie ein paar Worte sagen würde. Sofort wurde es still.

„Meine Damen und Herren, auch im Namen der Familie Macgregor und meiner gesamten Delegation danke ich für Ihr Interesse an einer möglichst schnellen Aufklärung des Mordes an meinem alten Weggefährten Angus Macgregor, der nun seine Erhebung zum *Commander of the British Empire* nicht mehr erleben darf."

Während sie weitersprach, registrierte John amüsiert, dass alle Journalisten – und wie auf den Logos auf ihren Jacken, Kappen und Mikros zu erkennen war, war jede große Tageszeitung des Landes sowie etliche Radio- und Fernsehsender vertreten – gebannt an Isabels Lippen hingen.

„Als Privatperson steht es mir natürlich nicht zu, Informationen zur laufenden Ermittlung weiterzugeben. Die Metropolitan Police wird Sie zu gegebener Zeit mit Sicherheit über die aktuellen Entwicklungen in Kenntnis setzen. Lassen Sie mich an dieser Stelle sagen, dass ich vollstes Vertrauen in die Arbeit der Kriminalpolizei wie auch der Staatsanwaltschaft setze und zuversichtlich bin, dass Angus' Mörder bald gefunden sein wird. Und nun wünsche ich Ihnen allen einen guten Abend."

Mit einem letzten freundlich-huldvollen Winken, bei dem John sich lebhaft an die selige Queen Mum erinnert fühlte, setzte sie sich entschlossen in Bewegung. Das Meer der Reporter teilte sich respektvoll. Maggie steuerte sie zu ihrem Wagen. Als die drei eingestiegen waren, warf sie ihrer Großtante einen anerkennenden Blick zu.

„Das war wirklich professionell. Du hattest die Pressegeier voll im Griff.“

Isabel setzte ein bescheidenes Lächeln auf. „Man kann nicht Jahrzehnte in der Politik verbringen, ohne zu lernen, bei Bedarf auch einmal eine Masse verbindlicher Worte ohne jeden Inhalt absondern zu können.“

Als Maggie den Wagen aus dem Parkplatz lenkte, ließ John seinen Blick noch einmal über die Schar der Medienvertreter schweifen. Dann fragte er, „Wo ist Renie eigentlich? Ich hätte erwartet, dass sie mit einem Mikrofon bewaffnet auftaucht und nach einem Exklusivinterview kräht.“

Maggie zuckte mit den Schultern. „Ich habe versucht, sie anzurufen, aber sie ging nicht an ihr Handy. Dann habe ich ihr eine Nachricht geschrieben. Die einzige Reaktion war eine SMS, ‚Halt mich auf dem Laufenden, bin gerade in einer wichtigen Besprechung‘. Als Isabel frei war, habe ich ihr Bescheid gegeben, aber wiederum kam nur eine kurze Antwort zurück. Ich frage mich wirklich, was mit dem Kind los ist.“

Es sollte nicht mehr allzu lange dauern, bis Maggie ihre Antwort auf diese Frage erhalten sollte.

Kapitel 18

„Es könnte sein, dass ich gerade den größten Fehler meines Lebens gemacht habe.“ Renies Sommersprossen hoben sich scharf von ihrem kreidebleichen Gesicht ab.

John ließ das Pizzastück – sein fünftes – sinken, über das er sich gerade hatte hermachen wollen. Auch Isabel, Maggie, Alan, Bella und Tommy starrten Renie, die gerade zur Tür hereingekommen war, besorgt an. Die fröhliche Partyatmosphäre, die bis gerade eben noch geherrscht hatte, verpuffte.

Maggie warf ihre Serviette hin und stürzte zu ihrer ältesten Tochter.

„Schatz, was ist passiert? Setz dich erstmal.“

Tommy zog eilig noch einen Stuhl heran. Renie ließ sich darauf fallen, ohne die leckeren Pizzas eines Blickes zu würdigen und stützte den Kopf in die Hände.

„Nun sag schon. Ist es was Schlimmes?“ Bella zupfte ihre Schwester am Ärmel.

„Das … weiß ich eben nicht. Vielleicht war es auch gerade das Richtige … keine Ahnung.“ Wieder brütete Renie dumpf vor sich hin.

„Du bist ja ganz schön neben der Spur“, stellte Tommy sachlich fest.

„Renie, hier am Tisch sorgen sich gerade sechs Leute um dich. Egal, was es ist – es ist besser, du sagst uns jetzt, was los ist.“

Als Renie die ruhige Stimme ihres Vaters vernahm, hob sie den Kopf. Sie schluckte hörbar.

„Ich … ich habe mit Geoff Schluss gemacht.“

Während ihre Eltern wie vom Donner gerührt dreinsahen, murrte Tommy, „Oh Mann. Er war der beste Typ, mit dem du je zusammenwarst. Gut, Andy war auch cool…“

Seine Mutter warf ihm einen erzürnten Blick zu.

Bella brach in Wehklagen aus. „Wie konntest du das nur tun? Er hat einen Schmetterling nach dir benannt! Das war soooo romantisch.“ Sie verschränkte die Arme und funkelte ihre große Schwester böse an. „Ich dachte, ihr würdet heiraten.“

„Es tut mir leid, Spätzchen“, flüsterte Renie mit rauer Stimme. Dann lugte sie zu ihren Eltern hinüber.

„Killt ihr mich jetzt?“

Maggie seufzte. „Was redest du denn für einen Unsinn. Es steht uns doch überhaupt nicht zu, uns in deine Beziehung einzumischen – “

Alan legte einen Arm um die Schultern seiner Frau und betrachtete Renie ernst. „Selbst als du uns diesen schottischen Punk angeschleppt hast, haben wir uns herausgehalten. Obwohl deine Mutter dich damals tatsächlich killen wollte“, setzte er hinzu.

Maggie knuffte ihn. „Höchstens kurzzeitig. Scherz beiseite, Renie: Ich bin traurig, dass es mit euch nicht geklappt hat, weil ich Geoff sehr gern habe. Aber du hast eure Beziehung sicher nicht leichtfertig hingeworfen. Du wirst deine Gründe haben und das respektieren wir.“

Bella konnte der Haltung ihrer Mutter offenbar wenig abgewinnen.

„Pff, Gründe! Der arme Geoff! Er hat alles für dich getan. Er hat sich sogar Verbrechern in den Weg gestellt. Und du? Du servierst ihn einfach ab“, meinte sie anklagend.

„Na, na, na, Bella“, hob Maggie an, aber Renie winkte ab.

„Lass sie, Mum, sie hat ja recht. Geoff ist ein Schatz.“

„Warum dann?“, rief Bella.

„Das … ist nicht einfach zu erklären.“ Renie bemühte sich, ihrer Familie begreiflich zu machen, was sie John Tage zuvor bereits gesagt hatte: Dass sie sich eingeengt fühle und ihr Geoffs tiefe Gefühle für sie Angst machten. Ihre eigenen Schwärmereien für Mark Taylor erwähnte sie nicht.

„Heute Nachmittag wollten wir uns wieder eine Wohnung ansehen, aber ich musste noch einen Beitrag für die Online-Ausgabe fertigschreiben. Da ist Geoff richtig wütend geworden und kam mir nichts, dir nichts in die Redaktion. Er verlangte, dass wir uns auf der Stelle aussprechen. Und dann ist alles so eskaliert, dass ich … ihm gesagt habe, es wäre wohl besser, wenn wir getrennte Wege gehen.“

Sie verstummte.

„Wie hat Geoff es aufgenommen?“, fragte Isabel schließlich.

„Er hat mich einfach nur angesehen. Und dann hat er sich umgedreht und ist gegangen. Ohne ein Wort.“ Sie strich sich eine Träne aus dem Auge.

„Ich habe dann erstmal eine Weile vor mich hingeheult. Irgendwann kam Mark. Er hatte mich gesucht, weil mein Artikel längst hätte online sein müssen. Natürlich hat er gefragt, was los ist und ich habe ihm alles erzählt. Er … war sehr lieb und hat mich auf der Stelle heimgeschickt. Den Artikel wollte er dann selbst fertigschreiben. Ich bin dann stundenlang einfach herumgelaufen, keine Ahnung, wo ich überall war. In meinem Kopf hat sich alles gedreht… Auch um Geoff habe ich mir Sorgen gemacht – "

John hörte aus dem Flur ein Klingeln. Tommy hatte in seinem Techniksammelsurium ein Ladegerät für Johns altertümliches Modell gefunden, an dem das Handy nun hing. Er überlegte kurz, ob er es ignorieren sollte, dann stand er doch auf und ging hinaus. Als er im Display sah, dass es Mike Nichols war, nahm er ab.

„Hi John, alter Knabe. Ich habe dich vorhin in den Nachrichten gesehen, mit deiner Großtante. Sophie lässt dir ausrichten, als Bodyguard machst du mindestens so eine gute Figur wie Kevin Costner."

John konnte das Grinsen im Gesicht seines beleibten amerikanischen Freundes förmlich sehen.

„Ha, ha", gab er zurück. „Eigentlich war es eher umgekehrt. Mit Tante Isabel an der Seite braucht man selbst eine Kompanie von aufdringlichen Medienleuten nicht fürchten."

„Das glaube ich gern. Die Frau hat echt Charisma, was? Aber deswegen rufe ich gar nicht an. Eigentlich wollte ich dir erzählen, dass ich gerade Geoff Tomlinson am Rohr hatte. Er hat mich gebeten, mit dem Dekan an der Uni in San José Kontakt aufzunehmen. Du weißt ja, dass er ein alter Freund von mir ist. Ich soll ihn fragen, ob er den Forschungsauftrag schon vergeben hat, der Geoff angeboten wurde, den er aber vor kurzem abgelehnt hat. Dabei hörte er sich so seltsam an, dass ich ihm sagte, er soll bei mir vorbeikommen. Sophie macht heute Enchiladas und wir haben genug für eine ganze Fußballmannschaft. Geoff wird sicher gleich da sein. Hast du eine Ahnung, was mit ihm los ist?"

„Geoff zu euch einzuladen, war eine hervorragende Idee von dir, Mike. Der arme Kerl wird heute ein offenes Ohr brauchen, glaub mir."

Er schilderte Mike schnell die Situation und dieser versprach, sich sofort darum zu kümmern, dass der junge Biologe seine Chance, im Regenwald zu forschen, doch noch wahrnehmen konnte.

Als John auflegte, war ihm leichter ums Herz. Warmherzigere Gesprächspartner als Mike und Sophie Nichols konnte Geoff an diesem Abend nicht finden.

„Das Mädel ist doch nicht bei Trost", stellte Emmeline Mackenzie am nächsten Tag kopfschüttelnd fest. Sie hatte sich bei ihrem Sohn angesagt, um mit ihm zu Mittag zu essen. Wie üblich hatte sie einen

Berg Zutaten mitgebracht und erwartete ihn nach seiner dritten Touristenführung mit einer dampfenden Pastete.

„Geoff betet sie an, das sieht doch ein Blinder. Und er ist so ein vernünftiger junger Mann, genau der Gegenpol, den ein verrücktes Huhn wie unsere Renie braucht."

Sie schaufelte John gegen seinen schwachen Protest eine zweite Portion auf den Teller. „Na, vielleicht kommt sie noch zur Besinnung und alles renkt sich wieder ein."

John wog zweifelnd den Kopf. „Geoff hat sich entschieden, an eine Universität in Costa Rica zu gehen und wenn das klappt, wird er erstmal für ein halbes Jahr fort sein."

„Warts ab. Ein bisschen Distanz kann jetzt genau das Richtige sein", bemerkte Emmeline weise. „Selbst Prince William und seine Kate waren eine Weile getrennt, bevor sie erkannten, was sie wirklich wollten und dann endgültig zusammenkamen. Also ist noch nicht aller Tage Abend."

Dann kehrte sie zu ihrem Lieblingsthema zurück.

„Ich bin so aufgeregt wegen der Versteigerung. Seit Renies Beitrag erschienen ist, haben sich noch andere Zeitungen bei uns gemeldet und sogar ein kleiner Radiosender. Noch nie hat eine Veranstaltung von uns so viel Publicity bekommen. Wir werden eine fantastische Summe für unseren Förderverein einnehmen. Stell dir vor, was wir damit alles bewirken können! Ich denke an Aktionen für benachteiligte Kinder und Jugendliche, denen wir unsere wunderbaren Gärten näherbringen könnten. Wir können unsere Ehrenamtlichen zu Schulungen schicken. Wir können uns neue Pflanzen leisten – oh, übrigens hat diese reizende Maisie Baird, die Frau des schottischen Bürgermeisters versprochen, mir Samen der schottischen Distel zu schicken. Sie ist auch eine begeisterte Gärtnerin."

John horchte auf. „Ihr habt euch an dem Abend des Banketts lange unterhalten, nicht wahr? Hattest du dabei zufällig die Bartheke im Blick?"

Emmeline nickte. „Maisie und ich saßen auf dem Sofa und haben uns unterhalten. James und der Bürgermeister waren gegenüber und haben ständig die Köpfe zusammengesteckt. Sie haben sich auf Anhieb gut verstanden. Du kennst ja deinen Vater – er ist glückselig, wenn er mit jemandem über seine Jugend in den Highlands plaudern kann. Sein Akzent wird dabei immer breiter, bis er am Ende wieder seinen verdammten alten Dialekt spricht." Sie seufzte. „Seit Isabel hier ist, ist er wieder in seinen Schottland-Spleen verfallen. Dann legt er CDs mit diesem unsäglichen Dudelsack-Gepfeife auf, läuft in seinem Tartan-Bademantel herum und redet davon, mal wieder einen Urlaub in der alten Heimat zu verbringen. Ich schwöre dir, mein Junge, da kriegen mich keine zehn Pferde mehr hin. Diese Woche in Edinburgh letztes Jahr hat mir gereicht. Wenn er das vorhat, dann muss er allein fahren und ich mache endlich die Kreuzfahrt, die schon seit Jahren mein Wunsch wäre.“ Ihr Blick wurde träumerisch.

„Die *Red Hat Society* chartert im nächsten Sommer ein ganzes Schiff und schippert damit im Mittelmeer herum. Rom, Ephesos, die griechischen Inseln… Ein paar aus unserer lokalen Vereinigung fahren mit. Ich überlege ernsthaft, ob ich mich auch dafür anmelden soll.“

Vor Johns geistigem Auge erschien eine Heerschar rot-lila gewandeter, äußerst fideler Frauen, die ins Kolosseum einfielen. Ein Spektakel, das mehr Staub aufwirbeln würde als ein antikes Wagenrennen. Er grinste und meinte, „Das würde dir sicher Spaß machen, Mum. Und Dad könnte in der Zeit zu Tante Isabel auf die Farm fahren und alte Bekanntschaften auffrischen. Das würde euch vielleicht beiden guttun. Wie du vorhin schon sagtest: Ein bisschen Distanz schadet manchmal nicht.“

Dann bemühte er sich, wieder zum Thema zurückzukommen.

„Ist dir an dem Abend vielleicht jemand aufgefallen, der sich einen silbernen Flachmann von der Bartheke genommen hat und damit hinausgegangen ist?“

Sie sah ihn verständnislos an. „Nein. Das einzige, was ich mitbekommen habe, ist, dass die Theke andauernd umlagert war. Typisch: Kaum gibt es etwas umsonst, stürzen die Leute sich darauf wie die Wilden. Außerdem trinken diese Schotten wie Kamele, wenn sie nach Wochen endlich ein Wasserloch finden. Die meisten zumindest. Der Bürgermeister, Clyde Baird, trinkt keinen Tropfen. Allerdings nicht freiwillig. Er hatte letztes Jahr eine Krebsoperation, hat Maisie mir anvertraut, und danach musste er lange immer wieder zur Chemotherapie. Momentan geht es ihm gut, aber sie macht sich große Sorgen um ihn. Die beiden sind einander wirklich sehr zugetan. Auch der Sohn – wie heißt er doch noch? Ah ja, Michael – kümmert sich mustergültig um seinen Vater, sagte Maisie. Er hat ihn immer zur Therapie begleitet und sich auch um den vielen Schreibkram gekümmert. Ich glaube, er greift seinen Eltern auch finanziell ein bisschen unter die Arme. Wenn ich Maisie richtig verstanden habe, ist er Geschäftsführer in einem Unternehmen und nimmt sich trotzdem immer Zeit für seine Eltern. Die beiden haben Glück, so einen wunderbaren Sohn zu haben." Mit einem Blick auf John fügte sie eilig hinzu, „Natürlich haben auch James und ich Glück mit euch dreien. Du und Maggie und David – ihr seid unser ganzer Stolz."

Sie legte eine Hand auf Johns Arm und drückte ihn.

„Ich bin dir wirklich dankbar, dass du dich bereit erklärt hast, bei unserer Versteigerung mitzumachen, obwohl es dir unangenehm ist. Hast du dir nun schon überlegt, was du den Damen als Zuckerl anbieten willst? Der Zahnarzt, Jane Argylls Neffe, hat angekündigt, bei der Höchstbietenden eine kostenlose Gebiss-Inspektion durchzuführen – und du weißt, was das in diesen Zeiten bedeutet, wo Tausende auf den Wartelisten des NHS stehen."

John nickte. Er hatte erst kürzlich in dem Nachbarschaftscenter in Shoreditch einen Mann betreut, der sich nach monatelangen Schmerzen in seiner Not den kaputten Zahn selbst mit einer Rohrzange herausgebrochen hatte. John erschauerte allein schon bei der Erinnerung an das verschwollene Gesicht des geplagten Mannes.

„Dylan Sowieso, Janes zweiter Neffe, der auch auftreten wird, ist Fernsehproduzent. Er verspricht der Glücklichen, die ihn ersteigert, eine Statistenrolle bei einer Vorabendserie", sprach Emmeline weiter.

„Puh, im Vergleich dazu habe ich wohl nicht viel zu bieten", meinte John. „Ich dachte an eine exklusive Privatführung zu den Kronjuwelen und bei Interesse auch zu den Raben und hinterher ein paar Drinks in unserem Club."

„Das klingt doch sehr schön. Ich kann mir vorstellen, dass das viele Damen interessieren dürfte. Außerdem könnte dieser Dylan ohne die verlockende Aussicht, einmal vor der Kamera stehen zu dürfen, auch kaum auf Gebote hoffen. Er ist ein wenig ansehnlicher Kerl", meinte Emmeline naserümpfend. „Ganz im Gegensatz zu dir, mein Sohn. Was wirst du eigentlich anziehen? Ich möchte schließlich, dass du schick bist."

„Äh, darüber habe ich noch nicht genau nachgedacht. Vielleicht das Sakko, das ich mir kürzlich gekauft habe."

„Ein neues Sakko? Lass mal sehen."

John holte es aus dem Schrank. Seine Mutter betrachtete es kritisch.

„Nicht schlecht. Ja, gar nicht schlecht. Welche Hose willst du dazu tragen? Ach, warte mal, ich sehe selbst nach, was von deinen Sachen am besten dazu passt."

Schon war sie ins Schlafzimmer geeilt. Resigniert ließ John den Kopf auf den Tisch sinken. Eine Weile lang hörte er nur Gemurmel, das ziemlich unzufrieden klang. Schließlich kam seine Mutter zurück, die Hände in die Seiten gestemmt.

„Ich habe eine Idee. Wie wäre es, wenn du deine Uniform trägst? Damit siehst du schneidig aus. Und wir könnten sagen, diese Narbe da auf deiner Stirn hättest du dir in Afghanistan geholt. Das gibt dir einen heroischen Anstrich."

„Nein, Mum, das machen wir nicht. Und die Uniform ist strikt für den dienstlichen Gebrauch, nicht zum Freizeitvergnügen gedacht."

Emmelines Gesicht nahm einen starrsinnigen Ausdruck an, den John nur zu gut kannte.

„Aber es wäre doch im Dienst einer guten Sache. Und es geht schließlich um die Königlichen Gärten und du bist ein Königlicher Beefeater. Wenn das kein dienstlicher Einsatz ist..."

John gab es auf, weiter mit seiner Mutter zu diskutieren. Er sah auf die Uhr.

„Ich muss in zwanzig Minuten wieder zum Dienst. Wenn du willst, kann ich dich jetzt gleich zu Chief Mullins begleiten, dann kannst du ihn höchstpersönlich deswegen fragen."

Emmeline zögerte keine Sekunde. „Sehr gute Idee. Ich hole schnell meinen Mantel."

Als sie die Wohnung verließen, drang ein Klingeln aus ihrer Tasche. Emmeline zog ihr Telefon heraus und warf einen Blick auf das Display. Dann knurrte sie, „Jane, die alte Fregatte".

Sie nahm ab und flötete, „Jane, meine Liebe, wie geht es dir?" Gleich darauf veränderte sich ihr Ton. „Was? Oh nein! Das ist ja schrecklich." Ihre Hand flatterte an ihren Hals. „Ja … ja … ich will sehen, was ich tun kann."

„Was ist passiert?", fragte John, nachdem sie aufgelegt hatte.

„Dieser Zahnarzt! Er hat sich die Virusgrippe eingefangen und liegt mit vierzig Grad Fieber im Bett. Jane sagt, er kann unmöglich übermorgen auf der Bühne stehen." Während bei John spontan Neid aufkeimte, rang seine Mutter die Hände.

„Was sollen wir jetzt tun, John? Wir haben ein Dutzend Junggesellen versprochen und nun sind es nur noch elf!"

„Das ist doch nicht so schlimm, Mum – " Weiter kam er nicht.

„Natürlich ist das schlimm. Das soll die glanzvollste Veranstaltung werden, die unsere Vereinigung je auf die Beine gestellt hat. Es muss alles perfekt sein!“ Auf ihren Wangen erschienen hektische rote Flecken.

„Ist ja gut, Mum, ist ja gut. Nun lass uns erst mal zu Chief Mullins gehen und nachmittags setzt du dich mit deinen Kumpaninnen vom Förderverein zusammen und ihr werdet sicher noch jemanden finden, der das Dutzend wieder vollmacht.“ Er zog Emmeline zu dem Gebäude, wo sich die Verwaltung der Yeoman Warders befand. Bonnie Sedgwick, Mullins’ rechte Hand, sah fragend auf, als sie das Vorzimmer betraten.

„Hallo John, was gibt’s? Oh, Mrs. Mackenzie, schön, Sie zu sehen. Ist alles in Ordnung?“

„Alles okay, Bonnie. Wir hätten nur eine kurze Frage an den Chief. Ist er da?“

„Ja. Ihr könnt gleich durchgehen. Ach, ich komme übrigens am Samstag. Das lasse ich mir nicht entgehen.“ Sie blinzelte John verschwörerisch zu. John lächelte schwach und schob seine Mutter zum Büro des Kommandanten.

„Mackenzie! Nur herein, nur herein. Und Mrs. Mackenzie! Nehmen Sie doch Platz. Darf ich Ihnen einen Tee anbieten? Oder vielleicht etwas Stärkeres?“, fragte er mit Blick auf Emmeline, die immer noch sichtlich aufgewühlt war.

„Nein danke, Sir. Ich muss gleich wieder zum Dienst. Meine Mutter hätte nur eine kurze Frage. Es geht um diese Junggesellenversteigerung – “

„Natürlich, natürlich. Unter den Kameraden gibt es seit gestern kein anderes Thema. Sie wollten uns Ihren Auftritt wohl verheimlichen, Sie Schlitzohr? Dafür gibt es doch gar keinen Grund. Einer der begehrenswertesten Junggesellen Londons, was?“ Mullins lachte leise. „Über so einen Titel muss man sich doch freuen, Mackenzie. Und Sie stellen sich in den Dienst einer hervorragenden Sache. Die Truppe ist stolz auf Sie. Und Sie sind es sicherlich auch, Mrs. Mackenzie.“

Emmeline nickte, ein wenig überwältigt.

„Commander Mullins, ich, äh … sagen Sie, sind Sie Single?“

John verschluckte sich und bekam einen Hustenanfall.

„Mum, also bitte…“, krächzte er.

Chief Mullins aber lächelte freundlich und wies auf eines der wenigen Fotos, das inmitten einer Vielzahl von Modellflugzeugen im Regal stand.

„Meine Frau, Eileen. Sie ist vor fünfzehn Jahren gestorben. Seitdem habe ich keine Frau getroffen, die ihr das Wasser hätte reichen können. Also ja, man könnte sagen, ich bin Single."

In Emmelines Augen trat ein Glitzern. Sie beugte sich nach vorn.

„Haben Sie am Samstag schon etwas vor?"

Kapitel 19

„Und dann hat Grandma deinen Kommandanten – zack – für die Versteigerung verpflichtet?“ Renie lachte schallend los.

John nickte grinsend. „Er wusste gar nicht, wie ihm geschah. Und obendrauf versprach er ihr dann noch einen kostenlosen Rundflug für die Gewinnerin der Auktion. Du weißt vielleicht, dass er draußen in Surrey zusammen mit ein paar anderen ein kleines Flugzeug besitzt. Das Fliegen ist auch nach seiner Zeit bei der Royal Air Force seine Passion geblieben.“

„Grandma ist wirklich gerissen wie ein Fuchs. Sie hat in null Komma nichts einen mindestens gleichwertigen Ersatz für diesen Zahnarzt gefunden. Nun haben wir einen Kandidaten mit attraktivem Aussehen und einem interessanten Beruf. Und: Er spricht die reifere Generation unserer Bieterinnen an. Wie alt ist er? Ende fünfzig, Anfang sechzig?“

„Letztes Jahr hat er seinen Sechzigsten gefeiert, soweit ich mich erinnern kann.“

„Super. Er ist definitiv eine gewinnbringende Erweiterung für unser Portfolio, würden meine Kollegen aus der Wirtschaftsredaktion sagen.“ Renie biss genussvoll in ein duftendes Focaccia-Brot. Sie hatte einen Sack voll Leckereien aus einem italienischen Feinkostgeschäft mitgebracht, als sie am Abend bei John hereingeschneit war. Zu Johns Erleichterung schien sie sich seit gestern wieder etwas gefangen zu haben. Zumindest ihr Appetit war wieder zurückgekehrt.

„Werdet ihr in Uniform auftreten?“, fragte sie kauend.

„Nein, dagegen hat Mullins dann doch sein Veto eingelegt, genauso, wie ich es erwartet hatte. Mum hat schnell klein beigegeben, um ihren Triumph nicht noch zu gefährden. Dann, kaum waren wir aus der Tür, hat sie Jane Argyll angerufen, um ihr genüsslich von ihrem Coup zu berichten. Das war das Highlight ihres Tages.“

„Das kann ich mir lebhaft vorstellen, wie Grandma es ihrer ewigen Rivalin so richtig aufs Butterbrot streicht.“ Renie zog einen Block heraus und notierte sich etwas. „Ich werde versuchen, Chief Mullins morgen zu erreichen, damit ich auch für ihn einen Steckbrief schreiben kann. Wir werden einfach Handzettel drucken und in unser Programm einlegen.“

Sie legte den Stift weg und seufzte. „Wenn ich mir nicht alles aufschreibe, vergesse ich die Hälfte. Momentan weiß ich nicht, wo vorn und hinten ist. Ich versuche gerade, zehn Bälle auf einmal in der Luft zu halten.“

John warf ihr einen forschenden Blick zu.

„Wie fühlst du dich, Renie?“

„Wenn du meinst, wie ich mich in Bezug auf Geoff fühle, dann kann ich dir nur sagen: Ich weiß es nicht.“

Sie zerpflückte geistesabwesend ein Stück Parmaschinken.

„Wir haben heute kurz telefoniert und er hat mir gesagt, dass er einen Karton mit meinen Sachen zu mir nach Hause bringt. Und er hat mir ganz sachlich mitgeteilt, dass er schon in knapp zwei Wochen nach San José fliegt. Er will sich mit den Gegebenheiten vor Ort vertraut machen, bevor er mit seiner Arbeit an der Uni startet. Er hat mich gebeten, dass ich mich im Museum beurlauben lasse, solange er noch hier ist. Es ließe sich sonst nicht vermeiden, dass wir uns dort über den Weg laufen und das möchte er nicht. Das verstehe ich. Und es ist sowieso eine gute Idee, wenn ich wenigstens einen Job jetzt ruhen lasse. Es wächst mir sonst alles über den Kopf.“ Sie holte tief Luft und ihre Unterlippe zitterte leicht.

„Ich habe für mich beschlossen, dass es so, wie es jetzt ist, das Beste ist. Wir müssen beide unseren Weg finden und … wer weiß, vielleicht führen unsere Wege irgendwann auch wieder zusammen. Ich habe keine Ahnung. Jetzt möchte ich mich erstmal auf die Aufgaben konzentrieren, die unmittelbar vor mir liegen. Dazu gehört, dass ich meine Arbeit beim *Guardian* bestmöglich mache, dass ich mein Bewerbungsessay für die Uni fertigbekomme, bevor nächste Woche die Deadline abläuft, dass die Versteigerung am Samstag gut über die Bühne geht und dass wir es zusammen schaffen, den Mörder von Angus Macgregor zu schnappen. Bevor diese Baustellen nicht abgearbeitet sind, will ich mir keine weitergehenden Gedanken über die Zukunft machen. Verstehst du das?“

John nickte. Mike hatte ihm heute eine Nachricht geschickt, dass Geoff traurig, aber gefasst sei. Immerhin begreife er die Möglichkeit, den Job in Costa Rica anzunehmen, als Chance. ‚Der Junge geht nicht unter‘, hatte Mike zuversichtlich geschrieben.

„Lass uns über unseren Mordfall reden“, sagte Renie entschlossen und schlug ihren Block wieder auf.

„Ich habe heute eine Menge Recherchen zu den Leuten aus der schottischen Delegation durchgeführt. Wir sind uns doch einig, dass einer von ihnen der Mörder sein muss?“

John nickte wieder und kramte den Zettel heraus, den Dr. Arbroath ihm gegeben hatte. Grinsend deutete er auf seine eigene Anmerkung, *Renie auf Angus' Tischgenossen ansetzen*.

Sie lachte auf. „Na, da hatten wir ja den gleichen Gedanken. Eigentlich springt einem zwar auf der Suche nach einem Verdächtigen als erstes die Familie ins Auge, aber ich bin Isabels Meinung, dass die Macgregors sicher unauffälligere Wege hätten finden können, den alten Herrn aus dem Weg zu räumen.“ Sie linste zu John, der zustimmend nickte.

„Also habe ich mich auf die Leute konzentriert, bei denen Angus etwas von Dreck am Stecken gebrabbelt hatte, wie ich von Isabel erfahren habe. Das sind Clyde und Maisie Baird, Alistair Ross, Donald Ogilvie und Craig Hamilton.“

„Wie gehst du bei so einer Recherche vor?“, fragte John neugierig.

„Ach, da gibt es viele Quellen. Wir haben Zugriff auf alle möglichen Nachrichtenarchive. Wertvoller sind aber manchmal Connections vor Ort. Einer unserer Kriminalreporter hat mich mit einem Redakteur beim *Scotsman* in Kontakt gebracht und mit dem habe ich ziemlich lang telefoniert. Und – tada – drei der Genannten haben tatsächlich keine weiße Weste. Zum Teil sind es zwar nur Hinweise und Gerüchte, aber immerhin.“ Sie biss wieder in das Brot und leckte sich genießerisch die Lippen ab.

„Nun spann mich nicht länger auf die Folter. Was hast du herausgefunden?“

„Also, erstmal zu Bürgermeister Clyde Baird und seiner Frau Maisie. Diese haben sich offenbar nichts zuschulden kommen lassen – oder zumindest nichts, was irgendwie in die Medien gesickert wäre. Clyde und Angus waren gleichaltrig, Weggefährten seit ihrer Jugend, beide sozusagen Urgesteine der Scottish National Party. Es gibt in den Archiven eine Menge Fotos, die die beiden bei allen möglichen Anlässen zeigen. Oft ist auch Maisie dabei, die an die zehn Jahre jünger als ihr Mann ist. Die beiden sind schon ewig verheiratet und haben einen Sohn, Michael. Er hat einen Master in Betriebswirtschaft und leitet eine aufstrebende mittelständische Firma in Inverness. Auch er hat nie für negative Schlagzeilen gesorgt. Als einziges ist mir aufgefallen, dass Clyde auf aktuellen Fotos, zum Beispiel von der

Unabhängigkeitskampagne, im Vergleich zu noch vor einem Jahr aussieht, als hätte er dramatisch an Gewicht verloren."

„Mum hat von Mrs. Baird erfahren, dass Clyde eine Krebserkrankung mit Chemotherapie hinter sich hat."

„Oh, das erklärt es natürlich. Der arme Mann. Jetzt kommen wir zu den anderen drei Leuten. Erstmal Alistair Ross. Das ist der aktuelle Vorsitzende der Whisky Association Scotland. Im Verband brodelt es seit Monaten, weil Ross im Verdacht steht, an illegalen Preisabsprachen beteiligt gewesen zu sein. Außerdem steht er in der Kritik, weil er sich jahrelang als Sprecher der wenigen verbliebenen Familienbetriebe positioniert hat und dann Knall auf Fall seinen eigenen Betrieb an Diageo verscherbelt hat. Das ist einer der Global Player in der Getränkeindustrie."

John hob die Hand. „Da fällt mir etwas ein. Am Abend des Banketts hat Angus diesen Ross als Verräter bezeichnet."

„Das passt ja. Aus Angus' Sicht, der des passionierten eigenständigen Unternehmers, muss Ross' Handeln tatsächlich wie ein Verrat gewirkt haben. Wir können es also als gegeben betrachten, dass es Spannungen zwischen den beiden gab. Nun stehen nächsten Monat Neuwahlen des Verbandsvorstands an. Was, wenn Ross Angst hatte, Angus könnte Stimmung gegen ihn machen? Seine Stimme hatte bei den Mitgliedern immer noch Gewicht. Dem Vernehmen nach möchte Ross aber weiterhin an der Spitze der Whiskyproduzenten bleiben. Es ist ein Amt mit Einfluss und Prestige. Vielleicht wollte er dieses Treffen hier in London nutzen, um Angus mundtot zu machen?"

„Das könnte ein Motiv sein", meinte John nachdenklich. „Nach Arbroaths Aufzeichnungen war Ross, genauso wie Ogilvie und Hamilton spät am Abend noch in der Bar. Er könnte also theoretisch die Flasche von der Theke weggenommen und wieder zurückgestellt haben. Aber ob er von den Herzmedikamenten wusste?"

„Isabel sagt, dass jeder in der Reisegruppe darüber Bescheid wusste. Seit sie in Inverness abgefahren sind, haben Patrick und auch Jean Angus immer wieder darauf hingewiesen, dass er seine Medizin nehmen muss. Angus hatte die Packungen offensichtlich auch bei einigen Mahlzeiten dabei und nahm seine Tabletten am Tisch ein. Es war also ein leichtes für jeden, der dabei war, herauszufinden, was er da nahm."

„Ross war aber nicht in der Reisegruppe. Er traf die Delegation erst hier im Hotel, soweit ich weiß", wandte John ein.

Renie runzelte die Stirn. „Touché. Allerdings nimmt Angus die Medikamente ja schon länger, nicht wahr? Vielleicht hatte er sie ja früher schon einmal bei einer Tagung der Whisky Association dabei und Ross wusste daher, was er einnimmt."

„Könnte sein", räumte John ein. „Behalten wir den Mann im Hinterkopf."

„Okay. Dann Craig Hamilton. Der Kollege vom *Scotsman* konnte mir sagen, dass es da mal eine vertuschte Geschichte gab. Hamilton arbeitete damals bei einer kleineren Bank und er hat eine gewisse Menge Geld unterschlagen. Nachdem das der Bank sehr peinlich war, gab man ihm Gelegenheit, das Geld heimlich, still und leise zurückzuzahlen und dann ließ man ihn gehen. Jetzt ist er bei der Royal Bank of Scotland. Dort war er dafür verantwortlich, dass Angus Macgregor einen Kredit für sein Biomasseheizkraftwerk bekam – und das zu offenbar sensationell günstigen Zinsen. Angus selbst hat kein Geheimnis daraus gemacht, dass er sehr gute Konditionen bekommen hatte. Man munkelt, er hätte Hamilton unter Druck gesetzt, weil er wohl von der früheren Unterschlagung wusste."

„Hm. Warum hätte Hamilton ihn dann gerade jetzt und hier umbringen sollen, wenn es um eine alte Geschichte ging?"

„Es könnte doch sein, dass Angus neue Forderungen gestellt hat. Vielleicht wollte er ja wieder einmal an billiges Geld für irgendein Projekt kommen. Und Hamilton hatte es satt, erpresst zu werden."

„Möglich. Was hast du zu diesem Ogilvie?"

Renie schnurrte wie eine zufriedene Katze.

„Das ist mal ein Gauner reinsten Wassers. Er ist mein momentaner Lieblingsverdächtiger. Mich wundert eigentlich nur, dass er nicht schon längst im Knast sitzt."

„Er ist Bauunternehmer, nicht wahr?"

„Genau. Und zwar einer von der übelsten Sorte, der hat überall die Finger drin. Über ihn gibt es beim *Scotsman* ein ganzes Dossier. Schmiergelder bei öffentlichen Bauaufträgen, minderwertige Materialien bei der Bauausführung, Vorenthalten von Arbeitsentgelt… Aber bisher kam er immer mit leichten Strafen davon, falls er überhaupt verurteilt wurde. Er unterhält ein enges Geflecht von Beziehungen zu Amtsinhabern und sonstig einflussreichen Leuten, auch innerhalb der Scottish National Party, und tritt immer wieder als Sponsor für Vereine und wohltätige Zwecke auf. Eine ziemlich schillernde Persönlichkeit."

„Alles sehr interessant. Aber wo könnte ein Motiv für ihn sein, Angus zu töten?“

„Das gleiche wie bei Hamilton. Angus hat sich von Ogilvie schon einige Gebäude hochziehen lassen, und das offenbar zu einem Spottpreis. Auch hier sieht es so aus, als hätte er das als Gegenleistung für sein Schweigen über irgendwelche unsauberen Sachen verlangt. Weißt du noch, wie Angus in Westminster Abbey zu Ogilvie sagte, dass seine Firma doch als Sponsor für seine verrückte Idee mit dem Denkmal für den Whisky auftreten könnte?“

John nickte schmunzelnd. „Eine Ehrenplakette für die herausragende Rolle des Whiskys für die Weltliteratur, ich kann mich erinnern.“

„Genau. Auch er könnte es satt gehabt haben, sich von Angus unter Druck setzen zu lassen. Und er ist ein cleverer Kerl, der es gewöhnt ist, schnell Entscheidungen zu treffen und diese effizient umzusetzen. Also exakt der Typus Mensch, der die plötzliche Chance, die sich durch die vergessene Flasche an der Theke ergab, eiskalt ergreifen würde.“

„Deine Logik leuchtet ein“, sagte John anerkennend. „Du solltest Simon gleich morgen früh die Ergebnisse deiner Nachforschungen übergeben, dann kann er die Spuren weiterverfolgen. Sag mal, konntest du auch etwas über Ailsa herausfinden?“

„Die verlorene Tochter? Wozu das? Du wirst sie doch nicht verdächtigen? Sie war es schließlich, die die ganze Mordermittlung erst ins Rollen gebracht hat. Wäre sie nicht zu Isabel gegangen und dann mit dir zu Simon, wäre Angus doch längst in seine Heimat überführt und in allen Ehren beigesetzt worden.“

„Hm. Du hast recht, aber irgendwas nagt da an mir. Die Frau ist mir ein Rätsel.“

Renie brummelte etwas und schrieb wieder etwas auf ihren Block. „Na gut, ich werde schauen, was ich in Erfahrung bringen kann. Das ist Aufgabe Nummer 26 für morgen.“ Sie sah auf die Uhr. „Ich muss jetzt noch eine Nachtschicht einlegen. Der nette Mr. Fraser hat in den Archiven von Westminster Abbey tatsächlich noch ein paar Originaldokumente mit Bezügen zu David Livingstone gefunden. Die ergänzen meinen Artikel für die Sonderbeilage sehr schön. Allerdings möchte Mark den morgen früh in seiner endgültigen Fassung auf seinem Schreibtisch haben.“ Sie ächzte. Dann hellte ihre Miene sich auf.

„Wenigstens bin ich bei meiner Suche nach einer Person, über die ich mein Bewerbungs-Essay verfassen möchte, fündig geworden. Ich hatte dir ja erzählt, dass ich für das vorgegebene Thema ‚Welcher Journalist inspirierte mich zum Schreiben' anfangs Glenn Greenwald nehmen wollte. Aber Mark sagte, schon im letzten Jahr wäre die Uni mit Aufsätzen über ihn überschwemmt worden und obwohl er natürlich eine inspirierende Persönlichkeit sei, sollte ich mir jemand anderen suchen."

„Und wer ist es nun geworden?"

„Jan Morris. Ich finde die Frau phänomenal."

„Ah ja. Ich habe einige Bücher von ihr. *Pax Britannica* und *Venedig*, denke ich."

„Sie hat sich ihren Namen im Wesentlichen als Schriftstellerin gemacht", räumte Renie ein. „Aber ihre Karriere begann als Reporterin – oder vielmehr als Reporter, damals war sie ja noch ein Mann – bei der *Times* und später auch beim *Guardian.* Ich habe noch einmal die Berichte über die Erstbesteigung des Mount Everest gelesen. Allein das ist ja schon eine hinreißende Geschichte. Ein unglaublicher Coup, damals als erster Mensch der Welt davon zu berichten, dass Edmund Hillary und Tenzing Norgay es ganz nach oben auf das Dach der Welt geschafft hatten! Welche Mühen das damals erforderte, können wir uns heute im Zeitalter von Satellitenempfang und Internet gar nicht vorstellen: Unter widrigsten Bedingungen aus dem Camp auf über siebentausend Metern nach unten klettern und die Nachricht per Läufer zu einer Funkstation schicken. Von da aus wurde dann nach Kathmandu gemorst und weiter per Telegraf nach London übertragen. Und damit keine andere Zeitung die Meldung aufschnappen konnte, musste alles in einem Geheimcode übertragen werden. Und so erreichte die Nachricht die Times genau rechtzeitig, so dass die Zeitung diesen Kracher haargenau am Tag der Krönung von Elizabeth II drucken konnte! Unglaublich, nicht wahr?"

John nickte. „Ich habe letztes Jahr, als der sechzigste Jahrestag der Erstbesteigung des Everest gefeiert wurde, ein Interview mit Morris gesehen, wo sie als die letzte Überlebende der damaligen Expedition noch einmal schilderte, was seinerzeit geschehen ist. Ich finde es bemerkenswert, wie fit und geistreich die alte Dame immer noch ist."

„Ich finde es großartig, wie sie ihren Weg verfolgt und auch nie mit ihrer Meinung hinter dem Berg gehalten hat. Stell dir vor, sie hat sogar der Queen gegenüber freimütig geäußert, dass sie für ein unabhängiges

Wales wäre. Wahrscheinlich sind in dem Moment diese ganzen Hofschranzen, die die Royals umschwirren, kollektiv in Ohnmacht gefallen." Renie kicherte. „Wofür ich sie aber noch viel mehr bewundere: In einer Zeit, die noch weit weniger liberal war als heute, hat sie kein Geheimnis daraus gemacht, dass sie sich im falschen Körper geboren fühlte und sich deshalb umoperieren ließ. Stell dir vor, sie musste sich damals sogar offiziell von ihrer Frau scheiden lassen, weil eine Ehe zwischen gleichgeschlechtlichen Partnern zu der Zeit tabu war. Aber die beiden sind immer noch zusammen, seit über sechzig Jahren. Was für eine Liebesgeschichte … Es muss herrlich sein, wenn man einen Menschen findet und weiß, dass man sein ganzes Leben mit ihm verbringen möchte", schloss sie ein wenig wehmütig.

Als sie sich verabschiedete, fragte John, „Du schaffst es aber hoffentlich trotz dem ganzen Stress, morgen zu der Feier nach Isabels Investitur zu kommen?"

„Das ist ja wohl Ehrensache. So eine einmalige Sache kann man sich nicht entgehen lassen. Ich wäre liebend gern bei der Zeremonie im Palast dabei gewesen, auch wenn ich mich dafür hätte aufbrezeln müssen."

„War es nicht so, dass jeder Geehrte drei Gäste mitbringen darf? Dann wäre doch der eine Platz, den Isabel von ihrem Kontingent an Angus' Familie abgetreten hat, jetzt frei, oder nicht?"

„Du hast recht. Allerdings muss schon frühzeitig festgelegt werden, wer mitkommt. Die Sicherheitsbehörden überprüfen jeden, der Einlass in Buckingham bekommt. Es dürfen also trotzdem nur wie ursprünglich geplant Dr. Arbroath und Grandpa mit. Aber vielleicht ist es auch besser so – ich wüsste gar nicht, wo ich die Zeit dafür hernehmen würde. Tante Isabel hat mir erzählt, dass der Wagen, der sie zum Palast bringen wird, sie schon um halb zwei abholen wird. Die eigentliche Investitur beginnt dann um drei und soll ungefähr eine Stunde dauern. Mum sagte, dass wir uns kurz vor vier vor dem Palast treffen wollen, um unserer frischgebackenen *Dame Commander* zujubeln zu können."

John nickte. „Ich werde auch da sein. Nachdem ich ein paar zusätzliche Schichten geschoben habe, habe ich die nächsten drei Tage frei."

„Frei… Was für ein wundervolles Wort." Ihr Gesicht nahm einen verträumten Ausdruck an. „Normalerweise könntest du mich mit der

Aussicht auf eine Woche ‚Dumm am Strand herumliegen, essen und schlafen' jagen, aber momentan könnte ich für sowas schlicht sterben."

Kapitel 20

„Mordfall Angus Macgregor: Jetzt spricht die Tochter!“

Die überdimensionale Schlagzeile prangte auf der Titelseite des *Daily Courier*. Ein Anruf von Renie hatte John kurz vor sieben aus dem Schlaf gerissen. Wie an den hektischen Hintergrundgeräuschen zu hören war, saß sie bereits in der Redaktion des *Guardian*.

„Hol dir dieses Käseblatt und sieh dir den Aufmacher an! Bis später, ich muss weiterarbeiten“, hatte sie in den Hörer gerufen und war schon wieder weg gewesen. Also war John vor dem Frühstück zum nächsten Zeitungsstand gelaufen und hatte sich die heutige Ausgabe besorgt. Der Untertitel verhieß: *„Exklusiv: Alles über die sensationelle Wende im Mordfall des Jahres“*.

John hastete nach Hause und setzte Wasser auf, bevor er sich über den Artikel hermachte.

„War es Gier? Das vermutet die Erstgeborene des Adelskandidaten Angus Macgregor, Ailsa B. (55), eine bekannte Whisky-Expertin. Wie sie unserem Reporter anvertraute, kam es kurz vor dem Tod des schottischen Patrioten und erfolgreichen Unternehmers zur Aussöhnung zwischen Vater und Tochter. „Wir hatten uns jahrzehntelang nichts zu sagen“, erzählt Ailsa B. „Aber in der Nacht vor seinem Tod sprachen wir uns aus. Mein Vater hatte Zweifel, dass mein Bruder und mein Cousin unser Unternehmen erfolgreich in die Zukunft führen können. Ich war bereit, Verantwortung in unserer Firma zu übernehmen. Aber bevor es dazu kam, wurde er aus dem Leben gerissen.“ Wer sind Patrick M. (43, Sohn des Opfers) und Gavin M. (40, Neffe des Opfers)? Wollten sie die Kontrolle über das Unternehmen behalten? Musste der Firmenpatriarch deswegen sterben? Lesen Sie weiter auf Seite 3.“

Die untere Hälfte der Seite wurde geziert von Fotos. Angus Macgregor, mit kämpferischem Gesichtsausdruck eine Rede haltend; zwei Fotos von Patrick und Gavin, offenbar der Homepage von GlenMara entnommen. Dazu jedoch noch eine wenig schmeichelhafte Aufnahme, die Gavin und seine Familie fröhlich beim Shoppen in einem Londoner Edelkaufhaus zeigte, mit der Bildunterschrift: *Gavin M. mit seiner attraktiven Frau und der hübschen Tochter beim Einkauf, zwei Tage nach dem Tod seines Onkels.* Und schließlich noch das Bild einer übertrieben gestylten Blondine, die gerade ins Royal Victoria hineinging. *Anna F. - sie eilte an die Seite von Patrick M.*

John blätterte weiter. Er hoffte, einen Hinweis darauf zu finden, warum Ailsa vor so langer Zeit die Familie verlassen hatte, aber auch der Rest des Artikels erging sich in Anspielungen, Fragen, Andeutungen. Angeekelt legte John das Blatt zur Seite und goss sich nachdenklich Tee ein. Nutzte Ailsa Brodie den sensationslüsternen Reporter für ihren Feldzug gegen die Macgregors? Glaubte sie wirklich, Patrick oder Gavin wären für den Tod ihres Vaters verantwortlich oder verfolgte sie den Plan, die Macht bei GlenMara zu übernehmen? Oder hatte der Reporter ihr schlicht eine Stange Geld versprochen, wenn sie mit ihm redete?

Er holte seinen Laptop und tippte ‚Ailsa Brodie' in eine der gängigen Suchmaschinen ein. Eine Stunde später hatte er sich durch unzählige Seiten gesurft, wusste aber immer noch nicht viel mehr als zu Beginn. Angus' Tochter war in der Tat eine international anerkannte Expertin für Whisky, die auf zahlreichen Symposien auftrat und Firmen beriet. Einzig ihr Nachname wies darauf hin, dass sie wohl irgendwann einmal geheiratet hatte. John hoffte, dass Renies Recherchen ergiebiger sein würden und klappte den Computer zu.

Gerade, als er sich umziehen wollte, um im frischen Herbstwind ein paar Meilen zu laufen, kam ein Anruf vom Nachbarschaftszentrum in Shoreditch. Elsie Parr, eine junge Frau mit einer schizophrenen Störung, die er seit Monaten betreute, hatte einen Bobby angegriffen.

„Die haben sie auf die Wache gebracht und dort randaliert sie jetzt wie eine Verrückte. Oh John, bitte, wenn es irgendwie geht, könnten Sie hingehen und versuchen, auf sie einzuwirken? Ich weiß nicht, was sie sonst noch alles anstellt", bat die Leiterin des Zentrums ihn inständig. Also verstaute John die Laufschuhe wieder im Schrank und machte sich auf den Weg nach Shoreditch.

Dort verbrachte er einige aufreibende Stunden in einer vollkommen heruntergekommenen Baracke, die den Namen Polizeirevier kaum verdient hatte. Schlussendlich ließen sich die Polizeibeamten davon überzeugen, dass Elsie – die darauf beharrte, dass der glücklose Streifenbeamte, dem sie das Gesicht zerkratzt hatte, in Wirklichkeit der Terminator war – in einem psychiatrischen Krankenhaus besser aufgehoben war als im Untersuchungsgefängnis. Als er windzerzaust wieder in den Tower zurückkehrte, blieb ihm gerade noch Zeit, sich eine Scheibe Brot mit etwas von dem Parmaschinken von gestern zurechtzumachen und eine Dusche zu nehmen. Währenddessen gewann der erste Herbststurm des Jahres draußen allmählich an Fahrt und fegte durch die Straßen. Er beschloss, ein Taxi zum Buckingham Palace zu nehmen. Eine schlechte Entscheidung, wie sich zeigen sollte, da der Verkehr im Freitagnachmittag-Feierabendverkehr kurz vor Charing Cross zum Erliegen kam. So war es kurz nach vier, als er endlich ankam. Zu seiner Erleichterung erspähte er seine Schwester, die krampfhaft ihren Hut festhielt und offenbar nach ihm Ausschau hielt. Sie lief herbei, als er aus dem Taxi ausstieg, und rief, „Warte! Lass den Fahrer nicht weg!“

„Was ist los, Maggie?“

„Wir schicken Mum schon mal vor ins Hotel. Sie macht mich wahnsinnig. Du kennst ja diesen verkniffenen Zug um den Mund, den sie kriegt, wenn ihr etwas nicht passt. Den trägt sie jetzt schon seit einer halben Stunde zur Schau. Gut, das Wetter ist auch wirklich sehr unangenehm, das gebe ich zu.“ Sie winkte Emmeline zu, die mit Bella an der Hand herüberkam.

„Da bist du ja endlich, mein Sohn“, begrüßte sie John. „Wie immer reichlich spät. Allerdings hast du nichts verpasst, da die gnädigen Herrschaften immer noch auf sich warten lassen.“

„Mum, bitte nimm dieses Taxi und fahr voraus ins Royal Victoria. Wir sehen uns dann dort.“

„Aber wird *Dame Isabel* nicht erwarten, dass wir alle da sind, um ihr zu huldigen?“

„Ich bin sicher, sie wird es verstehen angesichts dieser Wetterbedingungen. Außerdem hat Bella in den letzten Tagen ein wenig gehustet und ich möchte, dass sie aus dem Wind kommt. Also würde ich dich bitten, dass du sie ins Hotel begleitest.“

Bella fing den flehentlichen Blick ihrer Mutter auf und hüstelte prompt. „Komm, Grandma. Wir trinken ein schöne heiße Schokolade, bis die anderen kommen.“

„Nun gut, Kind.“ Emmeline ließ sich herab, in den Wagen zu steigen. Da kam auch Annie näher, den kleinen Christopher auf dem Arm. „Wenn es in Ordnung ist, komme ich auch mit. Christopher bekommt so leicht Ohrenschmerzen.“ Sie lächelte dankbar, als John ihr die Tür des Fonds aufhielt.

David, Alan, Tommy und Renie standen an den imposanten Zaun des Palastgeländes gepresst und starrten zu einem von der Königlichen Garde bewachten Tor. Tommy hatte eine Videokamera im Anschlag und Renie hielt einen Fotoapparat mit ausfahrbarem Teleobjektiv auf den Palast gerichtet. Selbst Sir Walter, den David an der Leine führte, blickte unverwandt mit seinen schwarzen Knopfaugen in die Richtung, aus der sein Frauchen kommen musste. Auch etliche Mitglieder der schottischen Delegation hatten sich dort gegen den Wind dicht zusammengedrängt, mit hochgeschlagenen Kapuzen. Donald Ogilvie war leicht zu erkennen. Er hatte sich eine Windjacke mit dem giftgrünen Aufdruck „Ogilvie – auf uns können Sie bauen" übergeworfen. Craig Hamilton, der Banker, stand direkt neben ihm. John überlegte sich, dass er die Wartezeit nutzen konnte, ein paar Worte mit den beiden zu wechseln, aber Maggie bremste ihn.

„Warte, noch einen Moment. Es gibt eine neue Entwicklung in unserem Fall und ich möchte dir gern davon erzählen, ohne dass unsere familieneigene Investigativjournalistin dabei ist."

Eine weitere Böe zerrte an ihrem Hut und sie nahm ihn kurzerhand ab. Sie beugte sich nah zu ihrem Bruder und raunte leise, „Patrick Macgregor wird heute verhaftet."

„Was?", fuhr er erstaunt auf.

„Psst", mahnte sie mit einem Blick zu der am Zaun versammelten Menge. „Ich habe die Information von Sir Fenton Carruthers persönlich. Aber vor der Pressekonferenz morgen Mittag darf nichts nach draußen dringen. Simon will den Fall wasserdicht machen, bevor er damit an die Öffentlichkeit geht. Nicht, dass ich Renie nicht vertrauen würde, aber…"

„Aber es ist klüger, wenn wir sie nicht in Versuchung führen", stimmte John ihr zu. „Nun erzähl, was hat Simon Belastendes gegen ihn herausgefunden?"

„Es gab in Zusammenarbeit mit Kollegen vor Ort eine Betriebsprüfung bei GlenMara. Dabei hat sich herausgestellt, dass Patrick Gelder der Firma unterschlagen hat."

John sah seine Schwester geschockt an. „Und das hat in dieser kleinen Familienfirma niemand gemerkt?"

„Das werden die Ermittlungen noch zeigen müssen. Natürlich ist es möglich, dass Gavin etwas mitbekommen hat. Aber alle Unregelmäßigkeiten fallen in Patricks Zuständigkeitsbereich. Und es waren innerhalb der letzten zwei Jahre geschätzt auch nur ein paar zehntausend Pfund. Offensichtlich erzielt GlenMara ziemlich hohe Umsätze, da wäre es schon vorstellbar, dass das Fehlen von, sagen wir mal tausend Pfund pro Monat, nicht weiter auffiel."

„Aber wenn Angus etwas davon erfahren hätte, hätte Patrick auf der Stelle seinen Hut nehmen müssen“, sagte John langsam.

„So ist es wohl. Ein mögliches Motiv wäre also, dass er verhindern wollte, dass der Alte etwas spitz kriegt. Aber es gibt noch ein weiteres, naheliegenderes Mordmotiv: Bei Angus’ letzten Handykontakten tauchte die Nummer seines Anwalts auf. Simon hat mit ihm gesprochen. Offenbar ein älterer Herr, dessen Kanzlei schon seit Jahrzehnten für Angus arbeitet. Und der hat ihm eröffnet, dass Angus tatsächlich am frühen Morgen seines Todestags bei ihm telefonisch um einen Termin am kommenden Montag gebeten hat, gleich nach seiner Rückkehr aus London. Der Anwalt fragte ihn daraufhin, worum es ginge, und Angus antwortete, er wolle sein Testament ändern.“ Sie machte eine bedeutungsvolle Pause.

„Dann hat Ailsa tatsächlich die Wahrheit gesagt!“, rief John aus, um nach einem Klaps seiner Schwester gleich wieder die Stimme zu senken. Im Pfeifen des Windes hatte jedoch offenbar niemand etwas gehört. „Und wenn Patrick irgendetwas von diesem Telefonat mitbekommen hat, sah er sich vielleicht gezwungen, zu handeln.“

„Davon geht Simon aus. Nachdem Tante Isabel ausgesagt hat, dass sie Patrick den Flachmann im Lauf des Vormittags übergeben hat, hatte er auch die Gelegenheit, die Medikamente dort zu platzieren. Dazu konnte er sich einfach aus dem Vorrat seines Vaters bedienen. Auf der Medikamentenpackung wurden neben den Fingerabdrücken von Angus und Jean auch die von Patrick gefunden. Nachdem er die Herzmittel in den Whisky gemischt hatte, konnte er sich zurücklehnen und abwarten. Er wusste, dass es nicht lange dauern würde, bis Angus die Flasche ausgetrunken hatte.“

„Donnerwetter, das klingt, als hätte Simon ganze Arbeit geleistet“, meinte John beeindruckt, als am Zaun aufgeregte Rufe erschollen.

„Sie kommen!“

Maggie und John eilten nach vorn. Tatsächlich, eine lange Schlange fein gekleideter Menschen bewegte sich über den gewaltigen Vorplatz, flankiert von Wachposten. Ein plötzlicher Windstoß ließ die Röcke der Damen flattern und einige der exquisiten Hutkreationen abheben. Selbst die schwere Bärenfellmütze eines der Wachposten neigte sich bedenklich zur Seite.

„1a Material“, hörte John Tommy jubeln. „Wenn ich das hochlade, kriege ich Klicks ohne Ende.“

„Da ist Isabel!“, kreischte Renie und winkte wie verrückt. Walter tänzelte ekstatisch auf der Stelle und kläffte. David lachte, aber nur so lang, bis der Terrier vor Aufregung eine kleine Pfütze just auf Davids Schuh produzierte. Wenig später waren Isabel, James Mackenzie und Dr. Arbroath bei ihnen und alle redeten durcheinander.

„Es war ein einzigartiges Erlebnis, wirklich ganz einzigartig. Sehr bewegend“, schilderte Johns Vater mit verklärtem Gesichtsausdruck.

„Tante Isabel, oh entschuldige, *Dame* Isabel – du siehst in diesem Kleid so königlich aus, dass du bei Downton Abbey mitspielen könntest. Oh mein Gott, wie war es? Ich will jede Einzelheit wissen“, sprudelte Renie heraus, während sie ein Foto nach dem anderen schoss.

„Meine Güte, Kind, mit diesem Riesen-Apparat siehst du ja schon aus wie eine, wie sagt man, Paparazza.“ Ungeachtet ihres nachtblauen Seidenkleids hob Isabel Walter hoch und drückte ihn glücklich lachend an sich. Schon drückte Renie wieder den Auslöser.

„Wir werden euch alles haarklein erzählen“, versprach Isabel. „Aber lasst uns erstmal ins Warme kommen.“

Alle stiegen in den Bus der schottischen Delegation und fuhren das kurze Stück zum Hotel. Dort erwartete Isabel eine Überraschung. Eine Abordnung des Hotelpersonals hatte sich vor dem Eingang aufgestellt und hielt ein Transparent hoch, *„Wir begrüßen mit Stolz unseren Gast, Dame Commander of the British Empire Isabel Mackenzie!“*

In der Lobby des Royal Victoria ertönte ein etwas schräg, aber enthusiastisch gesungenes *„Scotland the Brave“*. Der Chor bestand aus Mitgliedern der Whisky Association Scotland, die sich unter einem schottischen Banner versammelt hatten. Isabel stimmte sofort ein und mit ihr die ganze Reisegruppe. Und so schallten sämtliche Strophen der Hymne durch das altehrwürdige Hotel und lockten etliche weitere Gäste an, die sehen wollten, was hier vor sich ging. Als das Lied zu Ende ging, trat Alistair Ross nach vorn und verbeugte sich feierlich vor Isabel.

„Meine liebe Dame Isabel, lassen Sie mich Ihnen im Namen des gesamten Verbandes auf das Herzlichste gratulieren. Als Zeichen unserer großen Wertschätzung darf ich Ihnen eine ganz spezielle Flasche überreichen, eine, die selbst eines Königs würdig wäre. Auf dass es noch viele Momente in Ihrem Leben gebe, die es wert sind, mit diesem hochedlen Tropfen gefeiert zu werden!“

Unter Applaus überreichte er Isabel eine längliche, schimmernde Holzkiste, in die eine Whiskyflasche gebettet lag. Bei deren Anblick machte Isabel große Augen und bedankte sich dann herzlich. Ross winkte großzügig ab.

„Es ist uns eine Ehre, wenn Sie unser Geschenk annehmen. Und es wäre uns eine noch viel größere Ehre, wenn wir Sie zur Sonderbotschafterin unseres großartigen Nationalgetränks ernennen dürften. Eine würdigere Vertreterin für den schottischen Whisky könnte ich mir nicht vorstellen."

Isabel nickte mit einem verschmitzten Lächeln. „Wenn das bedeutet, dass ich künftig sozusagen mit offiziellem Auftrag unser flüssiges Gold verkosten darf, trete ich gern als Botschafterin auf."

Nachdem Gelächter und Applaus verklungen waren, wies Alistair Ross auf einen wartenden Fotografen.

„Vielleicht können wir ein paar Bilder machen? Am besten im vollen Ornat? Denn wir alle würden sicher gern Ihre neuen Adelsinsignien sehen."

Isabel winkte James Mackenzie herbei, der ein flaches Kästchen ähnlich einer Schmuckschatulle trug. Als er es öffnete, drängten die Leute näher, aber Ross hob die Arme und rief, „Bitte lasst etwas Raum. Dann hat jeder die Gelegenheit, diese schönen Stücke zu sehen. Würden Sie sie für uns noch einmal anlegen?", wandte er sich an Isabel.

„Natürlich. James, bist du mir behilflich?"

„Selbstverständlich." Ehrfürchtig entnahm Johns Vater dem Kästchen als erstes eine glitzernden achtzackigen Stern, in dessen Mitte auf goldenem Grund ein königliches Doppelporträt zu sehen war, umgeben von der Inschrift *„For God and the Empire"* auf rotem Grund. Behutsam befestigte er den Stern an Isabels Kleid. Dazu kam noch ein hellblaues Kreuz, das an einer Art roten Schleife hing und das Abzeichen des *„Most Excellent Order of the British Empire"* war.

„Wow, Tante Isabel, du siehst wirklich aus wie eine Königin", quietschte Bella. Nun klickten überall in der Hotelhalle die Fotoapparate. Jeder wollte sein persönliches Porträt mit der neuen Adligen. Isabel ließ alles mit einem huldvollen Lächeln über sich ergehen. Als letztes trat ein asiatischer Reiseleiter zu ihr, der sich fast bis zum Boden verbeugte und voll Ehrerbietung um ein Gruppenfoto bat. Nachdem Isabel auch dafür noch posiert hatte, klatschte Alistair Ross in die Hände und bat noch einmal um Aufmerksamkeit.

„Eine letzte Überraschung habe ich noch anzukündigen. Für Dame Isabel und ihre Delegation haben wir von der Whisky Association Scotland weder Kosten noch Mühen gescheut, für das Festbankett heute Abend einen ganz besonderen Stargast zu engagieren. Sie ist eine waschechte Schottin, die uns alle schon beim letzten Clanfestival verzaubert hat und seither zum internationalen Star avanciert ist. Zu meiner überwältigenden Freude hat sie sich bereiterklärt, zu diesem besonderen Anlass für uns zu singen. Meine Damen und Herren, freuen Sie sich auf Kyla Macpherson!“

Über den folgenden kräftigen Applaus hinweg war ein verzücktes „Wahuu“ zu hören. John war klar, von wem das gekommen war. Sein Bruder David war ein glühender Fan der Sängerin. Annie knuffte ihren Mann spielerisch. „Nicht sabbern, Schatz.“

Auch Tommy spitzte die Ohren. „Kyla Macpherson? Cool! Die Tickets für ihre Konzerte kosten an die hundert Pfund! Das sehe ich mir auch an. Mum, darf ich abends hierbleiben?“

Maggie grinste. „Ich dachte, du wolltest mit Bella, Christopher und Annie nach Hause, statt dir so ein ödes Bankett anzutun?“

„Oh Mum! Klar ist das Bankett öde – aber Kyla Macpherson! Die ist doch ein rattenscharfes Gerät. Sowas kann ich mir nicht entgehen lassen.“

Alan legte den Arm um Tommys Schulter. „Klar darfst du hierbleiben, Sohn. Wer weiß, vielleicht bekommst du sogar ein Autogramm.“

„Noch besser wäre, wenn ich ein Selfie mit ihr machen dürfte. Oder ihr sogar ein paar Fragen für unsere Schülerzeitung stellen könnte. Dann wäre mir die Titelgeschichte der nächsten Ausgabe sicher.“ Tommys Augen wurden glasig. Renie aber schüttelte energisch den Kopf.

„Nix da, Brüderchen. Wenn ihr hier einer Fragen stellt, dann bin ich das wohl. Aber ich fürchte, Miss Meine-Garderobe-muss-in-Vergissmeinicht-Blau-gestrichen-sein Macpherson wird für keinen von uns einen Blick übrig haben, wenn der Mann, für den sie beim Clanfestival so gefühlvoll „Different worlds“ gesungen hat, im Raum ist. Nicht wahr, liebster Onkel John?“

Sie grinste schadenfroh. Ihm wurde flau.

Wenig später konnte die Familie Mackenzie sich in das Kaminzimmer zurückziehen, wo ein Nachmittagstee mit allen

Schikanen aufgebaut war. Isabel atmete tief durch, als die Tür sich hinter ihnen schloss. „Puh, das ist ja alles sehr schön, aber auch anstrengend.“ Sie ließ sich von James Mackenzie zu einem der bequemen Sofas führen. „Ich muss sagen, ich entwickle einen ganz neuen Respekt vor den Royals. Die müssen tagein, tagaus mit so einem Rummel leben. Ich dagegen kann mich jetzt wieder zu meinen Schafen in die Highlands zurückziehen. Die blöken mich jetzt auch nicht anders an, egal, ob ich eine *Dame Commander* bin oder nicht.“

Sie nahm sich ein Kressesandwich und lehnte sich mit einem zufriedenen Lächeln zurück. Walter lag auf dem dicken Teppich zu ihren Füßen und hatte seinen Kopf auf ihren Fuß gelegt.

John lud sich seinen Teller mit den angebotenen Köstlichkeiten voll – nun war er froh, mittags kaum etwas gegessen zu haben – und ließ sich neben Isabel nieder. Renie würdigte die Leckereien keines Blicks. Mit gezücktem Stift setzte sie sich gegenüber und fragte, „Tante Isabel, wie fühlst du dich jetzt, wo du als *Dame Commander* in einer Reihe mit Christabel Pankhurst, Jane Goodall und Liz Taylor stehst?“

Isabel runzelte leicht die Stirn. „Kind, bitte versuch jetzt nicht, mir etwas Zitierfähiges zu entlocken. Ich möchte diesen Moment einfach in Ruhe mit meiner Familie genießen, ohne Angst haben zu müssen, dass ich morgen etwas darüber in der Zeitung lesen muss.“

Leise murrend steckte Renie ihren Block weg.

Bella hüpfte in ihrem Sessel ungeduldig auf und ab. „Musstest du dich hinknien, Tante Isabel? Und hat dich die Queen mit dem Schwert zum Ritter geschlagen?“

„Nun lasst Isabel doch einmal durchschnaufen“, mahnte James Mackenzie seine Enkelinnen. „Ich kann euch auch das meiste erzählen.“

„Oh ja, Grandpa. Leg los.“ Bella schnappte sich ein Petit Four und sah ihren Großvater erwartungsvoll an.

„Also gut. Als erstes wurden wir von einer Limousine abgeholt, komplett mit livriertem Chauffeur“, hob James an. „Wir hätten den kurzen Weg über die Buckingham Palace Road nehmen können, aber der Chauffeur sagte, wir hätten noch reichlich Zeit und fuhr außenherum, so dass wir dann über die Mall entlang zum Palast glitten.“

„Uih, wie damals William und Kate. Nur hatten die eine Kutsche. Mit vier weißen Pferden“, bemerkte Bella neidvoll.

„Und sie hatten viel mehr Zuschauer“, erwiderte James lächelnd. „Es war dennoch ein sehr herrschaftliches Gefühl, wie wir da am St. James Palast und am Victoria Memorial vorbeifuhren und sich dann das mächtige Haupttor öffnete, damit wir einfahren konnten. Wir wurden dabei von einer Menge Touristen fotografiert, die uns wahrscheinlich für Staatsgäste gehalten haben.“

„Dann wurden wir durch einen Torbogen in den großen Innenhof des Palasts gefahren“, übernahm Isabel. „Dort stiegen wir aus und mussten durch eine Sicherheitskontrolle, ähnlich wie am Flughafen. Dann wurden wir zusammen mit einer Schar anderer Leute von Hofbediensteten hineingeleitet. Drinnen ist alles sehr prunkvoll, sage ich euch. Aber nicht protzig. Das ging schon an dem großen Treppenaufgang los, wo wir in den ersten Stock gingen. Dort nahm uns der Hofmarschall in Empfang und erklärte uns recht nett den Ablauf der ganzen Angelegenheit. Er erzählte uns, dass es 775 Zimmer im Palast gibt – “

„775!“, rief Bella. „Und wie viele davon habt ihr gesehen? Wart ihr auch im Thronsaal? Habt ihr Fotos gemacht?“

Johns Vater schüttelte bedauernd den Kopf. „Das war strikt verboten. Nur im Innenhof durfte später fotografiert werden. Es gibt aber Filmaufnahmen von der Zeremonie, von denen man sich eine Kopie bestellen kann.“

Bella zog einen Flunsch.

„Wir gehen nächsten Sommer einmal hin, wenn Teile von Buckingham Palace für Besucher geöffnet sind“, versprach Alan ihr.

„Dann gingen wir durch eine sehr schöne Gemäldegalerie“, nahm Isabel den Faden wieder auf. „Allein schon die Rembrandts, Rubens und Canalettos dort sind wahrscheinlich Millionen wert. Wenn die Familie mal Geld braucht, können sie einfach ein, zwei der Schinken dort verkaufen. Das dürfte sie eine Weile über Wasser halten.“

„Pah“, schnaubte Renie. „Gleichzeitig müssen sich die Palastbediensteten mit ganz kleinen Löhnen zufrieden geben. Das ist doch beschämend.“

„Jaja, blabla“, unterbrach Bella ungeduldig. „Lass Isabel doch weitererzählen.“

Isabel lächelte. „Renie hat schon recht. Aber lassen wir das. Weiter im Text. Am Ende dieser ewig langen Galerie kamen wir dann in einen kleineren Raum, wo wir uns von unseren Begleitern trennen mussten. Dort bekamen wir noch einmal genaue Instruktionen, was wir tun mussten, sobald wir aufgerufen wurden. Die wichtigste Anweisung war, der Königin nie den Rücken zuzudrehen. Wir sollten gemessenen Schritts von dem Seiteneingang bis vor das Podest gehen, wo sie stand, dort einen Knicks machen – die Herren stattdessen eine Verbeugung – dann vortreten und warten, bis Ihre Majestät unsere Abzeichen an unserer Kleidung befestigt hatte. Die Sache mit dem Hinknien und dem Schwert wird übrigens nur bei Männern gemacht, Bella. Gott sei Dank, sonst wäre ich mit meinen alten Knochen sicher nicht mehr hochgekommen."

„Unsinn, Isabel. Du bist taufrisch wie ein Frühlingsmorgen", meinte David galant.

„Du charmanter Lügner!", gab Isabel gutgelaunt zurück. „Manchmal habe ich das Gefühl, ich stammte aus einer Zeit, wo noch Dinosaurier herumliefen."

„Es soll ja noch lebende Fossilien geben", bemerkte Emmeline mit einem unschuldigen Lächeln.

„Sogar eine ganze Menge. Der Quastenflosser, der Ameisenigel, der Schlitzrüssler, die Brückenechse – ", hob James Mackenzie an, aber Renie tätschelte ihm grinsend den Arm und fiel ihm ins Wort, „Wie ging es dann weiter, Tante Isabel?"

„Man sagte uns, die Königin würde an jeden von uns ein paar Worte richten. Sobald sie uns zur Verabschiedung die Hand hinstreckte, sollten wir sie sanft ergreifen. Dann mussten wir ein paar Schritte rückwärts gehen, nochmal knicksen, uns nach rechts wenden und abgehen." Sie kicherte. „Ich sage euch, da bekamen gestandene Männer plötzlich Muffensausen. Und einige der Damen hatten eine Heidenangst, dass sie den Knicks falsch machen oder über ihre High Heels stolpern würden."

„Warst du gar nicht aufgeregt?", fragte Bella atemlos.

„Ein bisschen", gab Isabel zu. „Mein Problem war eher, dass ich am Vormittag eine Kanne Tee getrunken hatte und allmählich aufs Klo musste. Glücklicherweise war ich dann eine der ersten, die drankamen. Insgesamt wurden über hundert Leute geehrt und für die letzten in der Reihe war die Warterei sicher nervenzehrend."

„Währenddessen saßen wir schon gemütlich im Ballsaal", übernahm James wieder. „Das ist der größte Raum im Schloss, wurde uns gesagt, und wird sonst für Staatsempfänge genutzt. Auf einer Empore saß ein Orchester, das die ganze Angelegenheit untermalte. Pünktlich um zwei Uhr erklangen die ersten Takte von „God save the Queen" und natürlich erhoben wir uns alle. Und dann kam sie höchstpersönlich herein, mit diesem feinen Lächeln auf den Lippen – "

„Was hatte sie an?", unterbrach Renie.

„Ein hellblaues Kleid, hochgeschlossen natürlich, und eine große Perlenkette. Nach der Nationalhymne bedeutete sie uns freundlich, dass wir uns setzen sollten und dann ging es schon los. Jeder Kandidat für eine Ehrung wurde namentlich aufgerufen und dazu wurde in wenigen Worten gesagt, weshalb er vorgeschlagen wurde. Da hieß es zum Beispiel, ‚Für Verdienste um das Fischereiwesen', oder ‚Für Verdienste um die Wissenschaft' und bei einigen Soldaten auch ‚Für besondere Tapferkeit im Kriegsdienst'. Bei Isabel war der Zusatz schlicht, ‚Für Verdienste um die Demokratie'."

„Und was hat die Königin dann zu dir gesagt?", wollte Renie wissen.

Isabel lächelte. „Einer ihrer Lakaien hat ihr wohl geflüstert, dass ich Hunde gezüchtet habe. Also fragte sie mich, was für eine Rasse ich gezüchtet hätte und was mein größter Erfolg bei einer Hundeausstellung gewesen wäre. Sie schaffte es, für diese halbe Minute oder so wirklich interessiert zu wirken, dann streckte sie mir unvermittelt die Hand hin und für mich hieß es, den Platz freizumachen für den nächsten." Sie wählte ein Roastbeefsandwich aus.

„Also, ich möchte sagen, es war ein schönes, ein berührendes Erlebnis – auch wenn ich jetzt auf meine alten Tage sicher nicht zur glühenden Royalistin werde", setzte sie hinzu und alle lachten. Dann wurde Isabels Miene traurig.

„Ich hätte es Angus so sehr gegönnt, das mitzuerleben. Ich wette, dass selbst ein alter Haudegen wie er von der Atmosphäre gefangen worden wäre, obwohl man nicht sicher sein kann, dass er nicht doch mit einer frechen Bemerkung zu *Lizzy* für Aufregung gesorgt hätte." Sie lächelte und wischte sich eine Träne aus dem Augenwinkel.

„Ich finde, wir sollten zum Gedenken an Angus nun diese famose Flasche köpfen, die mir der Whiskyherstellerverband geschenkt hat. Das ist eine echte Rarität und genau das Richtige für diesen würdigen Anlass."

Alan sprang auf. „Ich bitte den Barkeeper, ihn uns zu kredenzen." Er nahm die Holzbox an sich, wobei er sie so behutsam hielt wie ein neugeborenes Baby, und verschwand in die angrenzende Bar.

„Aber nimm nicht schon heimlich einen Schluck!“, rief Maggie ihm nach. Sie hatte die begehrlichen Blicke, mit denen ihr Mann die Flasche gestreift hatte, wohl bemerkt. Alan steckte den Kopf wieder herein. „Wie viele Gläser brauchen wir?“

„Acht, würde ich sagen“, antwortete Maggie nach einem Blick in die Runde. „Neun“, äußerte Tommy hoffnungsfroh, was ihm einen scharfen Blick seiner Mutter einbrachte.

„Ich denke, du hast dein Quantum an Whisky in diesem Haus schon verzehrt“, beschied sie ihm.

„Und wieder von dir gegeben“, schob Renie boshaft hinterher.

„Ich hätte lieber ein schönes Glas Wein“, ließ Emmeline sich vernehmen. „Wenn Ihre Durchlaucht nichts dagegen haben“, fügte sie mit einem Blick auf Isabel hinzu.

„Da es eines anspruchsvollen Gaumens bedarf, um diesen hervorragenden Whisky wirklich zu würdigen, würde ich dir auch eher Wein empfehlen“, konterte Isabel.

„Wie wäre es, wenn alle Nicht-Whisky-Trinker mit an die Bar kommen und sich selbst etwas aussuchen?“, regte Alan an und bot seiner Schwiegermutter den Arm.

„Emmeline, dieses noble Hotel hat sicherlich einen schönen Wein vorrätig. Lass uns sehen, welche Auswahl es zu bieten hat.“

John, Bella und Tommy folgten den beiden hinaus und auch Christopher tapste hinterher. Tom, der Barkeeper begrüßte John freudig und berichtete ihm von seiner Vernehmung durch Simon, während er für die Kinder farbenfrohe alkoholfreie Cocktails mixte.

„Der Superintendent sagte mir, meine Beobachtungen wären sehr hilfreich für die Ermittlungen“, meinte er stolz. „Und dann wurden für einen Abgleich noch meine Fingerabdrücke genommen. Und die meiner Kollegen, die den Flachmann auch berührt haben.“ Er beugte sich über die Theke. „Dürfen Sie mir etwas über den aktuellen Stand der Ermittlungen sagen?“

„Superintendent Whittington ist zwar mein Cousin, aber er weiht mich natürlich nicht in Polizei-Interna ein“, erwiderte John ausweichend.

„Natürlich. Dienstgeheimnis und so weiter. Der Superintendent ist ein hundertprozentig korrekter Mensch, das merkt man gleich.“

„Unbedingt“, versicherte John dem Barkeeper im Brustton der Überzeugung.

„Pff! Kürzlich hat er bei uns daheim den Teppich vollge- “ Bella brach jäh ab, als ihr Vater sie unsanft anstupste.

„Tom, wir hätten dann noch gern ein schönes Glas trockenen Wein für meine Mutter“, warf John eilig ein. „Bestimmt können Sie da etwas empfehlen.“

Wenig später saßen alle mit dem Getränk ihrer Wahl ausgestattet im Kaminzimmer.

Isabel ließ die Flüssigkeit in ihrem Glas kreisen und betrachtete sinnend, wie das Licht des Kaminfeuers sie bernsteinfarben glitzern ließ. Dann schnupperte sie über der Glasöffnung.

„Hmm. Er duftet sehr frisch. Ein bisschen nach … Karamell?“

Alan nickte. „In diese Richtung. Vielleicht auch Vanille.“

„Lasst uns einen Schluck nehmen.“ Isabel hob ihr Glas.

„Auf Angus – Slainte mhath!“

„Auf Angus – Slainte mhath!“, ertönte es im Chor. Dann herrschte erst einmal Stille. Schließlich ging ein kollektiver Seufzer des Wohlbehagens durch den Raum.

„Phantastisch.“

„Oh, ist das lecker.“

„Der läuft wunderbar die Kehle hinab.“

„Ein seidiger Körper. Nuancen von Honig, ohne aufdringlich süß zu sein. Im Abgang angenehm trocken“, urteilte Isabel fachmännisch. „Ja, man kann mit Fug und Recht sagen, dieser Whisky ist etwas ganz Feines. Ach, wenn die Macgregors noch hier wären, hätte ich sie jetzt dazugebeten. Sie hätten diesen herausragenden Tropfen sehr zu schätzen gewusst.“

John sah fragend auf. „Wo sind sie? Sie sind doch nicht abgereist?“

Isabel schüttelte den Kopf. „Sie sind in ein anderes Hotel gezogen. Verständlicherweise waren sie sehr erzürnt über diesen hanebüchenen Artikel im *Daily Courier* heute Morgen. Dass der Schreiberling, der dieses Zeug verfasst hat, wusste, dass diese Anna zu Patrick gehört, kann nur auf eine Indiskretion von jemandem aus dem Hotelpersonal zurückgehen. Soweit ich das mitbekommen habe, hat Patrick bei Scotland Yard angerufen und sich die Erlaubnis geholt, mit der Familie in einem anderen Haus einzuchecken. Offenbar hatte man dort Verständnis für diese Bitte.“ Sie stellte ihr Glas ab.

„Diese Ailsa! Das ist wirklich eine Furie. Es ist ungeheuerlich, dass sie den armen Macgregors nun noch mehr Schmerz bereitet, als sie ohnehin schon ertragen müssen. Ihre Anschuldigungen sind völlig aberwitzig."

John vermied es sorgsam, seine Schwester anzusehen. In diesem Moment piepte Renies Handy und sie nahm es heraus, um die eingegangene Nachricht zu lesen. Gleich darauf schlug sie die Hand vor den Mund.

„Das ist ja ein Kracher! Unser Kriminalreporter schreibt mir, dass Patrick Macgregor seit Stunden im Yard ist. Gavin war auch da, durfte aber eben gerade gehen und ist ohne Kommentar an den Reportern vorbeigezischt. Da ist doch irgendwas im Busch." Jäh sah sie auf und fixierte ihre Mutter.

„Mum! Hast du etwa davon gewusst?"

Kapitel 21

„Jetzt wird mir klar, warum sich Simon, die Ratte, überhaupt nicht für meine Nachforschungen interessiert hat!“, rief Renie erbost. „Richtig fies hat er mich am Telefon abgefertigt und gesagt, ich kann ihm mein Material über Ogilvie, Ross und Hamilton ja per Mail schicken und er würde es sich bei Gelegenheit ansehen. Als wäre es eine Gnade vom Herrn Superintendenten, einen Blick auf die Bemühungen der kleinen Zeitungspraktikantin zu werfen!“

Sie ballte die Hände zu Fäusten. „Dabei hatte er sicher heute Morgen, als ich mit ihm gesprochen habe, schon Patrick im Visier. Und er hat natürlich keinen Ton davon gesagt, dieser hinterhältige, scheinheilige, arrogante – “

„Es reicht, Renie“, unterbrach ihre Mutter sie.

„*Mir* reicht's!“, keifte Renie. „Ich wette, du hast genau darüber Bescheid gewusst, in welche Richtung die Polizei ermittelt. Aber du tust ja in letzter Zeit geradezu so, als wäre ich ein Spion innerhalb der Familie und hältst alles von mir fern – “

John spürte, dass sein Handy in der Jackentasche vibrierte und schlüpfte aus dem Raum.

„Kannst du gerade reden?“, begrüßte ihn sein Cousin knapp.

„Warte einen Moment.“ Die Hotellobby war von einer Menge Gästen bevölkert, auch von der schottischen Gruppe erkannte er etliche. Er überlegte kurz, ob er hinausgehen sollte, aber draußen heulte immer noch der Wind. Schließlich fand er eine halbwegs ruhige Nische und ließ sich in einen Ohrensessel fallen, der mit dem Rücken zur belebten Halle stand.

„Okay. Was gibt's?“

„Dieser Fall verursacht mir noch graue Haare“, klagte Simon. „Ein solches Wechselbad der Gefühle habe ich noch nie erlebt. Gestern durfte ich mich noch freuen, dass ich wieder offiziell ermitteln darf – auch wenn Briarson mir ständig dazwischenfunkt. Dann gab es eine Krisensitzung mit dem Stellvertretenden Commissioner, der alles andere als zufrieden mit den Fortschritten ist, die wir bisher erzielt haben und uns die Daumenschrauben ansetzt. Er wünscht dringlichst die Präsentation eines Tatverdächtigen. Heute finde ich vielversprechende Verdachtsmomente gegen den Sohn des Opfers und denke für einen flüchtigen, glücklichen Moment, ich habe den Fall gelöst – und nun fürchte ich, Patrick Macgregor ist zwar ein Fall für die Abteilung Wirtschaftskriminalität, aber er ist nicht der Mörder seines Vaters." Simons Stimme wurde rau. „Und morgen Mittag soll es eine Pressekonferenz geben. Ich werde dastehen wie ein Trottel. Und Briarson wird wieder dieses abgefeimte hämische Grinsen aufsetzen, das ich ihm am liebsten aus der Visage prügeln würde – "

Gaaaanz ruhig, Brauner, war John versucht zu sagen. „Warum hältst du Patrick für unschuldig?", fragte er jedoch sachlich.

Simon atmete pfeifend aus und hörte sich anschließend wieder fast normal an.

„Erstens: Wir wissen, dass der Flachmann am Vorabend von Macgregors Tod abgewischt wurde. Unser Labor konnte feststellen, dass die untersten Fingerabdrücke darauf die von diesem Barmann sind, Tom. Dann folgen die eines Rezeptionisten und eines Zimmermädchens. Dann Ailsa Brodie und Angus selbst. Diese Abfolge passt zu den vorliegenden Aussagen. Tom fiel gegen dreiundzwanzig Uhr der vergessene Flachmann auf und er brachte ihn zum Empfang. Ein Zimmermädchen, das Angus kurz zuvor im Lift gesehen hatte und daher wusste, dass er noch wach war, brachte die Flasche dann in sein Zimmer. Dort war nach ihrer Aussage jedoch niemand. Sie stellte die Flasche auf den Nachttisch. Mrs. Brodie sagte mir, sie hätte ihren Vater nach ihrer Unterredung in sein Zimmer geleitet – es stellte sich heraus, dass er sich im Stockwerk geirrt hatte – und dort seinen Flachmann kurz in der Hand gehabt. Offenbar war das Ding ein Geschenk ihrer verstorbenen Mutter an Angus, eine Spezialanfertigung durch einen Silberschmied. Aber das spielt jetzt keine Rolle. Es sieht auf jeden Fall so aus, dass jemand, der offensichtlich keine Spuren hinterlassen wollte, die Flasche am Abend von der Bar genommen und sie unbemerkt wieder dort deponiert hat. Es erscheint logisch, dass die pulverisierten Tabletten genau in diesem Zeitraum hineingemischt wurden."

„Patrick konnte da aber noch gar nicht wissen, dass sein Vater sein Testament ändern wollte. Er hätte also keinen Grund gehabt, Angus zu töten", folgerte John.

„Zumindest nicht sofort. Wenn sein Vater von den Unterschlagungen erfahren hätte, wäre Patricks Karriere in der Firma beendet gewesen. Aber es gibt keine Hinweise, dass er kurzfristig hätte befürchten müssen, aufzufliegen. Tatsächlich glaube ich, dass Patrick allen Ernstes dachte, niemand würde ihm je auf die Spur kommen. Der

Mann gehört nicht gerade zu den intelligentesten Menschen des Planeten, hält sich selbst in einem Akt bedauerlicher Verblendung jedoch für ziemlich clever. Und nach seiner Reaktion auf diesen Artikel im *Daily Courier* heute zu schließen, wusste er wirklich nichts von dem Vorhaben seines Vaters. Er hält es immer noch für völlig undenkbar, dass Angus sich mit seiner Tochter ausgesöhnt hätte. Kurz und gut: Patrick Macgregor ist nach meiner Meinung – und eine kompetentere dürfte man im Vereinten Königreich nicht finden – nicht der Mörder seines Vaters."

Simon seufzte. „Und nun habe ich nicht nur den Commissioner im Genick sitzen, sondern auch noch die versammelten Schmeißfliegen von den Medien und zu allem Überfluss noch diese Anna Freeman, Patricks Freundin. Das ist ein Frauenzimmer, kann ich dir sagen. Optisch ja durchaus brauchbar, aber sobald sie den Mund aufmacht … Seit sie vorhin eingetroffen ist, schreit sie herum, von wegen Polizeigewalt und staatliche Unterdrückung blablabla. Eine Nervensäge."

„Was ist mit Gavin? Könnte er schuldig sein?"

„Dafür gibt es überhaupt keine Anhaltspunkte", erwiderte Simon bedauernd. „Ich habe ihn ganz schön in die Zange genommen. Er erscheint mir glaubwürdig in seinen Aussagen."

„Hast du auch Jean überprüft?"

„Ich bin ja kein Anfänger. Natürlich habe ich das. Aber für sie gilt das Gleiche wie für ihren Mann. Kein erkennbares Motiv und dazu noch nicht einmal eine Gelegenheit, da sie an dem Bankettabend schon früher zu Bett gegangen war und sich deshalb die Flasche nicht von der Bar greifen konnte. Dasselbe gilt für die Tochter."

„Megan hätte ihrem Großonkel ohnehin nie etwas angetan. Sie stand ihm offensichtlich von allen Familienmitgliedern am nächsten."

„Es sieht also so aus, dass wir auf der Suche nach dem Mörder bei der Familie Macgregor nicht fündig werden. Und damit stehe ich jetzt wieder mehr oder weniger bei Null. Deshalb wollte ich … um etwas bitten." Die letzten Worte würgte Simon nur mit Mühe heraus.

John dachte, er hätte sich verhört. „Um etwas bitten?"

„So weh es mir tut – ich kann es mir nicht leisten, noch mehr Zeit zu verlieren. Ich muss die Ermittlungen auf der Stelle auf die Mitglieder der schottischen Gruppe ausdehnen. Allerdings ist deren Abreise für übermorgen geplant und ohne einen konkreten Verdacht kann ich niemanden hier festhalten. Ich muss also handeln, und zwar pronto.

Wenn ich Renie heute Morgen richtig verstanden habe, hat sie für ein paar aussichtsreiche Kandidaten Hintergrundchecks laufen lassen. Sie wollte mir das Material schicken, aber bei mir ist nichts angekommen. Könntest du sie vielleicht bitten, es mir möglichst schnell zukommen zu lassen?“

„Warum fragst du sie nicht selbst?“

„Nun ja, es könnte sein, dass unsere letzten Gespräche nicht so, äh, angenehm verlaufen sind. Sie hat da möglicherweise einige Äußerungen von mir falsch verstanden. Du weißt ja, das Mädel ist … leicht erregbar. Außerdem löchert sie mich mit impertinenten Fragen und ich habe jetzt keine Zeit für sowas. Also tu mir doch den Gefallen und übermittle ihr meine Bitte.“

„Ich rede mit ihr, aber ich gebe dir keine Garantie, dass sie einverstanden sein wird.“

„Sie soll sich bloß nicht querstellen, sonst hole ich mir einen Beschluss von der Staatsanwaltschaft und konfisziere ihren Rechner. Dieses ganze Journalistengesocks ist echt eine Pest“, zeterte Simon.

„Auf die Art und Weise kommst du nicht weiter, glaube ich. Mit einer freundlichen Bitte erreichst du viel mehr“, empfahl John. Ein unartikulierter Laut drang aus dem Hörer, dann brüllte Simon, „Es geht hier um die nationale Sicherheit, gottverdammt. Ein Mörder läuft frei herum. Es ist mein Job, diesen Kerl zu kriegen und der Gerechtigkeit zuzuführen. Und dabei habe ich jedes Recht, Unterstützung einzufordern.“

John fuhr sich müde über die Stirn.

„In Ordnung, ich werde sehen, was ich tun kann. Ich spreche mit Renie und ich werde bei dem Bankett heute Abend versuchen, mit den drei Männern ins Gespräch zu kommen, die am ehesten einen Grund hatten, Angus umzubringen. Ogilvie, Ross und Hamilton. Wenn ich etwas Interessantes erfahre, lasse ich es dich wissen.“

„Gut. Und ich werde die drei morgen früh selbst vernehmen, sobald ich Renies Dossiers gelesen habe und meine eigenen Leute bis dahin hoffentlich auch noch einige Informationen liefern konnten. Jetzt muss ich mich erstmal darum kümmern, dass diese Anna nicht alles rebellisch macht – “

„Moment noch, Simon. Was hältst du eigentlich von Ailsa Brodie? Ich weiß, sie hat die Ermittlungen erst ins Rollen gebracht, aber vielleicht steckt dahinter eine überaus raffinierte Inszenierung? Was, wenn es in Wirklichkeit darum geht, das Ruder bei GlenMara zu übernehmen?“

„Du meinst, sie räumt ihren Vater aus dem Weg und versucht, es Patrick in die Schuhe zu schieben, um selbst die Geschäftsführung zu übernehmen? Das erscheint mir ein bisschen sehr weit hergeholt. Nach den Informationen zu urteilen, die mir vorliegen, hat Mrs. Brodie sich über die Jahrzehnte einen sehr guten Ruf als Whiskyexpertin erarbeitet und kann davon durchaus komfortabel leben. Was für ein Motiv sollte sie haben?“

„Vergiss nicht, dass sie damals Knall auf Fall ihre Familie verlassen hat. Es lässt mir keine Ruhe – da muss doch irgendetwas Schwerwiegendes passiert sein. Könnte es um späte Rache gehen?“

„Wie lange ist das her? Dreißig, vierzig Jahre? Nun, ausgeschlossen ist nichts, aber ich halte es für wenig wahrscheinlich.“

John blieb hartnäckig. „Hat dir einer von den Macgregors gesagt, worum es damals ging?“

„Nein. Mit Mrs. Brodie habe ich gar nicht darüber gesprochen. Patrick und Gavin habe ich beide nach diesem Artikel heute Morgen über ihr Verhältnis zu ihrer Schwester beziehungsweise Cousine befragt, aber sie gaben an, null Kontakt mit ihr gehabt zu haben. Beide erscheinen mir vollkommen glaubwürdig. Zu dem Grund, warum Ailsa von der Bildfläche verschwand, wurde in der Familie offensichtlich über all die Jahrzehnte eisern geschwiegen. Nachdem Patrick und Gavin damals noch Kinder waren, die Mutter in etwa zu dem Zeitpunkt starb und Angus sich weigerte, über Ailsa auch nur ein Wort zu verlieren, ist sie wohl tatsächlich in Vergessenheit geraten.“

„Ich würde gern mit ihr reden. Kannst du mir sagen, in welchem Hotel sie jetzt ist?“

„Hmmm. Das ist schwierig. Nach diesem skandalösen Bericht im *Daily Courier* ist jetzt natürlich jeder Reporter der Stadt hinter ihr her. Auch wenn sie sich in diese Situation selbst hineinmanövriert hat, habe ich ihr dennoch bei unserem letzten Gespräch zugesagt, ihren Aufenthaltsort geheim zu halten.“

„Die Frau kennt mich und sie schien auch Vertrauen zu mir zu haben. Und sie sagt, sie hätte ein Interesse, den Mörder ihres Vaters zu finden. Wenn du ihr klarmachen könntest, dass ich genau deswegen mit ihr sprechen möchte, willigt sie bestimmt ein, mich zu sehen. Am besten gleich noch heute.“

Simon überlegte einen Moment, dann gab er nach. „In Ordnung, ich rufe sie an und melde mich gleich noch mal bei dir."

John blieb sitzen und schloss die Augen, während er auf Simons Rückruf wartete. Es dauerte nur wenige Minuten, bis der Superintendent wieder am Apparat war.

„Sie ist bereit, dich zu sehen, aber erst morgen früh. Heute hat sie noch ein Tasting für den Rotary-Club durchzuführen."

„Kein Problem. Ich muss erst mittags raus nach Kew fahren."

Simon lachte leise. „Ach ja, morgen ist ja dein großer Tag. Okay. Ich darf dir ihre Telefonnummer geben. Du sollst sie morgen anrufen und dann erwartet sie dich im Hotel. Sie ist im King George."

„King George? Wo ist das denn? Ich habe noch nie davon gehört."

Während Simon die Adresse herunterratterte, suchte John hektisch in seinen Jackentaschen nach etwas zum Schreiben. Schließlich unterbrach er seinen Cousin. „Warte eine Sekunde, ich muss mir einen Zettel ausborgen." Als er aufstand und sich umdrehte, um die Nische zu verlassen, hatte er das unbestimmte Gefühl, jemand wäre davongehuscht. Er sah sich um, konnte jedoch unter den lebhaft plaudernden Gruppen, die überall herumstanden oder saßen, nichts Auffälliges entdecken. Er schüttelte den Kopf und eilte an die Rezeption. Der Hotelangestellte schien zu ahnen, was er wollte und streckte ihm mit einem Lächeln einen kleinen Block und einen Kugelschreiber entgegen. Er bedankte sich und notierte die Hoteladresse und Ailsas Telefonnummer. Nachdem er aufgelegt hatte, schob er den Zettel in seine Jackentasche und machte sich auf die Suche nach Renie. Er hoffte, dass der Mutter-Tochter-Zwist in der Zwischenzeit beigelegt war.

Als er in das Kaminzimmer trat, hatte sich dort jedoch eine Krise anderer Art angebahnt.

„Nun ist uns noch einer von unseren Junggesellen abgesprungen!" Emmeline rang die Hände.

„Schon wieder die Grippe?", erkundigte sich John.

„Nein, diesmal ist es eine Blinddarmentzündung. Und dabei wäre der junge Harry so ein wunderbarer Kandidat gewesen und hätte sicher eine schöne Summe eingebracht", jammerte seine Mutter.

Renie nickte. „Er ist Hobbyzauberer und hat tolle Kunststücke drauf. Dazu ist er unglaublich charmant. Es ist wirklich eine Schande."

„Wie bekommen wir nun unser Dutzend wieder voll?“ Emmeline blickte verzweifelt in die Runde. David und Alan ergriffen schutzsuchend die Hände ihrer Ehefrauen.

„Ihr kommt natürlich nicht in Frage. Nicht, dass ihr nicht ansehnliche Vertreter des männlichen Geschlechts wärt, aber ich werde keinen Verheirateten in die Riege unserer Junggesellen schmuggeln. Das wäre ja gänzlich gegen die Regeln.“ Schließlich sah Emmeline hoffnungsvoll zu Isabel hinüber.

„Ist in deiner Truppe nicht vielleicht ein schicker Junggeselle dabei?“

Isabel lachte. „Bis auf Michael Arbroath fällt mir keiner ein.“

Emmelines Miene hellte sich auf. „Oh, so ein Universitätsprofessor würde sich gut auf unserer Liste machen, auch wenn er natürlich nicht mehr der Jüngste ist.“ Schon machte sie Anstalten, aufzustehen. Isabel bedeutete ihr, sitzen zu bleiben.

„Bitte lass den guten Mann in Frieden. Vergiss nicht, dass wir übermorgen abreisen – und du willst ja wohl nicht verlangen, dass die Frau, die ihn ersteigert, extra hinauf nach St. Andrew’s fährt, um einen Abend mit ihm zu verbringen?“

Schmollend verschränkte Emmeline die Arme.

„Wartet mal, ich wüsste da vielleicht jemanden“, meldete Renie sich zu Wort. „Ich muss mal schnell telefonieren.“ Sie verließ den Raum. Als sie kurze Zeit später wieder zurückkam, glühten ihre Wangen und ihre Augen funkelten vor Freude.

„Mark hat sich bereiterklärt! Ist das nicht phantastisch?“

„Mark? Du meinst Mark Taylor?“, fragte Maggie. Als Renie strahlend nickte, pfiff ihre Mutter durch die Zähne. „Hmm, dann muss ich mir auch ein paar Scheinchen einstecken. Da biete ich mit.“

Einige Stunden später schlich sich John wie ein Dieb in der Nacht aus dem Royal Victoria Hotel und sprang in ein Taxi, als wären tausend Teufel hinter ihm her. In Wirklichkeit war es nur Kyla Macpherson gewesen, die nach dem Ende ihrer fulminanten Show auf den Tisch der Mackenzies zugesteuert war. Mit einem Lächeln im Gesicht, das John an eine Tigerin erinnerte, die ein besonders leckeres Lamm – oder was auch immer Tiger fressen mochten – entdeckt hatte.

„Du kannst doch jetzt nicht gehen!“ David war fassungslos gewesen.

„Mir ist gerade eingefallen, dass ich Spätdienst habe!“, rief John über die Schulter, nutzte den Ansturm einiger Autogrammjäger auf die Sängerin und verdrückte sich.

Als er sich ins Polster des Rücksitzes zurücksinken ließ, dachte er über den zurückliegenden Abend nach. Renie hatte sich nach einigem guten Zureden schließlich bereiterklärt, Simon ihr gesammeltes Material zur Verfügung zu stellen. Sie hatte den Superintendenten postwendend angerufen und ihm die Zusage abgetrotzt, dass ihre Recherchen Erwähnung finden würden, falls sie zur Verhaftung eines der drei Männer beitrugen. Mit einem siegesgewissen Lächeln war sie sogleich in die Redaktion und von da aus zum Yard gefahren. Dafür hatte sie auf das Bankett und den Auftritt von Kyla Macpherson verzichten müssen. Ihre Profikamera hatte sie Tommy gegeben und ihm eingeschärft, gut darauf aufzupassen.

„Mach ein paar schöne Fotos! Am besten von Tante Isabel und dem Goldkehlchen zusammen. Das wäre etwas, was wir vielleicht auf der Gesellschaftsseite bringen könnten.“ Abschließend raunte sie, „Und wenn Kyla Anstalten macht, mit ihrem Lieblings-Beefeater wieder in die Nacht zu verschwinden, folgst du ihnen und hältst alles fest.“

„Es besteht nicht die kleinste Chance, dass das passiert. Nicht die allerkleinste“, versicherte John ihr und nutzte die Zeit, bevor das Festessen begann, für sein übliches Freitags-Telefonat mit Pauline. Er setzte sich wieder in die Nische. Diesmal allerdings verrückte er den Sessel so, dass er die Halle überblicken konnte. Während sie ihm von einem besonders ärgerlichen Gespräch erzählte, das sie heute mit der Mutter einer Schülerin gehabt hatte, beobachtete er müßig das Gewimmel. Tante Isabel hatte sich für eine halbe Stunde auf ihr Zimmer zurückgezogen, um sich ein wenig zu erholen. Alan und Maggie standen mit einigen Vertretern der Whisky Association um einen Stehtisch. Dort war eine lebhafte Diskussion im Gang. Alan schüttelte gerade nachdrücklich den Kopf. „So ein edles Getränk würde ich nie durch schnödes Wasser entweihen.“

Alistair Ross gestikulierte mit seinem Tumbler. „Versuchen Sie es einfach. Sie werden sehen, dass ein Tröpfchen Wasser den Geschmack sogar intensiviert …“ Nachdenklich betrachtete John den etwas rotgesichtigen Vorsitzenden des Whiskyproduzentenverbandes. Bestimmt hatte Ross im Lauf seines Berufslebens Ailsa Brodie des Öfteren getroffen. Er nahm sich vor, ihn später danach zu fragen. Dann ließ er den Blick weiterwandern. Dort vorn saßen seine Eltern mit

Clyde und Maisie Baird zusammen. Die beiden waren Angus' älteste Freunde gewesen. Ob sie ihm etwas über Ailsa sagen konnten?

„Wie findest du das?“, drang Paulines Stimme an sein Ohr. Jäh realisierte er, dass er den Gesprächsfaden völlig verloren hatte.

„Äh, verzeih, Pauline, ich war gerade abgelenkt. Was sagtest du?“

Sie schnaubte belustigt. „Ich merke schon, dass du nicht bei der Sache bist. Na, ich kann's verstehen. Du hast wirklich viel um die Ohren – “

In diesem Moment trat ein Pulk von Bodyguards in das Hotel, deren Westen den verschnörkelten Aufdruck *„KM“* trugen. In der Mitte des Trosses erspähte John eine wallende Mähne dunkelbraunen Haars. Wie elektrisiert sprang er auf und versteckte sich höchst würdelos hinter dem Sessel. Dabei fiel ihm das Telefon aus der Hand. Er fluchte und tastete danach, während er darauf achtete, nicht aus der Deckung zu geraten. Als er es schließlich wieder in Händen hatte, sah er erleichtert, dass es unversehrt war.

„Pauline? Bist du noch da?“, flüsterte er in den Hörer.

„Was ist los? Ist etwas passiert?“, fragte sie besorgt.

„Nein, keine Sorge. Ich … äh, ich musste nur gerade das Weite suchen, um jemandem nicht zu begegnen.“

„Geht es um den Fall? Beobachtest du gerade einen der Mordverdächtigen?“

„Das möglicherweise auch, aber gerade eben war es Kyla Macpherson, der ich ausweichen wollte.“

„Kyla Macpherson?! Was macht *sie* dort?“ Pauline war mit ihrer Familie, den Murrays, ebenfalls beim Clantreffen in Edinburgh gewesen und war Zeugin von Johns denkwürdigem nächtlichen Ausflug mit der Sängerin gewesen – was bei ihr für einigen Verdruss gesorgt hatte.

John, der einen Hauch von Eifersucht heraushörte, grinste unwillkürlich. „Sie tritt heute als Ehrengast bei dem Festbankett hier im Hotel auf. Und ich habe keinerlei Ambitionen, ihr über den Weg zu laufen, glaub mir.“

Er schrak zusammen, als über ihm ein Schatten auftauchte.

„John? Was machst du da?“ Seine Mutter spähte über die Sessellehne.

„Äh … äh … mir ist was runtergefallen. Mein Handy. Aber ich habe es wieder gefunden, wie du siehst.“

Emmeline runzelte die Stirn. „Soso. Möchtest du dich nicht zu uns setzen? Ich würde dich gern den Bairds vorstellen."

„In Ordnung, Mum. Ich komme gleich." Er versprach Pauline, sich am Sonntag bei ihr zu melden, um ihr über die Versteigerung zu berichten.

„Toi, toi, toi, John. Du kriegst das schon hin", sprach sie ihm Mut zu. „Du wirst sehen, die Damen werden sich schier überbieten, um ein Date mit dir zu bekommen."

Das konnte John zwar nicht glauben, aber er schob den Gedanken an morgen beiseite und folgte seiner Mutter zu dem schottischen Paar.

„Das ist nun also mein großer Sohn John", stellte Emmeline ihn vor. „Clyde und Maisie Baird."

Der schottische Bürgermeister und seine Frau lächelten freundlich.

„Wir haben uns natürlich während der Woche schon einige Male gesehen, hatten aber bis jetzt noch keine Gelegenheit, ein Schwätzchen zu halten. Setzen Sie sich doch ein bisschen zu uns alten Leuten, John", lud Maisie ihn ein.

Nachdem er sich niedergelassen hatte, beugte Clyde sich nach vorn.

„Ihre Führung durch den Tower hat mir sehr gut gefallen, junger Mann. Sie machen einen guten Job."

„Es muss ganz wunderbar sein, mitten in diesen alten Mauern zu leben", schwärmte Maisie. „Erzählen Sie uns doch ein wenig vom Leben dort."

Dieser Bitte kam John gerne nach, während Emmeline ihn mit mütterlichem Stolz betrachtete.

„John steht nicht nur in royalen Diensten, er hilft meinem Neffen, Superintendent Whittington, auch immer wieder bei der Aufklärung von Verbrechen", ergänzte sie schließlich.

„Ist das wahr?" Clyde sah ihn überrascht an. „Nun, ich wünschte, die Polizei würde endlich den Mord an meinem alten Freund Angus aufklären. Eine Schande, das." Er schüttelte betrübt den Kopf.

Unwissentlich hatte Emmeline John eine gute Vorlage geliefert.

„Es muss ein großer Verlust für Sie sein. Sie haben sich ewig gekannt, nicht wahr?", fragte er teilnahmsvoll.

„Seit Kinderzeiten." Clydes Augen wurden wässrig und Maisie reichte ihm mit einem liebevollen Lächeln ein Taschentuch.

„Clyde und Angus haben schon gemeinsam die Schulbank gedrückt", erklärte sie, während ihr Mann sich mühte, die Fassung wiederzugewinnen. „Die beiden sind ihr Leben lang gemeinsam durch dick und dünn gegangen.“

Clyde nickte nachdrücklich und schnäuzte sich dann kräftig.

„Angus hatte natürlich seinen eigenen Kopf und er hat auch von Zeit zu Zeit über die Stränge geschlagen. Oh ja, als junge Männer hatten wir wilde Zeiten.“ Clyde lächelte versonnen. „Aber er war der beste Freund, den ein Mann haben kann. Immer da, wenn es brannte. Ohne, dass man viele Worte wechseln musste. Wie letztes Jahr, als ich … die Diagnose bekam und diese schrecklichen Therapien über mich ergehen lassen musste. Er stand mir bei. Genauso wie meine liebe Frau. Maisie war früher Krankenschwester, müssen Sie wissen. Eine bessere Pflegerin kann man sich nicht wünschen. Und unser Sohn war ein Fels in der Brandung für uns. Ohne die drei säße ich jetzt nicht mehr hier.“ Abermals füllten seine Augen sich mit Tränen.

Maisie tastete nach seiner Hand und drückte sie.

„Angus war eine große Stütze für uns, das ist wahr. Auch unser Sohn, Michael, hat sich großartig verhalten. Diese vielen, vielen Fahrten in die Stadt zu den Chemotherapien hat fast alle er übernommen. Dabei hat er eine wichtige Position und es war nicht leicht für ihn, so oft von seinem Arbeitsplatz fort zu sein. Aber ich habe in all der Zeit nie eine Klage von ihm gehört oder dass er keine Zeit hätte. Im Gegenteil, er hat sich schier zerrissen, um uns möglichst viel unter die Arme zu greifen. Er ist schon unser Goldstück.“

„Angus hatte da wohl nicht so viel Glück. In seiner Familie scheint es nicht immer so harmonisch zugegangen zu sein“, meinte John vorsichtig.

„Das können Sie laut sagen. Angus hat mir gerade in den letzten Monaten oft anvertraut, dass es ihm Bauchschmerzen bereitet, Patrick und Gavin die Führung der Firma anzuvertrauen. GlenMara war sein Leben und es machte ihm wirklich Sorgen, dass die jungen Leute das Unternehmen nicht in seinem Sinne weiterführen würden“, sagte Clyde.

„Nun, wir werden sehen, was sie nun daraus machen. Wir sollten ihnen eine Chance geben. Vielleicht wachsen sie ja an ihrer Aufgabe“, warf Maisie ein.

„Dann ist da ja noch die Tochter…“ John ließ den Satz in der Luft hängen.

Clyde schnaubte erbost. „Dieses Miststück. Lässt ihren alten Herrn einfach hängen und macht sich aus dem Staub. Und das, wo Angus damals gerade seine Frau nach langem Kampf an den Krebs verloren hatte. Und jetzt bewirft dieses Weib ihre Familie mit Dreck. Was muss in so jemandem vorgehen?"

„Wissen Sie, warum es damals zu dem Bruch kam?"

Beide schüttelten den Kopf.

„Angus wollte nie ein Wort darüber verlieren. Das haben wir respektiert."

„Ich habe Jahre später gehört, dass sie geheiratet hätte. Aber zu Gesicht bekommen haben wir sie nie wieder", ergänzte Maisie.

John stellte noch ein paar weitere Fragen, aber schließlich musste er einsehen, dass die Bairds nichts zur Aufklärung des Rätsels um Ailsa Brodie beitragen konnten. Auch Alistair Ross, mit dem er später sprach, konnte ihm nicht viel mehr sagen, als dass Ailsa eine herausragende Expertin auf ihrem Gebiet war.

„Auf ihrem Gebiet ist sie brillant. Und mit einer Nase ausgestattet, die selbst einen Vergleich mit dem alten Paterson nicht scheuen muss. Aber menschlich … schwierig. Kein Wunder, dass ihre Ehe schiefgegangen ist. Der Kerl hat sie wohl ziemlich ausgenommen, sagt man. Seitdem ist die gute Ailsa stachliger als ein Kaktus. Also, falls Sie Interesse an ihr haben, nehmen Sie einen guten Rat von mir an: Lassen Sie besser die Finger von ihr."

Diesen Ratschlag zu beherzigen, würde John nicht schwerfallen. Aber aus ihm selbst unerfindlichen Gründen wollte, nein, *musste* er wissen, welches Geheimnis hinter dieser Frau steckte.

Kapitel 22

Kurz vor zehn am Samstagmorgen stieg John die Stufen der U-Bahn-Station hinauf. Wuchtig thronte der graue Hotelklotz des Traveller's Inn über ihm. Als er die Eingangshalle betrat, verharrte er unwillkürlich. Wo im Royal Victoria Kristalllüster, brokatbezogene Sitzgruppen und dicke Teppiche ein elegantes Ambiente schafften, herrschte hier bestenfalls nüchterne Sachlichkeit vor. Einige wenige giftgrüne Kunstledersessel waren in einer Ecke auf dem steingrauen Fußboden platziert. Die Hälfte der Lobby wurde vom Frühstücksbereich eingenommen. Dort balgten sich ein paar Spätaufsteher um die letzten, plastikverpackten Hörnchen am Buffet.

Er setzte sich in einen der Sessel und wartete. Gestern Abend hatte er Ailsa Brodie noch eine Textnachricht geschickt und sie hatte geantwortet, „Um zehn Uhr in der Lobby meines Hotels. A.B."

Einer der Touristen, die in seiner Nähe saßen, hatte sich den Teller mit fettigen Würstchen vollgeladen. Nachdem er sich an seinem Tisch niedergelassen hatte, spritzte er eine große Ladung Ketchup darauf. John drehte sich der Magen um. Er selbst hatte heute Morgen außer einer Tasse Tee nichts hinunterbekommen. Der Gedanke an heute Nachmittag ließ ihn erschauern.

Um sich abzulenken, sah er sich nach ausliegenden Zeitungen um. Fehlanzeige. Nervös stand er auf und schlenderte zu der einzigen Pflanze hinüber, die etwas verloren neben dem Eingang zum Frühstücksbereich stand. Missbilligend bemerkte er, dass ihre Blätter völlig verstaubt waren und der Ballen ausgetrocknet. Wenn seine Mutter mit ihrer leidenschaftlichen Liebe zu allem Grünzeug dieses armselige Exemplar erblicken würde, würde sie sicher lautstark Protest schlagen und dem Hotelier mit einer Anzeige wegen Pflanzenquälerei drohen. Der Gedanke an Emmeline führte geradewegs wieder zur Junggesellenversteigerung zurück. Ein leises Stöhnen entfuhr ihm. Eine japanische Touristin, die vom Frühstück kam, musterte ihn furchtsam. John zog sich verlegen wieder in seinen Sessel zurück.

Zehn nach zehn. Hatte Ailsa es sich anders überlegt? Er zog sein Handy heraus und wählte ihre Nummer.

„Der Teilnehmer ist nicht erreichbar." Grummelnd steckte er das Telefon wieder weg. Nachdem er weitere fünf Minuten gewartet hatte, stand er auf und ging zur Rezeption.

„Verzeihung. Können Sie mir sagen, ob Mrs. Ailsa Brodie im Haus ist? Wir waren für zehn Uhr hier in der Lobby verabredet.“

Die junge Angestellte schüttelte den Kopf und erwiderte mit deutlich osteuropäischem Akzent. „Tut mir leid, Sir. Wir haben über vierhundert Gäste im Haus. Da kann man nicht den Überblick behalten über jeden Gast.“

„Könnten Sie vielleicht in ihrem Zimmer anrufen?“

„Wenn Sie wünschen. Wie war nochmal der Name?“

„Ailsa Brodie.“

Sie tippte etwas in den Computer und griff gleich danach zum Telefon. Nach einigen Momenten legte sie wieder auf und schüttelte den Kopf.

„Sie scheint nicht da zu sein.“

„Wenn Sie mir ihre Zimmernummer sagen könnten, könnte ich nachsehen. Wir waren wirklich fest hier verabredet.“

Ihr Blick wurde hart. „Derartige Auskünfte werden nicht gegeben. Tut mir leid, Sir.“

Sie wandte sich einem Gast zu, der seine Rechnung begleichen wollte.

John dankte ihr höflich und zog sich zurück. Nachdem er eine Weile unschlüssig zugeschaut hatte, wie der Zeiger der Uhr immer weiter kroch, rief er schließlich seinen Cousin an.

„Was gibt’s?“, bellte Simon in den Hörer. „Ich habe hier Vernehmungen zu führen.“

„Die Zimmernummer von Ailsa Brodie – weißt du die? Sie ist nicht wie verabredet hier in der Hotellobby aufgetaucht und sie geht auch nicht ans Telefon.“

Simon knurrte. „Ich habe jetzt keine Zeit für sowas. Dieser großkotzige Bauunternehmer nervt mich gewaltig. Den würde ich zu gern wegen des Mordes festnageln.“

„Sag mir einfach die Zimmernummer, wenn du sie weißt, Simon“, beharrte John.

„Das ist zwar nicht korrekt, aber wenn du mich dann in Ruhe lässt, bitte. 268.“ Damit legte der Superintendent auf.

John erspähte eine Reihe von Liften am anderen Ende der Halle. Er wartete ab, bis die Rezeptionsmitarbeiterin sich abwandte, um etwas aus dem Drucker zu nehmen und ging zielstrebig dorthin. Er fuhr in den zweiten Stock. Nachdem er eine Weile über endlose Flure mit in die Jahre gekommenen braunen Bodenbelägen geirrt war, fand er ein

Hinweisschild „Zimmer 250 – 270“ und wandte sich nach links. Als er in einen weiteren Flur einbog, erblickte er ein molliges Zimmermädchen, das in etwa zwanzig Schritte vor ihm war und langsam ihren Reinigungswagen vor sich herschob. Gott sei Dank wandte sie ihm den Rücken zu. Er hielt den Atem an und bewegte sich lautlos wieder rückwärts, bis er nicht mehr zu sehen war. Dann zählte er bis zehn und lugte vorsichtig um die Ecke. Das Zimmermädchen verschwand gerade mit dem Wagen in einem Lift. Er wartete, bis die Türen sich geschlossen hatten, dann pirschte er sich wieder vor.

266, 267, 268. Endlich. Er klopfte. Lauschte. Nichts zu hören.

„Ailsa? Mrs. Brodie? Hier ist John Mackenzie. Sind Sie da?“ Er hämmerte an die Tür. Es blieb still. Was jetzt? Noch einmal wählte er ihre Nummer.

„Der Teilnehmer ist nicht erreichbar.“

Unentschlossen tigerte er den Gang wieder zurück. Auf einmal drang ein merkwürdiges Geräusch an sein Ohr, wie ein Wimmern. Dann dumpfe Schläge. Mit klopfendem Herzen folgte er den Lauten, bis er vor einer Tür ohne Nummer stand. Probeweise drückte er die Klinke. Die Tür schwang nach innen auf.

„Mmmm. Iiiiieee.“ Vor ihm lag eine Frau, um deren Kopf ein Tuch geknotet war, das ihre Augen bedeckte. Ihr Mund war mit Paketband zugeklebt. Dennoch bemühte sie sich nach Kräften, zu schreien. Ihre Hände und Füße waren mit Kabelbindern zusammengebunden. Mit zwei Schritten war John bei ihr. Er zog das Tuch fort und packte sie sanft bei den Schultern.

„Ganz ruhig. Ich helfe Ihnen. Das wird jetzt ein bisschen wehtun.“ Sie nickte und er zog mit einem Ruck das Klebeband von ihrem Gesicht. Sie schrie auf und stieß einen Schwall von fremdländischen Wörtern aus. John sah sich hastig in den umgebenden Regalen um, bis er neben einer Vielzahl von Putzutensilien eine Schere fand. Vorsichtig durchschnitt er die Fesseln.

Die dunkelhaarige junge Frau massierte ihre Hände und schenkte ihm schließlich ein scheues Lächeln.

„Danke.“

Er kniete sich neben sie. „Was ist passiert?“

„Ah … jemand … mich schlagen.“ Sie suchte nach Worten. Dann gestikulierte sie, dass jemand sie gefesselt hatte.

„Haben Sie gesehen, wer es war? Mann? Frau? Groß? Klein?“

Sie schüttelte den Kopf. „Nix gesehen. Mir stehlen … Schlüsselkarte."

Johns Nackenhaare sträubten sich. „Haben Sie Ersatzschlüssel?" Er bedeutete mit den Händen ein kleines Rechteck. Sie nickte und deutete zu einem Schrank. John öffnete ihn und fand dort ein Plastikkärtchen mit dem Aufdruck „Traveller's Inn".

Er half der jungen Frau auf. „Gibt es einen Sicherheitsdienst im Hotel?"

Sie nickte. „Security. Eine Mann. Nicky."

„Holen Sie ihn."

Sie nickte und lief davon.

Er selbst hastete zum Zimmer 268 zurück und hielt die Schlüsselkarte vor den Empfänger. Die Tür öffnete sich. Er stürmte hinein und rief „Ailsa!". Innerhalb weniger Sekunden sah er, dass das kleine Zimmer leer war. Er riss die Badezimmertür auf. Auch hier keine Spur von ihr. Sein Blick fiel auf einen Zettel, der auf der winzigen Ablage an einen halbhohen Spiegel angelehnt war. Er griff danach.

„Ich habe meinen Vater getötet. Er hatte es verdient. Jetzt habe auch ich es verdient, zu sterben."

John schloss für einen Moment die Augen. Das Blut rauschte in seinen Ohren. Mit zitternden Fingern zog er sein Telefon heraus und wählte Simons Nummer. Als sein Cousin abhob, ließ John ihn gar nicht zu Wort kommen.

„Das Zimmermädchen auf Ailsas Flur wurde überfallen und ihr Generalschlüssel gestohlen. In Ailsas Zimmer liegt eine Art Abschiedsbrief. Sie selbst ist verschwunden. Ich fürchte, jemand bringt sie um oder hat das schon getan."

Simon reagierte schnell. „Ich schicke ein Einsatzkommando. Wir riegeln alles ab." John hörte, wie er einige Befehle gab.

„Wo bist du?"

„In Ailsas Zimmer."

„Was wissen wir über den Täter?"

„Nichts. Das Zimmermädchen wurde niedergeschlagen und ihr wurden die Augen verbunden."

Simon fluchte. „Verdammt. Was ist mit der Security in diesem Hotel?"

„Es gibt einen Mann. Ich habe das Zimmermädchen nach ihm geschickt."

„Okay. Sobald er da ist, seht euch schon mal um. Aber geh kein Risiko ein. Sobald du etwas Verdächtiges entdeckst, melde dich sofort. Ich bin unterwegs.“

John legte auf und ließ sich auf das Bett sinken. Denk nach, befahl er sich selbst. Wie könnte man eine bewusstlose oder tote Frau aus dem Hotel schaffen? Auf einmal schoss er wie von der Tarantel gestochen hoch und stürzte aus dem Zimmer. In diesem Moment bog ein bulliger Mann in schwarzer Uniform im Laufschritt um die Ecke.

„Was ist hier los? Viktoria sagt, sie ist überfallen worden?“

„Die Polizei ist unterwegs. Der Täter hat einen Gast entführt, eine Frau. Wie könnte man eine Person am leichtesten aus dem Gebäude schmuggeln?“

„Über die Tiefgarage“, antwortete der Sicherheitsmann wie aus der Pistole geschossen. „Man kann mit dem Lift direkt hinunterfahren, jemanden in den Kofferraum packen und damit verschwinden.“

„Gibt es dort Überwachungskameras?“

„Natürlich.“

„Können wir uns die Aufnahmen ansehen? Und die Garage absperren?“

„Wird gemacht. Kommen Sie.“

Sie liefen zu den Aufzügen und fuhren ins Erdgeschoss. Während sie zum Büro der Hotelsicherheit trabten, fiel John wieder der Gedanke ein, der ihm vorher gekommen war. „Gibt es außer Viktoria hier auf dem Flur noch ein anderes Zimmermädchen?“

„Normalerweise schon, aber heute nicht. Wegen der Grippe sind uns ein paar Leute ausgefallen.“

Johns Magen krampfte sich zusammen. „Ich habe vorhin eine beleibte Person, ich schätze, es war eine Frau, in der Uniform eines Zimmermädchens gesehen, allerdings nur von hinten. Sie stieg in einen der Lifte hier.“

Der Wachmann runzelte die Stirn. „Alle unsere Zimmermädchen sind junge, schlanke Dinger.“

„Dann ist das unsere gesuchte Person. Sie hatte einen Wagen bei sich, wie ihn die Reinigungskräfte haben. Mit einem großen Wäschesack. Da drin könnte man sicher jemanden verstecken. Gibt es Kameras in den Liften?“

„Nein. Aber unten in der Lobby wird aufgezeichnet, wer bei den Aufzügen ein- und aussteigt. Und wie ich schon sagte, auch in der Garage. Aber das können Sie sich jetzt gleich selbst ansehen.“ Sie hatten das Büro erreicht, in dem mehrere Monitore Ausschnitte des Hotelgeländes zeigten. Während der Wachmann an den Geräten herumhantierte, gab John dem Superintendent den neuesten Stand durch.

„Die Schranke an der Tiefgaragenausfahrt ist jetzt gesperrt. Und ich habe die Aufzeichnung der letzten halben Stunde aus der Garage bereit“, murmelte der Sicherheitsmann.

„Dann sehen wir uns das im Schnelldurchlauf an.“ John setzte sich auf einen Hocker. „Ich bin übrigens John Mackenzie“, stellte er sich vor.

„Angenehm. Nicky Murdoch. Sind Sie von der Polizei?“

„Indirekt.“ Dabei beließ John es. Tatsächlich war die Königliche Wacheinheit der Yeoman Warders formell der Metropolitan Police unterstellt – eine Tatsache, die Simon Whittington gern aufs Tapet brachte, wenn es ihm passte.

Auf dem Bildschirm waren in kurzen Abständen Menschen zu sehen, die zu ihren Autos strebten, etliche davon mit Gepäck. Aber es war keine beleibte Frau zu sehen und auch kein Koffer zu erkennen, der groß genug gewesen wäre, einen Menschen zu transportieren.

„Was gibt es noch für Wege aus dem Hotel?“

Nicky überlegte. „Der Wäschereiwagen! All die benutzte Wäsche, die die Zimmermädchen einsammeln, wird unten im Haus gesammelt und dann in den Lieferwagen verfrachtet.“

John sprang auf. „Lassen sie uns dort nachsehen.“ Sie sprinteten zurück zu den Aufzügen und Nicky drückte den Knopf für das Untergeschoss. In letzter Sekunde sprang John wieder aus dem Lift.

„Kümmern Sie sich darum. Ich habe noch eine andere Idee.“

Er betrat den danebenliegenden Aufzug. Sein Ziel war der oberste Stock des Hotels. Was gäbe es für eine elegantere Möglichkeit, einen Selbstmord direkt hier im Hotel vorzutäuschen, als Ailsa vom Dach zu werfen? Als die 7 aufleuchtete und die Tür sich öffnete, lugte er vorsichtig hinaus. Ein verlassener Flur lag vor ihm. Er rannte ihn entlang, um die Ecke und weiter. Ein beleuchtetes Schild wies den Weg zu einem Treppenhaus, das als Fluchtweg diente. Er stieß die Tür auf – und fiel fast in den Wäschebehälter eines Reinigungswagens, der auf dem Treppenabsatz abgestellt war. Ailsa und ihr Entführer waren nicht hier. Er blickte sich um. Es gab nicht nur Stufen, die ins Erdgeschoss führten, sondern auch eine ziemlich angestaubte Treppe, die nach oben ging. Er eilte hinauf, bis er vor einer Metalltür mit der

Aufschrift „Kein Zutritt“ stand. Die Klinke ließ sich herunterdrücken. Er schluckte. Seine Kehle fühlte sich an wie ausgedörrt. Dann schob er die Tür vorsichtig auf.

Auf der anderen Seite führten schmale Stufen nach oben, die nach wenigen Metern auf dem Flachdach des Hotels endeten. John pirschte sich hinauf und spähte um sich. Gleich darauf fuhr ihm der Schreck in die Glieder. Zehn Schritte von ihm entfernt mühte sich eine füllige Person, Ailsa Brodies schlaffen Körper zur Kante zu schleifen. Es waren höchstens noch fünf Meter bis dahin. John duckte sich und riss sein Telefon heraus. Er drückte die Wahlwiederholungstaste und hauchte „Hoteldach! Hilfe!“ hinein. Dann atmete er einmal tief ein und wieder aus und ging mit festem Schritt nach oben. Da es weit und breit keine Möglichkeit gab, in Deckung zu gehen und der Boden des Dachs mit einer dicken Kiesschicht bedeckt war, gab es keinen Weg, sich unbemerkt zu nähern. Er konnte nicht erkennen, ob Ailsa noch am Leben war. Sie regte sich nicht. Nur noch ein, zwei Schritte, dann war das Ende des Dachs erreicht. Also blieb er oben stehen und rief, „Es gibt keine Chance mehr, Ailsas Tod als Selbstmord aussehen zu lassen. Geben Sie auf.“

Die Person, die die Arme um Ailsas Oberkörper geschlungen hatte und sie rückwärts zerrte, sah auf. In ihren Augen lag Entschlossenheit.

„Sie werden mich nicht aufhalten. Wenn Ailsa tot ist, gibt es niemanden mehr, der mein Geheimnis aufdecken kann.“

„Bitte, Maisie. Nehmen Sie nicht noch ein Leben. Nur, um Ihren Mann zu schützen. Clyde würde das nicht wollen.“

Maisie Baird verharrte stocksteif.

John beschloss, noch etwas Pathos aufzulegen. „Er ist ein guter Mensch, Maisie. Und das sind Sie auch. Sie haben als Krankenschwester geholfen, Leben zu retten.“ Er hörte, wie am Fuß der Treppe die Tür aufging. Ohne nach hinten zu sehen, nahm er eine Hand hinter den Rücken und machte abwehrende Bewegungen. Alles blieb still.

Maisie war in sich zusammengesunken und hatte Ailsa auf den Boden hinabgleiten lassen.

„Betty konnten wir nicht retten“, meinte sie bekümmert. „Ich habe damals in dem Krankenhaus gearbeitet, wo sie lag. In jener letzten Phase war Angus Tag und Nacht an ihrem Bett. Er musste zusehen, wie es immer mehr bergab ging. Das hätte ihn fast wahnsinnig gemacht. Ich … habe versucht, ihn zu trösten, ihm Mut zuzusprechen, für ihn da zu sein. Und dann … ist es passiert. Ein einziges Mal. Im Schwesternzimmer.“ Ihre Stimme sank zu einem rauen Flüstern herab. John konnte sie kaum noch verstehen.

„Ailsa hat sie gesehen, nicht wahr?“, sagte er ruhig.

Maisie nickte, während ihr die Tränen über die Wangen liefen.

„Sie hatte ihre Mutter überraschend besucht und wollte um etwas Tee bitten. Plötzlich stand sie vor uns. Ich habe ihr Gesicht gesehen. Sie wollte schreien, aber es kam kein Laut aus ihrem Mund. Dann hat sie sich umgedreht und ist gegangen.“ Sie fuhr sich mit dem Ärmel übers Gesicht.

„Zwei Tage später starb Betty. Ailsa blieb noch bis zur Beerdigung, dann verschwand sie. Sie konnte ihrem Vater nicht verzeihen, was er getan hatte.“

Einige Minuten blieb es still. Unten auf der Straße dröhnte der Verkehrslärm, wütendes Hundebellen aus irgendeinem Hinterhof war zu hören. Aus dem Auslass einer Lüftungsanlage drang ein sanftes Rauschen. Dennoch fühlte John sich meilenweit entfernt vom Leben der Sieben-Millionen-Metropole.

„Clyde hat nie erfahren, dass Michael Angus’ Sohn ist. Aber Angus wusste es, nicht wahr?“, fragte er sanft.

„Er hat mir geschworen, dass es unser Geheimnis bleibt. Er liebte Clyde wie seinen eigenen Bruder. Auch ihn plagte das schlechte Gewissen wegen … dem, was wir getan hatten. Seit sechsunddreißig Jahren haben wir geschwiegen. Aber in den letzten Wochen wurde Angus immer … merkwürdiger. Zorniger. Manchmal auch sentimental. Er war oft wie getrieben. Redete von fast nichts anderem als dem Fortbestand der Firma. Einmal kam er sogar zu mir und fragte mich, was ich davon hielte, wenn Michael bei GlenMara einstiege. Michael wäre ein hervorragender Geschäftsmann, viel besser als Patrick. Und schließlich stünde ihm als seinem zweiten Sohn auch ein Teil des Erbes zu. Ich habe gebettelt, ihn angefleht, Stillschweigen zu bewahren, aber es wurde immer schwieriger. Dann kam unser erster Abend hier in London. Er hatte wie so oft Streit mit Patrick. Die beiden standen an der Bar. Bevor Angus hinausstürmte, sah er mich an. Und da wusste ich, er würde keine Ruhe geben.“

Sie sah in die Ferne. „So war er, ein unglaublicher Sturkopf. Wenn er sich etwas in den Kopf gesetzt hatte, konnten keine zehn Pferde ihn davon abhalten. Er suchte händeringend nach einer Möglichkeit, sein Familienerbe weiterzuführen und dafür wollte er Michael. Clyde …

hätte es umgebracht, wenn er es erfahren hätte. Ich wusste, ich musste handeln. Ich sah, dass Angus seine Flasche an der Bar vergessen hatte. Und da wusste ich blitzartig, wie ich es machen konnte. Wie die meisten alten Leute, denen dies und das fehlt, schleppen Clyde und ich ein ganzes Medikamentenarsenal mit uns herum. Ich wusste, was Angus wegen seiner Herzgeschichten einnehmen sollte, schließlich hatte ich die Packungen oft genug gesehen. In unserem Medizinköfferchen fand ich das, was ich brauchte."

Sie lachte freudlos auf. „Das ist kein Wunder, denn Angus, Clyde und ich, wir gehen alle zuhause zum selben Arzt – in unserem Dorf gibt es nur einen. Doc Ferguson hat eine Vorliebe für bestimmte Präparate, genauer gesagt, die billigsten, die auf dem Markt sind. Nun ja, es war ein Leichtes, kurz auf unser Zimmer zu verschwinden, ein paar Tabletten zu zerstoßen und in den Whisky einzurühren und schließlich die Flasche in dem ganzen Trubel wieder ungesehen an der Bar zu deponieren. Ich wusste, bevor der nächste Tag um war, würde Angus sie ausgetrunken haben."

Sie sah auf. „Wenn Ailsa nicht Himmel und Hölle in Bewegung gesetzt hätte, wäre Angus schon begraben und alles wäre in Ordnung." Sie warf der bewusstlosen Frau am Boden einen Blick zu, in dem abgrundtiefe Verzweiflung stand.

Auf einmal hörte John hinter sich ein Knurren, dann das mit unverkennbar schottischem Akzent gezischte Kommando, „Der Zugriff erfolgt jetzt, auf der Stelle. Keine Widerrede, Whittington. Leute, macht euch bereit. Freigabe für finalen Rettungsschuss."

Von Simons hitzigem Protest drangen nur geflüsterte Wortfetzen an Johns Ohr.

„Möchtegernsheriff … Wild-West-Methoden … *ich* bestimme hier. Niemand schießt."

Glücklicherweise bekam Maisie Baird von all dem nichts mit. Sie sprach leise weiter, mehr zu sich selbst als zu John.

„Ich wollte nicht, dass ein Unschuldiger für Angus' Tod ins Gefängnis kommt. Gleichzeitig wollte ich, dass die Sache ein Ende hat. Angus' Familie soll nicht noch mehr leiden, als sie es ohnehin schon tut."

„Da beschlossen Sie, es so aussehen zu lassen, als wäre Ailsa die Täterin", stellte John fest.

Sie schüttelte leicht den Kopf. „Das kam mir erst gestern in den Sinn, als ich zufällig in der Halle bemerkte, wie Sie mit jemandem telefonierten."

John lief es kalt den Rücken hinunter. Ihm fiel das Geräusch ein, das er hinter sich gehört hatte. Es musste Maisie gewesen sein, die sein Gespräch mit Simon belauscht hatte.

„Sie sagten, Sie hätten das Gefühl, Ailsas Verschwinden vor über dreißig Jahren hätte etwas mit dem Mord zu tun. Irgendwie hatten Sie damit auch recht. Emmeline hat uns schon am ersten Abend erzählt, dass Sie ein kluger Kerl sind und Menschen vieles entlocken können. Ich befürchtete, dass Sie zwei und zwei zusammenzählen würden, sobald Ailsa Ihnen erzählt hatte, was sie damals gesehen hatte. Also versuchte ich, Ihnen zuvorzukommen. Fast wäre es mir auch gelungen."

„Beweg dich nicht", zischte es hinter ihm. John erstarrte. Im Bruchteil einer Sekunde schoss etwas an ihm vorbei, das sich als von Kopf bis Fuß schwarz gekleideter Scharfschütze erwies und Maisie ins Visier nahm. Gleichzeitig rief Simon scharf, „Mrs. Baird, hier spricht die Polizei. Geben Sie auf. Treten Sie einen Schritt zur Seite und heben Sie die Hände."

Panik stand in Maisies Augen, als sie die Hände hob. Anstatt jedoch zur Seite zu gehen, warf sie einen Blick über ihre Schulter und trat rückwärts.

„Nein!", hörte John sich brüllen. Er machte einen Satz nach vorn.

„Verdammt! Geh aus der Schusslinie!", kreischte Simon. John schüttelte den Kopf und streckte die Hände aus.

„Maisie. Sie wollen nicht so gehen. Ohne Abschied von Clyde."

Während ein aufkommender Wind an Johns Jacke zerrte und der Glockenschlag einer nahegelegenen Kirche erklang, schien die Zeit stillzustehen. Dann brach ein Schluchzen aus Maisie heraus und sie setzte sich in Bewegung. Vorwärts, zu John. Sie ließ sich von ihm in die Arme nehmen.

Kapitel 23

„Ich muss aber noch meine Aussage zu Protokoll geben“, protestierte John, während seine Schwester ihn den Flur der Abteilung für Kapitalverbrechen entlang zog. Im Stillen hatte er gehofft, dass sich das polizeiliche Prozedere nach der Verhaftung Maisie Bairds in die Länge ziehen würde. Mit Freuden hätte er den ganzen Samstag in einem stickigen Vernehmungszimmer bei Scotland Yard verbracht. Maggie schenkte ihrem Bruder ein wissendes Lächeln.

„Simon sagt, das kannst du auch morgen machen. Die Sachlage ist ohnehin klar. Er sitzt schon über seinem Bericht, genauso wie Briarson. Beide werden natürlich versuchen, sich gegenseitig möglichst schlecht aussehen zu lassen. Und nun komm, wir haben es eilig. Mum hat mich schon achtmal angerufen, wo wir bleiben.“

„Was ist mit Ailsa?“

„Ihr geht es gut. Maisie hat ausgesagt, dass sie sie mit Opiattropfen betäubt hat, die sie ihr in ein Glas Whisky getan hat. Sie hatte eine kleine Flasche mit einem sehr teuren Fabrikat in der Handtasche und davon hat sie Ailsa wohl etwas angeboten.“

„Um die Zeit? Kurz nach dem Frühstück? Und Ailsa hat es getrunken?“, fragte er entgeistert.

Maggie zuckte mit den Schultern. „Tante Isabel hätte sicher keine Schwierigkeiten, das zu verstehen. Sie wartet übrigens mit Annie im Wagen. Renie ist schon vor Stunden los, um die ganze Sache vor Ort zu koordinieren. Wir fahren jetzt schnell im Tower vorbei, damit du deine Sachen holen kannst. Oder willst du in dem Outfit auf den Laufsteg?“

John verneinte und folgte seiner Schwester resigniert. Während der Fahrt nach Kew musste er den Frauen in allen Einzelheiten erzählen, was heute passiert war.

Isabel war fassungslos. „Maisie Baird. Ich kann es nicht glauben. Sie erschien mir immer wie eine herzliche, fürsorgliche Person. Und nun wollte sie Ailsa von einem Dach werfen, nachdem sie schon deren Vater kaltblütig ermordet hatte. Da sieht man mal wieder, dass man nie wissen kann, was alles in einem Menschen drinsteckt.“

Plötzlich klopfte sie John auf die Schulter und lächelte heiter.

„Ich bin gespannt, mein Junge, ob du uns heute auch überraschen wirst. Wahrscheinlich entpuppst du dich als wahre Rampensau.“

Augenblicklich rutschte John das Herz in die Hose. Als sie vor dem Gemeindesaal in Kew ankamen, stürzte Renie aus dem Gebäude, in hochhackige Stiefeletten, einen kurzen Rock und einen Blazer gewandet.

„Schick siehst du aus, mein Kind“, begrüßte Maggie sie.

„Danke. Gott sei Dank seid ihr endlich da. Grandma ist kurz vor einem Herzinfarkt.“ Sie wies ihre Mutter und Annie an, gleich in den Zuschauerraum zu gehen. „Unser Feuerwehrbeauftragter hat vor zehn Minuten den Einlass gestoppt, weil der Saal aus allen Nähten platzt. Ihr müsst euch ganz nach vorn durchschlagen. Euer Tisch ist in der ersten Reihe. Grandma und Patricia sind schon dort.“ Sie packte John am Arm.

„Und wir gehen schleunigst hinter die Bühne. Ich erwarte einen detaillierten Bericht über das dramatische Ende unseres Mordfalls, aber das müssen wir auf später verschieben.“

John ließ sich von ihr in einen dunklen Gang zerren. Als er ein Schild „Herrentoilette“ erblickte, stoppte er und drückte ihr seinen Kleidersack in die Arme.

„Du entschuldigst mich einen Moment.“

„Ich gehe schon voraus. Wenn du fertig bist, folge einfach dem Gang, bis du zur Garderobe kommst. Da warte ich auf dich.“

Im Waschraum traf John auf einen Mann, der ihm sofort bekannt vorkam.

„Mr. Taylor! Schön, Sie kennenzulernen. Ich bin – “

„Renies Onkel John, ich weiß. Ich habe schon viel von Ihnen gehört. Nennen Sie mich Mark.“ Sie schüttelten sich die Hände, dann raunte Taylor, „Sind Sie auch so aufgeregt? Ich habe schon auf großen Konferenzen gesprochen, kontroverse Talk-Shows im Fernsehen durchgestanden und einmal war ich sogar zu einer königlichen Gartenparty eingeladen. Aber noch nie war ich so nervös wie heute.“

Der Mann war John auf Anhieb sympathisch.

„Mir geht es genauso. Ich kann Ihnen gar nicht sagen, wie sehr mir vor dem Moment graut, wo der Vorhang aufgeht“, bekannte er. Als sie wenig später gemeinsam den Gang entlanggingen – beide mit äußerst schleppendem Schritt – bemerkte Mark Taylor mit einem leichten Grinsen, „Ich freue mich darauf, noch mehr von Ihren weiblichen Verwandten kennenzulernen. Ihre Mutter ist eine bemerkenswerte Persönlichkeit, wie ich vorhin schon feststellen durfte. Und Ihre Nichte ist ein tolles Mädchen.“

„Dann können Sie sich noch auf meine Schwester, meine Schwägerin, die Frau meines Cousins und meine Großtante freuen“, erwiderte John.

„Eine Phalanx starker Frauen, was?“, riet Taylor und lachte über Johns leidgeprüften Gesichtsausdruck. Sie betraten einen hell erleuchteten Raum, in dem es wurlte wie in einem Ameisenbau. Im Gewühl erspähte John auch seinen Kommandanten, der lässig in Jeans und eine Fliegerjacke gekleidet sehr schneidig aussah. Er kam jedoch nicht dazu, ihn zu begrüßen, da Renie ihn zu den mit Vorhängen behelfsmäßig abgetrennten Kabinen winkte. „Hierher! Du musst dich umziehen, zack, zack.“

Als John in einer schmal geschnittenen Hose, weißem Hemd und dem neuen Sakko vor ihr stand, musterte sie ihn kritisch. Dann nickte sie zufrieden.

„Klassisch, aber nicht langweilig. Gefällt mir. Passt zu dir. Und von dem Angriff der Tasse auf deine Stirn ist auch so gut wie nichts mehr zu sehen. Okay, so kann ich dich da raus lassen.“ Dann klatschte sie in die Hände.

„So, Leute. Jetzt ist der Moment, wo alle verschwinden, die nicht hinterher auf den Laufsteg gehen. Ich will hier nur noch zwölf attraktive Männer sehen.“ Der Raum leerte sich. Renie zählte durch und hob den Daumen.

„Wunderbar, alle sind da und bereit.“ Sie zog einen Berg kleiner Papierschnipsel aus der Hosentasche und legte sie auf einen Tisch.

„Jeder nimmt sich jetzt so einen Zettel. Die Nummer darauf entspricht eurer Position, also die Nummer 1 bedeutet, derjenige ist gleich als erstes dran.“

Als John sein Papier entfaltete, las er die 12. Er verzog das Gesicht. Lieber wäre er unter den Ersten gewesen, als ewig auf seinen Auftritt warten zu müssen.

„Okay, ich lese jetzt die Rangfolge vor und ihr ruft mir zu, wer die entsprechende Nummer hat.“ Sie griff nach einem Clipboard.

„Eins“

„Mullins“

John blickte neidvoll zu seinem Chief hinüber, der die Sache gleich hinter sich haben würde.

„Zwei“

„O’Regan“

Es stellte sich heraus, dass Mark Taylor als Vorletzter direkt vor John einlaufen würde.

Abermals klatschte Renie in die Hände.

„So, alle nochmal herhören. Zum Ablauf: Wer möchte, kann mit hinter die Bühne kommen. Wenn ihr euch an den seitlichen Eingängen postiert, könnt ihr das Geschehen auf der Bühne verfolgen, ohne dass ihr aus dem Zuschauerraum zu sehen seid. Allerdings ist dort Ruhe nötig. Ihr könnt euch auch hier aufhalten, wenn ihr möchtet. Damit ein reibungsloser Ablauf gewährleistet ist, solltet ihr allerdings hinter der Bühne bereitstehen, sobald die Auktion eures jeweiligen Vorgängers läuft. Wenn ihr dann aufgerufen werdet, tretet ihr auf die Bühne und schreitet erstmal den Laufsteg nach vorn ins Publikum bis zum Ende. Währenddessen werden wir einige Worte über euch sagen, die im Wesentlichen dem entsprechen, was im Programm steht. Vorne angelangt, könnt ihr je nach Gusto wie die Profis euer Sakko ausziehen oder auch nicht, das überlasse ich euch. Dann wendet ihr und kommt zu mir oder meiner Ko-Moderatorin zurück. Wir werden jedem die Frage stellen, was ihr für die Gewinnerin eurer Auktion geplant habt. Mehr als ein, zwei Sätze braucht ihr nicht zu sagen. Ihr bleibt stehen und wir beginnen, Gebote einzuholen. Wenn der Hammer gefallen ist, muss die entsprechende Dame die Summe sofort bezahlen. Erst dann darf sie euch an ihren Tisch holen. Dort bleibt ihr für den Rest der Veranstaltung und vereinbart auch gleich den Termin für die gemeinsame Unternehmung. Alles klar?"

Zustimmendes Brummen erklang. Beim Blick in die Runde bemerkte John, dass bis auf einen der Männer, der eher gelangweilt wirkte, alle genauso nervös aussahen, wie er sich fühlte. Einigen stand schon jetzt der Schweiß auf der Stirn.

„Und nun darf ich euch meine Ko-Moderatorin vorstellen, den aufsteigenden Stern am Theaterhimmel Natalie Sinclair. Natalie, kommst du mal?", rief sie nach hinten.

John hätte die selbstbewusst lächelnde junge Frau in der eleganten schwarzen Robe um ein Haar nicht mehr erkannt. Sie entdeckte ihn jedoch sofort und kam zu ihm herüber, nachdem sie alle begrüßt hatte. Sie umarmte ihn und küsste ihn leicht auf die Wange.

„Ich freue mich sehr, Sie zu sehen, John. Sie sehen gut aus."

„Und Sie sehen phantastisch aus, Natalie", erwiderte er ehrlich. „Meine Gratulation zu Ihrem Bühnenerfolg. Ich wusste, dass Sie Ihren Weg machen würden."

Jede weitere Plauderei wurde von Renie energisch unterbunden.

„Männer, aufgepasst. In fünf Minuten geht es los. Ich bin sicher, ihr habt alle höllisches Lampenfieber."

„So 'n Quatsch" murmelte der Mann, der John durch sein gelangweiltes Gesicht schon vorher aufgefallen war, verächtlich.

Renie ignorierte ihn. „Nachdem ich eine Weile lang Theater gespielt habe, weiß ich, was eine gute Hilfe dagegen ist. Stellt euch alle im Kreis auf, mit einer Armlänge Abstand zum Nachbarn. Dann schließt die Augen."

Und sie leitete die Gruppe souverän durch eine Atemübung, die sie Monate zuvor von John gelernt hatte. Er folgte ihren Anweisungen mit einem unwillkürlichen Lächeln im Gesicht. Nach einigen Minuten war das Adrenalinlevel im Raum tatsächlich ein wenig gesunken. Renie instruierte die Männer, die Augen wieder zu öffnen und strahlte in die Runde.

„Die vierhundert Ladies da draußen werden selbst ihre letzten Pennies herauskramen für die Chance, mit einem von euch phantastischen Typen einen Abend zu verbringen. Ihr seid einfach eine Wucht. Ich kann euch gar nicht sagen, wie aufgeregt und stolz ich bin, eine solch hinreißende Schar von begehrenswerten Junggesellen hier versammelt zu haben."

Natalie übernahm nahtlos. „Und was uns am meisten freut, ist, dass Sie alle sich bereiterklärt haben, heute für den guten Zweck hier zu sein und auf die Bühne zu gehen. Das verdient schon jetzt eine dicke Runde Applaus." Sie und Renie begannen zu klatschen und allmählich fielen alle ein.

Mit einem „Wir werden alle miteinander ein legendäres Event erleben, von dem man noch in zehn Jahren sprechen wird. Wir sehen uns gleich", verabschiedeten sich die beiden jungen Frauen und bedeuteten Chief Mullins, ihnen zu folgen. Da keiner den ersten Auftritt verpassen wollte, drifteten alle anderen hinterher und postierten sich beiderseits der Bühne.

„Toi, toi, toi", wünschte John seinem Kommandanten.

„Auf in den Kampf", erwiderte Mullins, drückte den Rücken durch und schritt auf den Laufsteg. Applaus brandete auf.

„Wow, er kommt mindestens so cool rüber wie Tom Cruise in Top Gun", kommentierte Mark Taylor im Flüsterton, als der Chief am vorderen Ende des Laufstegs verharrte, seine Bomberjacke auszog und sie lässig über die Schulter warf. Dann spazierte er mit einem Lächeln wieder zurück, während Natalie ihn in kurzen Worten vorstellte. Die Menge tobte. John konnte ganz vorn am Bühnenrand seine Schwester sehen, die begeistert durch die Finger pfiff. Die lautesten Beifallsbekundungen drangen aus einer Ecke, in der John mindestens ein Dutzend Ehefrauen von Beefeaterkollegen erkennen konnte. Auch Bonnie war da, die ihrem Chef lautstark applaudierte.

Natalie hatte Mühe, sich Gehör zu verschaffen.

„Ladies, Ladies, bitte verausgabt euch nicht schon zu Beginn“, rief sie lachend. „Wir wissen ja noch gar nicht, welche Unternehmung der Gewinnerin in Aussicht steht.“

Sie hielt Mullins das Mikrofon hin und lächelte ihn auffordernd an.

„Ich freue mich, wenn mich eine unerschrockene Dame auf einem Rundflug in meinem Sportflugzeug begleitet. Und für hinterher kenne ich noch ein nettes Lokal, ich dem es sich hervorragend speisen lässt.“

„Da hören Sie es – wir suchen eine mutige Kopilotin, die sich an der Seite von Commander Mullins über die Wolken aufschwingen möchte! Das Startgebot steht bei 100 Pfund.“

Sofort schossen Arme in die Höhe.

„150!“

„200!“

„250!“

„300!“

Renie und Natalie kamen kaum hinterher, die Gebote zu registrieren. Schließlich kam es zum Zweikampf zwischen Patricia Whittington-Armsworth und einer Bieterin aus der hinteren Saalhälfte. Patricia trieb die Gebote immer weiter in die Höhe, bis sie der anderen Frau beim Stand von 1200 Pfund den Vortritt ließ. Während die Gewinnerin unter Freudengeheul nach vorne kam und ihre Kreditkarte schwenkte, zwinkerte Patricia John zu.

„Verkauft für 1200 Pfund an Ms. Elaine Hubbard-Jones!“, rief Natalie, während diese den Chief triumphierend zurück an ihren Tisch führte, verfolgt von vielen neidischen Blicken.

„Und damit haben wir einen fulminanten Auftakt zu unserer Versteigerung hingelegt“, übernahm Renie. „Alle, die diesmal den Kürzeren gezogen haben: Seien Sie nicht traurig, es warten noch jede Menge tolle Männer auf Sie.“

Auch die nächsten beiden Kandidaten brachten jeweils an die 1000 Pfund ein und die Stimmung vor und hinter der Bühne wurde zunehmend lockerer. Dann jedoch kündigte Renie Dorian Argyll an, seines Zeichens Fernsehproduzent. Der Mann, der in der Garderobe einen wenig beteiligten Eindruck gemacht hatte, betrat mit einem herablassenden Lächeln den Laufsteg und stolzierte nach vorn. Diesmal fielen die Beifallsrufe und Pfiffe, die bisher jeden begleitet hatten, merklich leiser aus.

„Dorian, Sie haben eine großartige Überraschung bereit für unsere Gewinnerin“, versuchte Renie die Stimmung wieder anzuheizen.

„Klar, eines der Bunnys hier erhält die einmalige Chance, mich an einem Fernsehset in Aktion zu erleben. Ne kleine Rolle springt auch noch dabei raus. Aber tut mir einen Gefallen, Ladies – wenn ihr mitbietet, solltet ihr schon tageslichttauglich sein. Und wenn möglich auf der besseren Seite der Dreißig.“

Renie und Natalie warfen sich einen Blick zu, der Bände sprach. Dennoch bemühte Renie sich um einen leichten Ton.

„Meine Damen, wer schon immer einmal vor der Kamera stehen wollte, sollte sich diese Chance nicht entgehen lassen. Mit Sicherheit lassen sich am Set auch einige bekannte Schauspieler kennenlernen und das eine oder andere Autogramm ergattern. Also, wer bietet mir 100 Pfund?“

Nur sehr zögerlich bewegten sich drei Arme in die Höhe. John konnte Jane Argyll im Publikum sehen, die erzürnt um sich blickte. Wie konnten die Zuschauerinnen es wagen, ihren Neffen zu verschmähen? Schließlich hob sie selbst die Hand.

„150!“

„150 sind geboten, meine Damen, 150. Wo höre ich 200?“

Die anderen drei Frauen ließen die Arme sinken. Renie ließ den Hammer auf das Pult krachen.

„Verkauft für 150 Pfund an Mrs. Jane Argyll.“

In Emmeline Mackenzies Gesicht spiegelte sich unermessliche Genugtuung wieder. Mark lachte in sich hinein. „Es rächt sich, wenn man die Frauen unterschätzt.“

„Nun ist er von seiner eigenen Tante ersteigert worden. Das ist peinlich“, meinte John.

„Die ultimative Demütigung“, nickte Mark. „Ich bin froh, dass mir das nicht passieren kann. Meine Verwandten leben alle oben in Yorkshire.“

„Während meine in voller Truppenstärke da sind“, brummte John. Taylor klopfte ihm aufmunternd auf die Schulter.

„Ich wette, Sie schießen den Vogel ab und holen den höchsten Erlös des Abends. Sagen Sie, wollen wir ein wenig nach hinten gehen, wo wir uns unterhalten können? Nach diesem Debakel gerade bekomme ich jetzt doch wieder Muffensausen, dass die Damen mich nachher verhackstücken könnten."

John nickte und sie zogen sich zurück. In der verlassenen Garderobe unterhielten sie sich eine Weile über dies und das und John stellte fest, dass Mark Taylor ein angenehmer und geistreicher Gesprächspartner war. Schließlich ließ Taylor beiläufig fallen, „Beim *Guardian* können wir uns glücklich schätzen, in Ihrer Nichte eine so herausragende Nachwuchsjournalistin gefunden zu haben. Ich muss zugeben, dass ich stolz bin, diesen Rohdiamanten gefunden zu haben und ich bin sehr gerne ihr Mentor."

John warf ihm einen nachdenklichen Blick zu.

„Sie liebt ihre Arbeit. Es sieht aus, als hätte sie endlich das gefunden, was zu ihr passt. Und sie … schätzt Sie sehr."

Mark erwiderte seinen Blick offen.

„Renie spricht oft von Ihnen. Ich weiß, dass Sie ihre engste Vertrauensperson sind. Also will ich ehrlich sein. Mir ist bewusst, dass Renie … mich nicht nur als Kollegen oder Chef sieht. Und auch ich fühle mich zu ihr hingezogen. Sie ist wie ein frischer Wind. Ich fühle mich ihr so vertraut, als würde ich sie schon ewig kennen. Aber ich bin doppelt so alt wie sie. Und meine bisherigen Beziehungen sind nicht gerade ruhmreich zu Ende gegangen", fügte er mit einem selbstironischen Lächeln hinzu. Dann wurde sein Gesicht ernst. „Nun hat sie sich von ihrem Freund getrennt und obwohl sie mir versicherte, der Grund dafür wäre nicht ich gewesen, fühle ich mich schlecht."

Nun war es an John, dem anderen auf die Schulter zu klopfen.

„Nach dem, was ich von Renie erfahren habe, haben Sie nichts getan, was Sie sich vorwerfen sollten. Sie wissen ja selbst, dass immer zwei dazu gehören, wenn eine Beziehung in die Brüche geht. Und Renie und ihr Ex-Freund Geoff sind starke Persönlichkeiten. Sie werden nicht daran kaputt gehen, dass sie nun getrennt sind. Lassen Sie es doch einfach auf sich zukommen. Wer weiß schon immer im Leben, wie es weitergeht."

Eine Minute lang herrschte Schweigen, während die Uhr an der Wand tickte. Dann brachte Mark mit rauer Stimme heraus, „Danke, John. Ich werde um nichts in der Welt etwas tun, was Renie schaden oder ihr wehtun könnte. Und jetzt – ", er deutete auf die Uhr, „schauen wir, dass wir für den Verein Ihrer Mutter ein sattes Sümmchen holen können.“ Er hob die Hand nach oben und John schlug ein.

„Und nun ein Mann, bei dem ich es persönlich besonders bedaure, dass ich als Moderatorin nicht selbst mitbieten darf: Mark Taylor!“, kündigte Renie an. Ohrenbetäubender Applaus brach los. Taylor war ein aus den Medien bekanntes Gesicht. Dennoch legte er nicht die Spur von Arroganz an den Tag, als er mit charmantem Lächeln den Laufsteg auf- und abschritt und sich dann von Natalie befragen ließ. Kaum war die Auktion gestartet, überstürzten sich die Gebote und schnellten auf 1500 Pfund. John, der nun allein hinter der Bühne stand, bemerkte amüsiert, dass unter den verbliebenen Bieterinnen zwei seiner Verwandten waren: Maggie und Patricia überschrien sich gegenseitig. Renie schien den Enthusiasmus ihrer Mutter mit gemischten Gefühlen zu betrachten. Bei 1700 Pfund stiegen vier Frauen aus. Es blieben Patricia, Maggie und eine blonde Frau mit einem knallroten Kostüm in der zweiten Reihe. John kniff die Augen zusammen und versuchte, sie zu erkennen. Dann stockte ihm der Atem und er sah nochmal hin.

„Das gibt’s doch nicht!“, entfuhr es ihm, aber in dem Aufruhr, der im Saal herrschte, hörte ihn niemand. Niemand außer Renie, die unauffällig ein paar Schritte rückwärts ging und aus dem Mundwinkel raunte, „Was ist los?“

„Die dritte Bieterin! Das ist Kyla Macpherson. Sie hat eine Perücke auf, aber sie ist es hundertprozentig.“

Renies Augen wurden so groß, dass sie drohten, ihr aus dem Kopf zu fallen. „Oh mein Gott, du hast recht! Sie muss wegen dir hier sein. Diese Mistziege! Und jetzt will sie sich auch noch Mark unter den Nagel reißen.“

Johns Knie wurden noch weicher, als sie es ohnehin schon waren. Mittlerweile waren 2000 Pfund erreicht. Maggie atmete tief durch und schüttelte den Kopf. Patricia ging noch bis 3000 Pfund mit, dann stieg auch sie aus. Kyla ließ einen Juchzer hören und tippelte auf ihren hochhackigen Stiefeln nach vorn. Sie wechselte einige Worte mit der Frau, die als Kassiererin fungierte. Diese sah fragend zu Renie. John konnte sehen, dass seine Nichte alles andere als glücklich über den Ausgang dieser Auktion war, aber sie schenkte Kyla, ganz Profi, dennoch ein kühles Lächeln. „Verkauft für die Rekordsumme von 3000 Pfund an die Lady in Rot.“

Kyla lächelte zurück und streckte besitzergreifend die Hand nach Mark Taylor aus. Während John noch überlegte, ob er den Journalisten beglückwünschen oder ihn bemitleiden sollte, rief Natalie seinen Namen und in seinen Ohren begann es zu rauschen. Er schlug sich auf die Stirn. Seit Monaten hatte sein Tinnitus sich nicht gemeldet und nun hatte er sich den ungünstigsten Moment ausgesucht, um wieder ein Lebenszeichen von sich zu geben.

Wie im Traum wanderte John über den Laufsteg. Hinterher vermochte er nicht zu sagen, was er auf Natalies Fragen geantwortet hatte. Wie in Wellen drangen Begeisterungsrufe und gellende Pfiffe zu ihm durch. Ehe er es sich versah, standen die Gebote bei 2000 Pfund. Seine Mutter sah aus, als würde sie vor Stolz auf der Stelle platzen.

Nur noch zwei Frauen waren im Rennen. Bonnie war bei 700 Pfund mit sichtlichem Bedauern ausgestiegen. Claire Mohani, die hübsche Archäologin, die zu Johns Erstaunen ebenfalls hier war, bei 1500.

Wie John geahnt hatte, war Kyla nicht damit zufrieden, Mark ersteigert zu haben. Sie nahm ihren Arm erst gar nicht mehr herunter. Mit einem Lächeln, das an ein Zähnefletschen erinnerte, blickte sie zu ihrer Konkurrentin hinüber, die in den hinteren Reihen saß und von der Bühne aus kaum zu erkennen war. John spähte genauso wie die meisten im Saal dorthin – und plötzlich meinte er, sein Herz setze aus. Ein Schopf schulterlangen roten Haars wurde sichtbar. Die Frau, der er gehörte, begegnete Kylas Blick unerschrocken.

Pauline Murray.

In der ersten Reihe war Maggie aufgestanden und hatte über die Köpfe der anderen Zuschauerinnen ebenfalls nach der Frau gesucht, die Kyla Paroli bot. Sie hatte Pauline sofort erkannt. Gleich darauf hatten sich auch Tante Isabel, Emmeline, Annie und Patricia erhoben und verfolgten das Duell.

„1600!“, rief Kyla.

„1700!“, schoss Pauline zurück.

Kyla bedachte John mit einem raubtierähnlichen Blick und röhrte dann „2000!“

Eine Pause entstand. John stockte der Atem.

Dann hielt Pauline einen Packen Scheine in die Luft.

„2054 Pfund und … 75 Pence!“

Ein gerührtes „Oh, wie romantisch“ kam aus der ersten Reihe und dann klatschten, trampelten und schrien die Mackenzie-Frauen vor Begeisterung.

Kyla aber lächelte nur müde und hob ihre Platin-Kreditkarte für alle gut sichtbar in die Luft.

„Ich überbiete jede Summe, die diese Frau da aufbringen kann."

Vereinzelte Pfiffe wurden laut. Offensichtlich hatte der ganze Saal die Blicke bemerkt, die zwischen John und Pauline hin- und herflogen.

Maggie winkte Renie zu sich. Zusammen mit Patricia und Johns Mutter steckten sie die Köpfe zusammen, dann holte Emmeline mit sichtlichem Widerstreben noch Jane Argyll dazu. Nach einer Minute leuchtete Renies Gesicht auf. Sie sprang mit Elan zurück auf die Bühne und blinzelte John zu.

„Ich wurde gerade von der Justiziarin des Fördervereins der Königlichen Gärten auf einen Abschnitt im Reglement für Wohltätigkeitsveranstaltungen aufmerksam gemacht. Nach Rücksprache mit den beiden Vorsitzenden des Vereins kommt diese Regel hier zur Anwendung. Es ist demnach nicht gestattet, dass ein und dieselbe Bieterin mehr als ein Objekt ersteigert, da jede im Auditorium die Chance haben soll, eine Auktion zu gewinnen. Daher tut es mir leid, meine sehr verehrte Dame. Sie haben bereits einen Abschluss getätigt und sind daher für die laufende Auktion rückwirkend auszuschließen."

Kyla stemmte erbost die Hände in die Hüften. Jeglicher Protest von ihr wurde jedoch von einer Woge der Begeisterung hinweggeschwemmt, die durch den ehrwürdigen Gemeindesaal von Kew schwappte.

„Oh… mein… Gott", hauchte Renie ins Mikrofon. „Dies ist definitiv ein Dirty Dancing-Moment. Sehen Sie in der Rolle von Patrick Swayzee den unvergleichlichen John Mackenzie, in der Rolle der Jennifer Grey die zauberhafte Ms. Pauline Murray."

John registrierte weder ihre Worte noch drang das Gekreische von vierhundert Frauen zu ihm durch, obwohl das Pfeifen in seinem Ohr mit einem Schlag verschwunden war. Er sprang von der Bühne. Die Menge teilte sich, um ihm einen Weg freizumachen.

Als er vor ihr stand, versagte ihm die Stimme. Er ergriff ihre Hände. „Du bist hier", wisperte er.

„Ich bekam plötzlich Angst, eine Andere könnte dich wegschnappen", flüsterte Pauline zurück. „Und wie ich sehe, ist die Konkurrenz sogar ziemlich beachtlich", setzte sie mit einem schelmischen Lächeln hinzu.

„Keine kann es mit dir aufnehmen." Er zog sie in seine Arme.

Am anderen Ende des Saals wischte Maggie sich eine Träne aus dem Auge. Emmeline strahlte „Mein Junge. Endlich.“

„Unser John beweist wieder einmal Geschmack“, bemerkte Isabel wohlwollend. „Er hat sich eine Schottin ausgesucht.“

Emmelines Lächeln wurde ein wenig schief.

16609248R00146

Printed in Poland
by Amazon Fulfillment
Poland Sp. z o.o., Wrocław